COLLECTION
FOLIO CLASSIQUE

Guillaume de Lorris
et Jean de Meun

Le Roman de la Rose

Texte mis en français moderne
par André Mary

Postface et bibliographie
de Jean Dufournet
Professeur à la Sorbonne

Gallimard

DISCARDED
WIDENER UNIVERSITY
WIDENER UNIVERSITY
WOLFGRAM
LIBRARY
CHESTER, PA

PRÉFACE

Ce est li Romanz de la Rose
Ou l'Art d'Amors est toute enclose.

Ce noble Roman de la Rose, *délices des lettrés jusqu'à la fin du moyen âge, est la composition la plus célèbre et la plus curieuse de notre ancienne littérature; il doit son caractère singulier au fait d'avoir eu deux auteurs dont le second, en continuant l'œuvre inachevée du premier, en a considérablement modifié l'économie et augmenté la portée. Dans la pensée de Guillaume de Lorris, le* Roman de la Rose *devait présenter, sans plus, sous le voile d'une fiction facile à percer, une sorte de traité de philosophie amoureuse : avec Jean de Meun, il ne cesse pas de se mouvoir dans un monde d'allégories, mais il devient une satire de la société humaine, en même temps qu'une somme des idées d'une période de l'histoire, et aussi, on peut l'affirmer, des principes directeurs de toute civilisation. C'est sans nul doute la richesse et la nouveauté dans cette matière qui lui ont valu un succès qui ne s'est pas démenti pendant deux siècles. Même quand le livre n'a plus été lu, sa réputation est demeurée : la belle langue française du moyen âge, tout « parleüre délitable » qu'elle était, n'ayant pu se fixer comme l'italienne, les écrits de cette époque sont devenus, à un moment donné, caducs sinon inintelligibles; dans la plupart des cas, ce qu'il a pu leur arriver de mieux, c'est de nourrir de leur substance les ouvrages postérieurs; on citerait plus d'un poète qui s'est enrichi ainsi des plumes de ses devanciers. Toutefois, quelques titres, quelques noms ont gardé leur prestige et ont continué de briller d'un vif éclat. Le* Roman de la Rose *est de ceux-là; on n'a cessé de le considérer comme l'œuvre maîtresse du siècle de Louis IX et de Philippe le Bel. Villon l'invoque dans son* Testament, *suivant en cela les Rhétoriqueurs, ses contemporains pour qui Jean de Meun était le maître incontesté, le premier poète orateur et moraliste. On sait la dévotion de maître Clément pour le vieux poème; les érudits de la Renaissance ne montrèrent pas moins d'enthousiasme. Etienne Pasquier déclare Guillaume de Lorris « inimitable en descriptions », admire les « moelleuses sentences » et « belles locutions » de Jean de Meun. Le Président Fauchet, comparant le* Roman de la Rose *à la* Divine Comédie, *n'hésitait pas à donner la préférence au premier; il en mettait même les auteurs au-dessus de tous les poètes italiens. Il est certain que le rapprochement de ces deux grandes compositions peut se faire à plusieurs points de vue. Oui, de même que Guillaume de Lorris est notre Pétrarque, un Pétrarque mort jeune, Jean de Meun est le Dante gaulois : il appelle la glose et le commentaire, et l'on devrait l'étudier chez nous, comme on étudie Dante Alighieri dans les instituts de Rome et de Toscane.*

L'un et l'autre de ces poèmes reflètent la même époque, vue sous deux latitudes. Ici, c'est la sombre Italie en proie aux factions déchaînées; là, c'est la France joyeuse, saine et prospère des Capétiens. Ici, les ambitions déçues, les fureurs d'une âme ulcérée; là, la bonne humeur du sage, du sceptique qui, par goût autant que par nécessité, se tient à l'écart de la politique militante : aussi bien n'y a-t-il en France ni guelfes ni gibelins; Jean de Meun ne prendra parti ouvertement que deux fois : dans l'affaire des Deux-Siciles, où il est pour le pape et pour Charles d'Anjou, et dans la lutte de l'Université contre les Ordres Mendiants : encore, dans ce dernier cas, son intervention passionnée s'élève-t-elle fort au-dessus de la querelle qu'il embrasse. Le ciel de Dante et celui de Jean de Meun est le même : les neuf planètes de Ptolémée y flottent autour du globe terrestre, soutenues par le Christ à la tête radieuse; ici et là, même hiérarchie : Dieu, l'ange, l'homme et l'animal. Dante nous présente principalement l'homme théologique, Jean de Meun, l'homme moral; le Roman de la Rose *est une comédie plus humaine que divine; la Nature y joue un rôle important; et c'est sans doute ce qui a fait son mérite supérieur aux yeux de la Renaissance.*

*Le XVII*e *siècle, qui révérait Marot, n'oublia pas tout à fait le* Roman de la Rose. *Saint-Evremond s'y intéresse; le père Bouhours, qui qualifie Jean de Meun de « père et inventeur de l'éloquence française », en estime « l'élégance du style et le fond de la doctrine ». Au XVIII*e *siècle, il trouva dans la personne de Lacurne de Sainte-Palaye, de Langlet-Dufresnoy, et de Lantin de Damerey, des amis zélés qui ouvrirent de leur mieux la voie aux éditeurs et glossateurs plus récents.*

Le Roman de la Rose *est le premier grand livre que Paris ait vu naître. Jusque-là, les nombreux poètes qui ont illustré notre nation étaient les hôtes des couvents et des petites cours baronniales. A la ménestrandie ambulante succède l'homme de lettres sédentaire, et la capitale lui imprime son sceau. Les vers de Guillaume de Lorris, venu sans doute tout jeune de son Gâtinais paternel, font retentir les rives de la Seine des derniers échos de la littérature courtoise. Avec Jean de Meun la littérature de la ville est née, la littérature qui ne s'adresse plus exclusi-*

vement à un cercle d'oisifs et de belles dames, friands de récits galants ou romanesques.

Dans une épigramme fameuse, Clément Marot, célébrant ses prédécesseurs, s'écrie :

De Jean de Meun s'enfle le cours de Loire

Certes, l'Orléanais peut se glorifier à juste titre de la naissance de Jean de Meun; mais Marot aurait pu écrire tout aussi bien « s'enfle le cours de Seine », car c'est Paris qui a formé Jean de Meun et qui lui a fourni en grande partie « le sens et la matière » de son ouvrage. Au XIIIe siècle, Paris est la métropole intellectuelle de l'Europe, le foyer brillant où se tendent tous les regards, en même temps que le séjour le plus agréable pour l'honnête homme. « Paris sans pair », dit-on communément; Paradisius mundi Parisius, mundi Rosa, balsamum orbis *répètent à l'envi les* vagantes; *tel est le blason de Lutèce à cette époque. Plus tard, Eustache Deschamps écrira « fontaine et puits de sens et de clergie », et Jean Lemaire, « sanctuaire de toutes sciences ». C'est à Paris que se mêlent les divers courants de la pensée romane : traditions épiques et légendaires, populaires et cléricales, veine courtoise, veine satirique et veine doctrinale; en outre, il y a la puissante Université, citadelle de la théologie où l'on remue beaucoup de textes et d'idées. Le moment est venu pour l'écrivain d'occuper le rang honorable auquel aspiraient déjà obscurément nos primitifs, quand ils se réclamaient des « clercs merveilleux » de l'antiquité et se mettaient sous leur patronage.*

Jean de Meun est le premier grand homme de lettres qu'ait produit la France; il devance l'âge de François Ier par ses connaissances étendues et son souci de l'universel. Il a tout ce qui distinguera les hommes de la Renaissance : ivresse du savoir, de la « létreüre », haute idée de la fonction du poète, vues hardies sur l'homme et la société, amour de l'indépendance. Il revendique la primauté pour la raison. La vérité ne cherche pas les « angles », voilà l'un de ses adages favoris. Nous le voyons fort bien dans sa maison des Tournelles, au Faubourg Saint-Jacques, fourré de menu-vair, « semblable à quelque homme d'honneur », comme Honoré Bonet se l'est représenté dans le Songe du Prieur de Salon, *avec le double prestige du savoir et du génie, riche et honoré, inaugurant cette république des lettres dont le renom ira croissant cinq siècles durant, et dont le déclin commencera quand, par le relâchement des fortes disciplines, chacun prétendra s'asseoir sans préparation au banquet des Muses au lieu et place des techniciens du verbe et spécialistes des idées générales.*

L'esprit de Jean de Meun, c'est la Raison unie à la Fantaisie, Raison douce et traitable, Fantaisie sobre et élégante. C'est l'esprit français tel qu'on le trouve aux bonnes époques et chez ses meilleurs représentants, grave et enjoué à la fois, et quelque peu assaisonné de pantagruélisme rabelaisien.

On ne peut guère imaginer deux hommes plus différents que les deux auteurs du Roman de la Rose, *mais qui dira que le livre n'y gagne pas en variété? A la vérité ce poème se déroule à nos yeux comme un spectacle infiniment divers. Il est une fête pour l'esprit et pour le cœur.*

Je n'en dénombrerai pas ici toutes les beautés. Le lecteur en jugera par lui-même. Tout au plus, j'en caractériserai en quelques mots les deux parties. Guillaume de Lorris, c'est le bouquet suprême de la poésie courtoise la plus raffinée; il a la double saveur des psychomachies et de ce roman idyllique inventé par Jean Renart : on ne peut rien concevoir de plus frais, de plus aérien, de plus divin que ce paradis d'amour, où les abstractions déroulent leur farandole, cette poursuite du dieu armé du carquois et des flèches symboliques et cette fontaine du beau Narcissus. Les poèmes persans sont célèbres par leurs variations infinies sur le Rossignol et la Rose, mais que dire des oiseaux de Guillaume? Ils continuent le concert de Brocéliande si joliment raconté par Chrétien de Troyes. Ronsard qui chanta la Rose a-t-il décrit avec un aussi minutieux amour le rosier touffu, ses boutons mi-clos et ses fleurs épanouies? Quelles ravissantes créations que dame Oiseuse et Bel Accueil! Et quoi de plus expressif que les figures peintes sur les murailles? On oublie que ces personnifications sont un simple procédé d'analyse psychologique : Liesse et Déduit et leurs compagnons de la carole paraissent dans leurs gracieuses évolutions aussi vivants que pucelles et demoiseaux.

Pour la partie didactique de Guillaume de Lorris, c'est-à-dire les commandements de l'Amour, elle se réduit à une agréable paraphrase d'Ovide avec l'attrait qu'y ajoutent les détails de mœurs du temps et l'accent personnel du poète.

Chez Jean de Meun la partie didactique prend une importance capitale. Le drame ingénieux conçu par Guillaume va s'attarder en longs dialogues, en discours, en intermèdes, qui sont autant de prétextes à de brillantes amplifications. La grande nouveauté de Jean de Meun, comme nous l'avons dit, c'est l'expression des vérités morales et la controverse philosophique; il transporte les disputes de l'école sur la scène littéraire. Avec lui, la poésie prétend exprimer « les besoins, les passions, les intérêts du genre humain », sa critique n'épargne personne, il fait la leçon aux puissances; comme l'a dit Nisard, l'un des littérateurs modernes qui ont le mieux parlé du Roman de la Rose, *malgré une connaissance du sujet évidemment superficielle, Jean de Meun « harcèle toutes les légitimités de ces doutes audacieux et sensés qui modèrent le pouvoir et honorent l'obéissance». Développements sur l'amour, sur l'amitié, sur l'autorité, sur les biens de fortune, sur la vertu, sur la justice, sur la vraie noblesse, illustrés d'anecdotes empruntées à l'histoire ancienne et moderne. Monologues et scènes à plusieurs personnages où l'on pressent déjà toute la farce du XVe siècle et toute la comédie de caractère du XVIIe, les accents de Villon et la verve caustique de Régnier : Faux Semblant est un Tartuffe qui se découvre cyniquement et qui se censure lui-même; la Vieille, c'est à la fois Macette et la Belle Heaumière, avec plus de relief encore.*

Les ressources d'invention de Jean de Meun sont très grandes : il a l'imagination et la dialectique, il abonde en « traits» et en « couleurs», et il crée sans cesse dans la langue et le style. En plus d'un endroit, il s'est piqué d'honneur pour égaler et surpasser son devancier. Vous lirez la fable de Pygmalion qui fait pendant à l'histoire de Narcisse : quelles charmantes trouvailles! quelle chaleur et quel mouvement! Voyez aussi la description allégorique du paradis chrétien que le poète oppose au Verger de Déduit : la littérature édifiante a-t-elle jamais trouvé plus de tendresse et d'onction? A vrai dire, on peut y relever quelques traces d'ironie et d'incrédulité : elles ne surprendront que ceux qui connaissent imparfaitement le moyen âge à son déclin, tiraillé entre saint Thomas et Averroès. Jean de Meun, avant Rabelais et avant Voltaire, tient pour la religion naturelle fondée sur les scrupules instinctifs que codifie la raison; certains dogmes incompréhensibles lui semblent des subtilités que Platon aurait rejetées.

Le didactique en Jean de Meun apparaît principalement dans le chapitre de Nature, dans tout ce qui a trait à la physique et à l'alchimie, dans cette curieuse description des miroirs que ne renierait pas Jacques

Delille, et quand il traite d'astronomie ou de théologie ou encore — chose digne de remarque — de cette science des rêves que notre temps a remise à la mode.

*Pour faire accepter aux « gens lais » des sujets aussi ardus et aussi neufs, Jean de Meun a eu l'art d'entremêler le plaisant et le sévère. Il réveille çà et là l'attention du lecteur par quelque raillerie : c'est ainsi que Raison, au milieu d'un de ses sermons, lâche un gros mot pour s'en excuser ensuite avec esprit. Génius, le chapelain de Nature, à un autre endroit, interrompt les confidences de sa pénitente par une satire des femmes bavardes. On n'a pas toujours compris l'intention de notre auteur; on s'est étonné de ses digressions. De graves censeurs ont même parlé de son cynisme, comme si le poète proposait en exemple ce qu'il ne fait que constater, ou prenait à son compte toutes les affirmations de ses personnages. C'est comme si l'on blâmait La Fontaine d'avoir écrit :« La raison du plus fort est toujours la meilleure », ou si l'on attribuait à Molière indistinctement les opinions de Philinte ou d'Alceste. En ce qui concerne les gaillardises éparses dans l'ouvrage, elles n'ont rien qui puissent offenser un honnête homme. Je trouve même dans la parabole si osée de la fin, une légèreté de touche admirable. Notons que nous aurions bien mauvaise grâce à être plus délicats que les lettrés du XVIII*e *siècle qui n'en ont point été choqués. Les besicles des pédants se sont encore arrêtées sur le décousu du poème. Mais est-ce qu'il n'y a pas des œuvres de fantaisie ou de circonstance où un certain désordre est précisément la règle? L'allégorie proposée par Guillaume de Lorris était un cadre commode pour y faire entrer toutes ces notions de science et de morale « forz a gens lais a descrivre ». Encore fallait-il égayer la matière. Rappelez-vous les Silènes dont parle le prologue de* Gargantua *: peu importe que les boîtes s'ornent de figures*

« contrefaites à plaisir », si à l'intérieur on trouve les « fines drogues ».

Quelques docteurs accoutumés à traiter les poètes en petits garçons reprocheront peut-être à Jean de Meun de s'accorder avec la science de son époque. Pour moi je ne lui ferai pas grief de ne pas avoir devancé Galilée, de n'avoir pas connu la marmite de Papin ou notre lanterne magique. Il a connu les inventions de son temps, qui étaient tout aussi admirables que les nôtres. Je ne le trouve nullement crédule, ni disposé à justifier les abus dont pâtit la simplicité du populaire.

Tous les bons esprits depuis la Renaissance jusqu'à nos jours, s'accordent à lui reconnaître une véritable érudition, un talent hors de pair et des « lumières admirables ».

« Recherchez-vous la philosophie naturelle et morale, a écrit Pasquier, elle ne lui fait défaut au besoin, voulez-vous quelques sages traits, les voulez-vous de folie? Vous en trouverez en suffisance, traits de folie toutefois dont vous pourrez vous faire sage. »

Que voilà un homme plus avisé que l'austère Gerson, et la savante, l'aimable Christine de Pisan, si injuste envers le Roman de la Rose*!*

Lantin de Damerey, en 1737, trouvait pour son compte dans l'œuvre de Guillaume et de Jean « une politesse de mœurs qui fait honneur à notre nation, parvenue il y a plus de quatre siècles à ce point où ne sont pas encore arrivées la plupart des nations voisines ». « Elle renferme même, a-t-il ajouté, des traits de politique, des caractères, des portraits, des maximes, des règles de conduite, des vérités philosophiques, des sentiments, et tout cela fait bien sentir qu'on avait raison de la regarder en son temps comme un livre essentiel pour l'usage de la vie civile, parce qu'il en est peu où l'on trouve en même temps une si grande variété de choses nécessaires, utiles et agréables. »

Un livre essentiel pour l'usage de la vie civile!

Lantin a eu un grand mérite à parler ainsi, eu égard aux préventions de la plupart de ses contemporains contre la « barbarie gothique».

Ce jugement est tout à fait équitable. Il vaut beaucoup mieux que celui de tel savant comme Daunou qui a prétendu que le Roman de la Rose *était ennuyeux. Les philologues et les historiens n'ont pas toujours le goût très sûr. Devant la revendication de ceux qui placent très haut la poésie du moyen âge, on a dit que c'était un procès pour lequel manquaient les juges et le public; opinion soutenable tant que les œuvres demeuraient enfouies en manuscrits dans les bibliothèques, opinion vraie encore en partie du fait que les bons connaisseurs en matière de livres ne sont pas nécessairement ceux à qui l'original est accessible. Tel pour qui l'ancienne langue est un idiome étranger, sait fort bien discerner ce qui vaut la peine d'être admiré quand on lui présente une bonne traduction fidèle et bien écrite. C'est ce qui m'a engagé à entreprendre la mienne. La tâche n'était pas des plus faciles : il convenait d'éviter à la fois la transcription fallacieuse qui se réfugie dans un mot-à-mot obscur pour escamoter les difficultés, et la paraphrase insipide qui ôte au texte toute sa sève et tout son parfum. Dans cette version qui suit le texte de la toute récente et parfaite édition de M. Ernest Langlois, je crois avoir assez bien fondu les tournures anciennes et les nouvelles, et évité la bigarrure. J'ai adopté l'ordre logique des mots du langage moderne, non sans me permettre deci delà quelques tours savoureux de la libre syntaxe d'autrefois; je ne fais entrer dans mes phrases que les vocables qui ont droit de cité par leurs titres anciens, que ceux qui sont encore vivants ou doivent le redevenir, évitant l'archaïsme inutile en dehors des termes propres qui n'ont pas d'équivalents.*

Si j'ai réussi à rouvrir le jardin de Déduit et à tirer Bel Accueil de sa prison séculaire, je ne doute pas que le Roman de la Rose *ne trouve de nouveaux lecteurs, et que le public d'aujourd'hui ne ratifie le jugement de nos pères et de tous les gens de goût depuis quatre cents ans, jugement qui peut se résumer dans ce mot d'un critique de haute doctrine que j'ai nommé plus haut : « Ce n'est pas en France qu'on s'obstinerait à s'ennuyer pendant des siècles, même pour faire pièce aux censeurs. »*

ANDRÉ MARY.

NOTE SUR CETTE NOUVELLE ÉDITION

Cette nouvelle édition se présente purgée des quelques fautes d'impression qu'on a pu relever dans la première. J'ai revu, en outre, ma version avec soin en maints endroits, et corrigé notamment l'inexactitude signalée par le P. G. Paré (*Le Roman de la Rose et la Scolastique courtoise.* Paris, 1941) et due à une mauvaise ponctuation du texte Langlois. Enfin, selon l'avis de plusieurs personnes qualifiées, j'ai rétabli *in extenso* les plaintes de l'Amant qui avaient été écourtées à seule fin de terminer avec mon chapitre IV la première partie du poème, œuvre de Guillaume de Lorris. — A. M.

I

Guillaume de Lorris entreprend de raconter un songe qu'il fit dans sa jeunesse. — Description du printemps. — Le Verger aux murailles peintes. — Portraits de Haine, de Vilenie, de Convoitise, d'Avarice, d'Envie, de Papelardise, de Tristesse, de Vieillesse et de Pauvreté. — Dame Oiseuse ouvre au poète la porte du Verger. — Déduit et Liesse et leur compagnie. — Les dix flèches du dieu d'Amour.

Maintes gens disent que dans les songes il n'y a que fables et mensonges. Cependant il en est tels qui ne nous trompent pas, et dont la vérité se manifeste après, j'en prends à témoin Macrobe qui ne tenait pas les songes pour des chimères, mais décrivit la vision survenue à Scipion. Que ceux qui jugent une telle croyance absurde et insensée me traitent de fou s'ils veulent : mon sentiment intime est que les rêves présagent aux hommes ce qu'il leur arrive de bon ou de mauvais, car beaucoup d'entre eux songent la nuit d'une manière obscure de choses qu'on observe clairement par la suite.

A la vingtième année de mon âge, à cette époque où l'amour réclame son tribut des jeunes gens, je m'étais couché une nuit comme à l'accoutumée, et je dormais profondément, lorsque je fis un songe très beau et qui me plut fort, mais dans ce songe, il n'y eut rien que les faits n'aient confirmé point par point. Je veux vous le raconter pour vous réjouir le cœur : c'est Amour qui m'en prie et me l'ordonne. Et si quelqu'un me demande comment je veux que ce récit soit intitulé, je répondrai que c'est le *Roman de la Rose* qui renferme tout l'Art d'amour. La matière en est bonne et neuve. Que Dieu me fasse la grâce que celle-là l'agrée, à qui je le destine : c'est celle qui a tant de prix et qui est si digne d'être aimée qu'on doit l'appeler la Rose.

Il y a cinq ou six ans, je rêvai qu'on était en mai, le temps amoureux et plein de joie où toute chose se réjouit, où l'on ne voit buisson ni haie qui ne se pare de feuille nouvelle. Les bois, secs tout l'hiver, recouvrent leur verdure; la terre, toute fière de la rosée qui la mouille, oublie sa pauvreté de naguère et revêt sa robe de mille couleurs; les oiseaux qui se sont tus, tant que duraient les froids et le mauvais temps, font éclater leur joie sous le ciel serein; alors le rossignol chante à tue-tête; alors s'égaient le papegaut et la calandre; alors il faut que les jeunes gens pensent à la gaîté et à l'amour. Il a le cœur bien dur, celui qui n'aime pas, quand il entend retentir sur la branche les chants doux et piteux des oiseaux.

Je songeai donc que j'étais en ce temps délicieux où tout ce qui vit est troublé par l'amour. Il me sembla dans mon sommeil qu'il était grand matin. Lors je me levai de mon lit, me chaussai et lavai mes mains, puis je tirai d'un joli aiguillier une aiguille d'argent que je me mis à enfiler. Il me prit fantaisie de sortir de la ville pour ouïr les chansons des oiseaux.

Tout en cousant mes manches en zig-zag, j'allai tout seul, flânant et écoutant les oiselets qui gazouillaient à pleine gorge par les vergers fleuris. Une rivière murmurait tout près de là; je m'y dirigeai; je n'eusse mieux su choisir pour m'ébattre. Ce cours d'eau dévalait d'un tertre voisin, un peu moins abondant que la Seine et s'étalait en une plus large nappe. Je me délectai à contempler la belle et plaisante assiette du lieu; je rafraîchis mon visage dans l'eau claire et reluisante comme fontaine, et je vis le fond de la rivière qui était tout couvert de gravier. Une belle prairie s'étendait jusqu'aux bords; la matinée était douce et tempérée. Lors je m'en allai parmi le pré, en côtoyant le rivage.

A une certaine distance je me trouvai devant un grand verger clos de murs crénelés et richement décorés au dehors d'images et de peintures : je vous les décrirai comme je me les rappelle.

Au milieu je vis Haine qui semblait bien la conseillère de la colère et de la chicane; elle avait l'aspect courroucé, hargneux et méchant d'une femme forcenée; sordide et mal accoutrée, elle avait le visage froncé et rechigné et le nez retroussé, et une touaille s'entortillait hideusement autour de sa tête.

A sa gauche se trouvait une image de même taille; je lus dessous son nom : elle s'appelait Félonie.

A droite était une autre figure à peu près de même aspect et de même forme; elle avait nom Vilenie et semblait bien mauvaise créature, insolente et médisante et peu disposée à honorer ce qu'elle doit.

Plus loin était peinte Convoitise; c'est cette passion qui excite les gens à prendre et à thésauriser, et à ne rien donner, qui les fait prêter à usure dans leur fureur d'amasser, qui pousse au vol les larrons et les mauvais garçons (à grand dommage pour eux, car plus d'un se fait pendre à la fin), qui fait dépouiller le prochain par ruse ou par violence, qui conseille les larcins, le vol, la fraude et l'escroquerie; c'est elle qui crée les tricheurs et les faux plaideurs qui maintes fois par leurs belles paroles ont ravi les héritages aux valets et aux pucelles. Cette figure avait les mains recourbées et crochues, comme celle qui a la rage de happer le bien d'autrui et ne s'entend à rien d'autre.

A côté de Convoitise se tenait Avarice : laide, sale et déguenillée, cette image était maigre et chétive et aussi verte que ciboule, si décolorée qu'elle semblait malade de langueur et quasi morte de faim et vivant seulement de pain pétri au levain aigre. En outre elle était pauvrement vêtue, n'ayant qu'une vieille cotte déchirée, comme si elle fût demeurée aux chiens, élimée et toute rapetassée de pièces et de morceaux. Près d'elle, pendus à une perche, on voyait un manteau et une cotte de brunette; le manteau était misérable : il n'avait pas de panne de vair, mais d'agneau noir, lourd et velu. La robe avait bien dix ans, mais Avarice n'était pas pressée de la vêtir; sachez qu'elle aurait eu grand chagrin de l'user, car elle n'était pas disposée de sitôt à en acheter une neuve. Elle tenait en main une bourse qu'elle cachait; elle l'avait si bien nouée que c'eût été une affaire d'importance d'en tirer quelque chose; mais elle n'avait nulle intention de rien ôter de sa bourse.

Après Avarice était représentée Envie qui jamais ne rit et ne se réjouit dans sa vie, sinon lorsqu'elle apprend quelque mauvaise nouvelle. Rien ne peut lui plaire autant que le malheur d'autrui. Quand elle assiste à la déconfiture d'un prud'homme, c'est un spectacle qui lui plaît fort; sa joie est grande lorsqu'elle voit quelque famille tomber dans la déchéance ou le déshonneur, mais quand quelqu'un est honoré par son sens et sa prouesse, c'est la chose qui la blesse le plus. Envie est de telle cruauté qu'elle n'est pas loyale envers ses compagnons; elle n'a parent, si attaché qu'il lui puisse être, dont elle ne soit l'ennemie, elle ne souhaite de bien à personne, même à son père. Mais sachez qu'elle paie durement sa malice, car elle a si grand tourment et telle tristesse de voir les gens faire le bien que peu s'en faut qu'elle n'en crève. Sa propre férocité la martyrise, vengeant ainsi Dieu et les hommes. Envie ne cesse jamais de décrier les gens; elle connaîtrait le plus grand prud'homme de la terre qu'elle voudrait le blâmer; et s'il était si bien appris qu'elle ne pût ruiner son bon renom, au moins voudrait-elle rapetisser son mérite.

Je remarquai dans la peinture qu'Envie avait un regard fort laid : elle ne regardait rien en face, mais en borgnoyant; elle avait cette mauvaise habitude de lorgner les gens de travers, fermant un œil par dédain, car elle crevait de dépit quand l'un ou l'autre qu'elle observait était bien, beau ou distingué de manières, ou s'il était aimé et vanté des gens.

Non loin d'Envie était peinte sur la muraille Tristesse qui semblait avoir la jaunisse. Pour la pâleur et la maigreur, elle surpassait Avarice, car l'émoi et la détresse et le chagrin et les ennuis qu'elle souffrait nuit et jour l'avaient rendue blême et décharnée. Nulle créature ne paraissait endurer plus cruel martyre; je crois que nul n'eût su lui faire rien qui pût lui plaire et qu'elle n'aurait voulu être guérie à aucun prix du deuil où son cœur était plongé. De désespoir elle avait égratigné toute sa figure et déchiré sa robe; elle avait tiré ses cheveux dont les tresses défaites étaient répandues sur son cou. Sachez en vérité qu'elle pleurait à chaudes larmes. Nul n'eût été si insensible qu'il ne fût ému de pitié en la voyant se meurtrir et se battre les poings; elle était toute occupée de son deuil, la chétive, la dolente, et ne pensait guère à rire et à danser.

Après était figurée Vieillesse, rétrécie d'un pied, comme il était naturel. Elle pouvait à peine se nourrir, tant elle était décrépite, la vieille radoteuse; sa beauté était bien gâtée; sa tête était chenue et blanche comme si elle fût fleurie. Ce ne fût pas une grande perte ni grand dommage si elle mourût, car tout son corps était séché de vieillesse et anéanti; son visage, jadis délicat et plein, était flétri et sillonné de rides; elle avait les oreilles moussues et de ses dents il ne lui restait pas une; elle était si caduque qu'elle n'eût pu aller sans potence la longueur de quatre toises. Telle avait été l'œuvre du Temps qui marche nuit et jour sans relâche, ce temps qui nous fuit et nous quitte si furtivement qu'il semble s'arrêter sans cesse, mais qui ne finit de s'écouler, si bien qu'on ne peut penser au présent qu'il ne soit déjà passé. Le Temps qui va toujours sans retourner en arrière, comme l'eau qui descend et dont une seule goutte ne peut remonter à sa source, le Temps auquel rien ne résiste, ni fer ni chose si dure qu'elle soit, car il corrompt et mange tout, le Temps qui change, nourrit, fait croître toute chose, et tout use et tout pourrit et le Temps qui vieillit nos pères, qui vieillit les rois et les empereurs et nous-mêmes nous vieillira (à moins que la Mort ne nous prenne avant) lui avait ôté tout moyen, à tel point qu'elle n'avait non plus de force ni de sens qu'un enfant d'un an. Cependant, que je sache, elle avait été fine et entendue en son bel âge, mais elle était maintenant toute rassotée. Autant qu'il m'en souvient, son corps était enveloppé d'une chape fourrée qui lui tenait bien chaud, car ces vieilles gens sont sensibles au froid : vous savez que c'est leur nature.

L'image qui venait ensuite montrait une mine hypocrite et s'appelait Papelardise. C'est celle qui, à la dérobée, quand nul n'y prend garde, ne craint pas de se livrer au mal : elle fait la sainte nitouche, elle a l'air simple et dévôt et semble sainte créature, mais il n'est mauvais tour qu'elle ne médite. L'image était bien faite à sa ressemblance; elle était habillée et chaussée comme une rendue, et tenait à la main un psautier, toute occupée à prier Dieu et invoquer les saints et les saintes. Elle n'était ni gaie ni joyeuse, mais paraissait toute occupée de bonnes œuvres, et elle avait revêtu la haire. Sachez qu'elle n'était pas grasse, mais semblait au contraire exténuée par le jeûne et pâle comme une morte. A Papelardise et aux siens sera fermée la porte du Paradis, car telle engeance, dit l'Évangile, se fait maigrir pour avoir les louanges du monde et pour un peu de vaine gloire qui leur ravira le royaume de Dieu.

En dernier lieu était représentée Pauvreté qui n'aurait pu se procurer un denier en vendant sa robe, car elle était nue comme un ver. Si le temps avait été mauvais, je crois qu'elle aurait péri de froid, car elle n'avait pour toute cotte et tout manteau qu'un vieux sac étroit et rapiécé : elle n'avait rien d'autre à se mettre et pouvait grelotter à son aise. Elle se tenait à l'écart des autres, tapie dans un coin comme un pauvre chien, car le misérable, où qu'il soit, est toujours honteux et méprisé. Maudite soit l'heure où le pauvre fut conçu, car jamais il ne sera bien nourri, ni bien vêtu, et personne ne l'aime ni ne le protège!

J'examinai bien les images qui étaient peintes d'or et d'azur tout le long de la muraille comme je l'ai rapporté. Le mur était haut et carré; il servait de clôture au verger au lieu de haies. J'aurais su bon gré à celui qui aurait bien voulu me mener dans ce beau jardin, car jamais on ne vit telle joie et telle fête comme celle qu'on y faisait. Il hébergeait trois fois autant d'oiseaux qu'il y en a dans tout le royaume de France; rien n'était plus harmonieux que leurs voix, ni plus doux à entendre. Pour moi, j'en étais si enchanté que, si le passage eût été libre, je n'eusse renoncé pour un trésor à voir leur assemblée et écouter à mon aise les danses d'amour et les airs plaisants qu'ils chantaient.

Quand j'entendis telle allégresse, je me pris à me désoler, me demandant par quel stratagème je pourrais pénétrer dans le jardin. Je ne trouvais aucun passage, et ne savais s'il était quelque pertuis ou voie par où l'on y pût entrer, et personne ne se trouvait là pour me l'enseigner, car j'étais seul. Mon angoisse était grande. A la fin il me vint à l'esprit qu'il était impossible qu'en si beau verger il n'y eût pas une porte ou quelque échelle ou pertuis. Je me hâtai donc de contourner l'enceinte, si bien que je découvris un petit huis étroit et bien fermé.

Je commençai à frapper à l'huis, car je ne voyais nul autre moyen d'entrer; je heurtai plusieurs fois, écoutant si j'entendrais venir une âme. A la fin le guichet s'ouvrit et une pucelle parut; elle était belle et noble à merveille; elle avait les cheveux dorés comme bassins, la chair tendre, front reluisant, sourcils voûtés, entr'œil grand à mesure, les yeux vairs comme faucon, douce haleine, face blanche et colorée, la bouche petite, les lèvres un peu grosses, et au menton une fossette; le cou était de bonnes dimensions, assez gros et long raisonnablement, poli et doux au toucher, la gorge aussi blanche que neige neigée; le corps était bien fait et délicat. Sur sa tête était posée une couronne d'orfroi mignonne et fort joliment travaillée, et par-dessus un chapeau de roses. Elle tenait en sa main un miroir; elle avait tressé d'un riche galon sa chevelure; ses manches étaient étroitement cousues, et pour garder ses mains de hâle, elle portait des gants blancs. Sa cotte était d'un magnifique vert de Gand cousu d'un cordonnet tout autour.

Il paraissait bien à sa parure qu'elle était peu occupée. Quand elle avait bien peigné ses cheveux et bien ajusté ses atours, sa journée était faite; elle prenait du bon temps, car elle n'avait d'autre souci que la toilette.

Quand la charmante pucelle m'eut ouvert l'huis, je l'en remerciai bonnement, puis je lui demandai son nom et qui elle était. Elle ne fut point fière et ne dédaigna pas de me répondre.

« On m'appelle Oiseuse, dit-elle. Je suis femme riche et puissante. Mon bonheur ne consiste qu'à jouer et à me divertir, à me peigner et à me tresser; je ne m'entends à nulle autre chose. Je suis la compagne et privée de Déduit, le mignon et le gracieux. C'est à lui qu'appartient ce jardin; c'est lui qui y planta ces arbres qu'il fit apporter de la terre des Sarrasins. Quand les arbres furent grands, Déduit fit faire tout autour le mur que vous avez vu et peindre à l'extérieur les images qui ne sont agréables ni jolies, comme vous le vîtes, mais tristes et douloureuses.

« Maintes fois, pour se divertir, Déduit et sa joyeuse compagnie viennent ici se mettre à l'ombre. En ce moment même, il s'y trouve sans doute, écoutant chanter le rossignol, le mauvis et les autres oiselets. Il joue et prend ses ébats dans ce jardin avec sa suite; il trouverait difficilement plus beau lieu et plus belle place pour se distraire. Les compagnons que Déduit mène avec lui sont les plus belles gens que jamais vous puissiez rencontrer en nulle contrée. »

Quand Oiseuse eut achevé de parler, je lui dis : « Dame Oiseuse, n'en doutez pas, puisque Déduit est maintenant ici avec ses gens, on ne m'ôtera pas le plaisir de les voir, car je crois que c'est là une belle compagnie courtoise et bien enseignée. »

Là-dessus, sans dire un mot de plus, j'entrai dans le verger par l'huis qu'Oiseuse m'avait ouvert. Quand je me trouvai dedans, mon allégresse fut à son comble : sachez que je crus être au Paradis terrestre; l'endroit était si délectable qu'il semblait surnaturel. Il me fut avis lors qu'en nul paradis il ne faisait si bon que dans ce plaisant verger. Une multitude d'oiseaux chantants était répandue par tout le jardin : ici c'étaient des rossignols, là des geais et des étourneaux; là il y avait grande troupe de roitelets, de tourterelles, de chardonnerets, d'hirondelles, d'alouettes et de mésanges; dans un endroit ne tarissait pas le gazouillis des calandres; ailleurs les merles et les mauvis s'évertuaient à couvrir la voix des papegauts et de maints autres oiseaux habitants des bosquets. Ces oiseaux faisaient un très beau service; on eût dit anges célestes :

jamais si douce mélodie ne fut ouïe d'homme mortel; on eût pu la comparer au chant des sirènes de mer. Je me délectai à les entendre, et ma joie, ma gaieté dans ce lieu verdoyant ne connurent plus de bornes.

Je vis et sus bien alors que Dame Oiseuse m'avait bien servi en m'ouvrant le guichet du verger.

Je vous conterai maintenant ce que je fis. D'abord je vous dirai brièvement le rôle que remplissait Déduit et quelle était sa compagnie, et je vous dirai après la façon du verger.

Les oiseaux allaient faisant leur charmant service; ils chantaient lais d'amour et chansonnettes courtoises, les uns à voix haute, les autres à voix basse. Mon cœur fut tout rafraîchi de les entendre. Mais quand je les eus écoutés quelque temps, je ne pus me tenir d'aller voir Déduit, car j'étais très curieux de juger de son maintien. Lors je pris à droite un petit sentier plein de fenouil et de menthe. J'entrai dans le bosquet retiré où il prenait ses ébats. Il avait avec lui de si belles gens que quand je les aperçus, je crus voir au vrai des anges empennés.

Ils avaient formé une carole, et une dame la menait qui avait nom Liesse : elle chantait d'une manière extrêmement agréable; nul ne savait mieux poser ses refrains, car elle avait la voix claire et mélodieuse; elle faisait les mouvements le plus gracieusement du monde, savait à merveille frapper du pied et montrait beaucoup d'entrain; elle avait coutume de chanter la première, car le chant était le métier qui avait ses préférences.

Lors vous auriez vu la carole tourner et les gens baller galamment et faire mainte belle trèche et maint joli tour sur l'herbe. Vous auriez vu là flûteurs, ménétriers et jongleurs : l'un chantait des rotruenges, l'autre des notes lorraines. (Vous savez qu'on fait en Lorraine les plus belles chansons du monde.) Il y avait aussi des joueuses de tablettes et de timbres qui ne cessaient de lancer en l'air leur instrument et le rattrapaient sur un doigt sans jamais le manquer.

Déduit, au milieu de la carole, faisait danser en grande cérémonie deux demoiselles très mignonnes, en pure cotte, et cheveux tressés. On ne saurait dire comme elles ballaient gracieusement : l'une venait tout bellement vers l'autre, et quand elles se touchaient presque, elles jetaient leurs bouches l'une contre l'autre, de telle sorte qu'il vous eût semblé qu'elles s'entrebaisaient au visage; elles se donnaient du mouvement, je vous en réponds : j'aurais été bien en peine de me remuer autant que le faisait cette jeunesse fringante.

Je regardai la carole tant qu'une dame enjouée m'aperçut : c'était Courtoisie la vaillante et la débonnaire que Dieu garde. Elle m'appela :

« Bel ami, me dit-elle, que faites-vous là? Çà, venez, et s'il vous plaît, prenez part à la ronde. »

J'entrai sur-le-champ dans la danse, et je ne fus pas trop emprunté. J'étais très heureux de l'invitation de Courtoisie, car je désirais vivement caroler, et le manque de hardiesse m'eût retenu de le faire.

Je me mis alors à regarder la mine des gens qui carolaient, leur figure, leur costume et tout leur maintien. Je vous dirai qui ils étaient.

Déduit était droit et de haute taille; en nulle compagnie vous ne rencontrerez plus bel homme : il avait la face vermeille et blanche comme une pomme, les yeux bleus, la bouche gentille et le nez fait à merveille, les cheveux blonds et bouclés; il était assez large des épaules et grêle à la ceinture, et en outre vêtu avec recherche et élégance. Il ressemblait à une peinture, tant il était magnifique de corps et d'atours. Vif et léger, preste et adroit, il n'avait barbe ni grenon, rien que de petits poils follets, car il était jeune demoiseau. Il était paré d'un riche samit décoré d'oiseaux et tout à or battu; sa robe admirablement ornée était tailladée par endroits et découpée avec élégance; il était finement chaussé de souliers à lacets. Son amie lui avait donné en cadeau un chapeau de roses fait de ses mains qui lui allait à ravir.

Et savez-vous qui était sa mie? Liesse la joyeuse, la bien chantante qui, à peine âgée de sept ans, lui octroya son amour. Déduit la tenait par le doigt à la carole, et elle lui. Ils se convenaient bien l'un et l'autre, car il était beau, et elle était belle.

Liesse avait la couleur de la rose nouvelle; une toute petite ronce eût suffi pour déchirer sa chair, tant elle était tendre. Elle avait le front blanc et poli, les sourcils bruns et arqués, les yeux gais et si enjoués qu'ils riaient toujours avant la bouche; je ne sais que vous dire du nez; on n'eût pas mieux fait de cire; elle avait le chef blond et reluisant et la bouchette petite et toute prête à baiser son ami. Ses atours étaient à l'avenant : un fil d'or galonnait ses cheveux que couronnait un chapeau d'orfroi tout neuf et tel que je n'ai jamais vu soie si bien ouvrée. Elle portait robe de samit doré, de même que son ami, ce dont elle était très fière.

Près d'elle, de l'autre côté, se tenait le dieu d'Amour : celui-là qui distribue à son gré les amourettes et gouverne les amants, qui abat l'orgueil des hommes, qui fait les seigneurs valets et les dames servantes, quand il les trouve trop glorieuses.

Le maintien du dieu d'Amour n'était en aucune façon celui d'un garçon malappris. Pour la beauté, il était fort à priser; quant à décrire sa robe, je crains de ne pouvoir y réussir, car il ne portait pas une robe de soie, mais de fleurettes de toutes couleurs, violettes, pervenches, fleurs de genêt, fleurs bleues, fleurs blanches mêlées de feuilles de roses, ouvrée à plaisir et toute brodée de losanges, d'écussons, d'oiselets, de lionceaux et de léopards. Il était coiffé d'un chapeau de roses, mais les rossignols qui voletaient autour de sa tête en faisaient tomber les pétales, car il était tout couvert de papegauts, de rossignols, de calandres et de mésanges. Il semblait que ce fût un ange venu tout droit du ciel.

Auprès d'Amour était un jouvenceau appelé Doux Regard. Ce bachelier regardait les caroles et portait deux arcs turcois; l'un de ces arcs était d'un mauvais bois bosselé, plein de nœuds et plus noir que mûre; l'autre était formé d'un plançon longuet et de jolie forme; il était bien lisse et tout pipolé : dames et valets faits à ravir y étaient peints en tous sens.

Avec ces deux arcs, Doux Regard tenait dix des flèches de son maître. Il en avait cinq en sa main droite dont les pennes et les coches étaient dorées; leurs pointes étaient tranchantes, aiguës et barbelées; dans ces flèches il n'y avait fer ni acier; tout y était d'or, excepté les pennes et le fût.

La meilleure et la plus belle avait nom Beauté; une de celles qui blessait le plus souvent se nommait Simplesse; une autre était appelée Franchise : celle-ci était empennée de Valeur et de

Courtoisie; la quatrième avait nom Compagnie : elle portait une sagette très pesante et ne pouvait porter bien loin, mais qui l'eût tirée de près eût pu faire beaucoup de mal; la cinquième avait nom Beau Semblant : c'était de toutes la moins dangereuse; cependant elle était capable de faire une grande plaie : celui qui en est atteint, peut obtenir merci; son mal lui est supportable, car il peut espérer dans peu de temps la santé, et sa douleur s'en trouve allégée.

Les cinq autres flèches étaient laides à souhait; leurs fûts et leurs pointes étaient plus noires que diables d'enfer. La première avait nom Orgueil; la deuxième qui ne valait pas mieux et qu'on nommait Vilenie était toute peinte et envenimée de Félonie; la troisième était appelée Honte; la quatrième Désespérance; et la dernière Nouveau Penser.

Ces flèches se ressemblaient toutes; elles étaient réservées à l'arc hideux et plein de bosses : il leur convenait bien, il devait bien tirer ses cinq flèches qui avaient une vertu toute différente des premières; mais je ne dirai pas ici leur force et leur puissance. La vérité vous en sera contée tout à l'heure; je ne mettrai pas en oubli leur signifiance, et vous en saurez plus long avant que j'achève mon récit.

II

Les Personnages de la Carole. — Beauté, Richesse, Largesse, Franchise, Courtoisie, Jeunesse. — Visite du Verger : ses arbres et ses animaux. — La Fontaine de

Narcisse et le Miroir périlleux. — Le dieu d'Amour tire cinq flèches sur le poète.

Il me faut maintenant décrire la contenance et l'aspect des nobles gens de la carole. Le dieu d'Amour avait bien choisi sa compagnie; il serrait de très près dame de haute renommée. Cette dame avait nom Beauté comme l'une des cinq flèches, et ses charmes étaient nombreux : elle resplendissait comme la lune au prix de qui les étoiles semblent de petites chandelles; elle était simple comme une mariée, de chair tendre comme rosée et blanche comme fleur de lis. Grêle et droite de corps, son visage, lisse et clair, n'était ni fardé ni épilé; le nez et la bouche étaient compassés à merveille et ses cheveux blonds lui battaient aux talons. Je me sens une grande douceur au cœur quand il me souvient de la façon de chaque membre, car il n'y eut si belle femme au monde. En bref elle était jeunette, blonde, vive, piquante, plaisante, pimpante, élancée, grassouillette, gentille et bien tournée.

A côté de Beauté se tenait Richesse, très grande dame et du plus haut rang. Qui oserait lui causer du dommage en quoi que ce soit par actes ou paroles à elle ou aux siens, serait bien hardi, car elle peut faire autant de mal qu'elle peut rendre de services : ce n'est pas d'aujourd'hui, en effet, que les riches ont tout pouvoir d'aider ou de nuire.

Grands et petits portaient honneur à Richesse pour mériter ses faveurs; chacun la nommait sa dame, car tout le monde la craignait; tous étaient sous sa domination; à sa cour il y avait maint flatteur, maint traître, maint envieux : ce sont ceux qui ne pensent qu'à desservir et dénigrer ceux qui sont le plus dignes d'être aimés. Les flatteurs louent les gens par-devant pour les séduire; ils les oignent en paroles, mais, par-derrière, de leurs médisances ils les poignent jusqu'à l'os; ils rabaissent le mérite des bons et décrient ceux qu'on loue; les flatteurs ont noirci maints prud'hommes par leurs calomnies; par leur faute ceux qui devraient être les favoris des cours sont traités en étrangers. Puisse-t-il arriver malheur à ces médisants et à ces envieux, car nul prud'homme n'aime leur vie!

Richesse avait une robe de pourpre brochée d'or et toute historiée de ducs et de rois; le col était ourlé d'une bande d'or niellé à émaux et garni en abondance de pierres précieuses qui jetaient mille feux. Par-dessus sa robe, Richesse avait ceint une ceinture dont la boucle était d'une pierre de grande vertu, car celui qui la portait sur soi ne redoutait rien d'aucun venin; le mordant de la courroie était d'une autre pierre qui guérissait le mal de dents, et il suffisait de la voir à jeun pour en être garanti pour toute la journée. Richesse avait sur ses tresses blondes un cercle d'or recuit tel qu'on n'en vit jamais un semblable, où étaient enchâssés rubis, saphirs, jagonces et émeraudes, plus sur le devant une escarboucle qui rendait si grande clarté que, lorsqu'il faisait nuit, on y voyait d'une lieue pour se conduire.

Richesse tenait par la main un valet de toute beauté, son ami véritable. C'était un homme qui se délectait à loger dans les beaux hôtels; il se chaussait et se vêtait bien, et il avait des chevaux de prix : s'il eût eu roncin en étable, il se serait cru déshonoré comme de meurtre ou de larcin. Aussi aimait-il à fréquenter Richesse et tenait-il à sa bienveillance, car il ne pensait qu'à se mettre en frais, et Richesse était là pour lui fournir et couvrir ses dépenses, car l'argent ne lui coûtait pas plus que si elle le puisât en greniers.

Après Richesse, et lui donnant la main, venait Largesse, la bien apprise qui aime tant à dépenser et à honorer ses hôtes : elle était du lignage d'Alexandre et n'avait de plaisir, sinon à dire : « Tiens! » Avarice, elle-même, la malheureuse, n'était pas aussi empressée à prendre que Largesse à donner. Dieu faisait foisonner ses biens de sorte qu'elle ne savait tant donner qu'elle n'eût encore davantage.

Largesse avait grand renom; elle tenait les sages et les fous à son entière discrétion, grâce à ses libéralités. S'il s'était trouvé quelqu'un qui pût la haïr, je gage qu'elle en aurait fait un ami en lui rendant service; aussi avait-elle à son gré l'amour des pauvres et des riches. Bien insensé est le haut homme qui lésine : il n'y a pas pour un grand seigneur de vice pire que l'avarice; l'avare ne peut conquérir ni seigneurie ni grande terre, car il n'a pas beaucoup d'amis qu'il puisse mener à sa volonté. Que celui qui veut avoir des amis ne tienne pas trop à ses richesses; qu'il s'en procure au contraire par de beaux dons; de même que l'aimant subtil attire le fer, ainsi l'argent qu'on distribue gagne le cœur des gens.

Largesse portait une robe de pourpre sarrasinoise; elle avait le visage beau et bien formé, mais son cou était découvert, car elle avait fait présent naguère de son fermail à une dame, mais cela ne la déparait point, car le collet dégrafé découvrait sous la chemise la gorge blanche et délicate.

Largesse la vaillante tenait par la main un chevalier du lignage d'Artur, le bon roi de Bretagne : c'était lui qui portait l'enseigne et le gonfanon de Valeur : sa renommée est telle que l'on parle encore de lui dans les contes. Ce chevalier était venu nouvellement d'un tournoi où il avait fait mainte joute pour l'amour de sa mie; il avait décerclé maint heaume et percé maint écu, et abattu et pris de force maint chevalier.

Après tous ceux-là venait Franchise au teint de neige : elle n'avait pas le nez orléanais, mais long et droit; les yeux étaient bleus et riants, les sourcils voûtés, les cheveux longs et blondets; elle était modeste et douce comme une colombe. Elle n'aurait osé dire ni faire à nul ce qu'elle ne devait, et si elle eût connu un homme qui fût persécuté par amitié pour elle, elle eût été émue de compassion, car elle avait le cœur sensible et si aimant qu'elle eût cru commettre une vilenie en n'aidant pas celui qui aurait souffert à cause d'elle. Elle portait une souquenie qui n'était pas de bourras, mais magnifique et admirablement ajustée. Nulle robe n'est si belle que souquenie de demoiselle; la femme est plus jolie et plus mignonne en souquenie qu'en cotte : celle de Franchise était blanche, ce qui signifiait bonté et noblesse. Un jeune bachelier se tenait à côté de Franchise; je ne sais comment il s'appelait, mais on l'eût trouvé assez beau et assez distingué pour être le fils du seigneur de Windsor.

Après venait Courtoisie, bien prisée de tous pour sa simplicité et son grand sens. C'est elle qui m'avait invité à la carole, avant toute autre, quand je vins là. Elle n'était ni timide, ni sotte, ni ombrageuse, mais sage, polie et sensée dans ses paroles et ses réponses, ne bafouant personne et contentant tout le monde. C'était une brune au clair visage, qui eût pu en toutes cours être impératrice ou reine. Un chevalier l'accompagnait, avenant et parleur agréable, qui savait bien faire honneur aux gens; il était beau, noble, habile aux armes et bien aimé de son amie.

La belle Oiseuse venait ensuite, non loin de moi : je vous ai tracé à loisir son portrait; je n'y ajouterai rien; c'est elle qui me fit si grande bonté en m'ouvrant le guichet du verger fleuri.

Puis venait Jeunesse à la face riante; elle n'avait guère plus de douze ans : elle était simplette et naïve, ne songeant mal ni finesse, et en outre gaie et enjouée, comme il convient à jeune personne qui ne se soucie que de jouer et de rire. Son ami était si familier avec elle qu'il l'embrassait toutes les fois qu'il lui plaisait devant tous ceux de la carole. Ils n'avaient nulle honte de se faire remarquer; vous les auriez vus s'entre-baiser comme deux colombeaux. Le valet avait le même âge que la pucelle, et même cœur.

Ainsi carolaient tous ces charmants compagnons, et avec eux d'autres encore qui étaient de leur ménie : tous étaient de franches gens, bien appris et de belles manières.

Quand j'eus bien examiné les danseurs, je désirai visiter le verger et admirer tous ces beaux lauriers, ces pins, ces cèdres, ces mûriers qui en faisaient l'ornement. Les caroles cessaient déjà, et la plupart allaient se mettre à l'ombre et donoyer avec leurs amies. Dieu! comme ils prenaient du bon temps! Bien fou est celui qui ne rêve pareille vie! On ne pourrait souhaiter plus grand bien, car il n'est nul meilleur paradis que d'avoir amie à son choix.

Je m'éloignai alors, et m'en allai en m'ébattant deci delà par le verger.

Cependant, le dieu d'Amour appelait Doux Regard; il n'avait cure de lui laisser plus longtemps en garde son arc doré; sans plus attendre, il lui commanda de le bander, et celui-ci obéit sur-le-champ : il tendit l'arc et le lui présenta avec cinq sagettes.

Aussitôt le dieu d'Amour se mit à me suivre, l'arc au poing. Dieu me garde de plaie mortelle, s'il arrive qu'il tire sur moi!

Moi qui ne savais rien de ce qu'il méditait, j'allais toujours par le verger, en musant à mon aise. Amour ne cessait pas de me suivre de loin, mais je ne m'arrêtai nulle part, jusqu'à ce que j'eusse été partout.

Le verger était régulièrement carré, aussi large que long. Il n'est arbre portant fruit, hormis ceux dont la forme est repoussante, dont il n'y eût un ou deux exemplaires ou plus peut-être dans ce jardin. Il y avait, il m'en souvient, des pommiers à grenades, avec foison d'amandiers et de noyers qui portaient des noix muscades dans la saison, et maint figuier et maint beau dattier. On y trouvait, en cas de besoin, beaucoup de bonnes épices, clou de girofle, graine de paradis, zédoaire, réglisse, anis et cannelle et mainte autre qu'il fait bon manger après la table. Il y avait aussi des arbres domestiques qui donnaient des coings et des pêches, des châtaignes, des noix, des pommes et des poires, des nèfles, des prunes blanches et noires, de fraîches cerises vermeilles, des cormes, alises et noisettes. Le jardin était encore peuplé de grands lauriers, de hauts pins, d'oliviers et de cyprès dont il n'y a guère par ici, de gros ormes branchus, et avec cela, de charmes et de fouteaux, chênes, frênes, érables, trembles et coudriers.

Pourquoi m'arrêterais-je ? Il y avait tant d'arbres divers que s'il me fallait les dénombrer, je serais bien embarrassé. Sachez qu'ils étaient à distance convenable les uns des autres; certains avaient entre eux un espace de plus de cinq ou six toises, mais les branches en étaient longues et hautes, et pour garantir le lieu de la chaleur, si épaisses par-dessus, que le soleil ne pouvait, même une heure, toucher le sol ou faire mal à l'herbe tendre.

Dans le verger il y avait daims et chevreuils, quantité d'écureuils qui grimpaient aux arbres, des lapins, qui sortaient tout le jour de leurs terriers et en plus de trente manières allaient tournoyant entre eux sur l'herbette. Par endroits sous la ramée ombreuse coulaient de claires fontaines, sans grenouilles ni barbelottes; l'eau dévalait en murmurant par de petits canaux que Déduit avait fait creuser par le jardin; sur la rive et autour des fontaines, perçait l'herbe serrée et menue : on eût pu y coucher sa maîtresse comme sur une couette, car à cause des ruisseaux voisins, la terre était douce et moite, et l'herbe y venait à merveille. Mais ce qui faisait surtout le charme du lieu, c'était l'abondance des fleurs qu'on y voyait toujours, hiver comme été : violettes, pervenches, fleurs jaunes, fleurs blanches, fleurs vermeilles et de toutes couleurs dont l'odeur était exquise : la terre en était toute peinte et pipolée.

Je ne vous décrirai pas plus longtemps la beauté de ce verger délectable. J'errai tant à droite et à gauche que je l'eus bientôt parcouru, et que j'en connus toute l'ordonnance. Tandis, le dieu d'Amour me suivait toujours, me guettant comme le veneur qui attend que la bête se mette en bon lieu pour décocher sa flèche.

J'arrivai enfin dans un bosquet où je trouvai une fontaine ombragée d'un pin magnifique et plus élevé que tous les arbres du jardin. La fontaine coulait dans une pierre de marbre sur le rebord de laquelle, en amont, se voyait une inscription en petites lettres qui disait : ICI SE MOURUT LE BEAU NARCISSE.

Narcisse fut un demoiseau qu'Amour prit dans ses lacs, et tant Amour le tourmenta et le fit pleurer et se plaindre qu'il finit par rendre l'âme, car Écho, une haute dame, l'avait aimé plus que tout au monde; elle souffrit tant pour lui qu'elle lui dit qu'elle mourrait s'il lui refusait son amour, mais Narcisse qui était fier de sa beauté et plein de dédain ne le voulut octroyer pour pleurs ni pour prière. Quand elle se vit éconduire, Écho en eut tel dépit et tel chagrin qu'elle en mourut, mais avant qu'elle expirât, elle pria Dieu que Narcisse au cœur farouche, qui s'était montré si froid envers elle, fût pressé et échauffé d'un amour dont il ne pût espérer de joie, et qu'ainsi il pût apprendre à ses dépens les souffrances endurées par les amants loyaux que l'on repousse aussi indignement. Cette prière était raisonnable, et Dieu l'exauça. Un jour qu'il était à la chasse, Narcisse vint par aventure se reposer à l'ombre du pin. Il était hors d'haleine, car il avait couru longuement, et la journée était chaude. Quand il fut devant la fontaine que le pin couvrait de ses rameaux, il lui vint le désir d'y boire; couché à dents sur le bord de l'eau claire, il y trempa ses lèvres, et il vit s'y refléter son visage et sa bouche; il s'ébahit aussitôt, car, trompé par son ombre, il crut y voir l'image d'un enfant beau à démesure. Lors Amour sut bien se venger de ses dédains, et Narcisse eut sa récompense, car il musa tant à la fontaine qu'il s'éprit de son ombre et périt à la fin. Quand il vit qu'il ne pourrait accomplir ce qu'il désirait et que cet amour fatal ne serait satisfait en aucune manière, il devint fou de désespoir et mourut en peu d'instants. Ainsi eut-il son salaire de la meschine qu'il avait éconduite. Retenez cet exemple, dames qui manquez à vos amis, car si vous les laissez mourir, Dieu saura bien vous le faire payer.

Lorsque j'eus appris par l'inscription que c'était là vraiment la fontaine de Narcisse, je m'écartai un peu, car je n'osais regarder dedans, et commençais à avoir peur, me rappelant le beau demoiseau et sa funeste aventure. Mais il me vint à l'esprit que je m'effrayais sans raison et que je pouvais aller sans crainte à la fontaine. Je m'approchai donc, et quand j'en fus près, je me baissai pour voir l'eau courante et la gravelle qui paraissait au fond, plus claire qu'argent fin. L'eau toujours fraîche sort à flots par deux douis creuses et profondes. Tout autour croît une herbe épaisse et drue qui ne peut passer en hiver, non plus que l'eau ne peut tarir.

Dans le fond du bassin je distinguai deux pierres de cristal que je regardai attentivement. Je vous dirai une chose qui vous semblera étrange et singulière : quand le soleil illumine de ses rayons les profondeurs de la fontaine, plus de cent couleurs paraîssent aux cristaux qui deviennent jaunes, indes, vermeils. Ce cristal est merveilleux et a telle vertu que les arbres et les fleurs d'alentour et tout ce qui orne le verger s'y reflètent à sa place. Pour faire entendre la chose, je prendrai un exemple. Tout ainsi qu'un miroir montre sans voile la forme et la couleur des objets qui sont placés devant, de même, je vous le dis en vérité, les cristaux révèlent à ceux qui regardent dans l'eau toute l'ordonnance du verger. De quelque côté qu'ils soient, ils en voient une moitié; et s'ils se tournent, ils aperçoivent le reste, et il n'y a si petit détail, tant soit-il caché, qu'on n'y remarque, comme s'il était peint dans les cristaux.

C'est le Miroir Périlleux où l'orgueilleux Narcisse mira sa face et ses yeux vairs, et où il tomba mort à la fin. Qui se mire en ce miroir ne peut manquer pour rien au monde d'y voir de ses yeux quelque chose qui le mette sur la voie de l'amour. Ce miroir a fait périr maint vaillant homme, car les plus sages et les meilleurs y sont tous pris.

Ici une rage nouvelle se saisit des gens; ici le cœur est bouleversé; ici sens ni mesure n'ont que faire; ici règne la volonté pure d'aimer; ici nul ne peut écouter les conseils; car Cupidon, le fils de Vénus, y sema la graine redoutable qui a teint toute la fontaine, et y fit tendre ses lacs et disposer ses engins pour prendre demoiseaux et demoiselles.

A cause de la graine qui y fut semée, cette fontaine s'appelle de droit la Fontaine d'Amour dont plusieurs ont parlé dans les romans et dans les livres; mais jamais vous n'entendrez mieux exposer la vérité sur ce sujet quand j'en aurai éclairci le mystère.

Je pris longtemps plaisir à demeurer auprès de la fontaine, admirant les cristaux qui faisaient apparaître à mes yeux des milliers de choses, mais à la male heure je m'y mirai. Las! J'en ai tant soupiré depuis! Ce miroir m'a déçu. Si j'eusse connu avant son pouvoir, je ne m'y fusse pas jeté, car maintenant je suis tombé dans le piège qui a perdu tant d'hommes.

Dans le miroir, entre mille autres objets, j'aperçus, dans un endroit écarté et clos d'une haie, des rosiers chargés de roses. J'en eus aussitôt si grande envie que je n'eusse laissé à aucun prix d'aller vers le massif le plus épais. Cette folie s'étant emparée de moi, dont beaucoup d'autres ont été pris, je dirigeai mes pas vers les rosiers, et quand je fus près, l'odeur enivrante des roses me pénétra jusqu'aux entrailles.

Si je n'avais craint d'être assailli ou gourmandé, j'en aurais cueilli au moins une pour la tenir dans ma main et en respirer le parfum. Mais j'eus peur d'avoir à m'en repentir, car cela aurait pu fâcher le seigneur du verger.

Il y avait là des monceaux de roses; jamais il n'en fut de plus belles sous les cieux. Il y avait de petits boutons fermés, et d'autres un peu plus gros, et d'autres encore plus développés et prêts à s'épanouir; ceux-ci ne sont pas à mépriser : les roses larges ouvertes passent en une journée, mais les boutons se gardent frais au moins deux ou trois jours. Les boutons que je vis me plurent fort. Je me dis que celui qui pourrait en cueillir un serait bien heureux, et que si je pouvais en avoir assez pour m'en faire une couronne, elle me serait plus chère qu'un trésor.

Parmi ces boutons j'en élus un si beau qu'à côté de lui je ne prisai nul des autres, après que je l'eus bien regardé, car il était enluminé d'une couleur si vermeille et si fine que Nature n'avait pu mieux faire : elle y avait disposé par grande maîtrise quatre paires de feuilles à la suite; la queue était droite comme jonc, et par-dessus se dressait le bouton qui répandait une odeur si suave qu'elle emplissait toute la place.

Et quand je sentis ce parfum pénétrant, je ne pensai plus à retourner sur mes pas : je me serais volontiers approché pour prendre le bouton, si j'avais osé y porter la main; mais des chardons aigus et piquants m'en empêchaient; des épines et des ronces crochues ne me laissaient pas aller plus avant, et je craignais de me blesser.

Le dieu d'Amour, qui ne cessait pas de m'épier et de me poursuivre avec son arc tendu, s'était arrêté près d'un figuier. Quand il vit que j'avais choisi ce bouton qui me plaisait plus que tout autre, il prit aussitôt une flèche et l'encocha, puis bandant son arc jusqu'à l'oreille il me visa à l'œil et me planta la sagette raide à travers le cœur. Un froid mortel me saisit, qui depuis m'a causé maint frisson sous chaude pelisse. Aussitôt que je fus enferré, je chus à terre et le cœur me faillit. Je demeurai longtemps gisant et pâmé; quand je repris mes sens, je me trouvai si faible que je crus avoir perdu beaucoup de sang, mais la sagette qui m'avait percé ne m'avait pas fait saigner, et ma plaie était toute sèche. Je pris alors la flèche à deux mains, et commençai à tirer fort, et en tirant à soupirer, et je tirai tant que j'amenai à moi le fût empenné. Mais la pointe barbelée, qui avait nom Beauté, était fichée si profondément dans mon cœur qu'elle n'en put être extraite; elle resta dedans, et je l'y sens encore.

Plein d'angoisse devant le péril redoublé, je ne savais que faire ni où trouver médecin qui me guérît ma plaie, car je n'en attendais remède d'herbe ni de racine.

Mon cœur n'aspirait qu'à cueillir le bouton et me poussait vers lui : si je l'avais eu en ma possession, il m'aurait rendu la vie. Sa vue seule et son odeur allégeaient mes souffrances.

Je m'avançai de nouveau vers le rosier. Mais Amour en avait pris une autre flèche à la pointe d'or : c'était la seconde, celle qui est nommée Simplesse et qui rendit amoureux maint homme et mainte femme par le monde.

Quand il me vit approcher, Amour, sans me menacer autrement, me décocha sa flèche si bien que le fer m'entra par l'œil dans le cœur, et pour n'en ressortir jamais, car, si je pus en retirer le fût sans grand effort, la pointe demeura dedans.

Or sachez bien que si j'avais jusqu'alors été très désireux du bouton, ma volonté de l'avoir fut encore plus forte, et plus le mal me torturait, plus croissait mon désir d'aller vers la rosette embaumée. Mieux m'eût valu sans doute y renoncer, mais comment ne pas obéir, quand mon cœur commandait? Il me fallait coûte que coûte le suivre là où il tendait.

L'Archer qui ne cherchait qu'à me blesser ne m'y laissa pas aller sans peine, mais, pour mieux me mettre à mal, il fit voler la troisième flèche qui était appelée Courtoisie. La plaie fut large et profonde, et il me fallut choir pâmé sous un olivier. J'y demeurai longtemps sans bouger. Quand je pus faire un effort, je pris la flèche et j'en tirai le bois, mais j'eus beau m'évertuer, la sagette me resta au cœur.

Je me mis alors sur mon séant, troublé et pensif. Ma plaie me tourmente cruellement et m'invite à m'approcher encore du bouton qui me captive. Mais l'archer m'épouvante, car échaudé craint l'eau.

La nécessité est chose puissante. J'aurais vu pleuvoir dru comme grêle carreaux et pierres pêle-mêle, il fallait que j'allasse vers le bouton, car Amour qui surmonte tout me donnait cœur et hardiesse pour faire son commandement.

Je me dressai, faible et languissant comme un homme blessé, et essayai de m'avancer, malgré l'archer, vers le rosier cher à mon cœur; mais il était entouré de tant d'épines, de chardons et de ronces que je ne pus les franchir. Je dus rester au pied de la haie hérissée de piquants. Néanmoins, j'étais heureux d'être si près, parce que je respirais l'odeur délicieuse qui s'exhalait du bouton et me consolais à sa vue à tel point que j'en oubliais à moitié mes maux.

Mon aise, hélas! fut de courte durée, car le dieu d'Amour, qui veut mettre en pièces mon cœur dont il a fait sa cible, me livre un nouvel assaut et me décoche sous la mamelle une quatrième flèche. Celle-ci avait nom Compagnie : il n'en est nulle qui mette plus tôt à merci dame ou demoiselle.

Ce coup renouvela et empira mes douleurs qui furent telles que je m'évanouis trois fois de suite. Quand je reviens à moi, je pleure et je soupire. Je souffre tant que je n'espère plus de soulagement. Mieux me vaudrait être mort que vif, car à la fin, je n'y puis échapper, Amour fera de moi un martyr. Cependant Amour a pris une dernière flèche que je tiens pour très puissante : c'est Beau Semblant qui ne souffre que nul amant se repente jamais de servir Amour, quelque mal qu'il sente. Elle est aiguë pour percer et tranchante comme rasoir; mais Amour a frotté la pointe d'un onguent très précieux afin qu'elle ne puisse pas trop nuire, et pour que les parfaits amants y trouvent quelque allégeance.

Amour a tiré sur moi cette flèche qui m'a fait au cœur une profonde blessure, mais l'onguent s'y est répandu qui me rendit la vie. J'arrachai la flèche de ma plaie, mais le fer y demeure encore.

Ainsi j'eus cinq flèches bien enfoncées dans le cœur, qui jamais n'en seront ôtées. La dernière, comme je l'ai dit, avait une vertu singulière, elle portait en elle ensemble la douceur et l'amertume : sa piqûre irritait ma chair à tel point que j'en pâlissais, et d'autre part je sentais son onction bienfaisante.

III

Le poète se rend au dieu d'Amour et lui fait hommage. — Le Cœur fermé à clé. — Les Commandements d'Amour. — Les épreuves de l'Amant. — Loin des yeux, loin du cœur. — Les quatre Biens donnés par Amour : Espérance, Doux Penser, Doux Parler, et Doux Regard. — Bel Accueil ouvre un passage dans la haie. — Rencontre de Danger, de Malebouche, de Honte et de Peur. — Fuite de Bel Accueil.

Là-dessus, Amour s'en vint en courant :

« Vassal, tu es pris, s'écrie-t-il, rien ne te sert maintenant d'être rebelle. Ne refuse pas de te rendre. Plus volontiers tu te rendras, plus tôt tu obtiendras ta grâce. Il est fou l'homme qui résiste à celui qu'il doit flatter et qu'il lui convient de supplier. Tu ne peux lutter avec moi, et je t'enseignerai que tu n'as rien à gagner avec la folie et l'orgueil. Rends-toi, je le veux, en paix et de bonne volonté. »

Je répondis simplement :

« Sire, je me rendrai volontiers et sans me défendre. A Dieu ne plaise que je vous résiste, car ce ne serait ni juste ni raisonnable. Vous pouvez faire de moi ce que vous voudrez, me prendre ou bien me tuer : je n'y puis rien, je le sais, et ma vie est entre vos mains. J'attends de vous la joie et la santé, car jamais je ne les aurai par d'autres que vous. Si votre main qui m'a blessé ne me donne la guérison, si vous voulez faire de moi votre prisonnier ou si vous ne le daignez, je le tiens pour légitime, et sachez que je n'en ai point de colère. J'ai ouï dire tant de bien de vous que je me mettrai entièrement à votre service, car je ne saurais être fâché de vous obéir. Au moins j'espère que j'obtiendrai merci quelque jour, et à telle condition je me rends. »

A ces mots, je veux baiser ses pieds, mais il m'a pris par la main, et il me dit :

« Je t'aime et te prise pour ce que tu m'as répondu. Jamais telles paroles ne sortirent de la bouche d'un vilain mal élevé. Tu as tant gagné que je veux pour ton bien que tu me fasses hommage à partir d'aujourd'hui. Tu me baiseras à la bouche : c'est une faveur que je refuse aux vilains; je prends mes hommes parmi ceux qui sont nobles et courtois. Sans doute, c'est un fardeau que de me servir, mais l'honneur t'en sera plus grand que la peine, et tu dois être bien content d'avoir si bon maître et seigneur de si haut renom, car sache qu'Amour porte le gonfanon et la bannière de Courtoisie : il est de si bonne nature, si doux, si franc et si gentil que quiconque l'honore et le sert avec zèle, ne retient pas les mauvaises leçons et ne peut faire à personne tort ni vilenie. »

Alors je devins son homme, mains jointes, et sachez que je fus fier et que j'eus grande joie d'être baisé de sa bouche.

Il me requit alors des gages.

« Ami, dit-il, j'ai reçu des uns et des autres maints hommages, dont j'ai été déçu depuis. Des félons pleins de mauvaise foi m'ont plus d'une fois trompé. J'ai ouï d'eux mainte plainte, mais ils sauront mon mécontentement; si je puis les prendre, il leur en cuira. Or, parce que je t'aime, je veux être sûr de toi; je veux que tu sois lié de sorte que tu ne puisses renier ta promesse et manquer à tes engagements.

— Sire, fis-je, écoutez : je ne sais pourquoi vous exigez de moi pleige ou garantie. Vous savez bien que vous avez dérobé mon cœur, et que, supposé qu'il le voulût, il ne pourrait rien faire pour moi, si ce n'est avec votre permission. Ce cœur est vôtre, non pas mien. Nul ne peut vous en dessaisir. Vous y avez mis une garnison qui le garde et le gouverne bien. Si, malgré cela, vous redoutez quelque chose, mettez-y une serrure et emportez la clé en gage.

— Par mon chef, répondit Amour, la condition est acceptable. J'y consens. Il est maître du corps, celui qui a le cœur en sa commande. Il serait excessif de réclamer davantage. »

Ce disant, il tira de son aumônière une petite clé d'or fin.

« Avec cette clé, dit-il, je fermerai ton cœur; je ne demande pas autre garantie. Sous cette clé sont mes joyaux; elle est moindre que ton petit doigt; mais elle est la dame de mon écrin, et a très grande puissance. »

Lors il me toucha le côté, et ferma mon cœur de la clé si doucement que je le sentis à peine.

Cette fois, Amour ne doute plus de moi. Alors je lui dis :

« Sire, j'ai grand désir de faire votre volonté. Encore faut-il que vous accueilliez mon service, foi que vous me devez. Je ne le dis pas parce que j'ai peur des obligations que j'aurai à remplir; mais un serviteur se travaille en vain de servir convenablement, si le service ne plaît pas à son maître.

— Ne te tourmente pas, répondit Amour, puisque tu t'es mis dans ma main, j'agréerai ton service, et je te ferai parvenir très haut, si ta malice n'y fait obstacle. Mais peut-être ne sera-ce pas bientôt. Grand bien ne vient pas en peu d'heures. Il faut peiner et s'armer de patience. Attends et souffre : je sais par quelle potion tu seras guéri. Si tu demeures loyal, je te donnerai une dialthée qui guérira ta blessure. Mais cela dépendra de toi et de la manière dont tu observeras mes commandements.

— Sire, fis-je, pour Dieu, avant que vous partiez d'ici, dictez-moi vos commandements. Je suis tout prêt à les suivre. Mais si je ne les savais à fond, je pourrais aisément me fourvoyer. Aussi suis-je très désireux de les apprendre pour ne pas les enfreindre en quoi que ce soit.

— Tu dis bien, répondit Amour, entends-les et garde-les dans ta mémoire. Le maître perd sa peine, quand le disciple ne l'écoute de tout son cœur afin de retenir sa leçon. »

Le dieu d'Amour me dicta donc mot à mot ses commandements, comme vous les verrez ci-après. Le roman les expose tout au long. Qui veut aimer les entende. Celui qui lira ce songe jusqu'au bout y apprendra beaucoup touchant les jeux d'amour, pourvu qu'il veuille bien attendre que j'élucide et interprète mon songe. La vérité qui est couverte d'un voile lui sera dès lors évidente.

« Je veux d'abord, dit Amour, que tu évites à tout prix Vilenie : je maudis et excommunie ceux qui l'aiment. Vilenie fait les vilains; c'est pourquoi il est juste que je la déteste. Le vilain est félon et impitoyable, sans complaisance et sans amitié.

« Garde-toi bien de raconter aux gens ce qui doit être tu; il est malhonnête de médire : pense à Keu le sénéchal qui jadis pour ses moqueries fut haï et mal renommé. Autant Gauvain le bien appris fut considéré pour sa courtoisie, autant Keu encourut le blâme parce qu'il était perfide, insolent, cruel et mauvaise langue sur tous les autres chevaliers.

« Sois discret et de commerce agréable, poli et accommodant à l'égard des grands et des petits, et quand tu iras par les rues, aie l'habitude de saluer les gens le premier, et si quelqu'un te devance, ne reste pas muet, mais rends-lui ses compliments sans retard.

« Prends garde aussi de ne pas proférer des mots sales et grossiers; n'ouvre jamais la bouche pour nommer de vilaines choses; ce n'est pas d'un homme courtois.

« Honore toutes les femmes et t'emploie à les servir. Si tu entends quelque détracteur qui les bafoue, blâme-le et impose-lui silence. Fais, quand tu le pourras, quelque chose qui plaise aux dames et aux demoiselles, de sorte qu'elles entendent dire du bien de toi : ainsi tu monteras dans leur estime.

« Ensuite, garde-toi de l'orgueil, car, à bien le considérer, l'orgueil est péché et folie, et qui est entaché d'orgueil ne peut servir et s'humilier. L'orgueilleux fait tout le contraire de ce que doit faire un parfait amant.

« Celui qui veut s'adonner à l'amour, doit avoir une mise élégante. La galanterie demande de la coquetterie. Coquetterie n'est pas orgueil. L'homme élégant en vaut mieux, pourvu qu'il ne soit ni orgueilleux ni outrecuidant. Habille-toi et chausse-toi bien, suivant tes revenus : de beaux vêtements et de beaux atours sont de grands avantages. Tu dois commander ta robe à un tailleur qui sache bien couper, qui fasse les pointes bien séantes, et les manches coquettes et bien ajustées. Aie des souliers à lacets et des estivaux toujours frais et neufs; tâche qu'ils te chaussent si bien que les vilains se demandent de quelle façon tu y entras, et comment tu en sortiras.

« Pare-toi de gants, de ceinture et d'aumônière de soie. Si tu n'es pas assez riche, évite cette dépense. Toutefois tu dois t'attifer du mieux que tu pourras sans te ruiner : chapeau de fleurs qui coûte peu ou de roses à la Pentecôte, chacun peut bien avoir cela, car il n'y faut pas grand argent.

« Ne souffre sur toi nulle malpropreté, lave tes mains, écure tes dents, ôte le noir de tes ongles. Couds tes manches, peigne tes cheveux. Mais ne te farde ni ne t'épile, cela n'appartient qu'aux dames ou à ceux de mauvais renom qui ont inventé des amours contre nature.

« Après cela, qu'il te souvienne d'être gai. Tourne-toi vers la joie et le plaisir : Amour n'a cure des gens moroses. C'est une maladie très courtoise que celle où l'on rit et se réjouit. Il est vrai que les amants vivent dans l'alternative de la joie et du tourment; leur mal est tantôt doux, tantôt amer. Rien n'est plus variable que le mal d'aimer; tantôt l'amant est dans l'allégresse, tantôt l'angoisse l'étreint, tantôt il chante, tantôt il pleure.

« Si tu sais quelque joli exercice ou art d'agrément par quoi tu puisses plaire aux gens, je te recommande de le mettre en évidence : chacun doit montrer en toute occasion ce en quoi il excelle, car il en recueille louanges, faveurs et renommée.

« Si tu te sens vite et léger, saute; si tu te tiens bien à cheval, pique par monts et vaux; si tu sais rompre les lances, tu peux par là te faire beaucoup priser; enfin si tu es adroit aux armes, tu seras aimé dix fois plus.

« Si tu as la voix claire et juste, tu ne dois pas te dérober, lorsqu'on te prie de chanter, car le bachelier qui chante bien plaît beaucoup; et s'il arrive qu'il sache danser et jouer de la flûte ou de la vielle, il en vaut mieux encore.

« Ne passe pas pour avare, ce qui te nuirait : il convient que les amants donnent du leur plus largement que ces vilains balourds et sots. Homme qui n'aima donner ne sut jamais rien de l'amour. Celui qui a donné son cœur pour un regard ou un doux sourire doit bien, après un si riche présent, livrer sa fortune à l'abandon.

« Je te résumerai ce que je t'ai dit jusqu'ici, car une leçon se retient mieux lorsqu'elle est brève.

« Qui veut faire son maître de l'Amour doit être courtois et sans orgueil, élégant et joyeux, et prisé pour sa largesse.

« Maintenant je t'enjoins en pénitence que nuit et jour sans honte, l'amour ait toutes tes pensées. Pense sans cesse à l'heure délicieuse qu'il te tarde tant de connaître. Et pour que tu sois parfait amant, je veux et commande que tu mettes ton cœur en un seul lieu, et qu'il y demeure et s'y abandonne tout entier et sans tromperie, car je n'aime pas le partage. Ne prête pas ton cœur, donne-le tout quittement, franchement, de bonne grâce.

« Quand tu auras donné ton cœur, alors tu passeras par de dures et pénibles épreuves. Souventes fois tu penseras à tes amours; il te faudra de nécessité vivre à l'écart des gens, pour qu'ils ne puissent remarquer ton inquiétude; tu t'en iras tout seul de ton côté, et tu connaîtras les soupirs et les plaintes, les frissons et mainte autre douleur. Tu souffriras de plusieurs manières : antôt tu seras chaud, tantôt froid, tantôt rouge et tantôt pâle; jamais tu n'auras connu de fièvres si mauvaises, quotidiennes ou quartes. Tu éprouveras toutes les souffrances de l'amour, avant que tu en réchappes. Il t'arrivera maintes fois, en pensant, de t'oublier, et tu resteras longtemps immobile comme une statue. Soudain tu reviendras à toi, et tu tressailliras comme quelqu'un qui a peur, et tu jetteras de profonds soupirs, comme font tous ceux qui sont atteints de ton mal.

« Après il est juste qu'il te souvienne que ton amie est loin de toi. Lors tu diras : « Grand Dieu, comme je suis mauvais de ne pas aller là où est mon cœur! Si mes yeux refusent de l'accompagner, je prise bien peu ce qu'ils voient. Doivent-ils rester ici? Non, ils doivent aller rendre visite à l'objet que mon cœur désire. »

« Tu te mettras alors en chemin, mais tu perdras souvent ton temps, et tu feras des pas inutiles : tu ne verras pas ce que tu cherches, et il te faudra retourner sans plus, pensif et morne.

« Alors tu seras en grand malaise, et tu sentiras de nouveau soupirs, élancements et frissons. Comme tu ne pourras retrouver le calme, tu tenteras encore de voir l'objet de tes tourments, et si tu peux arriver à la rencontrer, tu ne songeras qu'à te repaître de sa vue. Tu seras ivre de joie en contemplant ta beauté; ton cœur frémira et brûlera, et plus tu la contempleras, plus s'avivera le feu qui te consume.

« Quand le moment sera venu de partir, tu garderas tout le jour le souvenir de ce que tu as vu; et ta déception sera grande, parce que tu n'auras pas eu le courage de lui parler, et que tu seras demeuré sottement près d'elle sans souffler mot, comme un novice. Tu te reprocheras de n'avoir pas su entretenir la belle, avant qu'elle s'en soit allée, et tu retourneras chez toi très contrarié, car si tu avais pu seulement en obtenir un beau salut, tu l'aurais estimé cent marcs.

« Tu te lamenteras, et tu chercheras une nouvelle occasion de rencontrer dans la rue celle à qui tu n'osas adresser la parole. Tu irais volontiers dans sa maison, si tu trouvais un prétexte. Il est nécessaire que tes allées et venues te ramènent en ce lieu, mais dissimule-toi bien aux regards des gens, et invente une raison autre que celle qui te fait aller de ce côté.

« Si le cas se présente où tu doives saluer la belle et lui parler, tu changeras de couleur; tout le sang te frémira; au moment où tu voudras ouvrir la bouche, tu perdras l'esprit et la parole, et si tu peux tant faire que tu oses commencer ton discours, tu n'en diras pas les deux tiers, tant tu seras intimidé. Si avisé qu'on soit, en de telles circonstances, on oublie beaucoup, à moins qu'on n'appartienne à la race des trompeurs : les faux amants bavardent à leur aise et sans crainte : ce sont des menteurs et des traîtres félons qui disent tout le contraire de ce qu'ils pensent.

« Quand la nuit sera venue, tu auras plus de mille ennuis. Tu coucheras dans un lit où tu seras peu à ton aise. Sur le point de dormir, tu commenceras à tressaillir et à te démener; il te faudra te tourner sur le côté, puis sur le dos, puis à bouchetons, comme quelqu'un qui a mal aux dents. Et tu te rappelleras l'image incomparable qui t'est chère. Je te dirai une chose étonnante : parfois il te semblera tenir toute nue entre tes bras celle que tu aimes, comme si elle fût devenue tienne sans réserve. Lors tu feras des châteaux en Espagne, et tu auras joie de néant et te délecteras d'une ombre. Mais l'illusion sera courte, et tu te mettras à pleurer, et tu diras : « Ai-je songé, grand Dieu? Qu'est-ce? Où étais-je? D'où me vint cette pensée? Certes, je voudrais dix ou vingt fois le jour faire ce rêve qui me contente et me remplit de bonheur. Mais ce qui me tue, c'est qu'il dure peu. Dieu! Ne me verrai-je jamais en ce point que j'imaginais? Je le voudrais, dûssé-je mourir aussitôt. La mort ne me serait pas cruelle, si je trépassais entre les bras de ma mie. Amour m'accable et me met au supplice, et je me lamente souvent. Mais s'il me permettait d'avoir la joie complète de celle que j'aime, mes maux seraient largement payés! Las! je demande un bien trop précieux et excessif. Je ne suis pas raisonnable, et il est juste qu'on éconduise celui qui a de telles exigences. Je ne sais comment j'osai parler ainsi; maint homme plus considérable que moi se serait tenu pour très honoré d'un loyer beaucoup moindre. Si la belle daignait sans plus me gratifier d'un seul baiser, je serais bien récompensé de la peine que j'ai soufferte. Mais c'est trop désirer : je suis fou d'avoir placé mon cœur en ce lieu qui ne me procurera joie ni profit. Pourtant je dis une sottise, car mieux vaut d'elle un seul regard que d'un autre le plaisir entier. Il m'est avis maintenant que je serais guéri si je la voyais... Dieu! Quand fera-t-il jour? J'ai trop séjourné dans mon lit : je ne prise le repos quand je n'ai ce que je désire; il est ennuyeux d'être couché quand on ne sommeille. L'aube ne poindra-t-elle pas bientôt? Si la nuit était passée, je me lèverais. Ah! soleil, pour Dieu, hâte-toi de paraître, et chasse cette nuit qui me pèse! »

« Ainsi tu veilleras la nuit, sans te reposer, et quand tu ne pourras plus souffrir l'insomnie, tu prendras le parti de te lever et de te vêtir. Et tu t'en iras furtivement, par la pluie ou par la gelée, tout droit vers la maison de ta belle qui sera encore endormie et ne pensera guère à toi. Tu gagneras d'abord l'huis de derrière pour savoir s'il est resté ouvert. Tu demeureras cloué, là dehors, tout seul dans le vent et la pluie. Après tu viendras à la porte de devant; s'il y a fenêtre, fente ou serrure, prête l'oreille pour savoir si les gens sont endormis. Si la belle est éveillée, fais en sorte qu'elle t'entende te plaindre et gémir, et qu'elle apprenne par là que ton amour te fait perdre le sommeil. Une femme, à moins d'être sans entrailles, doit avoir pitié de celui qui endure telle incommodité pour elle.

« Je te dirai aussi ce que tu dois faire pour l'amour de la divinité dont tu ne peux avoir de contentement : au retour baise la porte du sanctuaire, et afin qu'on ne te voie devant la maison ou dans la rue, songe à t'éloigner avant que le jour soit levé.

« Ces allées et venues, ces veilles, ces entretiens font maigrir les amoureux. Tu le sauras bien par toi-même : il convient que tu maigrisses, car sache bien qu'Amour ne laisse aux fins amants couleur ni graisse. Ce trait les distingue de ceux qui trahissent les dames. Ceux-ci disent pour se vanter qu'ils ont perdu le boire et le manger, et je le vois, les hâbleurs, plus gras que prieurs ou qu'abbés.

« Je te recommande et prescris que tu sois généreux envers la servante de la maison. Fais-lui cadeau de quelque colifichet, afin qu'elle dise que tu es brave homme. Tu dois honorer ton amie, et tous ceux qui lui sont dévoués; tu peux en tirer grand profit; quand ses familiers lui conteront qu'ils t'ont trouvé aimable, honnête et gracieux, elle t'en prisera davantage.

« Ne t'éloigne guère du pays, et si tes affaires te contraignent à partir, garde bien que ton cœur demeure, montre qu'il te tarde de revoir celle qui l'a en dépôt, et pense à revenir au plus vite.

« Je t'ai dit de quelle manière l'amant doit faire son service. Fais-le donc, si tu veux avoir les faveurs de la belle. »

Quand Amour eut achevé sa leçon, je lui demandai :

« Sire, comment les amoureux peuvent-ils endurer tous les maux que vous m'avez décrits ? J'en suis épouvanté. Je m'émerveille qu'un homme puisse vivre en tel enfer.

— Bel ami, me répondit Amour, nul n'a de félicité, s'il ne le paie. On tient d'autant plus à ce qu'on achète davantage, et les biens qu'on a acquis à grand'peine sont reçus avec plus de plaisir. Il est vrai que les épreuves par où doivent passer les amants sont les plus terribles qu'il y ait au monde. Pas plus qu'on ne pourrait épuiser la mer, nul ne saurait énumérer dans un livre les maux de l'amour. Et toutefois, il faut que les amants vivent, car la vie leur fait besoin. Chacun fuit volontiers la mort : celui qui est mis au cachot, dans le fumier et la vermine, qui n'a que son pain d'orge ou d'avoine, ne meurt pas pour autant. L'espérance le soutient, il compte sur quelque chance heureuse pour être libre un jour. Celui qu'Amour tient captif est dans la même attente : il espère sa guérison. Cette pensée le réconforte et lui donne le courage de supporter son martyre ; l'espérance lui fait souffrir des maux dont nul ne sait le nombre, pour une joie qui vaut cent fois plus. Bénie soit la courtoise Espérance ! Jusqu'au bout elle n'abandonnera l'honnête homme de la longueur d'une toise ; même au larron que l'on doit pendre, elle promet sa grâce. L'Espérance te protégera et ne laissera pas de t'aider dans ton besoin.

« Avec cela je te donne trois autres biens qui sont de grande efficace à ceux que l'amour tient enchaînés.

« Le premier est Doux Penser qui rappelle à l'amant les promesses de l'Espérance, et en peu de temps dissipe sa tristesse. Il fait paraître à ses yeux l'image des yeux riants, du nez gracieux qui n'est ni trop grand ni trop petit, et de la bouchette vermeille; il lui remet en mémoire la beauté de chaque membre, et il va doublant son plaisir en lui rappelant un bon accueil, un sourire, une marque d'amitié. Doux Penser calme ainsi la rage d'amour. Je veux bien que tu jouisses de ce bien, mais si tu refuses celui dont je vais t'entretenir, tu seras bien difficile.

« Cet autre bien est Doux Parler : il a réconforté maints bacheliers et maintes dames, car chacun est réjoui quand il entend parler de ses amours. Il me souvient à ce propos d'un mot courtois qu'une amoureuse dit dans une chanson : « C'est pour moi, fait-elle, une bonne fortune, quand on me parle de mon ami. Dieu m'aide! il me ranime, celui qui m'en parle, quoi qu'il dise. » Celle-là connaissait bien Doux Parler et l'avait éprouvé de maintes manières. Or je te recommande et veux que tu cherches un compagnon sage et discret à qui tu dises tout ce que tu désires et découvres ton cœur. Il te sera très utile quand tu seras triste. Va vers lui, et parlez tous deux ensemble des attraits de ta belle. Tu lui conteras tout son être, et tu lui demanderas ce qu'il faut que tu fasses pour plaire. Si celui que tu choisiras pour ton intime est amoureux lui-même, cela vaudra mieux : il sera naturel qu'il te fasse à son tour des confidences : il te dira si son amie est pucelle, et comment elle se nomme. Tu n'auras pas peur qu'il rôde autour de ta bien-aimée ou te desserve auprès d'elle. Vous vous jurerez fidélité l'un à l'autre. Sache que c'est une chose précieuse que d'avoir un homme à qui l'on ose confier son secret.

« Le troisième des biens dont j'ai à te parler est Doux Regard. Les yeux font une bonne rencontre quand au matin Dieu leur montre le sanctuaire précieux qui leur fait tant envie. Le jour où ils peuvent le voir, rien ne peut leur arriver de fâcheux; ils ne redoutent vent ni poussière ou autre inconvénient. Quand les yeux sont dans la joie, ils sont si bien appris qu'ils ne veulent pas être seuls à avoir le plaisir, mais le partagent avec le cœur. Les yeux, fidèles messagers, envoient aussitôt au cœur des nouvelles de ce qu'ils voient; le cœur oublie alors ses douleurs et les ténèbres où il était plongé. Tout ainsi que la lumière chasse devant soi les ténèbres, de même Doux Regard dissipe l'obscurité où le cœur languit nuit et jour.

« Je t'ai éclairé sur ta maladie, car je t'ai dit sans mentir les biens qui peuvent garantir les amants de la mort. Or tu sais qui te réconfortera; tu auras au moins Espérance, Doux Penser, Doux Parler et Doux Regard. Je veux que chacun d'eux te protège en attendant mieux, car d'autres biens plus grands te sont réservés dans l'avenir. Pour le moment, contente-toi de ce que je te donne. »

Aussitôt qu'Amour m'eut dit son plaisir, je ne sus plus rien, comme s'il se fût évanoui, et je fus bien ébahi de ne voir personne auprès de moi. Je souffrais beaucoup de mes plaies. Je savais que je ne pouvais guérir que par le bouton que je convoitais de toute mon âme. Et je ne me fiais à personne pour l'avoir, sinon au dieu d'Amour, ou plutôt j'étais certain que la chose était impossible, si Amour ne s'en entremettait.

Les rosiers étaient environnés d'une haie, comme ils devaient. J'eusse volontiers franchi la clôture pour le bouton qui fleurait mieux que baume, si je n'eusse craint d'être blâmé. Mais j'aurais eu l'air de vouloir voler les roses.

Tandis que je me pourpensais si je passerais outre, je vis venir à moi un valet beau et avenant. On l'appelait Bel Accueil, et il était fils de Courtoisie. Il me dit aimablement :

« Bel ami cher, s'il vous plaît, traversez la haie sans crainte pour sentir l'odeur des roses. Je puis bien vous l'assurer, vous n'y courez aucun risque. Si je puis vous être de quelque secours, je ne me ferai pas prier, car je suis prêt à vous servir, je vous le dis sans feinte.

— Sire, dis-je à Bel Accueil, j'agrée votre promesse et vous rends mille grâces pour votre bonté; puisqu'il vous plaît, j'accepte le service que vous m'offrez si généreusement. »

Là-dessus je franchis les ronces et les églantiers qui abondaient dans la haie. Je me dirigeai vers le bouton à l'odeur exquise, et Bel Accueil m'y convoya. Je fus très heureux d'en approcher si près que j'aurais pu le toucher du doigt.

Bel Accueil m'avait bien servi. Mais un vilain était caché non loin de là. Il avait nom Danger, et il était gardien des roses. Le scélérat se tenait dans un renfoncement, tout couvert d'herbes et de feuilles, pour épier et surprendre ceux qui tentaient de mettre la main sur les roses. Le mâtin n'était pas seul, mais il avait pour compagnon Malebouche le bavard, et avec lui Honte et Peur. De ces dernières, c'est Honte qui valait le mieux : pour dire sa parenté et son lignage, sachez qu'elle était fille de Raison, et qu'elle avait pour père Méfait, personnage si hideux que jamais Raison ne coucha avec lui : Raison conçut de l'œil. Après la naissance de Honte, Chasteté, qui doit être la dame des boutons et des roses, fut assaillie par les ribauds au service de Vénus. Chasteté à qui Vénus dérobait jour et nuit ses roses et ses boutons demanda à Raison sa fille. Raison, voyant Chasteté persécutée, entendit sa prière et lui confia sa fille Honte qui était simple et honnête. Et pour mieux protéger les rosiers, Jalousie y fit venir Peur qui obéit aveuglément à ses ordres.

Or, ils sont quatre à garder les rosiers, qui se laisseront assommer, avant que nul emporte bouton ou rose. Je fusse parvenu à mes fins, si je n'eusse été guetté par eux, car le franc et courtois Bel Accueil faisait de son mieux pour m'aider. Il m'invitait à m'approcher du bouton et à toucher au rosier qui le portait, pensant que c'était mon désir.

Il cueillit près du bouton une feuille verte qu'il me donna. J'en fus très fier. Quand je me vis si bien avec Bel Accueil, je ne doutai pas d'arriver à bon port; ce qui m'encouragea à lui conter comment Amour m'avait pris et navré.

« Sire, fis-je, jamais je n'aurai de joie sinon par une seule chose, car j'ai au cœur une très grave maladie; mais je ne sais comment vous le dire, car je crains extrêmement de vous courroucer. J'aimerais mieux être dépecé aux couteaux que de vous déplaire.

— Dites, fait-il, je vous en prie.

— Sachez, beau sire, qu'Amour me tourmente durement : ne croyez pas que je vous mente : il m'a fait au cœur cinq plaies. Je ne serai guéri que si vous me baillez le bouton le mieux fait de tous les autres : c'est ma mort et c'est ma vie.

— Frère, s'écria Bel Accueil effrayé, vous désirez l'impossible. Voulez-vous donc me faire honnir? Je serais bien quinaud si j'avais ôté le bouton de son rosier. Vous êtes vilain de me faire telle demande. Laissez-le croître et s'amender. Je ne voudrais le cueillir pour rien au monde, tant je l'aime.»

Sur ces entrefaites, voilà Danger qui sort de sa cachette. Il était noir et hérissé. Il avait les yeux rouges comme du feu, le nez froncé, le visage hideux. Il cria comme un forcené :

« Bel Accueil, pourquoi amenez-vous ce jouvenceau autour du rosier? Vous faites mal, car il cherche à vous déshonorer. Maudit soit qui l'amena dans le verger! Qui sert un félon l'est lui-même. Vous croyiez lui faire une bonté, et il vous cherche honte et ennui. Fuyez vassal, fuyez d'ici, ou pour un peu je vous tuerais! Bel Accueil vous connaît bien mal pour se donner la peine de vous servir. Je ne me fierai plus à vous, car la preuve est faite de la trahison que vous avez couvée.»

Je n'osai demeurer, à cause du vilain hideux et noir qui menaçait de m'assaillir. Je sautai la haie en grande hâte et à grand'peur. Et le vilain crôle la tête et dit que si jamais je reviens, il me jouera un mauvais tour.

Bel Accueil s'était enfui, et je demeurai honteux et confus. Je tombai dans une grande tristesse. Amour s'acquittait bien envers moi des tourments qu'il m'avait promis! Je ne pourrais retracer ma douleur quand je songeai à la rose dont il me fallait m'éloigner. Nul, s'il n'a aimé, ne connaît cette angoisse.

IV

Raison descend de sa tour et admoneste l'Amant. — Conseil d'Ami. — L'Amant demande pardon à Danger et retourne près de la haie. — Franchise et Pitié implorent Danger. — Vénus s'entretient avec Bel Accueil. — Le baiser de la Rose. — Conseil tenu par Honte et Peur. — Jalousie fait élever une forteresse où Bel Accueil est enfermé. — Plaintes de l'Amant.

Je demeurai longtemps dans cet état, quand une dame, qui se tenait au sommet de la haute tour d'où elle regardait en bas, vit mon accablement. Elle descendit et vint à moi. Elle n'était ni jeune ni vieille, ni trop grande, ni trop petite, ni trop grêle, ni trop grasse. Ses yeux brillaient comme deux étoiles, et elle portait au chef une couronne. Elle avait grand air; à son visage et à son aspect, il paraissait bien qu'elle avait été faite en paradis, car Nature n'aurait pu réussir une œuvre de tel compas. Sachez, si mon auteur ne ment, que Dieu la fit de ses mains à son image et lui donna le pouvoir de garder l'homme de folie, pourvu qu'il soit tel qu'il la croie.

Ainsi, tandis que je me désolais, voilà Raison qui commence :

« Bel ami, ta peine et ton émoi viennent de ta sottise et de ton ignorance; tu vis pour ton malheur le beau temps de mai qui te mit trop de joie au cœur. Tu allas malencontreusement t'ombroyer au verger de Déduit dont Oiseuse t'ouvrit la porte. Fol est qui s'accointe d'Oiseuse; sa compagnie est trop périlleuse. Elle t'a trahi;

Amour ne t'aurait jamais vu, si Oiseuse ne t'eût conduit dans le verger.

« Si tu as agi à l'étourdie, fais en sorte maintenant que cela soit réparé, et garde-toi bien désormais d'écouter les mauvais conseils. Je te recommande de fuir l'Amour : je ne vois pas ta guérison autrement, car Danger le félon n'aspire qu'à te faire la guerre. Tu l'as déjà vu à l'œuvre. Et Danger n'est rien au prix de ma fille Honte qui garde le rosier; sa vigilance doit t'inspirer une peur salutaire. Avec eux est Malebouche qui ne souffre que nul ne porte la main sur les roses; avant que la chose soit faite, elle l'a répandue en cent lieux. Tu as affaire à de très dures gens. Or vois lequel est préférable, ou d'abandonner ou de poursuivre l'objet de tes peines : l'amour où il n'y a rien que folie. Oui! folie. Homme qui aime ne peut prétendre à aucun profit dans le monde; s'il est clerc, il perd ce qu'il a appris, et s'il fait un autre métier, il n'y réussit guère. En outre, il a plus de peine qu'ermite ou moine blanc. La peine est excessive et la joie de courte durée : encore cette joie est-elle bien hasardeuse car je vois que beaucoup s'évertuent à la chercher qui n'y parviennent jamais.

« Tu te rendis au dieu d'Amour sans m'avoir demandé conseil; ton cœur volage t'engagea dans cette folie; il te sera malaisé d'en sortir. Sois insensible, et ne fais nul cas de cet amour qui t'empêche de faire rien qui vaille; cette maladie s'aggrave, si on ne l'enraye dès le début. Prends le mors aux dents et dompte et refrène ton cœur. Celui qui suit toujours les impulsions de son cœur est entraîné dans de fâcheux écarts. »

Quand j'entendis cette semonce, je répondis courroucé :

« Dame, je vous prie de cesser de me prêcher.

Vous me dites de dompter mon cœur afin qu'Amour ne l'asservisse : croyez-vous donc qu'Amour le permette, quand ce cœur est sien sans réserve? Cela ne peut être. Amour l'a fermé à clé, et y a mis garnison : il ne m'appartient plus. Laissez-moi tranquille, vous y perdez votre français. J'aimerais mieux mourir que d'être inculpé par l'Amour de fausseté ou de trahison. Je veux me louer ou me blâmer moi-même à la fin d'avoir aimé. Et qui me chapitre m'ennuie. »

Là-dessus, voyant que ses sermons ne pouvaient me faire changer d'avis, Raison partit et me laissa seul. Je demeurai, triste et abattu, et tout en pleurs. Alors il me revint en mémoire qu'Amour m'avait dit que je cherchasse quelqu'un à qui je fisse mes confidences; que cela me serait d'un grand soulagement. Je réfléchis que j'avais un compagnon très sûr : il avait nom Ami, et c'était le meilleur de tous.

Je m'en vins à lui en toute hâte, et je lui ouvris mon cœur, comme Amour me l'avait conseillé. Je me plaignis à lui de Danger qui avait mis en fuite Bel Accueil, quand il me vit lui parler, et qui avait menacé de me dévorer si jamais je passais la haie.

Quand Ami sut la vérité, il ne s'effraya point, mais il me dit :

« Soyez sans crainte, compagnon, je connais depuis longtemps Danger : il a coutume tout d'abord de maltraiter les amoureux; il en sera tout autrement à la fin; je le connais comme un denier; il se laisse attendrir par la prière et la flatterie. Or je vous dirai ce qu'il vous faudra que vous fassiez : suppliez-le d'oublier son ressentiment et de vous pardonner. Promettez de ne lui faire dorénavant rien qui le chagrine : rien n'est plus capable de l'apaiser que les caresses. »

Ami m'en dit tant qu'il me réconforta quelque peu et me donna le courage d'aller vers Danger pour essayer de l'amadouer.

Je vins à lui, tout honteux et désireux de faire la paix; mais je ne franchis pas la haie, car il m'en avait interdit le passage. Je le trouvai dressé sur pieds, la mine mauvaise, un bâton d'épine à la main. Je m'avançai vers lui, la tête basse.

« Sire, lui dis-je, je suis venu pour vous crier merci; je suis très fâché de vous avoir irrité, mais je suis à vos ordres et prêt à réparer. Si j'ai mal agi, Amour en est la cause, sans erreur possible. Je vous supplie d'apaiser votre colère. Dorénavant j'éviterai de faire quoi que ce soit qui vous déplaise; mais veuillez me permettre ce que vous ne pouvez me défendre. Laissez-moi aimer : je ne vous demande rien de plus. Si vous y consentez, je ferai toutes vos autres volontés. C'est une chose que vous ne pouvez empêcher : je serai amoureux, que cela plaise ou non, mais je ne voudrais pas, pour mon poids d'argent, que ce fût malgré vous. »

Danger fut lent à oublier sa rancune; cependant il me pardonna à la fin, tant je l'avais sermonné. Il me dit brièvement :

« Ta requête ne me gêne en rien; aussi je ne veux pas t'éconduire. Sache que je n'ai point de rancune envers toi. Si tu aimes, que m'importe! Continue à aimer, mais tiens-toi toutefois loin de mes roses. Je n'aurai pas d'égards, si tu passes jamais la haie. »

Ainsi il m'octroya ma requête, et aussitôt je courus le raconter à Ami qui en bon compagnon s'en réjouit fort.

« Votre affaire va bien, me dit-il. Danger vous sera débonnaire. Il a coutume de favoriser les amants après les avoir traités avec arrogance.

S'il était en bonne veine, il aurait pitié de vous. Or vous devez attendre patiemment pour le fléchir le moment favorable. J'ai souvent éprouvé que l'on vient à bout du félon par la patience. »

C'est ainsi qu'Ami, qui voulait mon bien autant que moi, me consola doucement.

Je pris congé de lui et retournai à la haie, car il me tardait de voir mon cher bouton de rose.

Danger s'enquit souvent si je respectais bien nos conventions, mais je redoutais trop ses menaces pour songer à lui désobéir. Au contraire je m'efforçai de gagner ses bonnes grâces. Mais sa clémence se faisait attendre, et j'en étais très contrarié. Il voyait que je pleurais et soupirais de languir auprès de la haie que je n'osais traverser, et certainement il jugeait bien à ma contenance que l'amour me torturait, et qu'il n'y avait nulle feinte de ma part, mais il était si cruel qu'il n'osait relâcher sa vigilance.

Comme j'étais plongé dans la tristesse, Dieu conduisit auprès de moi Franchise, et avec elle Pitié. Sans tarder, elles vont à Danger, car l'une et l'autre veulent m'aider, si elles peuvent, car elles voient que j'ai besoin de leur assistance.

Dame Franchise a pris la première la parole. « Danger, dit-elle, vous avez tort de traiter si mal cet amant. Sachez que c'est vilain de votre part, car je n'ai pas appris qu'il ait commis quelque faute envers vous. Si Amour le force à aimer, devez-vous le blâmer pour cela? C'est lui, plus que vous, qui en supporte les conséquences. Amour ne consent pas qu'il s'en repente. On le grillerait tout vif, il ne pourrait y renoncer. Beau sire, que vous sert-il de le tourmenter? Le contrariez-vous parce qu'il vous craint et vous prise et qu'il est votre sujet? C'est un devoir de courtoisie d'aider celui qui est au-dessous de nous.

— C'est la vérité, reprend Pitié, que la soumission triomphe de la rigueur, et quand la rigueur dure trop, c'est félonie et méchanceté. Pour moi, je veux vous requérir, Danger, que vous cessiez la guerre avec ce chétif qui languit là, et qui n'est rien moins qu'un suborneur. Mon avis est que vous le faites souffrir plus que vous ne devez. Vous lui infligez trop dure pénitence depuis que vous lui avez ravi la compagnie de Bel Accueil, car c'est la chose à quoi il tient le plus; il était auparavant assez malheureux, mais maintenant ses ennuis ont redoublé. Souffrez qu'il revoie Bel Accueil. A tout pécheur miséricorde. Puisque Franchise vous en prie, ne repoussez pas sa requête. »

Danger ne pouvait plus s'obstiner, il lui fallut être raisonnable.

« Dame, dit-il, je n'ose pas vous refuser ce que vous me demandez, car ce serait trop grande vilenie. Qu'il fréquente Bel Accueil, puisque cela vous plaît. Je n'y mettrai aucun obstacle. »

Lors Franchise la bien emparlée s'est rendue auprès de Bel Accueil, et lui a dit courtoisement :

« Bel Accueil, vous êtes resté trop longtemps éloigné de cet amant. Depuis que vous le vîtes, il a été triste et pensif. Pensez à le réjouir, si vous voulez que je vous aime, et à faire sa volonté. Sachez que Pitié et moi, nous avons fléchi Danger qui vous en tenait écarté.

— Puisque Danger l'octroie, répondit Bel Accueil, je ferai ce que vous voudrez. »

Alors Franchise m'envoya Bel Accueil.

Celui-ci me salua doucement. S'il avait été mécontent de moi, il ne le laissa pas voir; au contraire, il me fit meilleure mine encore que naguère. Il me prit par la main et me conduisit dans le pourpris que Danger m'avait défendu.

Maintenant j'avais congé d'aller où il me plaisait; j'étais tombé d'enfer en paradis, car Bel Accueil me menait partout.

Lorsque je me fus approché de la rose, je la trouvai un peu grossie, et remarquai qu'elle avait crû depuis que je ne l'avais vue de près; elle s'élargissait par en haut; je vis avec plaisir qu'elle n'était pas ouverte au point de découvrir la graine, mais qu'elle était encore enclose de ses feuilles qui se tenaient droites et remplissaient tout le dedans. Pleine et épanouie, elle était, Dieu la bénisse! plus belle et plus vermeille qu'auparavant. Je m'ébahis de la merveille, et je sentis qu'Amour m'enlaçait de ses liens plus fort que jamais.

Je demeurai là longtemps, car j'avais trouvé en Bel Accueil un ami sûr, et quand je vis qu'il ne me refusait pas ses bons offices, je lui demandai encore quelque chose.

« Sire, fis-je, sachez que j'ai grande envie de baiser la rose qui sent si bon, et, s'il ne devait vous déplaire, je vous prierais de m'accorder cette faveur.

— Ami, répondit Bel Accueil, si Chasteté ne m'en tenait rigueur, ce n'est pas moi qui m'y opposerais, mais je n'ose vous le permettre, à cause de Chasteté à qui je ne veux pas manquer. Elle me défend de permettre le baiser à tout amant qui m'en prie, car celui qui peut prendre un baiser peut difficilement s'en tenir là; sachez-le bien, celui à qui l'on accorde le baiser a le meilleur de la proie, et il a des arrhes du reste. »

Quand j'entendis Bel Accueil me parler ainsi, je ne voulus pas le prier davantage, car je craignais de le mécontenter : on ne doit pas harceler un homme ni le solliciter contre son gré. On n'abat pas le chêne au premier coup, et l'on n'a pas le vin de la vendange avant qu'on ait serré le pressoir.

Cependant il me tardait d'obtenir le baiser que je désirais. Mais Vénus, l'ennemie de Chasteté et la mère d'Amour, vint à mon aide. Elle tenait en sa main droite un brandon enflammé; elle était gracieuse et parée comme une déesse et comme une fée. A ses atours on pouvait bien voir qu'elle n'était pas en religion; je ne décrirai pas sa robe, son éventail, son tresson doré, ni son fermail, ni sa ceinture, car ce serait trop long; sachez qu'elle était merveilleusement élégante, et toutefois il n'y avait en elle ni pompe ni orgueil.

Vénus vint à Bel Accueil et lui dit :

« Pourquoi, beau sire, faites-vous tant de difficultés à cet amant? Le baiser ne devrait pas lui être interdit, car vous voyez bien qu'il aime et sert en toute loyauté. Il est assez beau pour être aimé. Voyez comme il est joliment vêtu, comme il est gentil, et doux, et franc entre tous! Et avec cela, il n'est pas vieux, mais il est enfant, ce qui lui donne un grand avantage. Il n'est dame ni châtelaine que je ne tiendrais pour vilaine, si elle lui résistait. Si vous lui accordez le baiser, il sera bien employé, car il a belle bouche, et je crois, douce haleine; ses dents sont blanches et ses lèvres sont vermeillettes et semblent faites à souhait pour le plaisir. Il m'est avis qu'on doit lui octroyer un baiser. »

Bel Accueil qui éprouvait la chaleur du brandon de Vénus m'accorda sans plus attendre la faveur que la déesse demandait pour moi.

Incontinent je pris un baiser de la rose, baiser si doux et savoureux que son parfum me pénétrant dans le corps en chassa la douleur. Jamais je n'éprouvai pareille joie : il est bien guéri, celui qui baise telle fleur si exquise et si bien fleurante. Jamais je ne serai si dolent, qu'au souvenir de telles délices, je ne redevienne joyeux. Et cependant, j'ai souffert et passé maintes mauvaises nuits, depuis que j'ai baisé la rose. La mer ne sera jamais si calme qu'elle ne soit troublée d'un peu de vent. Amour varie : il oint une heure, et point une autre.

Maintenant il est juste que je vous rapporte comment je fus aux prises avec Honte et comment j'en fus accablé, et comment fut bâtie la forteresse qu'Amour enleva depuis de haute lutte. Je veux poursuivre l'histoire et ne négligerai de l'écrire, parce que je crois qu'elle plaira à ma belle qui m'en récompensera mieux que toute autre quand elle le voudra.

Malebouche, qui lit dans la pensée de maint amant et va répétant tout le mal qu'il sait, remarqua les égards que Bel Accueil avait pour moi. Il ne put se taire, car il était fils d'une vieille querelleuse, et il avait comme sa mère une langue aigre et affilée. Il commença à m'attaquer et dit qu'il mettrait son œil en gage qu'il y avait entre Bel Accueil et moi un commerce coupable. Le glouton parla si mal de moi et du fils de Courtoisie qu'il fit éveiller Jalousie. Quand celle-ci ouït l'indiscret, elle se leva en alarme et courut comme une folle vers Bel Accueil qui aurait bien voulu être à Meaux ou à Etampes.

« Vaurien, s'écria-t-elle, as-tu perdu le sens de te lier avec un garçon dont j'ai mauvaise opinion? Tu ajoutes foi trop aisément aux cajoleries des étrangers. Désormais je n'aurai plus aucune confiance en toi. Je te ferai enchaîner et enfermer dans une tour, car il n'y a pas de salut autrement. Honte s'est tenue trop loin de toi, et ne t'a pas surveillé d'assez près : il m'est avis qu'elle n'a pas soin de Chasteté, elle qui laisse un débauché venir en notre enclos pour me bafouer ainsi qu'elle. »

Bel Accueil ne sut que répondre : il eût couru se cacher au plus vite s'il n'eût été pris sur le fait. Quant à moi, lorsque je vis se démener la pie-grièche, je m'enfuis aussitôt, car je déteste les gens riotteux et tracassiers.

Honte s'avança : elle craignait d'avoir commis une faute. Elle était humble et modeste et portait au lieu de guimpe un voile comme nonne d'abbaye. Pleine de confusion, elle commença à parler bas.

« Pour Dieu, dame, ne croyez pas Malebouche le détracteur. C'est un homme qui ment à tout propos et qui a abusé maint prud'homme. S'il accuse faussement Bel Accueil, ce n'est pas le premier. Malebouche a coutume de calomnier les valets et les demoiselles. Il est certain que Bel Accueil se lie trop facilement : on lui a donné le pouvoir d'attirer des gens dont il n'a que faire. Mais je ne crois pas que jamais ses intentions aient été mauvaises. Sa mère Courtoisie lui a enseigné les bonnes manières, car elle déteste les malappris. Le secret de Bel Accueil, son seul défaut, c'est d'être avenant, de jouer et de parler avec les gens. Sans doute ai-je été un peu faible avec lui, et un peu négligente à le morigéner, je vous en demande pardon. Désormais, je le surveillerai mieux.

— Honte, répondit Jalousie, j'ai grand'peur d'être trahie, car Débauche est devenue très puissante. Elle règne partout. Même en abbaye et en cloître, Chasteté n'est plus en sûreté. Aussi je ferai clore d'un mur les rosiers : je ne veux pas les laisser découverts, car je me fie peu à votre garde. Si je n'y pourvois, l'année ne se passera pas sans que l'on me tienne pour sotte.

Je barrerai le chemin à ceux qui viennent guetter mes roses. Je ne serai tranquille que je n'aie fait élever une forteresse, avec une tour au milieu pour y mettre en prison Bel Accueil. Je garderai si bien sa personne qu'il ne pourra sortir pour tenir compagnie aux garçons qui vont l'amadouant pour le déshonorer. Ces truands ont trouvé en lui un villageois facile à enjôler. Mais c'est tant pis pour lui s'il leur a fait bonne mine. »

A ce mot Peur s'avança toute craintive, mais, voyant Jalousie en colère, elle n'osa souffler mot; elle se retira à l'écart. Jalousie alors s'éloigna, laissant Peur et Honte ensemble. L'échine leur tremblait à toutes deux. Peur, tête basse, dit à Honte sa cousine :

« Honte, je suis très fâchée de la querelle qu'on nous cherche et à laquelle nous ne pouvons mais. Jamais jusqu'ici nous n'avons mérité le blâme. Or Jalousie nous soupçonne et nous vilipende. Allons maintenant voir Danger, et reprochons-lui d'avoir si mal gardé ce clos. Il a laissé trop de liberté à Bel Accueil. Il conviendra qu'il change de conduite; autrement il lui faudrait s'enfuir d'ici, car il aurait bientôt le dessous avec Jalousie, si elle le prenait en haine. »

Elles se tinrent à cet avis, puis s'en allèrent vers Danger. Elles trouvèrent le rustre gisant sous un aubépin. Il avait sous sa tête en guise d'oreiller un grand monceau d'herbes et sommeillait à demi.

« Comment, Danger, s'écrie Honte, vous dormez à cette heure? Fol est qui se fie à vous pour garder les roses! Vous êtes trop fainéant, vous qui devriez rudoyer tout le monde. Votre sottise permit à Bel Accueil d'amener céans un homme, et c'est nous qui avons été blâmées.

Levez-vous au plus vite, et bouchez tous les pertuis de la haie, et n'ayez de complaisance pour personne. Quand on porte votre nom, on ne doit faire qu'ennuis au monde. Si Bel Accueil est franc et d'humeur douce, vous, soyez félon, insolent et brutal : vilain qui est courtois déraisonne, dit le proverbe, et l'on ne peut pas faire un épervier d'un busard. Tous ceux qui vous ont trouvé débonnaire vous tiennent pour un sot. Voulez-vous donc plaire aux gens et leur faire des bontés? C'est de la couardise. Partout l'on dira de vous que vous êtes lâche et croyez les flatteurs.

— Certes, Danger, ajouta Peur, je m'étonne que vous vous acquittiez si mal de votre emploi. Il vous en cuira, si la colère de Jalousie redouble, car elle est féroce et toujours prête à gronder. Aujourd'hui elle a assailli Honte, et chassé Bel Accueil de la place. Elle a juré qu'elle le fera emmurer avant qu'il soit longtemps. C'est par malice que vous relâchez votre sévérité, mais vous en serez puni, ou je connais bien mal Jalousie. »

A ces mots le vilain lève son aumusse, frotte ses yeux, se secoue, fronce le nez, roule les yeux, plein d'ire et de rogne de s'entendre ainsi accommoder.

« Je puis bien perdre le sens, dit-il, quand vous me tenez pour failli. Certes, j'ai trop vécu si je ne suis capable de garder ce pourpris. Tôt qu'on me fasse griller vif si jamais homme vivant y entre! J'enrage de ce que nul y mit jamais les pieds. J'aimasse mieux être percé de deux épieux parmi le corps. J'ai agi en fou, j'en conviens, mais je le réparerai. Je serai vigilant pour défendre cette enceinte, et si jamais j'y puis surprendre quelqu'un, mieux lui vaudrait être à Pavie, je vous le jure. »

Danger s'est dressé, l'air furieux. Il a pris un bâton et va cherchant par l'enclos s'il trouvera trace ou sentier à boucher. Dès lors c'est d'une autre chanson, car Danger devient plus féroce encore qu'il n'avait coutume. Moi qui l'ai fait tant enrager, je suis perdu maintenant, car jamais il ne me laissera voir ce que je désire. Tout mon corps frémit quand je pense à la rose que je voyais d'aussi près que je voulais. Et quand je me recorde le baiser qui me pénétra d'une odeur plus douce que baume, pour un peu je tomberais en pâmoison, et quand il me souvient qu'il me faut me séparer de la rose, j'aimerais mieux être mort que vif. De male heure, je touchai la rose de mon visage, de mes yeux et de mes lèvres, si Amour ne souffre pas que j'y touche une fois encore! Depuis que j'ai savouré son parfum, mon cœur brûle de convoitise. Voici que vont recommencer les pleurs et les soupirs, les longues rêveries, les nuits sans sommeil, les frissons et les douleurs poignantes. Ah! Maudit soit Malebouche dont la langue déloyale m'a abreuvé de cette amertume!

Il est temps maintenant que je vous dise ce que fit Jalousie. Il n'y a dans le pays maçon ou pionnier qu'elle ne mande, et elle fait creuser tout d'abord à grands frais autour des rosiers un fossé très large et très profond, puis les maçons élèvent au-dessus un mur de carreaux taillés. Ce mur n'est pas assis sur un sol croulant, mais sur la roche dure; les fondations descendent, avec l'épaisseur convenable, jusqu'au pied des fossés et vont en haut en se rétrécissant. Le mur forme un carré bien régulier, et chacun des pans a dix toises. Les tournelles sont faites de pierre de taille, et il y en a une à chaque coin qui sera dure à abattre. On a disposé quatre portails dont l'un est sur le front de devant, bien aménagé pour la défense, deux sont sur les côtés, et un derrière : chacun a une porte coulante pour désespérer ceux du dehors et pour les prendre s'ils osaient avancer.

Au dedans, au milieu de l'enceinte, les maîtres de l'œuvre construisent avec grande habileté une tour puissante, large et haute. Le mur ne cédera pas, quelque engin qu'on y oppose, car le mortier a été détrempé de chaux et de vinaigre, et il est fondé sur la roche naturelle qui est plus résistante que le diamant. La tour est toute ronde; il n'en est pas de plus riche ni de mieux aménagée au dedans. Au dehors elle est environnée d'une baile, et entre la baile et la tour sont plantés les rosiers. Le château est garni de perrières et d'engins de toutes sortes; vous auriez pu voir les mangonneaux par-dessus les créneaux et aux archères les arbalètes à tour.

Celui qui eût voulu s'approcher des murs eût été bien imprudent. Hors des fossés il y avait une lice solide à créneaux bas, de telle sorte que des chevaux n'auraient pu venir d'une traite jusqu'aux fossés sans qu'ils fussent culbutés avant.

Jalousie mit une garnison au château. Danger avait la clé de la première porte, celle qui s'ouvre vers l'orient; avec lui étaient, à mon estime, trente sergents en tout. Honte gardait la porte du midi; elle avait sous ses ordres grande quantité de sergents. Peur avait avec elle un gros bataillon; elle était postée à la troisième porte, celle qui est à main droite, du côté de la bise. Elle ne sera tranquille, si elle n'y est enfermée à clé, et aussi n'ouvre-t-elle pas la serrure, car quand elle entend bruire le vent ou quand elle voit sauter deux criquets, elle est prise d'une frayeur soudaine. Malebouche, que Dieu maudisse, avait des soudoyers de Normandie et gardait la porte de derrière. Il va souvent auprès des trois autres, car il doit faire le guet la nuit. Il monte le soir aux créneaux et fait résonner ses chalumeaux, ses cors et ses bousines; tantôt il joue sur l'estive de Cornouailles des lais et des discords et des sons d'invention nouvelle; tantôt il dit sur la flûte qu'onc il ne trouva de femme honnête : « Il n'est nulle qui ne sourie, si elle entend parler de luxure; celle-ci est pute, celle-là se farde, l'une est vilaine et l'autre effrontée, celle-ci est sotte et celle-là parle trop. » Malebouche qui n'épargne personne trouve à chacune quelque tache.

Jalousie, que Dieu confonde, avait garni le donjon de ses amis en grand nombre. Et Bel Accueil était en prison là-haut, enfermé dans la tour dont les huis étaient si bien barrés qu'il ne pouvait en sortir. Il avait une vieille avec lui pour l'épier : nul n'aurait pu la tromper par signes ou coups d'œil; il n'était pas de ruses qu'elle ne connût, car dans sa jeunesse elle avait pris sa part des joies et des angoisses qu'Amour réserve à ses disciples. Et Bel Accueil se tenait coi, redoutant cette vieille qui savait tous les tours.

Aussitôt que Jalousie se fut saisie de Bel Accueil et l'eut fait emmurer, elle se sentit rassurée. Avec ce château fort, elle ne craignait plus qu'on lui volât ses roses, et elle pouvait veiller et dormir tranquille.

Mais moi qui suis hors des murs, je suis dans le désespoir, et je fais pitié : Amour me fait payer cher les biens qu'il m'a prêtés : je croyais les avoir achetés; or il me les vend de nouveau, et mon affliction est plus grande que si jamais je n'avais eu de joie. Je ressemble au paysan qui a jeté sa semence dans la terre et se réjouit de la voir monter en herbe belle et drue, mais au moment où les épis sont fleuris, accourt un mauvais nuage qui dévaste son champ, détruit la graine au dedans et ravit au vilain l'espoir de la gerbe.

Je crains aussi d'avoir attendu et espéré en vain, car Amour m'avait tant favorisé que j'avais commencé à me confier entièrement à Bel Accueil qui était prêt à couronner ma flamme. Mais Amour est si inconstant qu'il me ravit tout en une heure, au moment même où je croyais triompher.

Il en est d'Amour comme de la Fortune qui caresse les gens, et puis après, les abreuve d'amertume. En peu d'instants elle change sa face; elle a une roue qui tourne, et quand elle veut, met le plus bas au sommet et renverse dans la boue celui qui était au-dessus. Tel est mon cas. Je n'aurai plus de joie, puisque Bel Accueil est captif; car mon bonheur et ma guérison sont en lui et dans la rose. Il faudra qu'il sorte de prison, si Amour veut que je guérisse. Ha! Bel Accueil, beau doux ami, gardez-moi au moins votre cœur dans votre captivité, et ne souffrez pas que Jalousie le mette en servage comme elle a fait votre corps. Hélas! je suis en grand souci, car peut-être me savez-vous mauvais gré d'être en prison à cause de moi. Pourtant ce n'est pas de ma faute, et je n'ai nul tort envers vous, car je n'ai rien répété de ce que je devais taire, et je souffre plus que vous de votre mésaventure. J'ai grand'peur que les traîtres et les envieux ne me desservent auprès de vous. Peut-être l'ont-ils déjà fait, et je crains que vous ne m'ayez oublié. Ah! Bel Accueil, rien ne me consolera si je perds votre bienveillance, car je n'ai confiance en nul autre qu'en vous...

Ici s'arrête l'œuvre propre de Guillaume de Lorris. La fin du monologue de l'Amant est de Jean de Meun.

Et pourtant je l'ai perdue, peut-être, à peu que je n'en désespère. Je désespère? Hélas, non; jamais je ne désespérerai, car si Espérance me manquait, je ne vaudrais plus guère. Je dois donc me réconforter en elle, puisque Amour m'a dit qu'elle m'aiderait à mieux supporter mes maux, et qu'elle m'accompagnerait partout. Mais quoi? Qu'ai-je à en faire? Si elle est courtoise et débonnaire, elle n'est certaine de rien. Elle met les amants en grande peine et se fait d'eux dame et maîtresse; elle en déçoit maints par ses promesses, car elle promet souvent et ne tient parole. Là est le péril, car maints bons amants, grâce à elle, persévèrent à aimer, et persévéreront, qui jamais ne viendront à leurs fins. Avec l'Espérance, on ne sait à quoi s'en tenir, car elle ne sait ce qui arrivera. Aussi est-il fou de trop s'approcher d'elle : quand elle fait un bon syllogisme, on doit avoir grand peur qu'elle ne conclue le pire, vu que, on l'a remarqué quelquefois, maints en ont été déçus.

Et cependant elle voudrait que celui qui la tient avec soi eût l'avantage dans la discussion. Je suis donc fou d'avoir osé la blâmer. Mais, d'autre part, que me vaut sa bonne volonté, puisqu'elle ne me tire pas de peine? Fort peu de chose, car elle n'y peut porter remède autrement qu'en promettant. Promesse sans don ne vaut guère. Elle me laisse en proie à des contrariétés innombrables. Danger, Honte et Peur me tourmentent, et Jalousie, et Malebouche qui envenime et empoisonne tous ceux dont il fait, avec sa langue, ses souffre-douleur. Ils ont mis en prison Bel Accueil, l'objet de mes pensées sans qui, si je ne puis l'avoir, je cesserai bientôt de vivre. Par-dessus tout c'est la vieille qui me tue l'orde vieille moussue qui le surveille de si près qu'il n'ose regarder personne.

Désormais va augmenter ma tristesse. Il est tout à fait vrai que le dieu d'Amour m'a gratifié de trois dons, mais je les perds maintenant : Doux Penser ne m'aide point, Doux Parler me manque à son tour; le tiers avait nom Doux Regard : je l'ai encore perdu, aussi vrai que je supplie Dieu de m'avoir en sa garde. Ce sont assurément de beaux dons, mais ils ne me vaudront rien, si Bel Accueil ne sort de la prison où on le tient par grande injustice. Je mourrai pour lui, car je crois qu'il n'en sortira pas vivant. Non vraiment. Par quel miracle sortirait-il de cette forteresse? Ce ne sera pas par moi, certainement. Je n'eus pas un grain de bon sens, mais ce fut grande folie et déraison de ma part de faire hommage au dieu d'Amour. Dame Oiseuse m'y poussa : honnie soit-elle et sa façon de se conduire, elle qui me fit, sur ma prière, accueillir au joli verger! Si elle avait eu quelque notion du juste et de l'honnête, elle ne m'aurait pas écouté; on ne doit croire en rien l'insensé; on doit le blâmer et le reprendre plutôt de le laisser s'engager dans une folle entreprise. Oui, je fus fou, et elle me crut. Elle ne m'apporta aucun avantage, elle accomplit trop bien ma volonté; j'ai donc lieu de m'en plaindre et de m'en affliger. Raison m'avait bien averti; je suis un sot de n'avoir pas renoncé à aimer et de n'avoir pas suivi son conseil. Raison avait le droit de me reprendre lorsque je m'entremis d'aimer; j'en souffre trop. Je vais m'en repentir, je crois. M'en repentir! Que ferais-je? Je serais traître et honni. C'est le Maufé qui m'aurait inspiré ce repentir; j'aurais trahi Bel Accueil mon seigneur. Dois-je le détester si pour m'être courtois, il languit dans la tour de Jalousie? Vraiment ses bonnes manières à mon égard furent incroyables, quand il voulut que je passasse la haie et baisasse la rose! Je ne dois pas lui en savoir mauvais gré, et vraiment je ne lui en saurai jamais. A Dieu ne plaise que je fisse plainte ni clameur du dieu d'Amour, ni d'Espérance, ni d'Oiseuse qui fut si aimable pour moi. Je serais coupable, en effet, de me plaindre de leurs bienfaits. Donc, il n'y a plus qu'à souffrir et à m'exposer au martyre, et qu'à patienter en bonne espérance qu'Amour m'envoie soulagement. Il me convient d'attendre sa grâce, car il m'a dit (bien m'en souvient) : « Je prendrai en gré ton service, et je te ferai parvenir, si ta méchante humeur ne s'y oppose, mais peut-être ne sera-ce pas de sitôt. » C'est ce qu'il m'a dit mot pour mot. Il paraît bien qu'il m'aimait tendrement. Donc il n'y a qu'à le bien servir, si je veux mériter sa grâce. Toutes les fautes viendraient de moi; non du dieu d'Amour, car nul dieu ne faillit jamais. Il y a en moi sûrement quelque faute; pourtant je ne sais d'où cela vient et peut-être ne le saurai-je jamais.

Or, aille comme il pourra aller, en fasse Amour ce qu'il voudra, que j'échappe au péril ou que j'y coure, et s'il veut, qu'il me laisse mourir. Je ne viendrais jamais au bout de mon entreprise, et je suis mort si je ne l'achève ou si un autre ne l'accomplit pour moi. Mais si Amour qui me tourmente si fort voulait l'accomplir pour moi, nul mal ne pourrait avoir raison de moi, que je gagnasse à son service. Or qu'il arrive ce qu'Amour aura résolu, qu'il porte remède à mon mal, s'il veut, je n'y puis plus rien. Mais quoi qu'il advienne de moi, je le prie de se souvenir, après ma mort, de Bel Accueil qui, sans vouloir me faire de mal, m'a tué. Et toutefois pour lui faire plaisir, puisque je ne puis porter son faix, à vous, Amour, avant que je meure, je me confesse sans repentir comme font les amants loyaux, et veux faire mon testament. Je laisse à Bel Accueil mon cœur. Je n'ai d'autres dispositions à prendre.

V

Raison intervient de nouveau auprès de l'Amant. — Le blason de l'Amour. — Les dangers de la Jeunesse. — Apologie de la Vieillesse. — L'Amitié véritable et l'Amitié par intérêt. — Les leçons de la mauvaise fortune. — Les vrais Riches : sagesse des débardeurs de la place de Grève. — Avidité des marchands, des médecins et des avocats. — L'usure. — Comment Pécune se venge des avares.

Tandis que je me désolais, ne sachant où trouver remède à ma tristesse, je vis Raison descendre de sa tour et revenir à moi.

« Bel Ami, me dit-elle, où en est ton affaire? N'es-tu pas encore las d'aimer? N'as-tu pas assez souffert? Que te semble-t-il du mal d'amour, est-il doux, est-il amer? Est-ce un bon maître, celui qui t'a asservi et te tourmente sans arrêt? Tu n'eus pas de chance, le jour où tu lui fis hommage! Tu ne savais pas à quel seigneur tu te livrais, car si tu l'avais bien connu, tu n'aurais jamais été son homme, ou tu aurais renié ta parole.

— Je le connais, dame.

— Comment?

— Par ce qu'il m'a dit : « Tu dois être content d'avoir si bon maître et seigneur de si haut renom. »

— C'est tout?

— Je l'ai connu jusqu'à ce qu'il me donnât ses commandements; après quoi il s'enfuit plus vite qu'un aigle. Et je demeure dans l'incertitude.

— Certes, tu as une bien pauvre idée de ce dieu d'Amour. Or je veux que tu le connaisses. Tu as subi tant de tourments que tu en es tout défiguré. Nul malheureux ne peut supporter un faix plus lourd. Il est bon de connaître son seigneur, et si tu connaissais le tien, tu pourrais facilement échapper à ce cruel servage.

— Assurément, dame, puisqu'il est mon seigneur et que je suis son homme lige, j'apprendrais volontiers quelque chose de plus de lui, s'il se trouvait quelqu'un qui me fît la leçon.

— Par mon chef, je te la ferai. Je te démontrerai ce qui n'est pas démontrable, et sans l'expérience tu en sauras bientôt sur l'Amour autant que tout homme qui y attache son cœur, bien qu'il ne s'en afflige pas moins pour cela, s'il n'est résolu à le fuir. Lors je t'aurai dénoué le nœud que tu trouveras toujours noué. Sois attentif : en voici la description.

« L'Amour, c'est haineuse paix et c'est haine amoureuse; c'est loyauté déloyale, et loyale déloyauté; c'est peur tranquille, espérance désespérée; c'est raison furieuse et fureur raisonnable; plaisir en péril de noyade; lourd fardeau léger à porter; c'est la redoutable Carybde qui repousse et séduit à la fois; c'est langueur pleine de santé, et santé maladive; c'est faim repue en abondance; c'est suffisance convoiteuse; c'est la soif inextinguible; c'est faux délice et tristesse agréable; c'est liesse courroucée; doux mal, douceur amère; parfum exquis et mauvaise saveur; péché entaché de pardon, pardon entaché de péché; c'est peine joyeuse, cruauté attendrie; jeu incertain, état très stable et très changeant; force infirme, robuste infirmité; c'est bon sens fou et sage folie; prospérité malheureuse, ris pleins de pleurs et de larmes; repos sans cesse travaillant; enfer plaisant, paradis douloureux; cachot doux aux prisonniers; printemps plein de froidure; c'est la teigne qui ne refuse rien, et mange la pourpre et le bureau, car sous le bureau comme sous la brunette peuvent loger les amours, et nul n'est de si haut lignage, et il n'y a nul, si sage ou si hardi et de force si éprouvée, qui ne soit dompté par l'Amour.

« Tout le monde va ce chemin : c'est ton dieu qui y pousse tous les hommes, s'ils ne sont de ces mauvais vivants que Génius excommunie parce qu'ils font tort à Nature, mais pour autant (car je n'ai cure de ceux-là) je ne veux pas que les gens aiment de cet amour dont ils s'avouent à la fin malheureux et meurtris. Si tu veux éviter leur sort, tu ne peux prendre de meilleur parti que de fuir l'amour : si tu le suis, il te suivra, si tu t'enfuis, il s'enfuira.

— Dame, répliquai-je, je me flatte de n'en savoir pas plus que devant. Il y a tant d'antithèses dans ma leçon que je n'y puis rien entendre. Je pourrais bien la réciter par cœur, voire même l'enseigner aux autres, mais, pour moi, je n'en puis tirer aucun fruit. Mais maintenant que vous m'avez décrit l'amour, et me l'avez tant loué et tant blâmé, je vous prierai de m'en donner une définition claire que je puisse retenir.

— Volontiers; écoute donc. L'amour, si j'ai bien réfléchi, c'est une maladie de pensée, procédant de regards désordonnés entre deux personnes de sexe différent, par quoi elles tendent à s'accoler et se baiser et jouir charnellement l'une de l'autre. L'amant n'aspire à autre chose, il se consume et se délecte dans cette pensée. Il ne songe nullement au fruit, il cherche sans plus le plaisir. D'aucuns affectent de mépriser cet amour, et toutefois feignent d'être parfaits amants : ils se moquent des dames crédules, leur promettant corps et âmes, et leur jurent mensonges et fables, jusqu'à ce qu'ils en aient eu leur plaisir. Ceux-ci sont les moins déçus, car il vaut toujours mieux, beau maître, être trompeur que trompé, surtout dans ce débat où l'on ne peut trouver le juste milieu. Je le sais : quiconque dort avec une femme devrait vouloir continuer l'être divin et se garder en son semblable : les corps des hommes sont corruptibles, et pour assurer les générations successives, puisque père et mère disparaissent, Nature veut que les fils se hâtent à leur tour de poursuivre l'œuvre de vie.

« C'est pour cela que Nature les affrianda par l'attrait de la volupté : elle a voulu que les ouvriers ne se dérobassent point à la tâche.

« Sache que dans cette œuvre nul n'a le droit de convoiter sans plus le plaisir. Celui qui recherche la volupté, sais-tu ce qu'il fait? Il se rend, comme un serf ignorant et misérable, au prince de tous les vices, car la volupté est la racine de tous les maux, comme l'explique Tulle au livre *De la Vieillesse.* Tulle vante la Vieillesse au détriment de la Jeunesse. Celle-ci, en effet, jette l'homme et la femme dans tous les périls corporels et spirituels : c'est un temps fort difficile à passer sans y laisser la vie ou se briser un membre, ou sans faire honte ou dommage à soi-même ou à sa famille. Dans la jeunesse l'homme est entraîné dans la dissipation, hante les mauvaises compagnies, et il change souvent de résolution; ou bien il entre au couvent, car il ne sait pas sauvegarder la liberté que Nature a mise en lui; il croit prendre la pie au nid, et il se met en cage et y demeure jusqu'à ce qu'il soit profès; alors, s'il trouve la charge trop lourde, il se reprend et s'en va, ou il y demeure contre son gré et y finit sa vie, retenu par la honte : là il vit misérablement, pleurant la liberté qu'il a perdue sans retour, à moins que Dieu ne lui donne la grâce d'oublier sa misère, et ne le contienne dans l'obéissance par la vertu de patience.

« La jeunesse fait faire à l'homme mille folies : elle le jette dans la débauche et le dévergondage, dans tous les excès et tous les caprices, et lui crée des embarras qu'il surmonte ensuite à grand' peine. C'est en l'incitant au plaisir que la Jeunesse le met en de tels périls. Jeunesse est la chambrière de Délice; elle ne songe qu'à mal faire et à pousser les hommes vers son maître.

« Au contraire la Vieillesse les en éloigne. Qui l'ignore le sache bien, ou qu'il le demande aux anciens : ceux-ci se rappellent assez les périls par où ils ont passé et les sottises qu'ils ont faites. En leur ôtant avec la force les tentations, la Vieillesse, comme une bonne compagne, les ramène dans le droit chemin, et jusqu'à la fin les convoie. Mais elle est mal récompensée de ses services : nul ne l'aime ni ne la prise au point qu'il la voulût avoir en soi, car on ne veut pas plus vieillir que mourir jeune.

« Les vieillards s'ébahissent quand ils se remembrent le temps passé et qu'il leur souvient de leurs folies; ils se demandent comment ils ont pu sans honte ni vergogne commettre telles ou telles actions, ou s'ils en éprouvèrent honte et dommage, comment ils purent échapper à de tels périls, sans y perdre tout à fait leur âme, leur corps ou leur avoir.

« Sais-tu où habite cette Jeunesse que maint et mainte admire? Délice la tient dans sa maison et en a fait sa servante : mais Jeunesse le servirait pour rien : elle le fait si volontiers qu'elle le suit en tous lieux, lui abandonne tout et ne voudrait pas vivre sans lui.

« Et Vieillesse, sais-tu où elle demeure? Je vais te le dire, car il te faudra aller là, si la Mort ne te fait descendre dans sa cave ténébreuse, dès la fleur de ton âge; Travail et Douleur l'hébergent, mais la tiennent liée et enferrée, et tant la battent et la tourmentent que l'idée de la mort prochaine s'offre à elle, et le désir de se repentir. Dans son remords tardif, il lui vient à l'esprit que Jeunesse l'a cruellement déçue en la repaissant de vanités : elle a perdu sa vie, si l'avenir ne lui fait expier les péchés passés, et par de bonnes actions ne la ramène au souverain Bien dont la Jeunesse l'a éloignée.

« Quoi qu'il en soit, quiconque, jeune homme, dame ou pucelle, veut jouir de l'amour, doit y désirer le fruit, sans pour cela renoncer à sa part de plaisir. Mais je sais qu'il en est plus d'une qui ne veut pas être enceinte, et quand la chose arrive, il lui en cuit, et elle se garde bien d'en parler.

« Bref, tous consentent à la volupté, à l'exception des femmes de rien qui se donnent vilement contre deniers, et que leur vie souillée met hors la loi commune. Mais il n'est pas de femme bonne qui se livre pour de l'argent. Nul homme ne devrait s'éprendre de femme qui vend sa chair. Il est dupé et bafoué honteusement, le malheureux qui croit être aimé d'une femme, parce qu'elle le nomme son ami, lui rit et lui fait fête, et celle-là n'a pas droit au nom d'amie, et n'est pas digne d'être aimée. On ne doit pas estimer les femmes qui ne cherchent qu'à dépouiller les hommes. Je ne dis pas qu'elle ne puisse porter par plaisir et par amitié un petit joyau que son ami lui a donné ou envoyé, mais qu'elle ne le demande pas, et qu'elle lui donne des siens en échange. Ces petits cadeaux scellent l'amitié. Je veux bien qu'ils soient unis et qu'ils suivent les usages courtois, mais qu'ils se gardent du fol amour et de la convoitise : l'amour doit naître du cœur, il ne doit pas dépendre des présents, non plus que du plaisir corporel.

« L'amour qui te tient dans ses lacs te présente ces délices charnelles, si bien que tu ne penses à rien autre : c'est pourquoi tu veux avoir la rose. Tu en es encore loin, et c'est ce qui te fait maigrir la peau et t'enlève tout courage. Tu reçus un bien mauvais hôte, lorsque tu hébergeas Amour. Aussi je te conseille de le jeter dehors : ne le laisse plus séjourner chez toi, car il te détourne de toutes les pensées utiles. Les cœurs enivrés d'amour sont exposés à des désastres : tu t'en apercevras plus tard, quand tu auras gâté ta jeunesse en ces tristes joies. Si tu peux vivre assez pour te voir délivré de l'amour tu pleureras le temps perdu, mais ne pourras le recouvrer. Bienheureux encore si tu en réchappes, car dans ce piège de l'amour maints y perdent leur capital, leur intelligence, leur âme et leur renommée. »

Ainsi Raison m'endoctrinait, mais Amour empêchait que je misse en pratique ses préceptes, bien que j'en comprisse parfaitement la portée. Amour, qui occupait toutes mes pensées et tenait mon cœur sous son aile, me guettait quand j'étais assis au sermon et faisait sortir par une oreille ce qui entrait par l'autre, si bien que Raison perdait toute sa peine.

Irrité, je me pris à lui dire :

« Dame, vous voulez m'égarer. Dois-je donc haïr tout le monde? Puisqu'il n'est pas bon d'aimer, je n'aurai jamais d'amour, mais vivrai toujours dans la haine. Lors je serai pécheur mortel, voire pire que larron; je n'y puis manquer. Il me faut choisir : ou j'aimerai, ou je haïrai; mais peut-être que je paierai plus la haine en dernier. Vous m'avez donné un bon conseil! Bien fou qui vous croirait. Mais vous m'avez parlé d'un autre amour méconnu que je ne vous entendis point blâmer et que vous trouvez légitime. Voulez-vous me le définir? Je voudrais connaître au moins les diverses sortes d'amours.

— Certes, bel ami, tu es fou de ne priser un fétu ce que je te prêche pour ton profit. Je te ferai encore un sermon, et m'efforcerai de répondre à ta demande, mais je ne sais si cela te servira à grand'chose.

« Il y a plusieurs sortes d'amours, sans compter celui qui t'a bouleversé et fait sortir de ton droit sens : ce fut un jour funeste que celui où tu le rencontras : garde-toi pour Dieu de le suivre désormais.

« L'un de ces amours s'appelle Amitié : c'est une bonne volonté commune et sans discordance entre deux personnes, selon la bonté de

Dieu. Qu'il y ait entre elles communauté de tous leurs biens dans un esprit de charité, de telle sorte qu'en aucun cas il ne puisse y avoir d'exception. Que l'un soit diligent à aider l'autre, en homme résolu, sage, et discret et loyal, car le discernement sans la loyauté ne vaudrait rien. Que l'un puisse raconter tout ce qu'il pense à son ami, comme à soi-même, sûrement, sans crainte d'être dénoncé. Tels sont les mœurs que doivent observer ceux qui veulent aimer parfaitement. Homme ne peut être aimant, s'il n'est inébranlable aux coups de la Fortune, de telle sorte que l'ami qui lui a donné toute sa confiance le trouve toujours dans les mêmes dispositions, qu'il soit riche ou qu'il soit pauvre. Si l'un voit l'autre tomber dans la pauvreté, il ne doit pas attendre que celui-ci requière son aide, car une bonté faite sur prière est vendue trop cher aux hommes de cœur. Un homme de cœur a vergogne, quand il est obligé de demander la charité; il y pense beaucoup, se donne beaucoup de soucis avant d'en arriver là; tel n'ose parler et redoute d'être éconduit. Mais lorsqu'il a éprouvé son ami au point d'être bien certain de son affection, il n'hésite pas à se réjouir, à se plaindre devant lui de tout ce qui lui arrive : comment en aurait-il honte, si son ami est tel que je te dis? Quand il lui aura confié son secret, jamais un tiers ne le saura; il n'a pas à craindre les reproches, car un homme sage tient sa langue; l'ami fera plus : il aidera l'autre autant qu'il le pourra, plus content de donner, à dire vrai, que celui-là de recevoir; s'il ne pouvait lui accorder sa requête, il n'en éprouverait pas moins d'ennui que celui qui la lui a adressée, tant est grande la puissance de l'amour.

« En vertu de cette amitié, dit Cicéron, en un

sien traité, nous devons accueillir la requête de nos amis, si elle est honnête. Accueillons-la encore, si elle est selon le droit et la raison. Dans le cas contraire, elle doit être repoussée, excepté en deux cas : si l'on voulait les mettre à mort, nous devons penser à les délivrer; si on attaquait leur renommée, protégeons-les contre la diffamation. En ces deux cas, il est licite de défendre ses amis, sans invoquer le droit et la raison. Tout ce que l'amour peut excuser, nul ne doit refuser de le faire.

« Cet amour que je te propose n'est pas hors de mon sujet : je veux que tu suives celui-ci et que tu évites l'autre : le premier s'attache à la vertu, l'autre met les gens en péril de mort.

« Je te parlerai maintenant d'un autre amour qui est également contraire au bon amour et aussi blâmable : c'est la feinte volonté d'aimer dans un cœur atteint de la maladie du gain. Cet amour est en perpétuelle balance : sitôt qu'il perd l'espoir du profit qu'il escompte, il s'évanouit. Ne peut aimer celui qui ne recherche pas les gens pour eux-mêmes, mais les trompe sur ses véritables sentiments et les flatte pour le profit qu'il en attend. C'est l'amour né des choses fortuites qui s'éclipse comme la lune, quand la terre la couvre de son ombre : quand elle se dérobe à la vue du soleil, elle perd presque toute sa clarté, et quand elle a traversé l'ombre, elle revient toute illuminée des rayons que lui envoie le soleil. Cet amour est de même sorte : il est tantôt brillant, tantôt obscur. Aussitôt que Pauvreté l'affuble de son affreux manteau noir, et qu'il ne voit plus resplendir les richesses, il se rembrunit et prend la fuite; mais quand les richesses se montrent de nouveau, il reparaît incontinent, transfiguré.

« De cet amour que je te décris ici sont aimés les riches hommes, spécialement les avares endurcis dans leur passion. Le riche qui croit être aimé pour lui-même est plus cornard qu'un cerf. Il est certain qu'il n'aime pas, et comment peut-il croire qu'on l'aime? Celui qui désire des amis véritables doit être amical. Qu'il n'aime pas, je puis le prouver : il voit ses amis pauvres, et il veille à ses richesses devant eux : il les garde pour lui et se propose de les garder toujours, jusqu'à ce que la bouche lui soit close et qu'il crève de male mort, car il se laisserait démembrer et couper en morceaux plutôt que de s'en séparer et de leur en abandonner une partie. Comment y aurait-il place pour l'amitié dans un cœur qui n'a pas de pitié? Celui qui agit ainsi ne l'ignore pas, car chacun sait son propre fait. Certes, il est bien digne de blâme, l'homme qui n'aime ni n'est aimé.

« Puisque nous en venons à Fortune, je vais t'étonner : je ne sais si tu croiras ce que je dirai à son sujet, toutefois c'est chose vraie et on la trouve écrite : que mieux vaut et plus profite aux hommes la mauvaise Fortune que la bonne. Il est facile de le prouver : la bonne Fortune les trompe et les maltraite, tout en les allaitant comme une mère; elle fait semblant d'être fidèle et sincère en leur distribuant de ses joyaux tels qu'honneurs, dignités et richesses; elle leur promet la stabilité dans un état changeant, et quand elle les tient au sommet de sa roue, elle les repaît de vaine gloire dans la félicité mondaine : alors ils pensent être si grands seigneurs et voir leur prospérité si solidement assise qu'ils ne croient pas qu'ils puissent jamais choir. Et quand ils en sont à ce point, elle les persuade qu'ils ont des amis innombrables, toujours attachés à leurs pas et prêts à leur rendre hommage : ceux-ci leur offrent jusqu'à leur chemise, jusqu'à verser leur sang pour les défendre, étant disposés à leur obéir et à les servir tout le temps qu'ils ont à vivre.

« Ceux qui entendent un tel langage en tirent vanité et le croient comme parole d'Évangile. Mais tout cela est flatterie et mensonge, et ils s'en apercevraient s'ils avaient perdu tous leurs biens et qu'ils ne puissent les recouvrer : lors ils verraient leurs amis déployer leur zèle, car de cent amis rencontrés, soit compagnons, soit parents, si un seul pouvait leur demeurer, ils en devraient bénir Dieu ! Cette Fortune clémente et débonnaire, quand elle habite avec les hommes, brouille leur vue et les nourrit dans l'ignorance.

« Mais celle qui est contraire, celle qui d'un tour de roue les fait choir de leur splendeur et les traite comme une marâtre, les abreuvant non de vinaigre, mais de pauvreté et de malheur, celle-là montre qu'elle est véridique et que nul ne se doit fier à la prospérité, car il n'est rien d'aussi peu sûr. Elle leur apprend, dès qu'ils ont perdu leur avoir, de quel amour les aimaient ceux qui se disaient leurs amis auparavant : ceux que la félicité procure, le malheur en fait des ennemis. Ils s'enfuient aussitôt qu'ils voient leurs amis pauvres, et ils les renient ; encore ne s'en tiennent-ils pas là, mais ils vont partout les blâmant et les diffamant, et les traitant de naïfs et de fous ; même ceux qui en ont reçu de grands bienfaits au temps de leur opulence, vont témoignant et plaisantant de leur folie évidente. Ces malheureux ne trouvent personne qui les secoure ; seuls leur restent les vrais amis, ceux qui ont le cœur assez noble pour ne pas faire dépendre leur amour des vicissitudes de la Fortune.

« Celui qui tirerait l'épée contre un ami aurait de ce fait tranché les liens de l'amitié, comme dans les cas suivants : on perd son ami par orgueil, par colère, par reproche, par la révélation de secrets qui doivent être cachés, et par la douloureuse plaie de détraction venimeuse.

« Les amis éprouvés, comme ceux dont je viens de parler, sont rares; il en est un sur mille, et parce que nul trésor n'atteint à la valeur d'un véritable ami, la rencontre d'un de ceux-là vaut mieux que deniers en ceinture. La mauvaise Fortune en tombant sur les hommes le leur fait voir clairement. Donc l'adversité leur est plus utile que la prospérité; la première les fait ignorants, la seconde les instruit. Le pauvre qui éprouve ses amis et distingue les vrais des faux, qu'eût-il donné pour savoir ce qu'il sait maintenant, quand il était riche à souhait et que tous lui offraient leur cœur, leur personne et tout ce qu'ils avaient? Le malheur a fait d'un fol un sage.

« La richesse n'enrichit pas celui qui l'enferme dans des coffres; seule la suffisance fait vivre l'homme richement : tel n'a pas une miche vaillant qui est plus à l'aise qu'un autre qui possède cent muids de froment. Je te dirai pourquoi : celui-là est peut-être marchand, et pour amasser tout ce tas, combien a-t-il eu de peine et de souci? Et pourtant il ne cesse pas d'être préoccupé d'accroître son bien et de le faire fructifier, car il n'aura jamais assez, tant sût-il acquérir.

« Mais l'autre qui ne prétend à rien, pourvu qu'il ait de quoi vivre au jour le jour, il se contente de son gain, et ne pense pas que rien lui manque. Il a beau n'avoir pas une maille d'avance, il sait bien qu'il gagnera pour manger, quand besoin sera, et pour renouveler ses chaussures et ses vêtements, ou s'il arrive qu'il soit malade et trouve tous les aliments fades, il réfléchit qu'il n'aura besoin de manger et se passera bien de petite vitaille; ou bien on le portera à l'Hôtel-Dieu, et là il sera bien réconforté. Peut-être ne pense-t-il pas en venir à cette extrémité, et avant que le mal le tienne, il pense qu'il épargnera en temps utile pour se sustenter quand il en sera là. S'il ne lui chaut d'épargner, avant que viennent la froidure ou les chaleurs, ou la faim qui le fassent mourir, il songe peut-être, et y trouve plaisir, que plus tôt il finira ses jours, plus tôt il ira en paradis, car il croit que Dieu le lui réserve au sortir du présent exil. Pythagore le dit lui-même dans son livre intitulé *Vers dorés* :

Quand de ton corps tu partiras,
Tout franc au ciel tu t'en iras,
Et laisseras l'humanité
Pour vivre en pure déité.

« C'est un malheureux et un fou naïf, celui qui croit que son pays est ici-bas : notre pays n'est pas sur terre : on peut bien s'en enquérir auprès des clercs qui lisent la *Consolation* de Boèce et les sentences qui s'y trouvent : celui qui translaterait cet ouvrage ferait un grand bien aux laïcs.

« Si un homme s'arrange pour vivre de son revenu et ne désire le bien d'autrui, il croit être sans pauvreté, car, comme disent vos maîtres, nul n'est misérable s'il ne le croit être, qu'il soit roi, chevalier ou ribaud. Maints portant sacs de charbon en Grève ont le cœur si gaillard que la peine ne les touche en rien, et qu'ils travaillent avec patience : ils ballent, sautent et dansent, et vont aux tripes à Saint-Marcel, et ils ne prisent les trésors trois brins, mais dépensent à la taverne tout leur gain et toute leur épargne, puis de nouveau, gaîment ils vont débarder : ils ne pensent pas à larronner, mais gagnent honnêtement leur pain, puis ils retournent au tonneau, et boivent, et vivent comme ils doivent vivre.

« Ceux qui croient avoir suffisamment sont dans l'abondance, plus que s'ils étaient usuriers, car tous les usuriers, si avares qu'ils soient et si endurcis dans la convoitise, ne sont pas vraiment riches, mais pauvres et souffreteux.

« Et il est encore certain, n'en déplaise à personne, que nul marchand ne vit heureux, car il est sans cesse tourmenté du désir d'acquérir davantage; il craint de perdre ce qu'il a gagné et court après le reste qu'il ne possédera d'ailleurs jamais, car il convoite tout ce qui ne lui appartient pas; il a entrepris un travail formidable : il veut boire toute la Seine et il n'en pourra jamais tant boire qu'il n'en reste encore davantage : c'est une passion dévorante, c'est une lutte sans relâche, une angoisse perpétuelle qui lui tranche les entrailles : plus il acquiert, plus il a besoin.

« Avocats et médecins traînent tous cette chaîne : ils vendent leur science pour deniers; ils trouvent le gain si doux que l'un pour un malade voudrait en avoir soixante, et l'autre pour une cause, trente, deux cents, voire deux mille, tant ils sont avides et fripons. De même les théologiens qui vont par le pays, quand ils prêchent pour acquérir honneurs, faveurs et richesses; ils ont le cœur en pareil tourment : ceux-là ne vivent pas honnêtement; surtout, ceux qui poursuivent la vaine gloire courent après la mort de leurs âmes. Tel abuseur est abusé, car sache que le prêcheur, s'il fait du bien aux autres, ne tire pour lui-même aucun profit de ses sermons :

bonne prédication, en effet, peut procéder de mauvaise intention : elle ne vaut rien pour le prêcheur, bien qu'elle fasse le salut d'autrui : ceux-ci y prennent bon exemple, tandis que l'autre se repaît de vanité.

« Mais laissons ces prêcheurs et parlons des entasseurs. Certes ils n'aiment ni ne craignent Dieu quand ils thésaurisent et gardent leur argent sans nécessité, en regardant les pauvres dehors grelotter de froid et périr de faim. Dieu les récompensera comme ils le méritent. Ceux qui vivent ainsi subissent trois épreuves : d'abord ils cherchent les richesses à grand'peine; ensuite ils ont le souci de les conserver et la peur de les perdre; enfin ils sont contraints de les laisser à la fin. Ce n'est que par le défaut d'amour dans le monde qu'ils tiennent cette conduite, car ces thésauriseurs, si on les aimât et qu'ils aimassent et que le bon amour partout régnât sans être trahi par la malice, et que celui qui a plus donnât davantage aux besogneux ou leur prêtât non pas à usure, mais par pure charité, pourvu que ceux-ci fissent le bien et se défendissent de l'oisiveté, on ne verrait nul pauvre dans le monde, et il n'y aurait ni doit ni avoir.

« Mais le monde est si malade qu'on a fait de l'amour une chose vénale : nul n'aime que par intérêt, pour obtenir des dons ou un service. Même les femmes veulent se vendre. Que telle vénalité puisse avoir mauvaise fin!

« Ainsi Barat, autrement dit la Fraude, a tout souillé. Grâce à lui, les gens se sont approprié les biens jadis communs. Ils sont tellement menés par l'avarice qu'ils ont changé leur liberté naturelle pour une vile servitude : ils sont tous esclaves de leur argent qu'ils tiennent enfermé dans leurs greniers. Ils tiennent? Non, ils sont tenus plutôt, pour en être arrivés a cette extrémité. Ils ont fait leur maître de leur argent, les misérables nabots terrestres.

« L'argent n'est bon qu'à dépenser; ils ne le comprennent pas; ils répondent qu'il n'est bon qu'à cacher, et ils le cachent si bien qu'ils ne le dépensent ni ne le donnent. Mais quoi qu'il arrive, il sera dépensé à la fin, car, après leur mort, ils le laisseront à qui que ce soit qui le gaspillera joyeusement, et nul profit ne leur en reviendra. Encore ne sont-ils pas sûrs de le garder jusque-là, car tel peut y mettre la main qui un beau jour emportera tout.

« On fait grand tort aux richesses en leur ôtant leur véritable nature. Leur nature est qu'elles doivent circuler pour aider et secourir les gens, sans être prêtée à usure. Dieu les a destinées à cet emploi-là. Or les hommes les ont emprisonnées. Mais les richesses qui devraient être répandues, selon leur destination, se vengent honorablement de leurs hôtes, car elles les tirent et les traînent après elles et les criblent de coups : elles leur percent le cœur de trois glaives : le premier est Peine d'acquérir, le second Peur d'être volé, le troisième Douleur de perdre.

« Ainsi Pécune se revanche, comme une noble dame et une reine, des serfs qui la tiennent prisonnière. Elle repose en paix et fait veiller les misérables rongés de souci; elle les tient sous ses pieds, si court qu'elle a l'honneur et eux la honte et le dommage, car ils languissent dans la servitude.

« Les hommes de bien n'agissent pas de même. Ils sautent dessus, la chevauchent et la font galoper, et tant l'éperonnent qu'ils en profitent et s'en ébattent largement. Ils prennent exemple sur Dédale qui fit des ailes à Icare, quand ils imaginèrent de prendre la voie de l'air par telle manière; ceux-ci font de même à Pécune : ils lui donnent des ailes pour voler. Ils se laisseraient plutôt assommer que de n'en pas tirer gloire et louange; ils ne veulent pas être repris du vice honteux d'Avarice. Ils se servent de l'argent pour faire de grandes courtoisies, de quoi leur générosité est prisée et célébrée par le monde; leur vertu s'en accroît, et leur charité est agréable à Dieu, car autant Avarice pue à Dieu qui combla de ses biens le monde en le créant, autant lui plaît Largesse la courtoise, la bienfaisante. Dieu hait les avares, ces triples vilains et les damne comme idolâtres.

« O douces richesses mortelles, dites, pouvez-vous bien rendre heureux ceux qui vous ont emmurées? Plus ils vous entasseront, plus ils trembleront de peur, et comment l'homme qui n'est pas en sûreté pourrait-il connaître le bonheur?

« Mais aucun qui m'entendrait ainsi parler, pour me critiquer et condamner mon opinion, me pourrait opposer des rois qui pour se glorifier, comme le pense le menu peuple, mettent tout leur soin à faire armer autour d'eux cinq cents à cinq mille sergents, et l'on dit communément que c'est une preuve de grande hardiesse. Mais Dieu sait tout le contraire : c'est la Peur qui les pousse; la Peur qui toujours les tourmente et les accable. Un ribaud de Grève pourrait mieux aller en sûreté et danser devant les larrons, sans rien craindre d'eux, que le roi avec sa robe fourrée, surtout s'il portait avec soi une bonne partie de son trésor, son or et ses pierreries : chaque larron en prendrait sa part; ils lui raviraient tout ce qu'il porterait, et peut-être voudraient-ils le tuer, et je crois qu'il serait tué avant qu'il eût fait un pas, car les larrons redouteraient, s'ils le laissaient échapper, qu'il ne les fît prendre par sa force et mener à la potence. Par sa force? Non, par ses hommes, car sa force ne vaut pas plus que la force d'un ribaud. Par ses hommes? Je dis mal, ils ne sont pas siens, bien qu'il y ait entre eux seigneurie. Seigneurie, ou plutôt service, car il doit les garder en franchise : ils s'appartiennent, et quand ils voudront, ils refuseront leur aide au roi, et le roi demeurera tout seul, car leur vaillance, leur prouesse, leurs personnes, leur force et leur sagesse ne sont pas à lui; il n'y a rien en eux qui soit sien, Nature s'y oppose. »

VI

Suite du discours de Raison. — L'Amour du Prochain. — La Charité vaut mieux que la Justice. — Les Juges prévaricateurs : Appius et Virginie. — Raison, fille de Dieu, seule amie des sages. — Description de l'Ile et du Palais de Fortune. — Néron et Sénèque. — Les honneurs ne changent pas les mœurs. — Le Mal et le Désordre non voulus par Dieu. — La mort du tyran. — Songe de Crésus. — Mainfroi et Conradin.

« Fortune ne peut pas, si débonnaire qu'elle soit aux hommes, faire qu'aucunes choses, auxquelles ils sont étrangers par nature, soient à eux, de quelque façon qu'ils les aient acquises.

— Dame, n'y a-t-il donc pas des choses qui soient miennes? Quelles sont-elles?

— Il y en a, mais ce ne sont ni les champs, ni

les maisons, ni les robes, ni telles ou telles parures, ni terres ou domaines quelconques, ni les meubles d'aucune sorte. Tu possèdes quelque chose de meilleur et de plus précieux : les biens que tu sens en toi, et qui te demeurent toujours et ne peuvent t'abandonner pour passer à un autre; ces biens sont tiens à juste titre. Parmi les autres biens qui sont extérieurs, tu n'as vaillant une vieille courroie, ni toi, ni homme qui vive, car sache que tout ce que vous possédez vraiment, est enfermé au-dedans de vous-mêmes. Tous les autres biens sont de Fortune qui les éparpille ou les rassemble, et qu'elle donne ou reprend à son gré, et dont elle fait rire ou pleurer les fous. L'homme sage n'estime pas les faveurs de la Fortune, et le tour de sa roue le laisse indifférent, car sa conduite est trop variable et incertaine.

« Je ne veux pas que tu t'attaches aux biens de Fortune : tu ne les prises pas à cette heure, mais ce serait grand dommage que tu t'en entiches plus tard, si tu commettais la faute de rechercher l'amitié des hommes pour leur argent ou pour les avantages qui te viendraient d'eux.

« Cet amour intéressé, fuis-le comme vil et méprisable, et renonce aussi au fol amour. Crois-moi, sois sage. Mais je vois que tu ignores encore autre chose : tu m'as accusé de te commander la haine. Dis-moi : quand, où et comment?

— Vous n'avez cessé aujourd'hui de me dire que je dois laisser mon seigneur pour je ne sais quel amour sauvage. Qui fouillerait tout l'Orient et tout l'Occident, et vivrait tant que les dents lui fussent toutes tombées de vieillesse, visitant le Nord et le Midi jusqu'à ce qu'il ait tout vu, ne rencontrerait pas cet amour que vous me dites.

« Le monde en fut purgé, dès que les géants assaillirent les dieux et les mirent en fuite : Droit, Chasteté, Bonne Foi s'envolèrent; cet Amour fit de même, et maintenant il est perdu. Ils quittèrent le monde terrestre et transportèrent leur demeure aux cieux, d'où, si ce n'est par miracle, ils n'osent plus redescendre ici-bas. Barat les en fit tous partir, et c'est lui qui sur terre s'est emparé de l'héritage et le détient insolemment.

« Tulle lui-même, qui mit tout son zèle à déchiffrer les textes, ne put tant se rompre l'esprit qu'il trouvât plus de trois ou quatre cas de ces fines amours, en tous les siècles passés, depuis la création du monde. Je crois qu'il eût éprouvé moins de difficultés pour découvrir cet ami parfait parmi ceux de son temps qui étaient ses compagnons de table. Encore n'ai-je lu nulle part qu'il en ait jamais eu un tel! Suis-je donc plus sage que Tulle? Je serais bien sot de chercher de telles amours, puisqu'il n'en est plus aucun sur terre. Où le rencontrerais-je, si ce n'est ici-bas? Puis-je voler avec les grues, voire franchir les nues, comme fit le cygne de Socrate? Je n'ai pas ce fol espoir : les dieux pourraient croire que je voulusse assaillir le paradis, comme les géants firent autrefois. Je craindrais d'être foudroyé.

— Bel ami, dit-elle, écoute. Si tu ne peux atteindre à cet amour (et tu peux en être empêché par ta faute comme par celle d'autrui), je t'en enseignerai un autre : un autre, non pas, mais le même auquel chacun peut prétendre, pourvu qu'il prenne le mot dans un sens plus large : qu'il aime en général, et non en particulier. Tu peux aimer loyalement tous les hommes; aime-les tous ensemble autant qu'un; fais en sorte que tu sois envers tous comme tu voudrais qu'on fût envers toi; ne fais à nul ce que tu veux qu'on ne te fasse. Telle est la loi sans laquelle nul homme ne peut vivre.

« Pour ce que ceux qui se passionnent à faire le mal négligent cet amour du prochain, les juges sont établis sur terre; ils sont destinés à être la défense et le refuge de ceux à qui l'on fait des torts qui n'ont pas été réparés, pour punir et châtier ceux qui tuent ou blessent les gens, ou volent, dérobent, extorquent ou diffament ou accusent faussement, ou nuisent à leur prochain par quelque manœuvre apparente ou ténébreuse.

— Dame, puisque nous parlons de Justice qui eut jadis si grand renom, et que vous donnez la peine de m'enseigner, dites-m'en donc un mot, s'il vous plaît.

— A quel propos?

— Je voudrais que vous prononciez un jugement entre la Justice et l'Amour. Lequel vaut mieux, à votre avis?

— De quel amour parles-tu?

— De celui que vous voulez que je pratique, car je n'entends mettre en question celui qui s'est emparé de moi.

— Je te crois, fol. Mais si tu cherches une sentence équitable, le bon amour vaut mieux que la justice.

— Prouvez-le.

— Volontiers. Le bien qui peut se suffire à lui-même est plus grand et plus nécessaire : aussi le choisit-on de préférence.

— C'est la vérité.

— Donc examine la nature de l'une et de l'autre. L'amour et la justice, où qu'elles habitent, sont nécessaires et profitables.

— Assurément.

— Je puis dire aussi que celle qui profite le plus doit être préférée à l'autre.

— Nous sommes d'accord.

— Mais Amour qui vient de Charité tient plus à la nécessité que Justice de beaucoup.

— Prouvez, dame, avant de passer outre.

— Sans erreur, le bien qui peut se suffire à lui-même est plus grand et plus nécessaire, parce qu'on le choisit de préférence, que celui qui a besoin d'adjuvant. Tu ne me contrediras pas.

— Peut-être. Faites-vous comprendre; je verrai si je suis de votre avis. Je voudrais un exemple.

— Tu me contrains à te fournir des exemples et des preuves; c'est un grand embarras. Toutefois je prendrai une comparaison pour te convaincre. Si un homme tire, sans avoir besoin d'autre aide, un navire que tes forces ne te permettraient pas de faire mouvoir, tire-t-il mieux que tu ne ferais?

— Oui, certes.

— Eh bien, de même, si la Justice était défaillante, l'Amour s'entendrait à lui seul à rendre la vie bonne et belle et sans punir personne; mais Justice n'y suffirait pas sans Amour. C'est pourquoi l'Amour a meilleure renommée. Justice régna jadis au temps de Saturne, à qui son fils Jupiter coupa les c..., comme si ce fussent andouilles; ce fils était cruel et impitoyable : il les jeta dans la mer, d'où naquit la déesse Vénus. Si Justice revenait sur terre et fût aussi bien considérée qu'elle était alors, les gens devraient encore s'aimer, bien qu'ils observassent la justice, car si Amour les fuyait, Justice en ferait trop détruire. Mais si les gens s'entr'aimaient bien, jamais ils ne se nuiraient les uns aux autres. Et puisque Forfait s'en irait, à quoi servirait Justice? Tout le monde vivrait paisible et coi; il n'y aurait ni roi, ni princes, ni baillis, ni prévôts, tout le peuple vivrait saintement; jamais juge n'entendrait de plaintes. Donc je dis qu'Amour seul vaut mieux que Justice, bien qu'elle poursuive et frappe la Malice, qui fut mère des seigneuries, de quoi ont péri les libertés, car si le Mal et le Péché n'avaient souillé le monde, jamais on n'aurait vu de rois ni de juges sur la terre.

« Ces juges agissent malhonnêtement. Ils devraient d'abord se rendre justes eux-mêmes, puisqu'on doit se fier en eux, et être intègres et attentifs, non pas lâches et négligents, ni convoiteux, faux ni dissimulés, pour faire droit aux plaignants. Mais ils vendent les jugements, brouillent la procédure, imposent, calculent, biffent, et les pauvres gens paient tout. Tous s'efforcent de prendre à autrui. Tel juge fait pendre le larron, qui mériterait d'être pendu lui-même, s'il était jugé pour ses rapines et ses forfaitures. Est-ce qu'il n'était pas à pendre, cet Appius qui fit intenter par son sergent, à l'aide de faux témoins, une action contre Virginie, fille de Virginius, ainsi que le raconte Tite-Live? Cela, parce qu'il n'avait pu vaincre la résistance de la pucelle qui ne se souciait pas d'assouvir sa luxure.

« Le serviteur du mauvais juge dit à l'audience : « Sire juge, donnez sentence que la pucelle est mienne. Je prouverai contre tous qu'elle est ma serve, car elle me fut enlevée de mon hôtel, très peu de temps après sa naissance, et donnée à Virginius. Aussi je vous requiers, sire Appius, de me la rendre, car elle est à moi et non à celui qui l'a nourrie. Et si Virginius le conteste, je suis prêt à prouver ce que j'avance, car j'ai de bons témoins. »

« Ainsi parla le ribaud, et comme Virginius allait répliquer pour confondre ses adversaires,

Appius jugea par sentence hâtive que sans délai la pucelle fût rendue au serf.

« Quand le bon prud'homme Virginius entendit cet arrêt, et quand il vit qu'il ne pouvait défendre sa fille, mais qu'il lui fallait la livrer à la prostitution, il changea sa honte en dommage, par une résolution surhumaine, si Tite-Live ne ment, car sur-le-champ, froidement et par amour, il coupa la tête à sa fille, et la présenta au juge, devant tous, en plein consistoire. Le juge commanda aussitôt qu'on se saisît de lui pour le mener occire ou pendre. Mais le peuple, mû de pitié, s'y opposa, sitôt que le fait fut connu.

« Appius fut mis en prison pour son crime; il se hâta de se tuer avant le jour de son jugement. Et Claudius, le requérant, aurait été condamné à mort comme larron, si Virginius ne l'en eût sauvé par sa clémence : il obtint du peuple qu'il fût envoyé en exil, et tous les témoins de sa cause moururent condamnés.

« En un mot, les juges font trop d'iniquités. Lucain qui fut très sage dit de son côté qu'on n'a jamais vu ensemble vertu et grand pouvoir. Mais qu'ils sachent bien, ces puissants, s'ils ne s'amendent et ne restituent ce qu'ils ont pris, le Souverain Juge les mettra, le lacet au cou, en enfer avec les diables. Je n'en excepte roi ni prélats. Les juges d'aucune sorte, soit séculiers, soit d'Église, n'ont pas les honneurs pour rien; ils doivent appointer sans salaire les causes qu'on porte devant eux, recevoir les plaignants et ouïr en personne les plaintes quelles qu'elles soient. Qu'ils n'aillent se rengorgeant, vu qu'ils sont les serfs du menu peuple auquel ils ont juré de faire droit et qui par eux doit vivre en paix. Ils doivent poursuivre les malfaiteurs; ils devraient pendre les larrons de leurs mains, s'il n'était quelqu'un qui remplisse cet office à leur place. Ils doivent mettre tout leur zèle à rendre la justice : c'est pour cela qu'on leur bailla des rentes, et ils l'ont promis au peuple en acceptant les honneurs.

« Si tu l'as bien compris, j'ai répondu à tout ce que tu m'as demandé, et tu as vu les raisons qui me semblent pertinentes.

— Dame, je suis satisfait et vous remercie. Mais je vous ai ouï dire, il me semble, un mot si libre et si incongru que si l'on voulait vous en excuser, ce serait une entreprise difficile.

— Je vois bien, dit-elle, à quoi tu penses; une autre fois, quand tu voudras, je me justifierai, s'il te plaît de me le rappeler.

— Je vous le rappellerai, comme quelqu'un qui a bonne mémoire, et vous redirai le propre terme que vous avez employé. Mon maître Amour m'a défendu de proférer des mots grossiers; mais puisque je n'en suis pas l'auteur, je pourrai bien le répéter. Je vous dirai le mot tel quel. On fait bien de montrer sa faute à qui s'en rend coupable. C'est pourquoi je puis bien vous réprimander; vous apercevrez votre inconvenance, vous qui feignez d'être si sage.

— Je veux bien, j'attendrai. Pour le moment il me faut répondre à tes objections touchant la haine. Il est étonnant que tu oses dire pareille chose. Ne sais-tu pas qu'il ne s'ensuit nullement, si je m'abstiens d'une folie, que je doive en faire une semblable ou une plus grande? Si je veux éteindre le fol amour à quoi tu aspires, est-ce que pour autant je t'ordonne de haïr? Souviens-toi d'Horace qui eut tant de sens et de grâce. Horace dit que les fous, quand ils veulent éviter un vice, se tournent vers son contraire, et leurs affaires n'en vont pas mieux. Je ne veux pas t'interdire l'amour bien entendu, mais l'amour qui nuit... Si je proscris l'ivresse, je ne défends pas pour cela de boire. Si je condamne la folle largesse, on me tiendrait pour insensée de recommander l'avarice. Je n'emploie pas de tels arguments.

— Voire, vous le faites.

— Non, sans flatterie, pour me mater tu n'as pas bien compulsé les livres des Anciens; tu n'es pas bon logicien. Je ne traite pas ainsi de l'amour. Jamais ne sortit de ma bouche que l'on doive haïr nulle créature. Il faut trouver le juste milieu : c'est l'amour que j'aime et révère et que je t'ai enseigné à aimer.

« Il y a un autre amour instinctif que Nature a mis dans les bêtes, par quoi elles s'acquittent envers leurs faons, les allaitent et nourrissent. Je te définirai cet amour : un penchant naturel à vouloir conserver ses semblables par moyen approprié, soit par voie de procréation, soit par soin de nourriture. A cet amour sont enclins les hommes aussi bien que les bêtes. Ce penchant, bien qu'il soit utile, ne comporte ni blâme ni louange. Nature les y fait adonner; elle les y force, c'est évident, et il n'y a pas là victoire sur un vice. Mais s'ils ne le faisaient, on devrait les en blâmer. De même que quand un homme mange, lui doit-on des éloges? Mais s'il refusait le manger, on devrait lui en faire reproche.

« Je sais que tu ne te soucies pas de cet amour. Aussi je passe. Tu t'es jeté dans plus folle entreprise : mieux t'eût valu, pour ton bien, y renoncer. Nonobstant je ne veux pas que tu demeures sans amie. S'il te plaît, regarde-moi attentivement : suis-je pas belle et noble dame, digne de servir un prud'homme, fût-il empereur romain? Je veux devenir ton amie, et si tu tiens à moi, sais-tu ce que mon amour te vaudra? Il te vaudra tant que jamais il ne te manquera une seule chose qui te convienne, quelque malheur qui t'arrive. Lors tu te verras si grand seigneur que jamais tu n'ouïs parler de plus grand. Je ferai tout ce que tu voudras. Jamais tu n'auras trop haut dessein, pourvu que, sans plus, tu fasses mon ouvrage. Tu auras amie de si noble lignée qu'il n'est nulle qui s'y compare, fille de Dieu, le souverain Père qui telle me fit et me forma. Nulle de haut parage n'a telle liberté et tel pouvoir, comme moi, de faire ami et d'être aimée, sans encourir le blâme. De reproches tu n'en auras pas non plus. Mais mon Père t'aura en garde, et il nous nourrira ensemble. Dis-moi, le dieu qui te fait extravaguer, sait-il aussi bien payer ses gens? Ne me repousse pas : les pucelles qui sont éconduites sont trop dolentes et confuses lorsqu'elles ne sont pas accoutumées à prier, comme tu le sais par Écho, sans chercher d'autres preuves.

— Dites-moi plutôt, non en latin, mais en français, comment vous voulez que je vous serve.

— Souffre que je sois ta servante, et sois mon loyal ami. Tu abandonneras le dieu qui t'a mis où tu en es, et ne priseras une nèfle la roue de Fortune. Tu seras semblable à Socrate qui eut une telle constance qu'il ne fut ni joyeux dans ses jours prospères, ni chagrin dans l'adversité. Il mettait tout dans la balance : la bonne chance et la mauvaise, et les trouvait de même poids. Ce fut lui qui, au rapport de Solin, fut jugé le plus sage du monde par l'oracle d'Apollon. Son visage demeurait sans un pli devant tout ce qui lui arrivait; ses ennemis ne le virent pas broncher, quand ils le tuèrent par la ciguë parce qu'il niait l'existence de plusieurs dieux et affirmait sa foi en un seul. Héraclite et Diogène eurent aussi ce grand cœur dans la détresse et la pauvreté; ils ne furent jamais tristes. Fermes dans leurs propos, ils soutinrent toutes les épreuves qu'ils eurent à subir. Tu feras de même et ne me serviras autrement.

« Garde que Fortune ne t'abatte, quelques tourments qu'elle t'inflige. Il n'est pas bon lutteur, celui qui ne peut se mesurer avec elle. Il ne faut pas lui céder, mais se défendre vigoureusement : elle connaît si peu la lutte que chacun peut la renverser du premier coup; nul, sachant sa force et se connaissant lui-même, ne peut choir sous son croc-en-jambe, à moins qu'il ne se jette volontairement à terre.

« C'est une chose honteuse à voir qu'un homme qui pourrait se défendre et qui se laisse mener au gibet : qui le plaindrait aurait tort, car il n'y a pas de lâcheté plus grande. Tâche donc de n'estimer rien les faveurs de Fortune. Laisse-la tourner sa roue, comblant les uns de richesses et d'honneurs, réservant aux autres la pauvreté, et, quand il lui plaît, reprenant ce qu'elle donne. Celui qui s'afflige ou se réjouit de ces vicissitudes est insensé, car il peut s'en défendre, pourvu qu'il le veuille. D'autre part, on a tort, lorsqu'on fait la Fortune déesse et qu'on l'élève jusqu'au ciel. Vous croyez qu'elle a sa demeure en paradis? Elle n'a pas ce bonheur : sa maison est très périlleuse.

« Au milieu de l'océan, solidement assise dans les profondeurs, se dresse une roche contre laquelle les flots grondent et luttent. Les vagues qui l'assaillent sans fin la heurtent et la fouettent si fort que, maintes fois, elles l'ensevelissent toute en mer. Parfois aussi, tandis que le flot se retire, elle se dépouille de l'eau qui ruisselle sur ses flancs, et elle jaillit de nouveau hors de la mer et respire.

« Cette roche change perpétuellement de forme et de couleur : quand Zéphire chevauche sur la mer, il y fait verdoyer l'herbe et paraître des fleurettes brillantes comme étoiles; la brise soufflant à son tour fauche les tiges et la verdure avec sa froide épée si bien que la fleur périt à peine éclose.

« La roche porte un bois d'aspect bizarre, dont les arbres sont singuliers : l'un est stérile, l'autre donne des fruits; l'un est toujours vert, celui-là est dépourvu de feuilles; quand celui-ci commence à fleurir, il en est maints qui voient leurs fleurs se faner. L'un se dresse très haut, et ses voisins se tiennent inclinés vers la terre; quand les bourgeons viennent à l'un, les autres sont tous flétris. On voit là des genêts géants et des pins et des cèdres nains; chaque arbre emprunte ainsi l'aspect et la forme d'un autre : le laurier qui devrait être vert a sa feuille gâtée, et l'olivier luxuriant y est tout desséché; les saules inféconds y fleurissent et y portent des fruits. Le rossignol chante rarement dans ce bois, mais le prophète de malheur, le chat-huant à la grande houppe y crie et s'y lamente.

« Deux fleuves différents de saveur, de forme et de couleur, sourdant de diverses fontaines, coulent par là, soit en hiver, soit en été. L'un fournit des eaux si douces, si mielleuses, si exquises qu'il n'est nul qui, y trempant ses lèvres, n'en boive plus qu'il ne devrait : il s'enivre, mais ne peut étancher sa soif, et, affriandé par la suavité du breuvage, n'en engoule tant qu'il ne veuille en engouler encore, et que sa gourmandise à la fin ne le rende hydropique.

« Ce fleuve plaisant fait entendre en coulant

un roulement plus délicieux que timbre ni tambour. Il n'est nul qui aille de ce côté que tout le cœur ne lui palpite de joie; il en est maints qui ont hâte de pénétrer dedans, et qui s'arrêtent à l'entrée, sans pouvoir aller plus avant : à peine y baignent-ils leurs pieds; à peine touchent-ils cette eau exquise; ils y goûtent sans plus, et quand ils en ont senti la douceur, ils voudraient se plonger tout entiers dans le fleuve. Les autres s'y enfoncent si loin qu'ils vont se baignant et nageant en plein gouffre et se louent de l'aise qu'ils y trouvent; lors survient une vague légère qui les repousse au rivage et les remet sur la terre sèche, ce dont ils ressentent grand dépit.

« Je te parlerai maintenant de l'autre fleuve et de sa nature : les eaux en sont sombres et sulfureuses, de mauvaise saveur, fumantes comme cheminée, et pleines d'écume et de puanteur. Ce fleuve ne coule pas doucement, mais se précipite avec un bruit affreux, ébranlant les airs comme un horrible tonnerre. Zéphire ne souffla jamais sur ce fleuve et n'en ride les ondes, mais le douloureux vent de bise lui livre bataille, bouleversant le fond et la surface et soulevant les eaux comme des montagnes.

« Maints hommes demeurent à la rive, soupirant et pleurant sans fin, désespérés de ne pouvoir s'y baigner. D'autres entrent dans le fleuve et s'y ensevelissent; le hideux fleuve les entraîne et les refoule, et l'eau les submerge et les engloutit; quelques-uns sont rejetés hors de l'onde, mais la plupart coulent si profondément qu'ils ne peuvent trouver d'issue et ne peuvent jamais remonter à la surface.

« Ce fleuve, après avoir fait nombre de détours, se jette par plusieurs bras dans l'autre rivière, et, en lui communiquant sa pestilence et son venin de malheur, trouble ses eaux claires, l'embrase d'une chaleur excessive et va changeant sa douce odeur en puanteur fétide et amère.

« Tout en haut de la montagne, non pas sur le plateau, mais sur la pente, toujours branlante et menaçant ruine, se trouve la maison de Fortune. Il n'est rage de vent ni tourmente qu'elle n'ait à souffrir; elle reçoit les chocs de tempêtes continuelles. Zéphire, le doux vent sans pareil, y vient rarement modérer les assauts des rudes vents par son souffle mol et paisible.

« Une partie du palais va en montant et l'autre descend : il semble qu'elle doive choir, tant on la voit pencher. Jamais, je crois, on ne vit maison si bariolée. D'un côté elle est toute reluisante, ayant de beaux murs d'or et d'argent, et une couverture de même façon, toute resplendissante de pierres précieuses. De l'autre côté, les murs sont de boue, et de l'épaisseur de la main tout au plus, et le toit en est de chaume. D'une part, elle dresse fièrement sa beauté merveilleuse, d'autre part, elle tremble d'effroi, tant elle se sent faible, béante et pourfendue de crevasses.

« C'est là que Fortune a sa demeure, si tant est qu'une chose instable et vagabonde puisse avoir une habitation sûre. Quand elle veut être honorée, elle occupe la partie splendide de sa maison. Lors elle pare son corps et se vêt comme une reine de grande robe à traîne de toutes les couleurs variées dont on a coutume de teindre, par le moyen des herbes et des graines et des autres ingrédients, les laines et les soies que les riches affublent pour recevoir les honneurs.

« Ainsi Fortune se déguise. Quand elle se voit superbement vêtue et environnée de ses richesses et comblée d'honneurs, il n'est pas d'orgueil comparable au sien, et elle ne prise un fétu le reste de l'univers. A force de circuler et de tourner par son palais, elle finit par entrer dans l'appartement en ruines, parmi les toits crevés et les murs branlants; elle choppe et tombe à terre, comme si elle n'y voyait goutte. Elle change alors de mine et d'habit : affublée de haillons et à moitié nue, elle s'accroupit dans sa masure, pleine de deuil et de soupirs; elle pleure là à grosses larmes les honneurs perdus et les délices où elle était plongée.

« Fortune est si perverse qu'elle trébuche les bons dans la boue, les ruine et les déshonore, et elle élève les méchants, leur donnant à foison dignités et puissance, puis, quand il lui plaît, leur ravit tout. Il semble qu'elle ne sache ce qu'elle veut. C'est pourquoi les Anciens l'ont représentée les yeux bandés. On peut citer maint exemple de cette inconstance, en dehors de celui de Socrate que je t'ai mentionné ci-devant, Socrate que j'aimais tant et qui m'invoquait en toute circonstance. Je citerai l'exemple de Sénèque et de Néron : je serai brève là-dessus, car j'aurais trop à dire des crimes de ce monstre qui mit le feu à Rome et fit assassiner les sénateurs. Il fit tuer son frère et éventrer sa mère pour voir le lieu où il avait été conçu, et l'histoire dit que, lorsqu'il la vit morte, il jugea la beauté des membres, et se fit apporter du vin pour se réjouir. Il avait connu sa mère auparavant, il avait eu aussi sa sœur, et livré lui-même son corps à des hommes.

« Il fit mourir Sénèque son bon maître, lui donnant à choisir entre plusieurs sortes de mort. Quand celui-ci vit qu'il ne pourrait échapper à la férocité du tyran : « Qu'un bain soit chauffé, dit-il, et qu'on m'y ouvre les veines, tant que je meure dans l'eau chaude, et que mon âme joyeuse retourne à Dieu qui la forma, et qui la défende d'autres tourments! »

« Aussitôt Néron fit apprêter le bain; l'on y mit le prud'homme, et puis on le saigna jusqu'à ce qu'il rendît l'âme.

« La seule raison de cet assassinat était que Néron donnait, dès son enfance, des marques de respect à Sénèque, comme le disciple à son maître. « Cela ne doit pas être, dit-il; il ne convient pas qu'un homme, quand il est empereur, fasse des révérences à un homme, fût-il son maître ou son père. » Et parce qu'il lui déplaisait de se lever devant lui à son approche, et qu'il ne pouvait, par la force de l'habitude, se tenir de lui faire la révérence, il fit détruire le prud'homme.

« C'est ce monstre qui régna sur l'empire romain, et eut sous sa juridiction le monde du Nord au Midi et d'Orient en Occident.

« Par ce récit tu peux apprendre que les honneurs et la puissance, et toutes les faveurs de Fortune, quelles qu'elles soient, n'ont pas le pouvoir de rendre bons ceux qui les possèdent, ni dignes de les avoir. Si leur nature est méchante, dure et orgueilleuse, le haut rang où ils sont élevés les montre tels qu'ils sont, beaucoup mieux que s'ils fussent de petite condition : quand ils usent de leur puissance, ils révèlent leurs dispositions mauvaises qui les rendent indignes du haut rang qu'ils occupent.

« On dit communément une parole très sotte : que les honneurs changent les mœurs : ceux que leur mauvais sens égare la tiennent pour vraie; ils raisonnent mal, car les honneurs ne changent rien, mais ils font ressortir les mœurs que ceux qui ont fait leur chemin avaient en eux auparavant, lorsqu'ils étaient dans les petits états :

sache que s'ils se montrent cruels et orgueilleux, méprisants et pleins d'astuce, depuis qu'ils sont parvenus aux honneurs, ils auraient été tels auparavant que tu les vois aujourd'hui, s'ils en avaient eu le pouvoir. Aussi je n'appelle pas puissance le pouvoir du mal et du désordre : Boèce dit justement que toute puissance est de bien, et que nul ne s'abstient de faire le bien que par faiblesse et par défaut; celui qui est clairvoyant sait que le mal n'est qu'impuissance. Et si tu n'as cure d'autorité, car tu ne veux peut-être pas croire que toute autorité soit légitime, je suis prête à en trouver la raison : il n'est rien que Dieu ne puisse, mais, à dire vrai, Dieu n'a pas le pouvoir de faire le mal; d'où tu peux conclure que pour le Créateur le mal n'est rien. Ainsi que l'ombre n'est dans l'air obscurci qu'un défaut de lumière, de même dans la créature où le bien manque, le mal n'est que défaut de bonté, et rien de plus. Le texte dit plus encore : que les méchants ne sont pas des hommes, et il en donne d'excellentes raisons. Mais je ne veux pas me donner la peine de prouver tout ce que je t'avance, quand tu peux le trouver écrit. Cependant, si cela ne t'ennuie, je puis bien en quelques mots te produire un argument : c'est qu'ils négligent la fin commune, à quoi tendent et doivent tendre les créatures qui reçoivent l'être : le premier des biens, celui que nous appelons le bien souverain. Il y a une autre raison pourquoi les méchants n'ont pas l'être, si l'on entend bien la conséquence : c'est qu'ils ne sont pas dans l'ordre en quoi toutes les choses qui sont ont mis tout leur être. Dont il s'ensuit aux yeux du clairvoyant que les méchants ne sont rien.

« Tu vois combien Fortune est à mépriser, elle qui élut le pire des hommes pour gouverner l'univers, et fit ainsi tuer Sénèque. Il faut donc fuir ses faveurs, puisque nul, si grande chance qu'il ait eue, ne peut être sûr d'elle. Claudien s'étonnait et se demandait s'il ne convenait pas de blâmer les dieux de ce qu'ils laissaient les méchants parvenir au plus haut degré du pouvoir et de l'opulence. Mais il répond lui-même à la question, comme un homme qui use bien de sa raison : il absout les dieux, disant que, s'ils consentent à la prospérité des méchants, ils les en tourmentent d'autant plus qu'ils en ont reçu de plus graves offenses, et ils les élèvent pour qu'on les puisse voir après trébucher de plus haut.

« Si tu veux bien me servir, comme je le commande et l'entends, jamais tu ne trouveras un homme plus riche que toi; jamais tu n'auras de chagrin, si atteint que tu sois dans ton corps, dans ta fortune ou tes affections, mais tu supporteras tout avec patience; et tu le pourras, dès que tu voudras être mon ami. Pourquoi es-tu si triste? Je te vois pleurer comme alambic sur aludel. Tu me fais l'effet d'une vieille chiffe qu'on touille dans une mare. Je croirais qu'on plaisante, si l'on me disait que tu es un homme, car jamais homme doué d'entendement ne mena tel deuil. Des diables incarnés ont chauffé ton athanor qui fait si bien larmoyer tes yeux, toi qui ne devrais te troubler de rien, si tu fusses un peu raisonnable! C'est le dieu, ton bon maître, qui t'a mis en cet état; c'est Amour qui dans ton cœur souffle et attise la braise qui te fait verser des larmes. Il veut te vendre cher son accointance. Tu y perdras ta bonne renommée. Laisse donc pleurer les enfants et les femmes, bêtes faibles et variables, et sois fort quand tu verras venir Fortune. Veux-tu empêcher de tourner sa roue qui ne peut être arrêtée ni par les grands ni par les petits? Le grand empereur Néron dont nous avons cité l'exemple, et qui fut seigneur de toute la terre, tant son empire s'étendait loin, ne put lui-même la retenir, bien qu'il fût au faîte des honneurs, car, si l'histoire est véridique, il finit misérablement, haï de tout son peuple, et dans la crainte continuelle d'être assassiné. Il manda ses amis intimes, mais les messagers qu'il leur envoya ne trouvèrent, quoi qu'ils pussent dire, nul d'entre eux qui voulût ouvrir sa porte. Alors Néron vint en personne, très peureusement, et heurta de sa propre main, mais ses privés n'en firent ni plus ni moins, car plus il les appelait, plus chacun se tenait enfermé, et nul ne voulait lui répondre. Lors il dut aller se cacher, et il se réfugia, avec deux de ses serfs, dans un verger, car déjà plusieurs couraient partout, le cherchant pour l'occire et criant : « Néron! Néron! qui l'a vu? Où le trouverons-nous? » Néron les entendait et n'y pouvait aviser. Désespéré, il se prit lui-même en haine, et quand il vit qu'il n'y avait plus aucun recours, il pria les serfs qu'ils l'aidassent à se tuer. Auparavant il leur recommanda qu'on lui séparât la tête du tronc pour qu'il ne fût reconnu, et qu'ils brûlassent son corps aussitôt qu'ils le pourraient. Avec lui s'éteignit la lignée des Césariens, écrit Suétone qui raconte sa mort, et qui appelle mensongèrement la loi chrétienne « nouvelle religion fausse et malfaisante ».

« Néron fit tant qu'il anéantit toute sa famille. Pourtant les premières années de son règne avaient été bonnes : on n'eût pu trouver un prince qui gouvernât mieux sa terre, tant ce pervers semblait alors vertueux : il dit un jour en audience, quand on le requérait de condamner un homme à mort (et il n'eut pas de honte à le dire) « qu'il aimerait mieux ne pas savoir écrire que de signer cette condamnation de sa main. » Il tint environ dix-sept ans l'empire, et sa vie dura trente-deux ans. Son orgueil, sa cruauté prirent le dessus de sorte qu'il tomba d'autant plus bas que Fortune l'avait fait monter plus haut.

« Crésus, non plus, ne put résister à la Fortune. Il était roi de Lydie : on lui mit la corde au cou, et il fut livré au feu, mais la pluie qui survint éteignit le bûcher, et nul ne demeura sur les lieux. Crésus, se voyant seul, prit la fuite sans encombre, puis il redevint seigneur de sa terre, puis entreprit nouvelle guerre, puis fut repris et puis pendu. Ainsi fut expliqué un songe qu'il avait eu. Deux dieux lui étaient apparus, le servant au haut d'un arbre : Jupiter le lavait, et Phébus s'occupait à l'essuyer d'une serviette. Pour son malheur, il se fia à ce songe et s'en enorgueillit follement. Sa fille Phanie, qui était sage et subtile et savait interpréter les songes, ne voulut pas le flatter :

« Cher père, dit-elle, ce songe a une signification douloureuse. Votre orgueil ne vaut une coquille d'œuf. Sachez que Fortune se moque de vous : elle veut vous envoyer au gibet, et quand vous serez pendu, il pleuvra sur vous, et le soleil de ses rayons vous essuiera le corps et la face. Fortune qui donne et ravit les honneurs et fait souvent les plus grands des plus petits vous réserve cette fin. Pourquoi vous tromperai-je? Fortune vous attend au gibet, et quand elle vous tiendra, la hart au col, elle reprendra la belle couronne dorée qu'elle plaça sur votre tête pour la donner à un autre duquel vous ne prenez garde. Et pour vous expliquer plus clairement la chose, Jupiter qui vous donne l'eau, c'est l'air qui pleut et tonne, et Phébus qui tient la touaille, c'est le soleil sans erreur; quant à l'arbre, je ne puis y voir que le gibet. Il vous faudra passer par là. Fortune ainsi vengera le peuple du faste que vous étalez, comme un orgueilleux forcené. Elle détruit maint prud'homme, car elle ne tient nul compte de la loyauté ni de la tricherie, de la royauté ni de la condition la plus vile; elle joue de tout cela à la pelote, comme pucelle ignorante et naïve : elle dispense ses faveurs au premier venu; elle ne prise rien, sinon Noblesse sa fille, la cousine de Chute. Mais celle-ci, elle ne la donne à nul qui ne soit de bon cœur généreux, honnête et courtois, et nul n'est si grand batailleur, s'il se laisse aller à Vilenie, que Noblesse n'abandonne. Noblesse n'entre pas dans le cœur du vilain. Aussi je vous supplie, mon cher père, qu'en vous vilenie ne se montre. Ne soyez pas orgueilleux ni avare; pour l'édification des riches, ayez large cœur, gentil et piteux aux pauvres gens. Chaque roi doit se conduire de la sorte, s'il désire gagner l'affection du peuple, sans laquelle un roi n'est pas plus que le commun des hommes.»

« Ainsi Phanie sermonnait Crésus, mais l'insensé ne voit dans sa folie que bon sens et raison. Elle ne put fléchir l'orgueil de son père.

« — Fille, fit-il, vous n'avez rien à m'apprendre en fait de sens et de courtoisie. J'en sais plus que vous n'en savez. Et en expliquant ainsi mon songe, vous m'avez menti, car sachez que ce noble songe doit être entendu à la lettre, et je l'entends ainsi, comme nous verrons avec le temps. Jamais vision si sublime ne fut interprétée d'une manière aussi vile. Les dieux, sachez-le, viendront à moi et me rendront le service qu'ils m'ont annoncé, tant chacun d'eux est mon ami, car je l'ai bien mérité. »

« Vois comme Fortune lui fut complaisante : il ne put empêcher qu'elle ne le fît pendre au gibet !

« Si tu sais un peu de logique, puisque les grands ne peuvent retenir la roue de Fortune, les petits en vain s'y travaillent. Et si tu repousses les preuves tirées d'anciennes histoires, je puis t'en fournir de nouvelles prises, dans ton temps, de batailles toutes fraîches et belles, j'entends de cette beauté propre aux batailles. Il s'agit de Mainfroi, roi de Sicile, qui tint longtemps cette terre en paix par la force et par la ruse, quand le comte d'Anjou et de Provence lui fit la guerre. Ce bon roi Charles lui ravit non seulement la couronne, mais la vie, car dans la première bataille par un trait d'un de ses pions il le fit échec et mat sur son destrier auferrant au milieu de son échiquier.

« Je ne veux parler de Conradin son neveu dont le roi Charles prit la tête, malgré les princes d'Allemagne. Il mit en prison, pour l'y faire mourir, l'orgueilleux Henri, frère du roi d'Espagne. Ces deux jeunes écervelés perdirent au jeu le Roc, le Fou, Paonnets et Chevaliers, et sautèrent hors de l'échiquier, telle peur eurent-ils d'être pris au jeu dans lequel ils s'étaient engagés : ils ne redoutaient pas d'être mats, si l'on veut regarder la vérité, puisqu'ils combattaient sans roi ; celui qui jouait contre eux ne les pouvait mater, car on ne fait pas échec et mat les pions, le fou, les chevaliers, la fierce ni le roc ; on ne peut mater que le roi quand tous les hommes sont prisonniers et qu'il reste seul en place : ainsi le veut Athalus qui inventa les Échecs, en s'occupant d'arithmétique, selon le Polycraticus.

« Pour éviter la captivité, Henri et Conradin s'enfuirent. La captivité? Que dis-je? La mort, car les affaires de leur parti allaient mal; ils s'étaient séparés de Dieu et avaient entrepris la guerre, contre la foi de la sainte Église, et si on leur eût dit échec, il ne se fût trouvé personne pour les protéger, car la fierce avait été prise au premier choc, quand Mainfroi perdit roc, fou, paonnets et chevaliers. La malheureuse n'avait pu fuir ni se défendre, après qu'on lui eut appris que Mainfroi gisait mort sur le champ de bataille. Le bon roi Charles s'empara des deux fugitifs; et maints autres prisonniers leurs complices subirent le même sort qu'eux.

« Ce vaillant roi dont je te parle, que Dieu garde et tous ses hoirs, alors qu'il était comte de Provence, dompta l'orgueil des Marseillais; il prit les plus grands de la ville et leur fit couper la tête. Mais je ne veux pas m'étendre davantage, car si l'on voulait retracer ses actions, il faudrait faire un grand livre. »

VII

Conclusion du discours de Raison. — Les deux tonneaux de Jupiter. — Raison qualifiée de ribaude. — Explication : Platon et Ptolémée attestés; le mot et la chose. — L'Amant refuse de renier Amour. — Nouveaux conseils d'Ami pour corrompre la Vieille et les portiers du château. — Le chemin de Trop Donner. — Les malheurs de la Pauvreté. — Utilité des présents.

« Voilà des hommes qui furent comblés d'honneurs. Or tu vois quelle fut leur fin. Fortune n'est donc pas sûre. Et toi qui baisas la rose d'où te vint si lourde tristesse que tu ne sais t'en délivrer, croyais-tu toujours vivre dans les délices et dans l'ivresse des baisers ? Que tu étais novice ! Allons, cesse de t'affliger : qu'il te souvienne de Mainfroi, d'Henri et de Conradin qui firent pis que les Sarrasins en entreprenant de batailler contre sainte Église leur mère ; qu'il te souvienne de la rébellion des Marseillais, et des grands hommes de l'antiquité, tels que Néron et Crésus qui ne purent tenir contre Fortune avec toute leur puissance. L'homme franc qui s'enorgueillit de sa franchise ne sait pas que le roi Crésus tomba en servage, et il ne pense pas à Hécube, femme du roi Priam, ni à Sisigambis, mère de Darius, le roi de Perse, que Fortune trahit toutes deux et qui devinrent esclaves après avoir tenu des royaumes.

« C'est grande honte à toi, qui connais ce que valent les belles-lettres, de ne point te rappeler Homère : tu l'as étudié, mais, semble-t-il, oublié, et ce fut peine perdue. Que te vaut de te plonger dans les livres, quand par ta négligence tu n'en retiens pas ce qui te serait si utile ! Tu devrais avoir toujours en mémoire la sentence d'Homère ; tous les hommes sages devraient la fixer à jamais dans leur esprit ; qui en pèserait bien le sens ne pourrait s'affliger de quoi que ce fût qui lui advînt de désagréable, car elle s'applique excellemment aux œuvres de Fortune.

« Jupiter, dit Homère, a sur le seuil de sa maison, en tout temps, deux tonneaux pleins. Il n'est ni barbon ni garçonnet, il n'est dame ni demoiselle, soit vieille, soit jeune, soit folle, soit laide, qui ne boive de ces tonneaux. Fortune en tire absinthe et piment tour à tour pour en faire des soupes à tout le monde; elle les en abreuve tous, les uns plus, les autres moins. Il n'est nul qui n'avale chaque jour quarte ou pinte de ces tonneaux, ou muid, ou setier, ou chopine, selon qu'il plaît à la tavernière, pleine paume ou quelques gouttes dont elle leur mouille le bec, car elle verse à chacun le bien ou le mal, selon qu'elle est douce ou cruelle. Nul ne sera si heureux qu'il ne trouve, en y réfléchissant bien, dans son bonheur quelque chose qui lui pèse, et jamais il n'éprouvera tant de revers qu'il ne trouve en son affliction quelque avantage qui le console, soit chose faite, soit chose à faire, à moins qu'il ne tombe dans la désespérance qui est la mort du pécheur : nul n'y peut porter remède, tant ait-il profondément étudié les lettres. A quoi te servent donc la colère, les larmes et les plaintes? Prends courage et t'efforce de recevoir en patience tout ce que Fortune te donne de biens ou de maux.

« Je ne pourrais te conter tous les tours de cette Fortune, pleine d'astuce et de sa roue périlleuse : c'est le jeu de boute-en-courroie que Fortune sait si bien disposer que nul au départ ne peut savoir s'il y prendra gain ou perte. Mais je me tairai d'elle; je n'y reviendrai un peu qu'à l'occasion des requêtes que je veux te faire : il y en a trois, et elles sont très honnêtes; si tu les repousses, tu seras sans excuse : c'est d'abord que tu veuilles m'aimer; en second lieu que tu méprises le dieu d'Amour; troisièmement, que tu ne prises rien Fortune. Si tu te trouves trop faible pour soutenir ce triple fardeau, je suis prête à te l'alléger, afin que tu le portes plus facilement. Accepte la première requête, et tu seras quitte des autres; car si tu n'es fol ou ivre, tu dois savoir que quiconque s'accorde avec

Raison, jamais n'aimera par Amour et ne prisera Fortune. C'est pour cela que Socrate fut mon ami véritable : il ne redouta jamais le dieu d'Amour et jamais ne s'émut pour Fortune : je veux que tu lui ressembles; si tu unis ton cœur au mien, cela me suffira largement. Réponds maintenant. Acceptes-tu mon offre?

— Dame, fis-je, je ne puis; il me faut servir mon maître qui me fera mille fois plus riche, quand il lui plaira, car il doit me donner la Rose, si je sais bien la mériter. Dans ce cas, je n'aurai pas besoin d'autres richesses : je ne priserai Socrate trois pois chiches, et je ne veux pas en ouïr parler. Je dois retourner vers mon maître; je veux remplir ma promesse, car cela est juste et convenable; dût-il me mener en enfer, je ne puis lui reprendre mon cœur; et je ne voudrais pas échanger la Rose avec vous contre quoi que ce soit.

« Mais parlons d'autre chose : vous n'avez pas été courtoise tout à l'heure, quand vous avez parlé de c... ; tel mot n'est pas bien considéré de pucelle bien élevée. Vous qui êtes si sage et si belle, je ne sais comment vous osâtes les nommer crûment, au lieu de les désigner par quelque terme poli, ainsi qu'une honnête femme a coutume de le faire. Les nourrices même, qui sont souvent rustiques et libres de langage, quand elles tiennent et baignent leurs enfants, qu'elles les déshabillent et les caressent, nomment ces choses autrement. »

Là-dessus Raison se prit à sourire, et en souriant elle me dit :

« Bel Ami, je puis bien nommer, sans qu'on me le reproche, franchement, par terme propre, une chose qui n'est que bonne en soi; voire, je suis autorisée à parler proprement de ce qui est mal, je n'ai honte que du péché, et il n'est rien qui me ferait faire une chose qu'on pût taxer de péché, car en ma vie je ne péchai jamais. Encore ne suis-je pas coupable de nommer en toutes lettres, sans y mettre de périphrases, les nobles choses qu'autrefois en paradis mon père fit de ses propres mains, et tous les autres instruments qui sont les assises et piliers de la nature humaine, qui sans eux serait caduque et sans force; car c'est volontiers et par intention merveilleuse que Dieu mit en c... et en v... faculté générative, afin que l'espèce vivante se renouvelle naturellement, c'est-à-dire par naissances et morts alternées, par quoi Dieu lui a donné durée perpétuelle; il fit de même en ce qui concerne les animaux qui se soutiennent de telle manière que, quand les uns périssent, leurs formes survivent dans les autres.

— C'est pis que devant, m'écriai-je; je vois bien maintenant par votre langage effronté que vous êtes une folle ribaude : car bien que Dieu ait créé les choses que vous m'avez décrites, au moins ne fit-il pas les mots qui sont tout à fait malsonnants.

— Bel ami, folie n'est pas bravoure et jamais ne le fut ni ne le sera. Tu diras tout ce qu'il te plaira, ne crains rien, je suis prête à écouter et à me taire; mais garde-toi d'aller jusqu'à m'offenser. Il me semble, ma foi, que tu veuilles que je te réponde sur le même ton. Je ne le ferai pas. Je te sermonne pour ton profit et m'en voudrais de te tancer. Se taire est petite vertu, mais parler de ce qu'il faut taire, c'est fait diabolique.

« La langue doit être réfrénée; comme dit Ptolémée au commencement de l'*Almageste*, le sage met sa peine à retenir sa langue, excepté seulement quand il parle de Dieu. » En effet, nul ne saurait trop le louer, ni trop le reconnaître pour son seigneur, ni trop le craindre, ni trop lui obéir, trop le bénir et l'aimer, trop lui rendre grâces ou lui demander pardon. C'est l'avis aussi de Caton, si tu te rappelles son livre : « La première vertu est de mettre un frein à sa langue. » Dompte la tienne, ami, et garde-la de proférer des injures.

« Je puis te dire une chose, sans aigreur ni colère. Tu te méprends quand tu m'appelles folle ribaude et tu m'offenses sans raison, moi que le Roi des anges, l'Infiniment aimable, de qui vient toute courtoisie, a nourrie et enseignée. Par lui j'ai congé de parler proprement des choses, quand il me plaît, sans y mettre de formes.

« Tu m'objectes que, si Dieu fit les choses, il ne fit pas les mots. Je te réponds : peut-être que non, du moins ceux qui les désignent aujourd'hui. Il put bien, néanmoins, les nommer, au moment où il créa le monde et tout ce qu'il renferme. Mais il voulut que je leur trouvasse des noms à mon plaisir, des termes propres à l'usage commun pour accroître notre intelligence, et il me donna le don précieux de la parole. Là-dessus, tu peux invoquer l'autorité de Platon qui professe que la parole nous fut donnée pour manifester nos volontés, pour enseigner et pour apprendre : tu trouveras cette sentence écrite dans le *Timée* : et quand d'autre part tu m'opposes que les mots sont laids et vilains, je te dis devant Dieu qui m'entend : si, lorsque je donnai aux choses ces noms que tu blâmes, j'avais nommé c... reliques, et reliques c..., tu me dirais avec la même aigreur et avec les mêmes reproches que reliques est un vilain mot. C... est un beau mot, et je l'aime; c... et v... également, ma foi; je n'en vis guère d'aussi beaux. Je fis les mots, et je suis certaine que Dieu jamais ne fit chose vilaine et qu'il tient pour bien fait tout ce que je fis. Comment! Je n'oserais pas nommer les œuvres de mon père? Il convenait qu'elles eussent des noms, sans quoi les gens n'eussent pu les désigner. Si les femmes en France ne prononcent pas ce mot, ce n'est que par désaccoutumance, car le nom propre leur plairait, si on leur eût appris à le dire, et ce faisant, elles ne seraient pas à blâmer.

« L'habitude a une très grande force : mainte chose déplaît nouvelle, qui est belle par accoutumance. Chacune qui veut nommer ce que je t'ai dit l'appelle je ne sais comment : bourses, harnais, piches; elles s'expriment comme elles veulent; je ne les oblige pas à dire le mot propre. Mais moi, pour parler clairement, j'ai soin d'employer les termes exacts et convenables.

« Dans nos écoles on dit maintes choses par figures qui sont très belles à entendre; mais l'on ne doit pas tout prendre à la lettre. Il y a dans mes paroles, au moins quand je parlais de Saturne, un autre sens que celui que tu y mets, et qui approfondirait le texte verrait le sens exact de la fable; la vérité cachée sous les mots apparaîtrait claire, si elle était expliquée. Tu la comprendras, si tu lis bien les gloses des poètes : tu y verras une grande part des secrets de philosophie, et tu en feras tes délices. Depuis, j'ai employé deux mots, qui doivent être pris dans le sens ordinaire.

-- Je les ai bien compris, dame; tout homme qui sait le français les eût entendus sans autre éclaircissement. Quant aux sentences, aux fables, et aux métaphores des poètes, je n'aspire point à les gloser en ce moment. Si je puis être guéri, et si mes services ont la récompense que j'espère, il sera temps pour moi de les interpréter au moins en ce qui me concerne. Je vous tiens pour bien excusée de vos paroles de naguère : il ne convient pas de s'y attarder davantage ni de perdre mon temps en gloses. Mais je vous demande pardon si je ne suis pas votre conseil : ne me blâmez pas d'aimer. Si je suis fou, tant pis pour moi. Mais je suis bien certain que je fis sagement en prêtant hommage à mon maître. Pour le reste, qu'il ne vous en chaille; j'aimerai, quoi qu'il arrive, la Rose à qui je me suis voué. Si je vous promettais mon amour, je ne remplirais pas ma promesse, je vous tromperais donc; et si je tenais parole, je trahirais mon seigneur.

« Je vous ai dit souvent que je ne veux penser qu'à la Rose. Vos discours me détournent de mes pensées; je suis las de les ouïr. Si vous ne vous taisez, je m'en irai d'ici. »

Quand Raison entendit ces mots, elle se leva et partit, me laissant pensif et morne.

Alors il me ressouvint d'Ami. Je me résolus à le joindre à tout prix. J'allais me mettre en chemin, et voici que Dieu me l'amène. Quand il me vit si abattu :

« Qu'est-ce, dit-il, beau doux ami? D'où vous vient cet air affligé? Vous est-il arrivé quelque malheur? Dites-moi, quelles nouvelles?

— Mauvaises.

— Contez-moi tout. »

Et je lui conte ce que vous savez.

« Voyez, me dit-il, par le doux corps Dieu! Vous aviez désarmé Danger et baisé le bouton, et vous voilà contrarié parce que Bel Accueil a été pris! Après qu'il a tant fait que le baiser vous fût donné, la captivité ne changera pas ses dispositions à votre égard, mais sans faute il faudra vous conduire avec prudence si vous voulez mener votre affaire à bonne fin. Consolez-vous, car sachez bien qu'il sera tiré de la prison où il a été mis pour vous.

— Oh! l'ennemi est trop fort, même s'il n'y avait que Malebouche. C'est lui qui a excité les autres. Je n'eusse pas été connu, si le glouton n'avait babillé. Peur et Honte m'eussent caché volontiers. Danger lui-même avait cessé de gourmander. Tous trois se tenaient cois, quand les diables sont venus que le maraud fit assembler. Qui eût vu Bel Accueil trembler de tous ses membres, quand Jalousie l'interpella, en eût eu grande pitié. Je m'enfuis sans plus attendre. Lors fut bâti le château où le doux Bel Accueil est emprisonné. C'est pourquoi je vous demande conseil, Ami; je suis mort, si vous ne m'aidez. »

Lors le bien-appris me dit :

« Compagnon, ne vous désolez pas. Divertissez-vous à bien aimer, servez loyalement votre dieu nuit et jour; ce serait trop grande déloyauté si vous le déceviez, après qu'il a reçu votre hommage. Faites ce dont il vous a chargé, gardez ses commandements, car celui qui les observe ne manquera jamais d'arriver au but, si tard que ce soit, à moins d'un hasard malheureux. Servez Amour; que sa pensée seule vous occupe : il n'en est pas de plus douce ni de plus gaie ; soumettez-vous, humiliez-vous, quand il vous tient en laisse.

« Or je vous dirai ce que vous aurez à faire. Vous tarderez quelque temps à aller voir le château-fort. N'allez ni jouer ni vous asseoir plus que de coutume aux alentours; qu'on ne vous reconnaisse pas près des murs ni devant la porte, jusqu'à ce que l'orage soit passé. Et si l'occasion vous porte là, faites semblant d'être indifférent au sort de Bel Accueil; si de loin vous l'apercevez au créneau ou à la fenêtre, regardez-le piteusement, mais de façon furtive. S'il vous revoit, il en sera content, mais il n'en laissera rien paraître à sa mine et ne clignera de l'œil, si ce n'est peut-être à la dérobée; ou peut-être, quand il vous entendra parler aux gens, il fermera sa fenêtre, et vous guettera par la fente jusqu'à ce que vous vous en soyez retourné.

« Prenez garde toutefois que Malebouche ne vous aperçoive. S'il vous voit, saluez-le, mais que votre visage ne change pas de couleur; ne montrez ni haine ni rancune. Si vous le rencontrez ailleurs, de même cachez votre ressentiment. C'est bonne œuvre que de tromper les trompeurs. Tous les amants doivent pratiquer ainsi. Je vous conseille de servir et d'honorer Malebouche et son lignage, auraient-ils l'intention de vous faire périr. Offrez-leur tout par feinte, cœur et corps, argent et services. On a coutume de dire, avec raison, je crois : A rusé rusé et demi. Ce n'est pas péché d'abuser les abuseurs. Malebouche est malévole; ôtez malé, il reste vole : voleur il l'est, en vérité, et il ne doit avoir autre nom, vu qu'il dérobe aux gens leur bonne renommée, et il n'a pas le pouvoir de la leur rendre. On devrait le mener à la potence, car il mérite plus la corde que tels larronceaux qui volent de l'argent. Si un larron enlève robe à la perche ou blés en grenier, il en sera quitte pour quatre fois autant selon les lois écrites, surtout s'il est pris en flagrant délit. Mais Malebouche qui cause de grands dommages avec son caquet détestable ne peut détruire les effets de ses paroles, et restaurer la bonne renommée.

« Il fait bon gagner Malebouche, car aucunes fois on se résout à baiser telle main qu'on voudrait voir brûlée; il fait bon étouper la gueule de Malebouche pour l'empêcher de dire blâme ou reproche. Il faut fourber, ruser, servir, choyer, caresser, aduler, simuler, prodiguer les saluts et les révérences à Malebouche et à tous ses parents, que Dieu damne! car on recommande de flatter le chien, tant qu'on ait passé le chemin.

« Il cesserait tôt son bavardage s'il lui semblait que vous n'eussiez désir de dérober le bouton qu'il vous accuse de vouloir ravir. Par telle pratique vous pourriez triompher de lui.

« Quant à la Vieille (je la donne à tous les diables) qui garde Bel Accueil, servez-la aussi, et faites de même Jalousie. Que Notre Sire la maudisse, la sauvage, la félonne qui toujours enrage de la joie d'autrui, qui est si féroce et si avide qu'elle veut avoir toute la joie, comme si sa part devait en être amoindrie, si elle laissait prendre à chacun celle qui lui revient. Il est bien fou celui qui veut accaparer telle chose : c'est la chandelle dans la lanterne; on en allumerait mille autres, qu'on n'y trouverait pas moins de feu.

« Si Jalousie et la Vieille ont besoin de vous, rendez-leur service, selon votre métier : faites-leur des courtoisies, mais qu'elles ne puissent s'apercevoir que vous cherchez à les duper. Il faut vous conduire de telle manière : on doit mener son ennemi à la pendaison ou à la noyade, les bras au cou, et la main dans les cheveux, si l'on n'en peut venir à bout autrement. Je puis bien jurer et garantir qu'il n'y a pas d'autre expédient, car ils sont si redoutables que celui qui les attaquerait à découvert, manquerait son coup.

« Quand vous viendrez aux autres portiers, si

vous pouvez aller jusque-là, voici quelle conduite il conviendra de tenir. Présentez-leur, pour les gagner, si vos moyens vous le permettent, chapeaux de fleurs sur éclisses, aumônières, ou crépinettes ou tels autres petits joyaux, gentils et bien façonnés. Après plaignez-vous des maux, des soucis et de la peine que vous avez à subir de la part d'Amour. Si vous ne pouvez donner, plutôt que de vous retirer à bout d'arguments, priez et faites des promesses, quoi qu'il arrive du paiement, jurez, engagez votre parole, et suppliez-les qu'ils vous secourent. Si vous pouvez pleurer, cela vous sera d'un grand avantage. Agenouillez-vous devant eux, mains jointes, et que votre face ruisselle de larmes de manière qu'ils les voient couler : c'est très grande pitié à voir.

« Si vous ne pouvez pleurer, prenez de votre salive, ou du jus d'oignons, ou d'ail, ou de tout autre ingrédient pour en mouiller vos paupières. En procédant de cette sorte, vous pleurerez toutes les fois que vous voudrez. Ainsi ont fait maints finauds qui depuis devinrent parfaits amoureux, ayant su attendrir les dames qui les avaient pris dans leurs filets. Beaucoup aussi ont pleuré par feinte, qui jamais n'aimèrent d'amour, mais s'amusèrent à tromper les pucelles par leurs simagrées. Les larmes de cette espèce gagnent les cœurs de telles gens, à condition qu'on ne découvre pas la supercherie; s'ils devinaient la ruse, ils seraient inexorables : vous auriez beau crier merci, vous n'entreriez pas au château.

« Si vous ne pouvez vous adresser personnellement aux portiers, faites parler par un messager sûr, soit de vive voix, soit au moyen de lettres ou tablettes; mais ne mettez jamais votre nom; qu'*il* soit appelé *elle*, celui-ci *dame*, celle-la *sire*.

Ainsi maints amants ont égaré les curieux qui lisent les lettres; autrement le secret est découvert, et adieu les déduits d'amour!

« Ne vous fiez pas aux enfants; ils ne sont pas bons messagers; ils veulent s'amuser, ils bavardent et montrent ce qu'ils portent aux traîtres qui les sollicitent, ou bien ils font sottement leur message, parce qu'ils sont étourdis. Si l'on n'y met quelque habileté, l'affaire est tôt publiée.

« Les portiers sont très compatissants quand ils daignent recevoir vos dons. S'ils les acceptent, c'est chose faite, vous serez reçu : de même que le leurre fait venir l'épervier sur le poing, ainsi par les dons les portiers sont dressés à favoriser les fins amoureux.

« S'il arrive qu'ils soient si hautains que vous ne puissiez les fléchir par dons ni par prières, mais qu'ils vous repoussent de façon brutale, séparez-vous d'eux courtoisement, laissez-les mitonner dans leur graisse : onc fromage d'automne ne cuira mieux qu'ils ne cuiront. Par votre fuite ils apprendront à vous retenir une autre fois, et cela pourra avancer vos affaires. Vilains cœurs sont de telle fierté : ils considèrent moins ceux qui tiennent le plus à eux et qui les prient, et ils méprisent qui les sert, mais quand on les délaisse, leur orgueil est vite abattu. Le marinier qui navigue par mer, cherchant mainte terre sauvage, bien qu'il se guide sur une étoile, ne court pas toujours à la voile, mais parfois il la tourne ou la replie; ainsi le cœur qui aime ne va pas toujours d'une traite : tantôt il doit poursuivre, tantôt il doit fuir.

« D'autre part on a tout intérêt à prier ces trois portiers, c'est clair : celui qui n'hésite pas à le faire, en dépit de leur arrogance, y trouve son avantage. Les portiers ne sauront jamais mauvais gré à ceux qui les auront priés; le plus félon d'entre eux qui les entend en a grande joie en son cœur : ils pensent eux-mêmes qu'ils sont preux, aimables et beaux, et remplis de bonnes qualités pour être aimés de telles personnes, nonobstant leurs refus ou leurs défaites.

« Si les amoureux sont accueillis, qu'ils le soient : ils ont ce qu'ils cherchaient; mais s'il arrive qu'ils échouent, qu'ils se retirent quittes. Mais qu'ils se gardent bien de dire tout d'abord aux portiers qu'ils les accostent dans l'intention de prendre la fleur du rosier; qu'ils leur laissent croire au contraire qu'ils viennent par amitié et que leurs intentions sont pures. Les portiers sont tous traitables, ce n'est pas douteux. Pourvu qu'on les requière bien, on n'est jamais éconduit. Mais si vous suivez bien mon conseil, ne vous donnez pas la peine de les implorer, si vous ne menez l'affaire jusqu'au bout, car peut-être que, s'ils n'avaient été fléchis, ils se vanteraient d'avoir été priés; au contraire jamais ils ne se vanteront s'ils ont été vos complices.

« Malgré leur air de sévérité, ils sont tels que, s'ils n'étaient requis, ils feraient les avances et se donneraient pour rien à qui ne les harcèle. Mais ceux qui implorent avec insistance et les donneurs trop généreux les rendent follement exigeants et font renchérir leurs roses. Ils pensent, en agissant de telle sorte, avoir l'avantage, mais ils se causent un grave préjudice. Car ils eussent tout pour rien, sans prier, pourvu que chacun fît de même. Les hommes gagneraient à se liguer ensemble et à s'entendre tous pour que nul ne priât et ne s'offrît gratis, mais, pour mieux soumettre les portiers, que chacun laissât flétrir leurs roses. Je ne dis pas que l'homme doive se vendre; je condamne celui qui ferait marchandise de son corps.

« Ne différez pas à tendre vos lacets pour prendre votre proie, car, à force de temporiser, il pourrait survenir trois ou quatre prétendants, voire des douzaines, dans l'espace d'une année. Les portiers se tourneraient tôt ailleurs, et vous arriveriez en retard. Je conseille que nul homme n'attende que la femme lui demande son amour : celui qui attend que femme le prie se fie trop en sa beauté. Quiconque veut aller vite en besogne, ne craigne pas qu'elle le rabroue, et que son navire ne vienne au port, tant soit-elle orgueilleuse et fière.

« Donc, c'est ainsi que vous ferez, compain, quand vous serez venu aux portiers. Mais ne vous adressez pas à eux quand vous les verrez chagrins ou courroucés; priez-les quand ils seront de bonne humeur, à moins que leur tristesse ou leur courroux ne procèdent de Jalousie qui dans ce cas aurait combattu pour vous; alors vous pourrez profiter de leur dépit.

« Si vous pouvez les entretenir privément, que le lieu s'y prête de telle sorte que vous ne redoutiez la venue d'aucun fâcheux. Quand Bel Accueil se sera échappé, et qu'il vous aura fait aussi bonne figure que possible, vous devrez cueillir la Rose, même si Danger vous reçoit avec des injures, et bien que Honte et Peur en groussent pour la forme. Peur aura beau trembler, Honte rougir, Danger s'indigner, et tous les trois se plaindre et gémir, n'en tenez aucun compte. Cueillez la Rose de force, en temps et lieu utiles, montrez que vous êtes homme; rien ne leur plaît tant que la force, quand on sait l'employer, car maintes gens sont faits de telle manière qu'ils veulent être contraints à céder ce qu'ils n'osent abandonner d'eux-mêmes, et feignent qu'on leur arrache ce qu'ils ont accepté et voulu. Sachez qu'ils seraient mécontents, quelque joie qu'ils fissent paraître, s'ils sortaient vainqueurs de la lutte. Si, les ayant tâtés par des paroles habiles, vous les sentez sérieusement courroucés et s'ils se défendent avec vigueur, ne mettez pas la main sur la Rose, mais rendez-vous, criant merci, et attendez jusqu'à tant que les trois portiers s'en aillent, et que Bel Accueil reste seul.

« Voyez alors quelle mine vous fait Bel Accueil; conformez-vous à ses manières : si ce sont celles d'une personne d'âge, ayez le sérieux d'un homme mûr; s'il a l'air simple et innocent, ayez une contenance naïve. Suivez-le, imitez-le : s'il est gai, montrez-vous d'humeur joyeuse; s'il est chagrin, prenez une figure chagrine; s'il rit, riez; pleurez, s'il pleure. Aimez ce qu'il aimera, blâmez ce qu'il voudra blâmer, et louez ce qu'il louera. Vous lui en inspirerez plus de confiance.

« Croyez-vous qu'une dame comme il faut, aime un garçon étourdi et pétulant qui s'en ira rêver la nuit comme s'il dût divaguer, et chantera dès minuit, sans s'embarrasser des voisins? Elle craindrait d'être décriée. Telles amours sont vite connues; car on en chuchote dans la ville; il ne chaut guère aux bavards qu'on les sache.

« D'autre part, si un amoureux sage parle à une demoiselle folle, il n'en fera pas la conquête; qu'il adopte des mœurs semblables aux siennes, ou autrement il sera honni, car elle le prendra pour un menteur, un renard, un charlatan. Bientôt la malheureuse le laisse de côté pour faire un choix qui la déshonore; elle repousse l'honnête homme et prend le pire de la troupe, tout ainsi que la louve prend le pire des loups.

« Si vous pouvez trouver Bel Accueil, et que vous puissiez jouer avec lui aux échecs, aux tables ou à d'autres jeux, jouez mal et perdez toute votre mise : qu'il prenne le dessus et se gausse de vos pertes. Louez ses manières, son maintien, ses atours, et servez-le avec un empressement extrême. Quand il devra s'asseoir, apportez-lui le carreau ou la selle. Si un grain de poussière tombe sur lui de quelque part, ôtez-le-lui aussitôt, même s'il n'y était pas; si sa robe est poudreuse, hâtez-vous de l'épousseter. Bref, faites en toute occasion tout ce que vous penserez qui lui plaise. Vous atteindrez ainsi votre but.

— Que dites-vous là, doux ami? Nul, s'il n'est hypocrite, ne ferait des choses aussi noires. Vous voulez que je serve et honore ces gens faux et serviles! Ils sont vraiment serviles et faux, hormis Bel Accueil. Je serais un traître, si je les obligeais pour les tromper. Quand je veux épier les gens, je les défie tout d'abord. Souffrez au moins que je défie Malebouche, que je l'invite à étouffer les bruits qu'il a répandus, s'il ne veut pas que je le batte; qu'il répare ses torts ou je me payerai moi-même, à moins que je n'aie recours au juge qui en prenne vengeance.

— Compain, compain, ceux qui sont en guerre ouverte peuvent agir de la sorte; mais Malebouche est trop sournois; il n'est pas franc ennemi, car lorsqu'il hait quelqu'un, c'est par derrière qu'il le vilipende et diffame. Il est traître et sans foi; il est juste qu'on le trahisse. Il déteste les gens du fond du cœur, et leur sourit de la bouche et des dents. Jamais tel homme ne me plut. Qu'il se garde de moi, et moi de lui. Si vous voulez porter plainte, croyez-vous par cela rabaisser son caquet? Vous ne pourrez faire la preuve, ni trouver des témoins suffisants, et vous le confondriez, qu'il ne se tairait pas encore. Plus vous prouverez, plus il bavardera, et vous y perdrez plus que lui : la chose sera publiée partout, à votre dommage, car tel croit effacer sa honte en se vengeant, qui ne fait que l'accroître. De prier qu'il étouffe les bruits qu'il a semés ou qu'il soit battu, vraiment, à quoi bon? Si on le battait, les bruits courraient toujours. D'attendre qu'il vous répare le tort causé, inutile! Je n'accepterais pas la réparation, même s'il l'offrait, mais je lui pardonnerais. Quant au défi, je vous jure sur les reliques des saints que, si vous le lancez, Bel Accueil sera mis aux fers, brûlé vif ou noyé, ou il sera si bien emmuré qu'il vous faudra renoncer à le revoir : lors vous aurez le cœur plus triste que Charlemagne quand Roland mourut à Roncevaux par la traîtrise de Ganelon.

— Oh! non, pas cela. J'envoie Malebouche au diable. Mais je voudrais le pendre.

— Ami, cet office ne vous appartient pas; il relève de la justice. Jouez-vous de lui par trahison : écoutez mon conseil.

— J'y consens : je ne suivrai pas d'autre avis. Cependant si vous saviez quelque voie ou moyen plus facile pour prendre le château, je voudrais bien le connaître.

— Il y a un chemin agréable, mais il n'est pas praticable aux pauvres gens. Pour venir à bout du château, il n'est pas besoin de tout mon art et de toute ma doctrine. En prenant cette voie, on serait sûr d'abattre la forteresse jusqu'aux fondements : il n'y aurait porte qui tienne; tous se laisseraient prendre sans mot dire. Le chemin a nom Trop Donner : il est l'œuvre de Folle Largesse qui y engloutit maints amants.

Je connais très bien le sentier, car j'en suis sorti seulement avant-hier, et j'y fus pèlerin plus d'un hiver et d'un été. Vous laisserez Largesse à droite, et vous tournerez à main gauche. Vous n'aurez pas suivi la sente battue plus d'une archée, que vous verrez les murs s'écrouler et chanceler tours et tournelles, et les portes s'ouvrir d'elles-mêmes : elles ne céderaient pas mieux si les gens fussent morts. De ce côté le château est si faible qu'un gâteau sec est plus dur à partager en quatre que ne sont les murs à jeter par terre.

« Nul pauvre, que je sache, ne pénètre dans ce chemin, et personne ne peut l'y amener. Mais si on l'y conduisait, il le connaîtrait aussi bien que moi. Si cela vous plaît, vous le connaîtrez, mais il convient que vous ayez de quoi faire d'énormes dépenses. Pour moi, je ne vous mentirai pas : au sortir Pauvreté m'en a défendu le passage. J'y ai dépensé tout ce que je possédais et tout ce que j'avais reçu d'autrui.

« — N'y retournez jamais, m'a-t-elle dit, puisque vous n'avez plus d'argent. »

« Si Richesse ne vous conduit, vous y entrerez à grand'peine. Elle refuse d'accompagner au retour ceux qu'elle y a menés. Elle se tiendra avec vous à l'aller, mais elle ne vous ramènera pas, soyez-en sûr. Si d'aventure vous y pénétrez, vous n'en sortirez qu'avec Pauvreté.

« Au-dedans habite Folle Largesse qui ne pense qu'à se divertir et à gaspiller son avoir. Pauvreté demeure à l'autre bout, toute honteuse et douloureuse, tant elle fait des requêtes humiliantes et essuie de cruels refus. Il importe pour vous de l'éviter à tout prix. Rien n'est plus accablant pour l'homme que de tomber dans la pauvreté. Demandez-le plutôt à ceux qui sont ruinés et criblés de dettes, et à ceux qui mendient contre leur gré : il leur faut souffrir beaucoup avant que les gens leur donnent du leur. Ceux qui veulent goûter les plaisirs de l'amour doivent le savoir, car le pauvre n'a pas de quoi nourrir l'amour, comme Ovide le confesse.

« Pauvreté fait de l'homme un martyr et un objet de haine et de mépris, et lui fait même perdre le sens. Gardez-vous-en bien, compagnon, croyez-en mon expérience : je l'ai éprouvé en personne; par la misère et l'opprobre que j'ai endurés, je sais ce que vaut la pauvreté mieux que vous qui ne l'avez soufferte.

« J'avais accoutumé d'être appelé homme honorable, j'étais aimé de tous mes compagnons, et je dépensais joyeusement et plus que largement en toute occasion, si bien que j'étais regardé comme riche; or je suis devenu pauvre par les excès de Folle Largesse, et ma détresse est telle que je n'ai, sinon à grand'peine, rien à boire ni à manger, ni de quoi me vêtir et me chausser. Et sachez que sitôt que Fortune m'eut mis en ce point, je perdis tous mes amis, à l'exception d'un seul. Fortune me les enleva par Pauvreté qui vint avec elle : enleva, non, elle les prit simplement, car je sais bien que s'ils fussent à moi, ils ne m'eussent pas abandonné : elle ne fut pas coupable, lorsqu'elle emmena ses amis à elle; les siens vraiment, mais elle n'en savait rien; car je les avais acquis, en payant si bien de mon cœur, de ma personne et de mon avoir que quand vint le dernier, je n'avais plus un denier vaillant. Et quand ils me virent en cette extrémité, abattu sous la roue de Fortune, tous ces amis s'enfuirent en se moquant de moi.

« Je ne dois pas me plaindre de Fortune, car quand Pauvreté vint me ravir mes amis par vingtaines et par centaines, elle me rendit un bienfait très grand, et que je n'avais pas mérité par ma conduite envers elle : elle m'oignit les yeux d'un fin collyre qui me fit voir plus clair autour de moi qu'un lynx; elle me montra à pleine face l'amour sincère de mon bon ami, que je n'eusse jamais soupçonné s'il n'avait vu mon besoin. Il accourut et m'aida autant qu'il put, m'offrant tout ce qu'il avait :

« Ami, me dit-il, je mets à votre disposition, avec ma personne, tout mon avoir où vous pouvez puiser comme moi-même; prenez tout, s'il est nécessaire, car l'ami ne prise rien contre l'amitié les biens de Fortune. Vous pouvez me faire mettre en prison comme caution, vendre mes biens ou les donner en gage. »

« Il ne s'en tint pas là, mais il me donna de force, car je n'osais tendre la main, pauvre besogneux à qui la honte a clos la bouche et qui n'ose dire sa misère qu'il cache sous des dehors décents.

« Ce n'est pas ce que font les mendiants valides qui vont s'introduisant partout, et cherchant à apitoyer les gens par de douces paroles : ils se montrent sous des dehors sordides, dissimulant leur aisance pour décevoir ceux qui leur donnent; ils disent qu'ils sont pauvres, et ils ont les grasses pitances et les grosses sommes en trésor. Mais je m'en tairai maintenant : si je parlais davantage, il pourrait bien m'en cuire, car les hypocrites haïssent ceux qui leur disent leurs vérités.

« Ainsi mon cœur insensé s'est sacrifié pour les susdits amis, et, sans l'avoir mérité autrement que par la perte de mon argent, je suis trahi, méprisé, diffamé de tout le monde, sauf de vous seul qui m'êtes resté attaché, et le demeurerez, je crois, toujours, comme je le suis à vous-même.

« Mais parce que vous me perdrez, quant à la compagnie corporelle en cette vie terrienne, lorsque le dernier jour viendra et que la mort exigera de nous son tribut (car nous mourrons tous deux, mais non peut-être ensemble), je sais bien certainement que, si vous vivez et que je meure, je continuerai à vivre dans votre cœur, et si vous mourez avant moi, vous serez encore vivant dans le mien après votre mort, tout ainsi que Pirithoüs que Thésée alla chercher dans les enfers, tant il l'avait aimé sur terre.

« Pauvreté fait pis que Mort, car elle tourmente le corps et l'âme, tant que l'un demeure avec l'autre, et elle les charge encore, à leur dommage, de larcins et de parjures, et de toutes les autres choses damnables : ce que la Mort ne peut pas faire, au contraire, puisque par sa venue finissent tous les maux temporels.

« Aussi je vous prie, mon cher compagnon, qu'il vous souvienne du roi Salomon qui a dit : « Beau fils, garde-toi de la pauvreté tout le temps que tu as à vivre, car en cette vie terrestre, mieux vaut mourir que d'être pauvre. » Et il parle du dénuement des pauvres honteux que nous appelons indigence. Nul sort n'est plus misérable que celui des indigents : ceux qui suivent le droit écrit les récusent comme témoins, parce que la loi les assimile aux gens déshonorés.

« Si vous aviez amassé beaucoup d'argent et de joyaux, et si vous vouliez en donner autant que vous pourriez en promettre, vous cueilleriez boutons et roses. Mais l'opulence n'est pas votre fait; et cependant vous n'êtes avare ni chiche! Donnez donc de petits cadeaux amiablement et raisonnablement, de sorte que vous ne tombiez point dans la pauvreté. Autrement vous y perdriez, et l'on vous raillerait si vous aviez payé la marchandise au-dessus de sa valeur.

« Un beau présent de fruits nouveaux en touailles ou en paniers est le bien-venu. Envoyez des pommes, des poires, des noix ou des cerises, cormes, prunes, fraises, châtaignes, coings, figues, vinettes, pêches, parmains, alises, nèfles entées, ou bien framboises, blossons, davaines, jorroises, mûres fraîches ou raisins nouveaux. Dites que ces fruits viennent d'un de vos amis au loin, même si vous les avez achetés dans la rue.

« Dans la saison, offrez des roses, des primevères ou des violettes en beaux clayons d'osier; tels présents ne sont pas ridicules. Sachez que les dons étourdissent les gens, et font taire la médisance : si les bavards savaient du mal des donneurs, ils en diraient tout le bien du monde. Plus d'un bailli en mauvaise posture s'est maintenu par des présents. Beaux dons de vins et de victuailles ont fait donner maintes prébendes; beaux dons, n'en doutez pas, font porter témoignage de bonne vie; partout les dons sont en bonne place; qui donne est réputé prud'homme; les dons rehaussent les donneurs et rendent un mauvais office aux preneurs, qui perdent leur liberté en s'obligeant au service d'autrui. Que vous dirais-je de plus? Par les dons sont pris les dieux et les hommes.

« Ami, écoutez-moi bien : si vous faites ce que je vous ai recommandé, le dieu d'Amour ne manquera pas de tenir parole, quand il assaillira la forteresse; il attaquera les portiers avec la déesse Vénus tant et si bien qu'ils la renverseront, et vous pourrez cueillir la Rose prisonnière.

« Mais quand on a acquis quelque chose, il

faut une grande habileté pour le garder, si l'on veut en jouir longuement, car il n'est pas moins difficile de conserver et de défendre ce qu'on a que de l'acquérir d'une manière ou d'une autre.

« Le jeune homme qui perd ce qu'il aime se nomme à bon droit malheureux, si c'est par sa faute. Car c'est chose belle et excellente de bien savoir garder son amie, surtout quand Dieu l'a faite sage, simple, courtoise et bonne, et qu'elle donne son amour et ne le vend pas. Amour vénal est le fait de ribaudes prouvées : il n'est point d'amour en femme qui se livre à qui lui donne.

« Mais vraiment les femmes sont presque toutes avides et gloutonnes, et dévorent tout à ceux qui les aiment le plus; Juvénal nous raconte d'Hibérine qu'elle eût préféré perdre un œil que de se contenter d'un seul homme, car nul n'y pouvait suffire à lui seul, tant elle était de chaude complexion.

« Femme ne sera si éprise ni si fidèle qu'il ne soit dans son dessein de tourmenter et dépouiller son cher ami. Vois ce que feraient celles qui se vendent aux hommes! Telle est la règle que donne Juvénal, mais il n'est pas de règle sans exception, et il entendit parler des mauvaises femmes lorsqu'il rendit cette sentence.

« Si donc votre amie est telle que je l'ai dépeinte, modeste et loyale de cœur, je vous dirai ce que doit faire le valet courtois et débonnaire. Qu'il ne se repose pas entièrement sur sa beauté; qu'il s'instruise des mœurs, des arts et des sciences, car, si on la considère bien, la beauté est passagère; elle touche bientôt à sa fin, comme fleurettes dans le pré, car telle est sa nature : plus elle vit, plus elle décline. Mais le sens qu'on acquiert, accompagne son possesseur tant qu'il vit sur la terre; il vaut mieux à la fin de la vie qu'au commencement : il va toujours de progrès en progrès; le temps ne le diminue pas. Jeune homme de noble entendement doit être aimé et estimé quand il en use sagement; et la femme doit être heureuse aussi, qui a mis son amour en beau valet courtois et sage.

« Pourtant s'il me demandait conseil pour savoir s'il serait bon qu'il fît rimes, motets, fableaux et chansonnettes et les envoyât à sa mie pour entretenir ses bons sentiments, hélas! il n'importe guère, les beaux dits valent pour peu cela; ils seront peut-être loués, mais seront de petit profit; au lieu qu'une grande bourse bien lourde et toute farcie de besants, surgissant tout à coup, elle s'y jetterait à bras ouverts, car aujourd'hui les femmes ne mettent d'empressement que pour courir aux bourses pleines. Il en était autrement jadis; or, tout va en empirant. »

VIII

Suite du discours d'Ami. — Description de l'Age d'Or. — Monologue du Mal marié. — La femme coureuse et coquette. — Histoire de Lucrèce. — Témoignage de Juvénal. — Le roi Phoronée. — Les amours d'Héloïse et d'Abélard. — Chasteté aux prises avec Beauté et Laideur. — Les parures fallacieuses. — Déjanire et Dalila. — Le Mal marié bat sa femme. — Origines de la propriété et de la royauté. — Conduite à tenir pour vivre paisiblement en ménage.

« Jadis, au temps de nos premiers pères et de nos premières mères, comme en témoignent les écrits des anciens, on s'aimait de fin et loyal amour, et non par convoitise et désir de rapine, et la bonté régnait dans le monde. Les hommes n'étaient pas délicats en fait de robes et de viandes : ils cueillaient dans les bois les glands en guise de chair et de poisson, et cherchaient par les bosquets, à travers monts et vaux, pommes, poires, noix et châtaignes, mûres et prunelles, framboises, cenelles et baies d'églantier, fèves et pois, et autres fruits, herbes ou racines; ils égrenaient, en les frottant, des épis de blé, et égrappaient les raisins sans les mettre en pressoir ni en cuve; le miel découlait des chênes, dont ils vivaient abondamment; et ils buvaient de l'eau pure, sans désirer piment ni claré, et onc n'eurent de vin en bouteilles.

« La terre n'était pas alors cultivée, mais elle était comme Dieu l'avait parée, et portait d'elle-même ce dont chacun tirait sa subsistance. Ils ne pêchaient saumons ni brochets; ils se vêtaient de cuirs velus, et ils faisaient leurs robes des laines telles qu'elles venaient des bêtes, sans les teindre en graine ou en herbe.

« Leurs bordes et leurs hameaux étaient couverts de genêts et de branches, et ils creusaient des fosses en terre pour s'y loger. Quand ils voyaient venir quelque forte tempête, ils se réfugiaient dans des cavernes ou sous les hauts troncs des chênes; et quand la nuit ils voulaient dormir, au lieu de couettes, ils apportaient dans leurs cabanes des monceaux d'herbe, de feuilles et de mousse.

« Et lorsque l'air était apaisé, le temps serein et le vent doux et agréable comme dans un printemps éternel, quand les oiseaux chaque matin s'étudient à saluer de leurs ramages l'aube du jour qui leur émeut le cœur, Zéphirus et Flora sa femme leur tendaient des courtepointes de fleurettes qui mettaient telle splendeur par les herbages, les prés et les bois qu'il vous fût avis que la terre voulût disputer de magnificence avec le ciel étoilé. (Zéphirus et Flora font naître les fleurs qui ne connaissent d'autre seigneur et d'autre dame et déesse : l'un et l'autre en parsèment la terre, et leur donnent ces mille formes et couleurs variées dont les fleurs, pour l'amour des fins amants, composent ces jolis chapelets qui couronnent valets et pucelles.) Sur ces couches que je décris, pour le plaisir, sans plus, les amoureux s'accolaient et se baisaient. Les arbres des forêts les protégeaient du soleil, étendant sur eux leurs rameaux comme des pavillons et des courtines. Là ils menaient leurs caroles, leurs jeux, dans la molle oisiveté, simples gens tranquilles, sans autre souci que de vivre joyeux et en bonne amitié.

« Nul roi ni prince encore n'avait arraché criminellement le bien d'autrui. Tous étaient égaux et n'avaient rien en propre; ils savaient bien cette maxime que jamais l'amour et l'autorité ne se firent compagnie et n'habitèrent ensemble; ils sont désunis par celui qui domine.

« C'est ainsi qu'on voit des unions où le mari qui croit être sage, corrige et bat sa femme; il lui reproche de hanter les caroles et la compagnie des garçons; il veut être maître du corps et de l'avoir de sa moitié, si bien qu'au milieu de ces querelles continuelles le bon accord ne peut durer.

« — Vous êtes une coureuse, s'écrie-t-il, et vous avez de sottes façons. Dès que je suis à mon travail, aussitôt vous ballez et espinguez, demenant une joie impudente, et vous chantez comme une sirène. Malheur à vous! Quand je vais à Rome ou en Frise porter mes denrées, vous affichez une telle coquetterie (car je sais qui m'en informe) qu'on en jase partout à la ronde, et quand quelqu'un vous demande pourquoi vous êtes si pimpante en tous les lieux où vous allez, vous répondez : « C'est pour l'amour de mon mari ! » Pour moi, chétif, qui sait si je forge, ou je tisse et si je suis mort ou vivant ? On devrait m'en donner d'une vessie de mouton par le visage. Vous m'avez fait une belle renommée, en vous vantant de telle chose. Pour moi ! Las ! Pour moi ! Je me suis mis dans de biens mauvais draps, quand je reçus votre foi le jour de notre mariage ! C'est pour moi que vous menez telle rigolade ! Pour moi que vous faites tant de manières ! Qui croyez-vous tromper ? Je ne profite pas de tous ces colifichets que les ribauds effrénés qui vont épiant les putains admirent sur votre personne, quand ils vous suivent par les rues. A qui voulez-vous en conter ? Quand je me tiens à côté de vous, vous me prenez pour une chape à pluie. Avec cette guimpe et ce surcot vous semblez plus ingénue qu'une colombe : il ne vous chaut s'il est trop court ou trop long, quand je suis seul auprès de vous. Si la honte ne me retenait, je ne laisserais pas de vous battre pour punir votre orgueil, bien que je sois débonnaire. Sachez que toutes ces parures que vous portez à la danse ne me plaisent mie et que je ne les approuve qu'en ma présence.

« D'autre part, je ne puis le celer, entre vous et ce bachelier, Robichonnet au vert chapeau qui accourt si vite à votre appel, y a-t-il des terres à partager ? Vous ne pouvez le quitter, vous chuchotez toujours ensemble : je ne sais ce que vous voulez et ce que vous avez à dire. J'enrage de colère, quand je vois votre conduite. Par Dieu, si jamais vous l'entretenez, vous en aurez le visage blême, voire, certes, plus noir que mûre, car avant que vous soyez guérie de votre sottise, madame la musarde, je vous donnerai tant de buffes et de soufflets, que vous vous tiendrez tranquille. Dorénavant vous n'irez dehors sans moi, mais me servirez à la maison, rivée en bons anneaux de fer. Vous êtes trop familière avec ces galants qui vous cajolent et que vous devriez éviter. Ne vous pris-je point pour me servir? Croyez-vous mériter mon amour en accointant ces ribauds parce qu'ils sont aussi effrontés que vous? Vous êtes une infâme ribaude, et je ne puis me fier à vous.

« Ce sont les Maufés qui me firent marier. Ah! si j'avais cru Théophraste, jamais je n'aurais épousé. Il n'est pas bien sensé celui qui prend femme en mariage, soit belle, soit laide, ou pauvre, ou riche, car il est dit dans le noble livre l'*Auréole* que la vie en cet état est trop dure et trop pénible, par les discussions et les querelles, qui sont le fait de la sottise et de l'orgueil des femmes, par les obstacles qu'elles soulèvent à chaque instant, et les reproches, les réclamations et les plaintes qu'elles font à tout propos. On a toutes les peines du monde à les empêcher de satisfaire leurs caprices. Celui qui épouse une femme pauvre doit s'occuper de la nourrir, de la vêtir et de la chausser; et s'il croit s'élever en prenant une femme très riche, il a du mal à la souffrir, tant il la trouve fière et arrogante. Si elle est belle, tous y accourent, tous la poursuivent, tous s'y jettent, tous s'empressent à la servir, tous l'environnent, tous y musent, tous la convoitent, et ils l'ont à la fin, tant ils y travaillent, car une tour assiégée de toutes parts évite rarement d'être prise. Si elle est laide, elle veut plaire à tous, et comment pourrait-on garder une créature que tous assaillent ou qui veut tous ceux qui la voient? Nul ne les empêcherait de céder, pourvu qu'elles fussent bien priées. Celui qui saurait bien s'y prendre aurait Pénélope elle-même, et il n'y eut meilleure femme en Grèce. Ainsi ferait, je crois, Lucrèce, bien qu'elle se soit tuée parce que le fils du roi Tarquin l'avait violée. Jamais, dit Tite-Live, mari, père, ni parent ne purent la retenir, malgré tous leurs efforts, qu'elle ne s'occît devant eux : ils la supplièrent de cesser sa douleur, et lui dirent beaucoup de belles raisons : son mari surtout la consolait tendrement et lui pardonnait de bon cœur tout le fait, cherchant à lui prouver que son corps n'avait pas péché, puisque le cœur n'était pas consentant, mais la triste Lucrèce tira un couteau de son sein où elle le tenait caché et répondit tranquillement : « Seigneurs, que les uns ou les autres me pardonnent l'affreux péché dont le poids m'accable, et de quelque manière que je sois absoute, je ne me fais pas grâce de la peine. » Là-dessus, la désespérée se frappe au cœur et tombe morte à leurs pieds. Mais avant de se tuer, elle avait recommandé à ses parents de venger sa mort : elle voulut par cet exemple donner l'assurance aux femmes que nul ne les prendrait de force, qui ne devrait le payer par la mort. En conséquence, le roi et ses fils furent chassés et moururent en exil. Depuis, à cause de ce crime, les Romains ne voulurent plus de rois. Il n'est plus de Lucrèce ni de Pénélope; il n'est plus d'honnête femme qui se défendît, si on savait bien la prendre : ce sont les païens qui le disent, et nul n'y peut rien. Plus d'une se donne d'elle-même, quand les soupirants font défaut.

« Ceux qui se marient suivent une coutume

dangereuse et dont l'inconséquence m'étonne fort : je ne puis l'attribuer qu'à la démence : celui qui achète un cheval n'est pas si sot qu'il en offre un sou s'il ne le voit à découvert; il le regarde et le tâte partout; mais on prend une femme sans épreuve; jamais elle ne sera déshabillée ni pour gain, ni pour perte, pour la seule raison qu'elle ne déplaise pas avant qu'on l'ait épousée. Et quand la chose est accomplie, incontinent elle montre sa malice et tous ses défauts : le fol apprend à ses dépens le caractère et les habitudes de sa moitié, mais alors tout repentir est inutile.

« D'honnêtes femmes, il en est moins que de phénix, dit Valérius. Nul ne peut aimer qu'elle ne lui donne cent sujets de crainte et de souci. Moins que de phénix? C'est une comparaison flatteuse; dites plutôt : moins que de corbeaux blancs. Mais pour qu'on ne puisse pas dire que je charge trop le sexe, prude femme, soit dans le monde, soit en cloître, si l'on veut bien se donner la peine d'examiner la chose, c'est oiseau très clairsemé ici-bas et reconnaissable en cela qu'il est semblable au cygne noir. Juvénal le confirme par une sentence énergique : « Si tu trouves une chaste épouse, va-t'en t'agenouiller au temple, adore Jupiter, tête basse, et sacrifie à Junon une vache toute dorée, car jamais bonheur plus merveilleux n'advint à nulle créature. »

« Et qui veut aimer les mauvaises, dit Valérius, dont il y a deçà et delà la mer essaims plus gros que d'abeilles en ruche, quel but se propose-t-il? Il s'accroche à une branche pourrie, et qui s'y tient y perdra l'âme et le corps. Valérius se fâchait de ce que son ami Rufin se voulait marier; il lui dit cette parole dure : « Que Dieu tout puissant te garde, ami, de tomber dans les filets de la femme fallacieuse!» De même, Juvénal s'adressant à Posthumus, s'écrie : « Posthumus, tu veux prendre femme? Ne peux-tu trouver hart, corde, ou licol à vendre, ou sauter par la fenêtre d'où l'on peut voir de haut et loin, ou te laisser choir du pont? Quelle Furie te mène à ce supplice?»

« Le roi Phoronée qui, comme nous l'apprîmes, donna ses lois au peuple grec, fit, à son lit de mort, cette confidence à son frère Léonce : « Frère, je te déclare que je mourrais très heureux si jamais je n'avais pris femme.» Et Léonce, lui demandant la raison de cette clause : « Tous les maris, dit-il, le savent, par expérience, et quand tu auras pris femme, tu le sauras à ton tour.»

« Pierre Abélard confesse de son côté que sœur Héloïse, abbesse du Paraclet, qui fut son amie, ne voulait pas consentir à devenir son épouse. La jeune dame, qui était très intelligente et très lettrée, lui donnait des arguments pour le détourner du mariage et lui prouvait par des textes que les conditions de l'état conjugal sont trop rigoureuses, même quand la femme est sage, car elle avait beaucoup appris dans les livres et beaucoup retenu; et elle connaissait les mœurs féminines, car elle les avait toutes en soi. Et elle le priait qu'il l'aimât, mais qu'il se réclamât non d'un droit de seigneur et maître, mais seulement d'une faveur librement accordée, de telle sorte qu'il pût étudier sans entraves et qu'elle aussi s'appliquât à l'étude; et elle lui disait encore que leurs plaisirs seraient d'autant plus vifs et leur félicité d'autant plus grande que leurs entrevues seraient plus rares. Mais Abélard qui l'aimait tant, comme il nous l'a écrit, l'épousa depuis contre sa recommandation; et cela lui porta malheur, car après qu'elle fut devenue, par un accord commun, nonne professe à Argenteuil, Pierre fut mutilé nuitamment dans son lit, à Paris, dont il eut de terribles tourments. Il fut après cette mésaventure moine à Saint-Denis en France, puis abbé d'une autre abbaye, puis il fonda le fameux Paraclet dont Héloïse fut abbesse. Elle-même le raconte, et elle écrit, et n'en a pas honte, à son ami qu'elle aimait tant qu'elle le nommait père et seigneur, un mot extraordinaire que beaucoup tiendront pour insensé; il se trouve dans une des épîtres qu'elle lui adressa, étant abbesse : « Si l'empereur de Rome daignait me prendre pour femme, et faire de moi la dame du monde entier, j'aimerais mieux, dit-elle, et j'en appelle Dieu à témoin, être appelée ta putain qu'impératrice couronnée. »

« Je ne pense pas, sur mon âme, que jamais il y ait eu une telle femme, et je crois que sa littérature la mit à même de savoir mieux vaincre et dompter sa nature féminine. Si Pierre l'eût cru, jamais il ne l'eût épousée.

« Le mariage est un lien détestable. Saint Julien m'aide, qui héberge les pèlerins errants, et Saint Léonard qui délivre de leurs fers les prisonniers repentants, mieux m'eût valu me pendre le jour où je m'accointai de cette coquette! Que me valent toutes ces parures, cette robe coûteuse qui vous fait tant relever la tête, cette longue traîne dont vous êtes si fière que j'en deviens forcené? A quoi me sert-elle? Elle ne fait que me nuire. Quand je veux badiner avec vous, elle me gêne à ce point que je ne puis en venir à bout. Je ne puis vous tenir comme il faut, tant vous allez vous tortillant des bras, des trumeaux et des hanches. Je ne sais comment cela se fait, mais je vois bien que mes prévenances et mes caresses ne vous plaisent mie. De même le soir, quand je me couche, avant que je vous reçoive dans mon lit, comme un prud'homme fait sa femme, il vous faut vous dépouiller. Il ne vous demeure pour toute parure qu'une coiffe de laine blanche, et en dessous parfois vos galons bleus ou verts. Les robes et la panne de gris sont mises à la perche et pendent à l'air toute la nuit. A quoi cela m'est-il bon, sinon à vendre ou à engager? Vous me verrez mourir de male rage, si je ne m'en défais, puisqu'ils nuisent le jour et ne me donnent aucun plaisir la nuit; quel autre profit puis-je en tirer que de les engager ou les vendre?

« Et d'ailleurs, à dire vrai, vous n'y gagnez pas plus en beauté qu'en loyauté et sagesse. Et si l'on voulait m'opposer que ce qui est bon en soi-même est toujours bien, et que les belles garnitures embellissent les dames et les demoiselles, quiconque me dirait cela, je dirais qu'il ment, car les beautés des belles choses, que ce soit violettes, roses, ou draps de soie ou fleurs de lis, sont en elles, et non pas dans les dames, car tout le monde sait que la femme, à sa naissance, n'a que sa beauté naturelle, et je puis en dire autant de la bonté que de la beauté. Et combien de mijaurées ne se parent que pour cacher leur laideur! C'est par l'infirmité des yeux qui les voient qu'elles font illusion, affectant agréablement notre esprit, qui ne sait distinguer le faux du véritable, ni percer le sophisme par défaut de bien aviser.

« Si les hommes avaient des yeux de lynx et voulussent bien les examiner, elles ne leur sembleraient belles, ni pour cottes et surcots, ni pour guindes ou touailles ni pour chainses ni pour pelisses, ni pour joyaux, tant fussent-ils riches, ni pour chapeaux de fleurs, ni pour leurs minauderies, ni pour ces dehors brillants qui les font ressembler à des objets d'art. Le corps d'Alcibiade lui-même, qui était le chef-d'œuvre de Nature, dit Boèce citant Aristote, semblerait très laid à qui en verrait l'intérieur. (Le lynx a un regard si perçant qu'il voit dehors et dedans, sans limite.)

« Je dis qu'à aucune époque, Beauté n'eut de paix avec Chasteté : il y a entre elles un différend si profond que je n'ai pas ouï dire dans nulle fable ni chanson que rien pût les accorder : l'une ne laissera jamais un pied de terre de plus à l'autre. Mais le partage n'est pas équitable. Chasteté est si mal douée pour la lutte que, si elle assaille ou se revanche, il lui faut aussitôt rendre les armes, car elle ne peut résister à Beauté qui est trop puissante. Laideur même, sa chambrière, qui lui doit honneur et service, ne la prise tant qu'elle ne la chasse de son hôtel; sa lourde massue au cou, elle lui court dessus, et elle n'a qu'un chagrin, c'est de voir sa dame en vie.

« Ainsi Chasteté est en mauvais point, car elle est assaillie de deux côtés, et elle n'a de secours de nulle part; il lui faut fuir à toutes jambes. Saurait-elle assez de lutte, qu'elle devrait renoncer à combattre, car la partie est trop inégale. Maudite soit Laideur qui attaque Chasteté! Elle devrait la défendre et protéger, et même, si elle pouvait, la musser entre sa chair et sa chemise.

« Beauté est fort à blâmer aussi; elle devrait l'aimer et faire son possible pour qu'il y eût bonne paix entre elles; si elle était honnête, sage et courtoise, elle devrait lui prêter hommage, et non la rendre ridicule, car Virgile, dans son sixième Livre, par la bouche de la Sibylle, assure que nul ayant vécu chastement ne peut être damné.

« Je jure que, si la femme veut être belle, ou si elle met tout son soin à le paraître, en s'ornant et s'attifant, c'est pour guerroyer contre Chasteté. Chasteté a beaucoup d'ennemis. Dans les cloîtres et les abbayes, elles sont toutes liguées contre elle, et ne seront jamais si emmurées qu'elles ne cherchent à la honnir. Toutes font hommage à Vénus, sans considérer le profit ni le dommage; elles s'arrangent et se fardent pour enjôler ceux qui les regardent, et se promènent dans la rue pour être admirées et pour exciter le désir des passants. Dans ce dessein, elles fréquentent les caroles et les églises avec tout leur attirail, ce qu'elles ne feraient pas, si elles ne pensaient pas qu'on les vît, et si elles n'avaient l'intention de plaire et de séduire.

« Certes ces dévoyées outragent grandement Dieu en ne se tenant pas pour satisfaites des attraits qu'il leur a donnés. Chacune a sur sa tête couronne de fleurettes, d'or ou de soie, et en tire vanité; elle a même recours pour se parer et s'embellir de toutes sortes de choses difformes, fleurs ou métaux, ou autres brimborions étranges.

« Et les hommes tombent dans les mêmes excès. Je n'ai cure de tels trompe-l'œil. Je veux une vêture suffisante qui me garde du froid et du chaud. Cette mienne bure doublée d'agneau me garantit du vent, de la pluie et de la tempête aussi bien que pers fourré d'écureuil. Je gaspille mon argent lorsque j'achète pour vous robe de pers, de camelot, ou de brunette, ou d'écarlate et les fourre de vair et de gris. Cela n'a d'autre effet que de vous faire courir par la poussière et par la boue, minauder et faire la pimpesouée.

« Vous ne respectez Dieu ni moi-même. La nuit, quand vous gisez à mon côté toute nue, je ne puis vous tenir dans mes bras pour vous baiser et vous caresser, et quand je suis le plus fortement échauffé, vous rechignez comme une diablesse, et vous ne voulez pas pour rien au monde tourner la face vers moi; mais, quand après avoir dormi, je m'éveille, vous feignez d'être malade et tant soupirez et gémissez et m'êtes si rebelle que je n'ose vous solliciter de nouveau, tant j'ai peur de faire mal. Je m'émerveille comment ces ribauds y réussissent, qui vous tiennent tout le jour vêtue, si vous vous tordez ainsi, quand ils folâtrent avec vous, et si vous leur faites autant d'ennuis qu'à moi. Mais ce n'est pas votre désir, je crois, et vous allez chantant et ballant par les jardins et les prairies; et les galants déloyaux qui se roulent dans l'herbe avec mon épouse me vont bafouant et disant entre eux par mépris : « C'est malgré le vilain jaloux! »

« C'est par votre luxure, infâme ribaude, chienne, que je suis la risée de tous. Je suis mis dans la confrérie de Saint Ernoul, le patron des cocus, auquel nul ne peut échapper, à mon avis, s'il est marié, si bonne garde qu'il fasse, aurait-il un million d'yeux : toutes se font heurtebiller; s'il advient qu'elles ne passent pas au fait, l'intention y est, et tôt ou tard elles y viendront. Mais Juvénal nous console en nous disant du besoin de joqueter que c'est le moindre des péchés dont les femmes sont capables; leur nature les porte à faire pis. Ne voit-on pas comment les marâtres préparent des poisons à leurs fillâtres, et comment elles se livrent aux charmes et sorcelleries, et à d'autres pratiques diaboliques dont nul ne pourrait dire le nombre?

« Toutes vous fûtes, vous êtes et vous serez putes de fait ou d'intention, car si l'on peut empêcher le fait, nul ne peut contraindre la pensée, et toutes les femmes ont cet avantage d'être maîtresses de leurs volontés.

« Laissons ce qui ne peut être, mais, doux Seigneur, comment pourrais-je me venger de ces ribauds qui me persécutent et m'outragent? Si je les menace, que vaudra ma menace? Si je vais me battre avec eux, ils pourront m'assommer et m'occire, car ils sont gaillards effrénés et gens à tout faire, et avec cela jeunes; ils ne me priseront un fétu, car ils sont ardents, vifs et si bouillants et si infatués que chacun croit être Roland, voire Hercule ou Samson : ces deux-là eurent (il m'en souvient pour l'avoir lu) force égale de corps; Hercule avait, selon l'auteur Solin, sept pieds de long; il accomplit beaucoup de travaux, il vainquit douze monstres horribles, mais il ne put venir à bout du treizième : ce fut Déjanire, son amie qui lui déchira la chair toute enflammée du venin de la venimeuse chemise : auparavant il avait eu son cœur blessé d'amour pour Iolé. Ainsi fut dompté par une femme l'invincible Hercule. De même aussi Samson qui pouvait se mesurer avec dix hommes à la fois, quand il avait ses cheveux, fut trahi par Dalila.

« Je suis fou de vous dire ces choses, quand je sais que vous irez les répéter dès que vous m'aurez quitté. Vous irez vous plaindre aux ribauds, et vous pourrez me faire entamer la tête, briser les cuisses, ou taillader les épaules. Mais si j'entends parler de quelque chose, avant qu'ils en viennent là, et si l'on ne retient mon bras, ou si le pilon ne m'est pas ôté des mains, je vous casserai les côtes : amis, ni voisins, ni parents, vos paillards même ne vous en garantiront pas.

« Hélas! Pourquoi nous sommes-nous rencontrés? Et sous quelle mauvaise étoile suis-je né?

Je devrais être votre seigneur et maître, moi par qui vous êtes soutenue, vêtue, chaussée, nourrie. Ces sales ribauds, ces polissons vous ont ravi votre renommée, à quoi vous ne prenez pas garde. Par devant ils disent qu'ils vous aiment, et par derrière ils vous traitent de putain. Sachez bien que ce n'est pas pour vous-même, ni pour vos appâts, qu'ils vous font la cour, mais parce qu'ils sont séduits par vos bijoux, vos boutons et vos agrafes d'or, et par ces robes et ces pelisses que je vous laisse comme un imbécile, car quand vous allez à vos caroles et à vos folles assemblées et que je demeure consterné à la maison, vous êtes vêtue de camelot, de vair et de gris, et vous avez cent livres d'or et d'argent sur la tête.

« Que m'importent ces guirlandes, ces coiffes à bandes dorées, ces tressons brochés, ce miroir d'ivoire, ce cercle d'or ciselé et précieusement émaillé, et ces couronnes d'or fin pleines de saphirs, rubis et émeraudes, ces fermaux à pierres fines, et ces tissus et ces ceintures dont les ferrures coûtent si cher, tant pour l'or que pour les perles, que me font toutes ces fanfreluches?

« Si vous vous chaussez si étroit et relevez votre robe, c'est pour montrer vos jambes aux galants. Avant trois jours, je vous le jure, je vous aurai humiliée, et je vous foulerai aux pieds. Vous n'aurez de moi que cotte et surcot de cordé, et une touaille de chanvre grossière, déchirée et recousue. Et, par mon chef, vous serez ceinte, je vous dirai de quelle ceinture : d'un cuir tout blanc sans ferrure; et je vous ferai faire de mes vieux houseaux de grands souliers à liens, larges à y mettre de grosses pantoufles; je vous ôterai tout cet attirail qui vous donne occasion de forniquer, et vous n'irez plus vous montrer aux ribauds pour vous faire faire la culbute.

« Mais, de grâce, dites-moi, sans mentir : cette magnifique robe toute neuve que vous portiez l'autre jour à la carole, où l'avez-vous prise? J'ai des raisons de croire que ce n'est pas moi qui vous l'ai donnée. Vous m'avez juré saint Denis, saint Pierre et saint Philibert qu'elle vous vint de votre mère qui vous en envoya l'étoffe, car, à ce que vous prétendez, je lui suis si cher qu'elle veut bien dépenser ses deniers pour que je garde les miens.

« Qu'on fasse griller vive l'orde vieille putain, prêtresse, maquerelle et sorcière, et vous avec, s'il n'est pas ainsi que vous le dites. Je le lui demanderais bien, mais ce serait peine perdue; telle mère, telle fille. Vous avez parlé ensemble; toutes deux vous avez le cœur fait de même bois. La vieille pétasse fardée s'est bien entendue avec vous; elle a déjà usé de cette ficelle; elle a été mordue de plus d'un mâtin, car elle a beaucoup roulé; mais maintenant que ses charmes sont flétris, elle trafique des vôtres, je le sais. Elle vient céans, et sort avec vous trois ou quatre fois la semaine, inventant des pèlerinages nouveaux, selon son ancienne habitude (j'en sais tout le mystère), et ne cesse de vous promener, comme on fait destrier à vendre, et elle prend et vous enseigne à prendre. Croyez-vous que je ne vous connaisse pas? Qui me tient que je ne vous casse les os comme poussin en pâte avec ce pilon ou cette broche? »

« Lors, suant de fureur, il la saisit et la tire par les tresses, et le jaloux lui arrache les cheveux, et s'acharne sur elle comme un lion sur une ourse, et la traîne par toute la maison en la couvrant d'injures; il n'admet excuses, ni serments, mais frappe, et cogne, et tape et rosse celle qui crie et braille, et donne de la voix à tous les vents par la fenêtre. Et il lui reproche tout ce qu'il sait, comme il lui vient à la bouche, devant les voisins accourus qui les tiennent tous deux pour des fous, et finissent par les séparer à grand'peine.

« Après cette belle musique, pensez-vous qu'elle aime son mari davantage? Elle voudrait le voir à l'autre bout du monde; je dirai plus : je ne crois pas que jamais elle le veuille aimer; elle fera semblant, peut-être, mais s'il pouvait voler jusqu'aux nues, et de là-haut voir toutes les actions des hommes, et qu'il réfléchît à loisir, il verrait clairement en quel péril il est tombé, s'il n'a appris, pour sa gouverne, tous les artifices dont la femme est capable. S'il dort avec elle, sa vie est en danger; il doit craindre qu'elle ne le fasse égorger ou empoisonner pendant son sommeil, voire pendant qu'il veille, ou bien, en désespoir de cause, mourir à petit feu, à moins qu'elle ne pense à s'enfuir, si elle ne peut faire autrement. La femme ne prise honneur ni honte, quand elle a un désir en tête, car c'est vérité irréfutable : la femme n'a pas la science du bien et du mal; Valérius la proclame hardie et artificieuse et très portée à nuire, quand il s'agit de ce qu'elle hait ou de ce qu'elle aime.

« Ami, ce vilain jaloux que j'ai pris pour exemple, qui s'érige en seigneur de sa femme, laquelle devrait être son égale et sa compagne, selon la loi qui les unit, croyez bien qu'il ne sera jamais aimé, car l'amour ne peut vivre dans la contrainte et la servitude.

« C'est pourquoi l'on voit que ceux qui s'aimaient au commencement n'ont plus guère d'amour, une fois mariés : celui qui se proclamait le serviteur de celle qui voulait être sa maîtresse veut maintenant être son maître; il mettait tout son zèle à satisfaire les moindres désirs de son amie; lors la roue a tourné, si bien que celui qui avait coutume de servir se fait servir à son tour; il tient sa femme serrée, et exige qu'elle lui rende compte de ses actes, lui qui auparavant l'appelait sa dame! Quand elle se voit ainsi traitée par celui qu'elle regardait comme le meilleur du monde, elle ne sait plus à qui se fier. Les dés sont bel et bien pipés, et le jeu lui devient insupportable. Si elle n'obéit, il se courrouce; il l'injurie, et elle gronde. Et les voilà irrités l'un contre l'autre et bientôt ennemis.

« Aussi, compain, les anciens se tenaient compagnie, exempts de toute chaîne et de toute contrainte, paisiblement, honnêtement, et ils n'auraient pas donné leur liberté pour l'or d'Arabie ou de Phrygie. Il n'y avait pas de pèlerinage dans ce temps-là; nul ne sortait de son pays pour aller explorer les contrées étrangères; Jason n'avait pas encore construit ses navires et passé la mer pour conquérir la Toison d'Or. Neptune crut bien être prisonnier de guerre, quand il les vit naviguer; Triton aussi dut enrager, et Doris et toutes ses filles; ils pensèrent bien être perdus, tant ils furent ébahis de voir ces nefs ingénieuses qui volaient par la mer, au gré des mariniers.

« Les premiers hommes dont je vous parle ignoraient la navigation. Ils trouvaient dans leur terroir tout ce qui leur semblait bon à chercher; ils étaient tous également riches; simples gens de bonne vie, ils s'aimaient naturellement. Alors l'amour était sans simonie : l'un ne demandait rien à l'autre.

« Cependant, Barat vint, la lance en arrêt,

avec Péché et Malheur qui n'ont cure de Suffisance; Orgueil, qui la dédaigne pareillement, parut avec sa suite : Convoitise, Avarice, Envie et tous les autres vices. Ils firent sortir Pauvreté de l'Enfer, où elle avait tant séjourné que nul ne savait rien d'elle. Maudit soit le jour exécrable où Pauvreté vint sur terre! Elle amena son fils Larcin qui court au gibet pour secourir sa mère, et s'y fait pendre parfois, car sa mère ne peut le défendre, non plus que son père Cœur Failli qui est accablé de deuil; même demoiselle Laverne, la déesse des larrons qui couvre d'une épaisse nuit les péchés et les fraudes, jusqu'à ce qu'ils soient découverts et prouvés à la fin, n'a pas tant pitié de lui, quand on lui met la corde au cou, qu'elle veuille le sauver, si sincère que soit son repentir.

« Bientôt ces maufés, forcenés de rage et d'envie, de voir les hommes heureux, envahirent toute la terre, semant discordes, chicanes, différends et litiges, querelles, disputes, guerres, médisances, haines et rancunes; et comme ils raffolaient de l'or, ils firent écorcher la terre pour tirer de ses entrailles ses trésors cachés, métaux et pierres précieuses. Car Avarice et Convoitise ont logé dans le cœur humain la passion d'acquérir. L'une gagne l'argent, l'autre l'enserre, et jamais l'infortunée ne le dépensera de sa vie, mais elle en fera maîtres et tuteurs ses hoirs ou ses exécuteurs, s'il ne lui arrive pas autre méchef.

« Dès que le genre humain fut en proie à cette bande, il changea sa première façon de vivre; les hommes ne cessèrent de malfaire; ils devinrent faux et tricheurs; ils s'attachèrent aux propriétés, ils partagèrent le sol même, et pour le partage, ils firent des bornes, et souvent en mettant leurs bornes, ils se battaient entre eux s'enlevant ce qu'ils pouvaient; les plus forts eurent les plus grandes parts; et tandis qu'ils couraient à la poursuite du butin, les paresseux pénétraient dans leurs cavernes et leur enlevaient leur épargne.

« Lors il fallut chercher quelqu'un qui gardât les huttes, arrêtât les malfaiteurs et fît justice aux plaignants, et que nul n'osât contester son autorité; lors ils s'assemblèrent pour l'élire. Ils choisirent entre eux un grand vilain, le plus ossu, le plus râblé et le plus fort qu'ils purent trouver, et ils le firent prince et seigneur. Celui-ci jura de garder la justice et de défendre leurs cabanes, si chacun personnellement lui donnait sur ses biens de quoi vivre, et ils y consentirent.

« Il tint longtemps son office. Mais les voleurs pleins d'astuce s'attroupaient quand ils le voyaient seul, et maintes fois, lorsqu'ils venaient dérober le bien d'autrui, ils le malmenaient. Il fallut alors assembler de nouveau le peuple et imposer la taille à chacun, afin de fournir des sergents au prince. Ils se taillèrent alors communément, lui payèrent des rentes et des tributs et lui concédèrent de vastes tènements. C'est là l'origine des rois, des princes terriens : nous le savons par les écrits des anciens qui nous ont transmis les faits de l'antiquité, et nous ne saurions trop leur en avoir d'obligation.

« A ce moment, les hommes amassèrent des trésors. Avec l'or et l'argent, métaux précieux et malléables, ils fabriquèrent de la vaisselle, des monnaies, des agrafes, des anneaux, des ceintures; avec le fer résistant ils forgèrent des armes, couteaux, épées, guisarmes, lances et cottes de maille pour batailler avec leurs voisins. En même temps, ils élevèrent des tours et des lices et des murs à carreaux taillés; ils fortifièrent cités et châteaux et firent de grands palais sculptés, car ceux qui détenaient ces richesses avaient grand' peur qu'elles ne leur fussent dérobées furtivement ou par la force. Ils furent dès lors bien plus à plaindre, ces hommes de malheur, car ils n'eurent plus aucune sécurité, le jour où ils s'approprièrent par cupidité ce qui était commun auparavant comme l'air et le soleil.

« Sans mentir je ne donnerais deux gratte-culs de ces vilains gloutons; peu m'importerait de leur mauvais cœur, qu'ils s'aimassent ou se haïssent, et se vendissent entre eux leur amour. Mais c'est grand sujet de tristesse de voir que les dames aux clairs visages, ces jolies, ces folâtres, qui font le charme des amours légitimes ou non, soient vendues aussi honteusement. C'est chose pénible à concevoir que noble corps puisse se vendre.

« Quoi qu'il en soit, que le jeune homme ne néglige pas d'apprendre les sciences et les arts pour s'attacher son amie. Cela peut lui donner des avantages et ne peut lui nuire en rien. Qu'il écoute bien ce conseil, s'il a une amie jeune ou vieille et qu'il sache qu'elle a l'intention de prendre un autre ami ou l'a déjà cherché : il ne doit pas la gourmander, mais la reprendre affectueusement; et pour ne pas l'éloigner définitivement, s'il la prenait sur le fait, qu'il fasse semblant d'être aveugle et plus simple qu'un buffle, de telle sorte qu'elle croie qu'il ne s'aperçoit de rien.

« Si quelqu'un lui envoie une lettre, il ne doit pas chercher à la lire pour apprendre les secrets qu'elle contient. Qu'il ne contrarie pas sa volonté; qu'elle soit la bienvenue quand elle rentrera à la maison et qu'elle retourne où il lui plaira. Celui qui veut avoir les bonnes grâces d'une femme doit la laisser libre et ne pas la cloîtrer.

« Qu'il n'ajoute pas foi aux rapports qu'on

lui fait contre elle, quelque assurance qu'on lui en donne, mais qu'il dise bien aux rapporteurs que leurs propos sont insensés, que jamais on ne vit plus honnête femme, qu'elle a toujours été vertueuse et qu'elle ne doit pas être soupçonnée. Qu'il ne lui reproche pas ses vices et qu'il ne la frappe point; car celui qui bat sa femme pour lui prouver son amour, quand il veut l'apaiser ensuite, ressemble à celui qui apprivoise son chat en le battant, et puis le rappelle pour le caresser; si le chat peut s'enfuir, il aura du mal à le reprendre.

« Que le mari reste impassible si sa femme le bat ou l'injurie; même si elle devait le déchirer avec ses ongles, qu'il ne se défende pas, mais la remercie et lui dise que le plus cher de ses vœux serait de vivre en tel martyre, s'il savait que son service lui plût, et qu'il mourrait plutôt que de vivre sans elle.

« S'il arrive qu'irrité de sa fierté, de ses réprimandes ou de ses menaces, il se laisse aller à lever la main sur elle, aussitôt après, pour faire la paix, qu'il se livre au jeu d'amour.

« Le pauvre surtout est tenu d'aimer sagement et de souffrir très humblement sans manifester chagrin ni colère, quoi que sa femme dise ou fasse. Le riche ne donnerait deux pois chiches de son orgueil et de son obstination et pourrait bien la malmener, mais le pauvre s'exposerait à être abandonné, sous le plus mince prétexte, s'il ne s'évertuait à plier devant elle.

« Dans le cas où l'homme voudrait commettre des infidélités, mais sans hasarder de perdre son amie en s'attachant à une autre, voici la conduite qu'il doit tenir : s'il donne à sa nouvelle amie un couvre-chef ou une touaille, chapeau, anneau, fermail, ceinture ou bijou quelconque, qu'il prenne garde que l'autre ne le sache; quand elle les verrait porter à sa rivale, rien ne pourrait la consoler. Qu'il se garde de lui donner rendez-vous dans un lieu où la première a coutume de venir, car si celle-ci venait pour surprendre la seconde, le mal serait sans remède : nul vieux sanglier hérissé, quand il est bien excité par les chiens, n'est si furieux, ni lionne n'est si désespérée ni si féroce, quand le veneur l'attaque allaitant ses petits, ni nul serpent si perfide, quand on lui marche sur la queue, qu'une femme qui trouve son ami avec une nouvelle amie.

« Si elle n'a pu le prendre sur le fait, mais est toutefois jalouse parce qu'elle sait ou croit être trompée, que l'ami n'hésite pas à nier tout et le jure sans scrupule. Puis sur-le-champ qu'il lui fasse subir le jeu d'amour, et il sera quitte de ses clameurs.

« Si elle le presse tant qu'il soit forcé de reconnaître le fait et ne sache pas mentir, il doit s'employer à lui persuader qu'il le fit à son corps défendant, car l'autre le serrait de si près et le harcelait tant qu'il ne put lui échapper, tant qu'ils se soient ébaudis ensemble, mais cela ne lui advint qu'une fois. Qu'il jure alors et s'engage et promette que jamais il ne recommencera. Puis il doit la serrer dans ses bras et lui crier merci; après quoi, s'il veut être pardonné, qu'il fasse la besogne d'amour.

« Qu'il se garde de se vanter de ses bonnes fortunes. Beaucoup s'attribuent des faveurs qu'ils n'ont pas reçues. Ils diffament ainsi à grand tort celles qu'ils nomment. La vantardise est un vilain vice. Ces sortes de hâbleurs sont des sots, car ils devraient au contraire taire leurs aventures, si elles étaient véritables. Amour veut celer ses joyaux et ne doit les découvrir qu'à des amis sûrs.

« Si l'amie tombe malade, l'ami doit redoubler de prévenances, afin qu'elle lui en sache gré ensuite; qu'il se garde de paraître ennuyé de la longueur de la maladie; qu'il demeure sans relâche auprès d'elle et la baise en pleurant. Il doit, si elle y consent, vouer à Dieu maint lointain pèlerinage. Qu'il ne lui défende pas de manger; mais ne lui donne pas de choses amères, ni rien qui ne soit doux et tendre. Il doit feindre des songes, tous farcis d'inventions et de fables plaisantes : qu'il raconte, par exemple, que le soir, quand il se couche, tout seul dans sa chambre, et qu'il sommeille un peu (ce qui lui arrive rarement), il lui semble qu'elle est tout à fait guérie, et qu'il est couché avec elle dans un lieu délectable et qu'il la presse voluptueusement toute nue entre ses bras.

« Or je vous ai jusqu'ici exposé comment doit se comporter envers les femmes, soit dans la maladie, soit dans la santé, celui qui veut gagner leurs faveurs, et les voir persévérer dans leurs bons sentiments qui changeraient vite, s'il ne mettait pas tout son zèle à faire ce qui leur plaît; la femme ne sera jamais si sage ni constante qu'un homme puisse être sûr de la tenir, quelque attention qu'il y apporte, non plus que s'il tenait en Seine une anguille par la queue, car il ne peut empêcher qu'elle ne se secoue, si bien qu'elle est vite échappée. Telle bête n'est pas apprivoisée qui est toujours prête à fuir; elle est si changeante que nul ne doit s'y fier.

« Je ne dis pas cela pour les femmes vertueuses. Je n'en ai rencontrée aucune, bien que j'en aie observé un grand nombre. Salomon lui-même, malgré sa grande expérience, ne les a pas trouvées, car il affirme qu'il ne vit jamais de femme ferme. Si vous vous donnez la peine d'en chercher une, et si vous la trouvez, prenez-la : vous aurez une amie d'élite qui sera vôtre entièrement; si elle n'a le loisir de chercher à se pourvoir ailleurs, ou si elle ne trouve pas de soupirant, telle femme se rend à Chasteté.

« Mais je veux dire encore un mot avant de laisser mon sujet. Ma recommandation s'applique à toutes les pucelles, quelles qu'elles soient, belles ou laides, dont on veut conserver l'amour. Le séducteur doit donner à entendre à toutes qu'on ne peut leur résister, tant on est ébahi de leur charme et de leur beauté : il n'est femme si honnête, si chaste ou si religieuse qu'elle soit, vieille ou jeune, mondaine ou nonne, qui ne se délecte en oyant louer sa beauté. Serait-elle laide, qu'il jure qu'elle est plus belle que fée; qu'il n'hésite pas; elle le croira aisément, car il n'en est pas qui ne se croie assez belle pour être aimée.

« Les femmes n'ont cure d'être enseignées; elles ont l'esprit bâti de telle manière qu'elles sont bien convaincues qu'elles n'ont nul besoin d'apprendre leur métier, et nul, s'il ne veut leur déplaire, ne doit leur donner de leçons. Ainsi que le chat sait par nature la science de prendre les souris et ne peut en être détourné, car il est né avec cet instinct, ainsi la femme est persuadée, au milieu de tous ses excès, soit en bien soit en mal, à droit ou à tort, de ne faire nulle chose qu'elle ne doive, et cet instinct, elle ne l'a pas acquis à l'école, mais elle le tient de naissance. Et qui voudrait la corriger ne jouirait jamais de son amour.

« Ainsi, compain, si vous pouviez avoir votre

précieuse Rose, quand vous la posséderez, en grande joie, comme vous en avez l'espérance, gardez-la bien ainsi que l'on doit garder telle fleur. »

IX

L'Amant réconforté se dirige vers le château. — Rencontre de Richesse. — Elle lui décrit la terre de la Faim et la ruine des amants prodigues. — Elle lui refuse le passage de Trop Donner. — Amour apparaît à l'Amant qui lui demande pardon d'avoir douté de lui et lui promet de vivre et mourir sous sa loi. — Amour mande sa baronnie pour assiéger la forteresse. — Comment Barat engendra Faux Semblant. — Les chantres de l'amour : Tibulle, Ovide, Guillaume de Lorris. — Amour annonce la naissance future de Jean de Meun. — Conseil des barons. — Défection de Richesse. — Faux Semblant offre ses services au dieu d'Amour qui les accepte.

Ainsi Ami me réconforta, et il me sembla bien qu'il en savait plus que Raison. Mais avant qu'il eût terminé son entretien, Doux Penser et Doux Parler revinrent, qui demeurèrent alors près de moi et ne me quittèrent plus. Ils n'amenaient pas avec eux Doux Regard : je ne les en blâmai pas, car je savais bien que c'était impossible.

Je pris congé et m'en allai, m'ébattant, en aval dans le pré enluminé de fleurs, et écoutant les oiselets. Une chose m'ennuie : Amour m'a recommandé que j'évite le château et que je n'aille pas jouer aux alentours; je ne sais si je pourrai me tenir d'y aller, car je le voudrai sans cesse.

M'écartant de la droite, je m'acheminai à gauche pour chercher le plus court chemin : si je l'avais trouvé, je m'y serais élancé, à moins qu'on ne m'en ait empêché, pour délivrer l'aimable Bel Accueil. Dès que je verrai le côté le plus faible du château et que les portes seront ouvertes, j'aurai bien le diable au ventre si je n'y pénètre : alors Bel Accueil sera libre. Mais il me fallait tout d'abord m'engager dans le bon chemin.

Je m'éloignai quelque peu du château. Je pensais à la Rose, lorsque je vis dans un endroit délicieux, tout auprès d'une petite fontaine, une belle dame et son ami à côté d'elle; ils étaient assis à l'ombre d'un orme. Je ne sais pas le nom de l'ami qui était magnifiquement vêtu, mais la dame, qui était très noble, avait nom Richesse. Elle gardait l'entrée d'un sentier.

Je les saluai en m'inclinant; ils me rendirent aussitôt mon salut. Je leur demandai le chemin de Trop Donner. Richesse me répondit avec quelque hauteur :

« Voici le chemin, je le garde.

— Ah! dame, m'écriai-je, dans ce cas, je vous prie de me permettre de passer par là pour aller au château nouvellement construit par Jalousie.

— Hé, vassal, pas si vite, repartit la dame, je ne vous connais pas. Vous n'êtes pas encore des miens. Il vous faudra peut-être attendre plus de dix ans pour y entrer. Nul, s'il n'est de mes privés, n'y pénètre. Je les y laisse caroler, danser et baller à leur aise; ils mènent là une vie assez joyeuse, mais qui ne tente pas le sage. Il y a là toutes sortes de réjouissances, trèches, espingueries, concerts de tambours et de violes, chants de rotruenges, jeux de dés, festins exquis et plantureux; valets et demoiselles, réunis par de vieilles maquerelles vont se promenant par les prés, les jardins et les bosquets, plus enjoués que des papegauts; de là, couronnés de fleurs, ils se rendent à l'hôtel de Folle Largesse où ils trouvent des cuves toutes prêtes et se baignent ensemble. Folle Largesse leur vend cher son hospitalité et ses services; elle lève sur eux un si lourd tribut qu'ils sont contraints à vendre leurs terres pour le payer; et en ce mauvais point où elle les met, ils peuvent difficilement guérir. Je les y conduis à grande joie, mais Pauvreté qui grelotte toute nue les accompagne au retour : j'ai l'entrée et elle l'issue. Après je ne m'occupe plus d'eux, tant soient-ils sages et lettrés, et je les envoie au diable. Je ne dis pas que s'ils se réconciliaient avec moi (mais c'est là une grosse affaire), je laisserais de les y ramener toutes les fois qu'il leur plairait, mais sachez qu'ils s'en repentent à la fin d'autant qu'ils y ont plus été, et ils rougissent de venir me voir, et leur désespoir est si grand que peu s'en faut qu'ils ne se cassent la tête.

« Je vous assure que si vous y mettez les pieds, vous vous en repentirez plus tard. Si Pauvreté peut avoir raison de vous, elle vous fera languir sur la paille et mourir de privations. La Faim fut jadis sa chambrière et la servit si bien que Pauvreté en récompense lui enseigna toute malice, et la fit maîtresse de Larcin, le fripon qu'elle nourrit de son lait. Si vous voulez savoir sa manière de vivre, Faim demeure aux confins d'Ecosse, dans un champ pierreux et inculte où ne croissent blés ni buissons; elle en arrache aux dents et aux ongles les rares herbes sauvages qui poussent à travers des monceaux de cailloux.

Elle est longue et maigre, faible et chancelante, faute de pain; elle a les cheveux hérissés, les yeux creux et renfoncés, le visage pâle, la lèvre sèche et les joues toutes rouillées. On pourrait presque voir ses entrailles sous sa peau racornie; les os vidés de moelle lui saillent par les flancs, et elle n'a, semble-t-il, du ventre que la place, car il se creuse à ce point que la poitrine lui pend sur l'échine; la maigreur lui a effilé les doigts : elle a les genoux pointus et les talons hauts et décharnés. La plantureuse Cérès, déesse des blés, ne chemine pas par là, non plus que celui qui conduit ses dragons, Triptolème. Les Destins ne se soucient pas de rapprocher la déesse de l'Abondance et la malheureuse Faim.

« Mais vous connaîtrez assez tôt cette contrée quand Pauvreté vous tiendra, si vous voulez aller de ce côté pour vous livrer à l'Oisiveté, car on va vers Pauvreté par une autre voie que celle que je garde : on peut y aller par une vie de paresse et de fainéantise. Et s'il vous plaisait de passer par ce chemin-là pour assaillir le château fort, vous pourriez bien manquer de le prendre.

« Mais je crois être sûre que vous connaîtrez Faim prochainement, car Pauvreté en sait le chemin par cœur. Et sachez que Faim est si empressée envers sa dame, quoiqu'elle ne l'aime guère, qu'elle vient tous les jours la voir, et va s'asseoir auprès d'elle et la prend par le menton et l'embrasse tristement. Puis elle tire l'oreille de Larcin qui dort, et l'éveillant, se penche vers lui avec angoisse et l'endoctrine sur les moyens de pourvoir à leur nourriture. Et Cœur Failli approuve, tout en songeant à la corde, ce qui fait hérisser tout son poil de la crainte que son fils Larcin ne soit pendu, si on le prend à voler. »

Richesse ajouta : « Mais vous n'entrerez pas ici; cherchez votre chemin ailleurs, car vous ne m'avez pas assez servie pour mériter mon amour.

— Dame, lui dis-je, si je le pouvais, je voudrais gagner vos bonnes grâces. Aussitôt j'irais tout droit délivrer Bel Accueil qui est emprisonné là-bas. Accordez-moi cette faveur, s'il vous plaît.

— Je vous entends, répondit-elle, je vois que vous n'avez pas encore vendu tout votre bois; vous avez réservé un *fou;* nul ne peut vivre sans fou, tant qu'il suit Amour. Raison sut bien vous l'enseigner, mais ne put vous guérir de votre sottise. Sachez que ce fut une cruelle erreur de ne pas la croire; et depuis que vous aimez, vous n'avez aucune considération pour moi. Les amants ne veulent pas m'estimer, mais ils s'efforcent de rabaisser mes biens quand je les leur donne, et, d'autre part, ils les gaspillent. Où, diable, pourrait-on prendre tout ce qu'un amant voudrait dépenser? Fuyez d'ici, laissez-moi tranquille! »

Comme je vis qu'il n'y avait rien à faire, je partis sur-le-champ. La belle demeura avec son ami. Pensif et décontenancé, je m'en allai par le jardin délicieux, mais j'y trouvai peu de plaisir, car ma pensée était ailleurs. Je songeais sans trêve à la manière de remplir mes devoirs parfaitement et sans feinte envers le dieu d'Amour.

Je m'en tins aux conseils d'Ami; j'honorai Malebouche partout où je le trouvai; je fis force politesses à tous mes autres ennemis, et les servis de tout mon pouvoir. Je ne sais si je méritai leur gratitude, mais je souffrais de n'oser approcher de l'enceinte, car je voulais toujours y aller. Je fis ainsi ma pénitence, longtemps, avec quelle conscience, Dieu le sait! Car je faisais une chose et pensais le contraire. Il me fallait pratiquer la trahison et la duplicité pour arriver à mes fins. Jusque-là je n'avais jamais été traître, et nul ne m'en a incriminé encore.

Quand Amour m'eut bien éprouvé, et quand il vit que j'étais envers lui loyal comme je devais l'être, il apparut et il me mit la main sur la tête, en souriant de ma mésaventure (comme dieu il savait tout mon fait); il me demanda si j'avais fait tout ce qu'il m'avait demandé, comment j'allais et ce qu'il me semblait de la Rose qui avait pris mon cœur.

« Tous mes commandements sont-ils exécutés, ainsi que le doivent les vrais amants à qui je les donne?

— Je ne sais, sire, mais je les ai observés le plus fidèlement que j'ai pu.

— Bien, mais tu es trop changeant; ton cœur manque de fermeté. Tu doutes, je le sais. L'autre jour tu voulus m'abandonner, et peu s'en fallut que tu ne me refusasses mon hommage; tu t'es plaint douloureusement d'Oiseuse et de moi-même; tu disais encore que la science divinatoire d'Espérance n'était pas sûre, et tu te tenais pour fou naïf de te mettre à mon service, et tu t'accordais avec Raison. N'étais-tu pas sujet rebelle?

— Sire, pardon, je m'en suis confessé. Vous savez que je ne m'enfuis pas. Raison vint à moi, et ne me tint pas pour sage; elle me sermonna longuement, croyant bien, par son prêche, me détourner du service que je vous dois. Quelque pressante qu'elle fût, je ne l'ai pas crue. Mais, pour ne pas mentir, elle me fit douter: il n'y a rien de plus. Jamais Raison ne me décidera à faire quelque chose contre vous, tant que mon cœur sera vôtre, c'est-à-dire jusqu'à ce qu'il me soit arraché du corps. Je me sais mauvais gré d'avoir prêté l'oreille aux propos de Raison et d'avoir douté de vous; je vous prie de me pardonner, car je veux pour amender ma vie, sans jamais suivre Raison, vivre et mourir dans votre loi, comme il vous plut de me le prescrire. Jamais vos préceptes ne seront effacés de mon cœur. Qu'Atropos m'accorde la grâce de trépasser en faisant votre besogne. Que ceux qui devront me pleurer, quand ils me verront mort de telle sorte, puissent dire : « Beau doux ami, qui t'es mis en ce point, cette mort est vraiment digne de la vie que tu as menée ».

— Par mon chef, tu parles en sage. Je vois maintenant que je n'ai pas perdu mon temps en recevant ton hommage. Tu n'es pas de ces renégats, de ces larrons qui se parjurent, quand ils ont fait ce qu'ils désiraient. Tu es intègre. Puisque tu navigues si bien, ta nef viendra à bon port, et je te pardonne ta négligence, mais en guise de *confiteor*, je veux, avant que nous fassions la paix, que tu me rappelles mes dix commandements.

— Volontiers. Je dois fuir Vilenie; ne pas médire; donner et rendre les saluts; ne pas dire de grossièretés; en tous temps travailler à honorer toutes les femmes; éviter l'orgueil; être élégant; me tenir gai et joyeux; m'appliquer à être large; en un seul lieu mettre mon cœur.

— Tu sais bien ta leçon. Je ne suis plus en défiance. Comment vas-tu?

— Je vis dans la souffrance; mon cœur est quasi mort.

— N'as-tu plus les trois Consolations?

— Nenni. Doux Regard est absent, qui a coutume d'être l'antidote de ma douleur. Toutes trois sont parties, et par leur faute ma tristesse est revenue.

— N'as-tu pas Espérance?

— Oui, sire, elle ne m'abandonne pas, car l'Espérance, une fois qu'on y croit, vous demeure longtemps fidèle.

— Bel Accueil, qu'est-il devenu?

— Il est captif, le noble Bel Accueil que j'aimais tant.

— Ne t'afflige pas; il fera ta volonté plus que jamais. Puisque tu me sers fidèlement, je veux incontinent mander mes gens pour assiéger le château fort. Mes barons sont robustes et agiles. Avant que nous ayons levé le siège, Bel Accueil sera mis hors de prison.»

Le dieu d'Amour, sans tarder, mande par lettre toute sa baronnie. Il prie les uns, ordonne aux autres de venir à son parlement. Nul ne s'excusa, tous accoururent, et chacun fut prêt à faire la volonté de son seigneur, selon ses moyens. Je les nommerai brièvement au hasard : Dame Oiseuse la gardienne du Jardin qui portait la plus grande bannière, Noblesse de Cœur, Richesse, Franchise, Pitié, Largesse, Hardement, Honneur, Courtoisie, Délice, Simplesse, Compagnie, Sûreté, Déduit, Liesse, Joyeuseté, Beauté, Jeunesse, Humilité, Patience, Bien-Celer; enfin Abstinence Contrainte qui amenait avec elle son fils Faux Semblant.

Tous étaient avec leurs hommes : ils ont tous le cœur généreux, excepté Abstinence Contrainte et Faux Semblant à la mine feinte : quelques dehors qu'ils affectent, ceux-ci ont Barat dans le sang, car Faux Semblant qui s'insinue dans le cœur des gens, fut engendré de Barat; sa mère a nom Hypocrisie, la larronnesse qui trahit mainte contrée sous l'habit religieux.

Quand le dieu d'Amour l'aperçut :

« Qu'est-ce? dit-il, ai-je rêvé? Dis, Faux Semblant, par le congé de qui es-tu en ma présence ? »

A ces mots, Abstinence Contrainte se précipite et prend Faux Semblant par la main.

« Sire, dit-elle, je l'amène avec moi; je vous prie que cela ne vous déplaise. Il m'a honorée et fait beaucoup de bien; il est mon soutien et ma consolation. Sans lui, je fusse morte de faim : aussi ne devez-vous pas me blâmer. Bien que Faux Semblant ne veuille aimer personne, il m'est utile qu'il soit aimé et tenu pour saint et prud'homme. Il est mon ami, et je suis sa mie.

— Soit ! » dit le dieu. Et là-dessus il adresse à tous un bref discours.

« Je vous ai fait venir ici, dit-il, pour vaincre Jalousie qui opprime les amants et a dressé contre moi ce château : elle l'a muni de hourds redoutables. Il conviendra de batailler rudement avant qu'il soit pris par nous. Je suis très affligé qu'elle y ait enfermé Bel Accueil qui procurait tant d'avantages à nos amis; s'il n'en sort promptement, je serai en fort mauvais point. Déjà Tibulle m'a été ravi, qui connaissait si bien mes titres : à sa mort je brisai mes arcs et mes flèches, jetai mon carquois, et je traînai sur son tombeau mes pauvres ailes rompues tant je les avais battues dans mon désespoir, et ma mère pleura tant qu'elle fut près de rendre l'âme : il n'est nul qui ne fût ému de compassion en nous voyant verser tant de larmes. Nous eussions bien besoin de Catulle et d'Ovide qui surent si bien traiter de l'amour, mais chacun d'eux gît pourri sous la lame.

« Voici Guillaume de Lorris à qui Jalousie son ennemie a fait endurer tant d'alarmes qu'il est en péril de mort, si on ne se hâte de le secourir. Celui-là me conseillerait volontiers, comme un homme qui m'est tout dévoué, et ce serait justice, car c'est pour lui-même que nous nous donnâmes la peine d'assembler tous nos barons, afin de tirer Bel Accueil de captivité. Mais il n'est pas, dit-on, si sage; ce serait très grand dommage, si je perdais ce loyal serviteur, quand je peux et dois le secourir, car pour ses fidèles services il a bien mérité que j'entreprenne d'abattre cette tour et ces murailles, et d'assiéger ce château avec toute ma puissance. Il doit me servir encore plus, car pour avoir mes bonnes grâces, il doit commencer le roman où seront mis mes commandements, et il le fournira jusqu'au point où il fera dire à Bel Accueil qui languit injustement dans sa prison : « Je crains que vous ne m'ayez oublié. Ah! Bel Accueil, rien ne me consolera, si je perds votre bienveillance, car je n'ai confiance en nul entre autre qu'en vous. » Ici se reposera Guillaume, duquel le tombeau soit plein de baume, d'encens, de myrrhe et d'aloès, tant il m'a servi et tant il m'a loué.

« Puis viendra Jean Clopinel, au cœur gaillard, au corps agile qui naîtra à Meun-sur-Loire et qui me servira toute sa vie : il sera si sage qu'il n'aura cure de Raison qui hait et condamne mes douceurs. Et s'il advient qu'il faille en quelque chose, car il n'est homme qui ne pèche, il aura été si loyal envers moi que toujours, au moins à la fin, quand il se sentira coupable, il se repentira de ses torts et ne voudra plus me tromper.

« Le roman lui sera si cher qu'il le voudra parachever, car quand Guillaume cessera, Jean le continuera plus de quarante ans après sa mort jusqu'à tant qu'il ait cueilli la belle rose sur la branche verte et feuillue, et qu'il soit jour et qu'il s'éveille. Puis il expliquera le songe, afin que rien n'y demeure caché.

« Si ceux-là avaient pu, ils m'eussent conseillé, mais la chose ne peut être, puisque l'un est mort et que l'autre n'est pas encore né. L'entreprise est si difficile, que quand Jean sortira d'enfance, si je ne viens à lui tout empenné pour lui lire votre sentence, j'ose vous le garantir, il n'en pourra jamais venir à bout.

« Et comme il pourrait se faire que ce Jean qui est à naître en fût empêché, ce qui serait deuil et dommage aux amoureux, car il leur fera beaucoup de bien, je prie Lucine, la déesse d'enfantement, qu'elle donne qu'il naisse sans encombre, de sorte qu'il puisse vivre longuement. Et quand après, Jupiter le tiendra en vie et qu'il devra être abreuvé, dès avant qu'il soit sevré, de ses deux tonneaux dont l'un est doux et clair, et l'autre amer et trouble, et qu'il sera mis au berceau, parce qu'il est mon bon ami, je le couvrirai de mes ailes et l'endoctrinerai de ma science : je lui chanterai des chansons qu'il publiera, sitôt qu'il sera grand, à haute voix, par tous les carrefours et dans toutes les assemblées du royaume, selon le langage de France, de sorte que jamais ceux qui entendront nos paroles, s'ils les croient, ne mourront du doux mal d'aimer : car ce livre contiendra tant d'enseignements que tous devraient l'appeler le *Miroir des Amoureux*, à condition toutefois qu'on n'ajoute pas foi à ce que dira Raison la pauvrette, la dégoûtée.

« C'est pourquoi j'ai recours à vous qui êtes mes conseillers. Je vous supplie à mains jointes que ce douloureux Guillaume, qui s'est si bien conduit à mon égard, soit secouru et réconforté; et si je ne vous priais pour lui, certes, je devrais vous prier au moins pour Jean, afin de le soulager et qu'il écrive plus facilement, que vous lui fassiez cet avantage, car il naîtra, j'en suis prophète, et pour les autres qui viendront, qui dévotement s'appliqueront à observer mes préceptes consignés dans le livre, afin qu'ils puissent triompher des machinations de Jalousie et mettre en pièces tous les châteaux qu'elle osera dresser.

« Dites-moi ce que nous aurons à faire, comment nous ordonnerons notre ost, de quel côté nous pourrons leur causer plus de dommages, afin de détruire la forteresse au plus tôt. »

Les paroles d'Amour furent bien accueillies des barons. Ils se consultèrent, émirent divers avis; plusieurs échangèrent des vues opposées; à la fin tous s'accordèrent sur la réponse à faire. Après quoi ils en firent part au dieu d'Amour.

« Sire, font-ils, nous sommes entendus, à l'exception de Richesse qui a fait le serment de ne jamais assiéger la forteresse ni d'y porter, a-t-elle dit, le moindre coup de dard, de lance, ou de hache. Elle désapprouve notre entreprise; elle a quitté notre armée, au moins pour cette affaire, tant elle a en mépris ce jeune homme : elle le blâme et lui fait mauvaise mine, parce que, dit-elle, il n'a jamais tenu à elle. Elle prétend qu'avant-hier il lui demanda la permission d'entrer dans le sentier appelé Trop Donner; mais parce qu'il était pauvre, elle lui refusa l'entrée. Depuis, nous a-t-elle dit, il n'a pas travaillé pour recouvrer un seul denier. Ce que Richesse nous ayant opposé, nous nous sommes accordés sans elle.

« Nous sommes convenus que Faux Semblant et Abstinence, avec tous ceux de leur bannière, attaqueront la porte de derrière que Malebouche défend avec ses Normands que le feu d'enfer arde. Courtoisie et Largesse montreront leur valeur contre la Vieille qui tient Bel Accueil sous son autorité tyrannique. Après, Volupté et Bien Celer iront assommer Honte; ils lanceront leur ost sur elle et assiégeront sa porte. A Peur, on opposera Hardement avec Sûreté : ils l'attaqueront avec leurs gens qui ignorent ce que c'est que la fuite. Franchise et Pitié se présenteront contre Danger. Nos dispositions sont maintenant suffisamment prises. Si chacun est diligent, le château sera bientôt mis en pièces. Pour assurer notre succès, il serait bon que Vénus votre mère fût présente, car elle est savante dans l'art de prendre les forteresses, et sans elle, il n'y aura rien de fait.

— Seigneurs, ma mère la déesse n'est pas complètement à ma dévotion; elle ne fait pas tout ce que je désire. Elle a coutume, cependant, d'accourir, quand il lui plaît, pour m'aider à achever mes besognes, mais je ne veux pas la fâcher; elle est ma mère, je la crains depuis mon enfance, et lui porte grand respect. Toutefois nous saurons bien la mander quand nous en aurons besoin. Si elle était dans les environs, elle viendrait vite, et je crois que rien ne la retiendrait. Ma mère est de très grande prouesse; elle a pris, en mon absence, mainte forteresse qui coûtait plus de mille besants; on mettait la victoire à mon compte; mais je n'y fusse pas entré, et telle prise sans moi ne me plut jamais, car il me semble que ce n'est là que trafic et marchandise. Celui qui achète un destrier cent livres, les paie, et il est quitte; il ne doit rien au marchand, et celui-ci ne lui doit rien non plus. C'est une vente, et non un don. Une vente n'est pas une grâce; elle ne dépend ni de la faveur, ni des mérites, car quand l'acheteur a mis son destrier dans l'étable, il peut le revendre, et retrouver son capital ou son bénéfice; au moins il ne perd pas tout : au besoin il se rattraperait sur le cuir, de quoi il pourrait avoir quelque chose, ou bien il tient au cheval et le garde pour chevaucher. Mais le marché dont Vénus veut se mêler est pire; car nul n'y saura tant mettre qu'il n'y perde à la fois son argent et ce qu'il achète : et le vendeur a tout, l'avoir et le prix. L'acheteur ne pourra empêcher que pour donner autant ou plus, un étranger survenant, qu'il soit Breton, Anglais ou Romain, n'en ait autant que lui; il peut même avoir la marchandise pour rien, s'il sait payer en bourdes. Ces chalands sont de pauvres fous d'acheter sciemment une chose en pure perte et qui ne pourra leur demeurer, quelques efforts qu'ils fassent.

« Cependant ma mère n'a pas coutume de payer; elle n'est pas si folle de s'entremettre de tel vice; mais sachez bien que tel la paie qui s'en repent après, quand Pauvreté le tourmente, bien qu'il ait été disciple de Richesse. Richesse a beaucoup d'attentions pour moi quand elle veut ce que je veux. Mais, par sainte Vénus ma mère et par Saturne son vieux père qui l'engendra déjà fillette, mais non pas de son épouse, je veux vous faire un serment, foi que je dois à tous mes frères, dont nul ne sut nommer les pères, tant il y en a; je prends la palud d'enfer à témoin, et jure de ne boire piment devant une année, si je mens, car vous savez la coutume des dieux : qui se parjure, après avoir invoqué le Styx, ne doit boire le divin piment avant que l'an soit passé.

« Or c'est assez jurer : puisque Richesse me fait défaut, je pense lui vendre cher son abstention; elle le paiera, si elle ne prend au moins l'épée ou la guisarme. Puisqu'elle m'a abandonné, alors qu'elle savait que je devais attaquer le château, elle vit pour son malheur se lever le jour d'aujourd'hui! Si je puis prendre un riche homme, vous me le verrez lui imposer un tel tribut qu'il n'aura pas assez de marcs et de livres pour s'acquitter avant longtemps. Je gaspillerai ses deniers jusqu'à en tarir la source. Nos pucelles le plumeront si bien qu'il sera nu comme la main, et s'il ne se défend bien, elles le réduiront à vendre ses terres.

« Les pauvres ont fait de moi leur maître; bien qu'ils n'aient de quoi me nourrir, je ne les ai pas en mépris; celui qui les dédaigne n'est pas prud'homme. Richesse vorace et gloutonne les traite honteusement, les chasse et les rebute. Mais ils aiment mieux que ne font les riches, les avares, les possédants, les pincemailles; ils sont, foi que je dois à mon aïeul, plus serviables et plus loyaux : il me suffit largement de leur bon cœur et de leur bonne volonté; ils ont mis en moi toute leur pensée; je suis obligé de songer à eux. Je les mettrais tôt en un rang élevé, si j'étais dieu des richesses, tant j'ai pitié de leurs clameurs. Il convient que je secoure celui qui se peine tant de me servir, car s'il mourait du mal d'amour, on dirait qu'il n'y a pas d'amour en moi.

— Sire, font les barons, ce que vous dites est la vérité. Votre serment touchant les riches est bon et légitime, et digne d'être tenu. Ainsi en sera-t-il, nous en sommes certains. Si les riches vous font hommage, ils ne seront pas raisonnables, car vous ne vous parjurerez pas, et vous ne subirez pas la peine d'être privé de boire le piment. Les dames leur broieront telle moutarde, s'ils tombent entre leurs mains, que ce sera un désastre pour eux. Les dames sont si courtoises qu'elles s'acquitteront bien de la tâche; elles leur en diront de toutes les couleurs, et vous serez bien payé. Reposez-vous sur elles : elles leur en conteront tant, les accableront de tant de requêtes, en leur prodiguant perfidement flatteries, baisers et caresses, que, s'ils les écoutent, ils y perdront leurs terres, leurs maisons et leurs meubles.

« Or commandez ce qu'il vous plaira; nous le ferons à tort ou à raison. Mais Faux Semblant n'ose vous offrir ses bons offices, car il dit que vous le haïssez, et il craint que vous ne vouliez le honnir; aussi nous vous prions, beau sire, d'oublier votre ressentiment, et de l'admettre en votre baronnie avec son amie Abstinence. Voilà ce dont nous sommes convenus ensemble. »

— Je l'octroie, dit Amour; que désormais il soit de ma cour. Çà, qu'il avance. »

Faux Semblant accourut aussitôt.

« Faux Semblant, dit Amour, tu seras mon homme maintenant, à condition que tu aides tous nos amis et que tu ne nuises à aucun d'eux, mais pense à les favoriser, et que tu fasses à nos ennemis le plus de mal possible. Je te donne tes pouvoirs : tu seras roi des ribauds : ainsi le veut notre chapitre. Certainement tu es un traître avéré, et un larron énorme : tu t'es mille fois parjuré. Aussi je veux que publiquement, pour ôter nos gens de doute, tu indiques, au moins en gros, où ils seront sûrs de te trouver, quand ils auront besoin de toi, et comment l'on te reconnaîtra, car il faut être très avisé pour t'apercevoir. Dis-moi en quels lieux tu as ta résidence?

— Sire, j'ai diverses demeures que je ne tiens pas à vous indiquer, si vous voulez bien me dispenser de le faire, car, à vrai dire, je puis y avoir honte et dommage : si mes compagnons le savaient, ils me détesteraient et me causeraient des ennuis, car je connais leur méchanceté : ils veulent taire la vérité qui leur est désagréable, et ils ne désirent pas l'entendre. Il pourrait m'en cuire, si je disais d'eux quelque parole qui leur déplût. Les mots qui les piquent ne leur font pas plaisir, même quand ils viennent de l'évangile qui leur reproche leur fausseté. Si je dis quelque chose d'eux, votre cour ne sera pas si fermée qu'ils ne l'apprennent, tôt ou tard. Je ne me méfie point des prud'hommes, car ils ne prendront pas pour eux ce que je dirai. Mais celui que mes paroles toucheront, se tiendra pour suspect de vouloir mener la vie de Barat et d'Hypocrisie qui m'engendrèrent et me nourrirent.

— Ils firent une belle besogne, dit Amour, car ils engendrèrent le diable. Quoi qu'il en soit, il convient que tu dises où tu demeures, incontinent, devant tous nos hommes, et que tu nous découvres ta vie, que tu nous déclares ce que tu fais et qui tu sers, puisque tu t'es jeté parmi nous. Et si tu es battu pour avoir dit la vérité (chose qui t'arrive assez peu), tu ne seras pas le premier.

— Sire, puisque tel est votre plaisir, je ferai votre volonté, dussé-je y trouver la mort. »

X

Discours de Faux Semblant. — Critique des Ordres Mendiants. — Le travail obligatoire : exemple de saint Paul. — Cas où la mendicité est permise. — L'exil de

Guillaume de Saint-Amour. — Les Pharisiens. — Brigues et complots. — Les puissants flattés et les scélérats absous. — L'Évangile Eternel devant l'Université de Paris. — Faux Semblant est nommé roi des ribauds.

Faux Semblant, sans plus attendre, commence alors son discours :

« Barons, écoutez mon avis : si l'on veut connaître Faux Semblant, il faut le chercher dans le monde et dans le cloître. C'est là seulement que j'ai ma résidence, mais de ces lieux je m'héberge principalement dans le second, où je pense mieux me dissimuler : sous le plus humble vêtement, la cachette est plus sûre; les religieux sont bien couverts, les séculiers sont plus vite percés. Je ne veux pas dire du mal des ordres, quelque habit qu'ils portent. Jamais je ne blâmerai les religieux sincères, toutefois je ne les aimerai. Je parle des faux religieux, des félons, des malins qui veulent bien vêtir le froc, mais ne veulent dompter leur cœur. Les vrais religieux sont tous simples et doux, vous n'en verrez nul arrogant; ils n'ont cure de s'abandonner à l'orgueil; tous veulent vivre humblement. Avec telles gens je ne demeurerai pas; je pourrais bien prendre leur habit, mais j'aimerais plutôt être pendu que de changer mes habitudes, quelques dehors que j'affecte. Je fréquente les orgueilleux, les rusés, les astucieux qui convoitent les honneurs mondains, entreprennent les grandes affaires, vont quêtant les larges pitances, et recherchent l'amitié des puissants : ils feignent d'être pauvres et vivent dans les délices, mangeant les bons morceaux et buvant les bons vins; ils enseignent la pauvreté et pêchent les richesses à la seine et au tramail. Ils ne sont dévôts ni purs; ils présentent au monde un raisonnement spécieux : celui-ci porte l'habit religieux, donc il est religieux. Cet argument ne vaut pas un couteau de bois blanc. La robe ne fait pas le moine; cependant nul, si bon dialecticien qu'il soit, n'y sait répondre et n'ose dénoncer la fraude.

« Quoi qu'il en soit, où que j'aille et quelque contenance que je prenne, je n'ai d'autre dessein que de tromper et barater; de même que Dan Tibert le chat ne s'entend qu'à faire la chasse aux souris, je ne m'entends qu'à la tromperie. Vous ne pouvez pas juger par mon habit, non plus que par mes paroles douces et mielleuses avec quelles gens j'habite; vous devez regarder les actes, si vous n'avez pas les yeux crevés; car celui qui fait autre chose qu'il ne dit vous dupe, quelque robe qu'il vête, qu'il soit clerc ou lai, homme ou femme, seigneur ou sergent, dame ou simple servante. »

Amour interrompit Faux Semblant.

« Que dis-tu, effronté? De quelles gens nous parles-tu? Peut-on trouver religion en maison séculière?

— Oui, sire, du fait que ceux-ci suivent la mode du siècle, il ne s'ensuit pas qu'ils mènent mauvaise vie, ni qu'ils perdent leurs âmes; sainte Religion peut bien fleurir en robes de couleur. On a vu mourir plus d'un saint et maintes saintes glorieuses qui toujours se vêtirent comme tout le monde, et n'en furent pas moins canonisés pour cela. Je vous en citerais beaucoup : presque toutes les saintes qui sont invoquées dans les églises, vierges chastes, ou femmes mariées qui enfantèrent maints beaux enfants, portèrent les draps du siècle et moururent dedans, et elles furent saintes, le sont et le seront; même les onze mille Vierges dont on célèbre la fête furent prises avec les vêtements du commun, quand elles reçurent le martyre : elles n'en sont pas pires pour autant.

« Bon cœur fait la pensée bonne; la robe ne donne ni n'enlève rien, et la bonne pensée inspire les actes qui découvrent un cœur religieux; si l'on affublait sire Isengrin de la toison de Dan Belin, ce loup, qui semblerait mouton, s'il demeurait avec les brebis, croyez-vous qu'il ne les dévorerait pas? Il n'en boirait pas moins leur sang; au contraire il les décevrait plus vite, car, ne le reconnaissant pas, elles iraient jusqu'à le suivre dans sa fuite.

« S'il y a beaucoup de tels loups entre tes nouveaux apôtres, Eglise, tu es mal en point; si ta cité est attaquée par tes commensaux, ta puissance est bien malade. Si ceux que tu charges de la défendre cherchent à la prendre, qui pourra la garantir contre eux? Elle sera enlevée, sans coup férir, sans perrière et sans mangonneau, et sans déployer bannière au vent. Et non contente de ne pas la délivrer d'eux, tu les laisses l'envahir de partout. Non seulement tu les laisses, mais tu leur commandes; tu n'as plus qu'à te rendre et à devenir leur tributaire en faisant la paix avec eux, si tu veux éviter ce malheur plus grand qu'ils en soient les maîtres absolus. Ils savent bien se jouer de toi; ils courent garnir les murailles pendant le jour, et la nuit ils ne cessent de les miner. Pense à greffer ailleurs tes entes, si tu veux les voir fructifier. Mais là-dessus, silence, je n'en dirai pas davantage cette fois, car je pourrais vous lasser.

« Mais je veux bien vous promettre de faire la fortune de vos amis, s'ils acceptent ma compagnie; s'ils ne m'accueillent, ils sont morts; et ils serviront aussi ma mie Abstinence, ou jamais, par Dieu, ils ne se tireront d'affaire. Sans faute, je suis un traître, et Dieu m'a jugé pour larron; je suis parjure, mais on sait difficilement avant la fin ce que je manigance : plusieurs reçurent la mort par moi, qui jamais ne s'aperçurent de ma perfidie, et beaucoup la reçoivent et la recevront qui jamais ne s'en apercevront. Protée qui se muait en tout ce qu'il voulait ne sut jamais tant de ruses et de fraudes que moi, car jamais je n'entrai dans une ville où je fusse reconnu, tant y fussé-je vu et entendu : je sais trop bien changer d'habits, prendre l'un et laisser l'autre. Tantôt je suis chevalier, tantôt moine, tantôt prélat, tantôt chanoine, ou clerc ou prêtre; tantôt je suis disciple, tantôt je suis maître, tantôt châtelain, et tantôt forestier; en un mot je suis de toutes les professions. Je suis tantôt prince et tantôt page; je connais tous les parlers; un moment je suis vieil et chenu, et une heure après me voici redevenu jeune. Je suis Robert ou Robin, cordelier ou jacobin, et pour suivre ma compagne dame Abstinence Contrainte, je prends maint autre déguisement, comme il lui plaît, et je fais suivant son désir. Parfois je vêts des robes de femme : je suis tantôt dame ou demoiselle, tantôt religieuse, prieure, nonne, abbesse, professe ou novice, et je vais parcourant les couvents de tous les pays; mais en fait de religion, je laisse le grain et prends la paille : je ne désire sans plus que l'habit. Que vous dirai-je? Je me déguise comme il me plaît, et mes actes ne ressemblent pas à mes paroles. »

Ici Faux Semblant se voulut taire, mais Amour ne parut pas ennuyé de l'ouïr, et il lui dit pour amuser les autres :

« Dis-nous en particulier comment tu sers déloyalement, et n'aie pas honte de le dire, car comme ton habit le proclame, tu sembles être un saint ermite.

— C'est vrai, mais je suis hypocrite.

— Tu vas prêchant l'abstinence.

— Oui, mais je m'emplis la panse de bons morceaux et de vins tels qu'ils conviennent aux gens de Dieu.

— Tu vas prêchant a pauvreté.

— Voire, et dans l'abondance; bien que je feigne la pauvreté, je ne fais cas d'aucun pauvre. J'aimerais cent mille fois mieux fréquenter le roi de France, par Notre Dame, qu'un pauvre, fût-il le meilleur du monde. Quand je vois ces truands tout nus sur leurs fumiers trembler de froid et crier de faim, je ne m'occupe pas de leurs affaires; s'ils sont portés à l'Hôtel-Dieu, ils ne seront pas consolés par moi; ils ne me paîtraient la gueule d'une seule aumône, car ils n'ont pas vaillant un os de seiche. Que donnerait celui qui lèche son couteau? Quant au riche usurier malade, il est profitable de lui rendre visite; celui-là, je sais le réconforter, car j'en peux tirer des deniers, et si la male mort l'étrangle, je le convoie bien jusqu'à la fosse. Et si quelqu'un vient, qui me reproche de m'écarter des pauvres, savez-vous comment je m'excuse? Je fais entendre que le riche est plus sujet au péché que le pauvre et a plus besoin de conseil. Cependant dans la grande pauvreté, l'âme reçoit autant d'atteintes que dans l'opulence; l'une et l'autre la blessent également, car ce sont deux extrêmes que richesse et mendicité. Le juste milieu a nom suffisance : là gît l'abondance des vertus, car Salomon a écrit dans sien livre intitulé *Les Proverbes*, au trentième chapitre : « Garde-moi, mon Dieu, de la richesse et de la mendicité », car le riche s'enivre tant de sa richesse qu'il en oublie son

Créateur; et celui qui est contraint à mendier, comment serait-il préservé du péché? Il évite difficilement d'être larron et parjure, ou Dieu est menteur, si Salomon dit de par lui la parole que je vous cite.

« Je puis bien assurer qu'il n'est écrit en nulle loi, au moins ce n'est pas dans la nôtre, que Jésus-Christ et ses disciples, tant qu'ils allèrent par la terre, furent vus quémandant leur pain : ils ne voulaient pas mendier (ainsi le professaient jadis à Paris les théologiens); ils auraient eu plein pouvoir de demander, sans être accusés de truandise, car ils étaient pasteurs de par Dieu et avaient la charge des âmes. Même, après la mort de leur Maître, ils recommencèrent aussitôt à travailler de leurs mains; ils pourvoyaient à leur subsistance par leur labeur, ni plus ni moins, et vivaient en patience, et quand ils avaient du reste, ils le donnaient aux autres pauvres; ils ne fondaient pas de palais, mais gisaient dans des maisons misérables.

« L'homme qui est robuste doit gagner sa vie en travaillant de ses mains, s'il n'a de quoi vivre, bien qu'il soit religieux, ou désireux de servir Dieu. Il doit ainsi faire, hormis dans les cas que je vous dirai plus loin; et encore devrait-il vendre tout ce qu'il a et vivre de son labeur, s'il était parfait; l'oisif qui hante la table d'autrui est un fripon qui paie ses hôtes avec des fables.

« Il n'est pas juste, non plus, sachez-le, de prendre la prière pour prétexte, car il convient à l'occasion d'interrompre le service de Dieu pour ses autres nécessités. Il faut manger, dormir et faire autre chose : nous cessons alors nos oraisons; de même il convient de se retirer d'oraison pour travailler; les textes qui nous rappellent la vérité sont d'accord là-dessus.

« Justinien défend à tout homme valide de demander son pain, s'il trouve à le gagner : on devrait plutôt le malmener et le châtier publiquement que de tolérer telle malice. Ceux qui reçoivent les aumônes ne font pas ce qu'ils doivent faire, à moins qu'un privilège spécial ne les exempte de la peine commune; mais ce privilège, je ne pense pas qu'ils l'obtiennent, si le prince n'est trompé, et je ne pense pas non plus qu'ils puissent l'avoir de droit. Je n'assigne pas de limitation à la puissance du prince, et en disant cela, je ne veux pas envisager si elle peut s'étendre à tel ou tel cas, ce n'est pas mon affaire, mais, selon la lettre, je crois que les aumônes sont dues aux pauvres gens, malheureux, faibles, vieux et estropiés qui sont dans l'impossibilité de gagner leur pain, et que celui qui les leur ravit encourt sa condamnation. Sachez que lorsque Dieu commande que le prud'homme le suive et vende tout ce qu'il a et le donne aux pauvres, il n'entend pas par là qu'il le serve en vivant de mendicité; il veut qu'il ouvre de ses mains et qu'il fasse de bonnes œuvres; saint Paul commandait aux apôtres de travailler pour se procurer le nécessaire, et il leur interdisait la truandise, disant : « Ouvrez de vos mains, et ne recouvrez jamais sur autrui. »

« Il ne voulait pas qu'ils demandassent rien à quelques gens qu'ils prêchassent, ni qu'ils vendissent l'Evangile; il craignait que par leurs sollicitations ils ne ravissent ce qu'ils demandaient, car il y a maints donneurs de terres qui donnent, à dire vrai, parce qu'ils ont honte de refuser, ou parce que le solliciteur les ennuie et qu'ils cherchent à se débarrasser de lui. Et savez-vous le profit qu'ils tirent de cette manière de faire? Ils perdent le don et le titre à la récompense.

Quand les bonnes gens qui écoutaient les sermons de saint Paul le priaient de prendre pour Dieu de leur argent, il refusait d'accepter, ne voulant soutenir sa vie que du labeur de ses mains.

— Dis-moi donc comment peut vivre un homme valide qui veut suivre Dieu après qu'il a vendu tous ses biens et distribué le sien aux pauvres de Dieu ; s'il veut seulement prier, sans travailler de ses mains, le peut-il faire?

— Oui.

— Comment?

— Si, selon la recommandation de saint Augustin, il entrait dans une abbaye qui eût ses biens propres, comme les abbayes de moines blancs, de moines noirs, de chanoines réguliers, de l'Hôpital ou du Temple, et y prît sa subsistance : ce n'est pas là mendicité; néanmoins il est maints moines qui travaillent et puis courent au service de Dieu.

« Comme il y a eu grande dispute dans un temps que je me rappelle sur l'état de mendicité, je vous exposerai brièvement comment on peut être mendiant, si l'on n'a pas les moyens de se nourrir. Vous en entendrez les cas à la suite, et il n'y aura rien à y redire, malgré le caquet des malveillants, car la vérité ne se cache pas dans les coins; pourtant je pourrai le bien payer, quand j'ose m'avancer sur ce terrain...

« Voici les cas spéciaux : si l'homme est si stupide qu'il ne soit propre à rien, il peut se livrer à la mendicité, jusqu'à ce qu'il sache faire quelque métier dont il puisse sans truander gagner honnêtement sa vie. Ou si la vieillesse ou la maladie l'empêchent de travailler, il peut être mendiant. Ou si par habitude et éducation, il a vécu dans le bien-être, les bonnes gens doivent en avoir pitié, et lui permettre charitablement de mendier son pain et ne pas le laisser mourir de faim. Ou s'il a la volonté, la force et le talent de travailler, et qu'il est tout prêt à le faire, mais ne trouve pas quelqu'un qui le veuille employer, il peut en mendiant se pourvoir du nécessaire. Ou si son gain ne lui apporte pas suffisamment de quoi vivre, il peut aller de porte en porte pour se procurer le surplus. Ou s'il veut, pour défendre la foi, entreprendre quelque haut fait, soit d'armes, soit de littérature ou tout autre noble besogne, si la pauvreté l'accable, il peut mendier jusqu'à ce qu'il puisse travailler pour subvenir à ses besoins, j'entends de ses mains corporelles.

« En ces cas et en des cas semblables, si vous en trouvez d'autres aussi raisonnables, on peut vivre de mendicité : tel est l'avis de Guillaume de Saint-Amour qui avait coutume de disputer de cette matière à Paris avec les théologiens. Il avait l'approbation de l'Université et de tout le peuple en général qui entendait ses prédications. Nul prud'homme n'a d'excuse envers Dieu, qui ne s'accorde pas à cette doctrine : qui voudra en grousser en grousse, je ne m'en tairai pas, dussé-je en perdre la vie ou être mis au cachot contre tout droit, comme saint Paul, ou banni du royaume, comme le fut maître Guillaume qu'Hypocrisie fit exiler par envie.

« Ma mère le chassa en exil, le vaillant homme, tant elle intrigua, pour la vérité qu'il soutenait : il fit beaucoup de mal à ma mère en écrivant un livre nouveau où il la dépeignit au naturel; il voulait me faire renier la mendicité et prétendait que je travaillasse, si je n'avais de quoi vivre; il me prenait pour un imbécile : travailler ne peut me plaire, c'est chose trop pénible; j'aime mieux faire le dévôt devant les gens et affubler ma fausseté du manteau de papelardise.

— Que diable me chantes-tu là?

— Quoi?

— Tu affiches une grande déloyauté! Ne crains-tu donc pas Dieu?

— Non certes, car on peut difficilement arriver à quelque chose dans ce siècle, si l'on craint Dieu; les bons qui évitent le mal, qui vivent honnêtement de ce qu'ils ont, et qui se conduisent selon Dieu, se procurent avec peine leur pain au jour le jour : telles gens ont trop de misère; il n'est vie qui me déplaise tant. Au contraire voyez les deniers que les usuriers, les faussaires et les vendeurs à terme entassent dans leurs greniers : baillis, bedeaux, prévôts, maïeurs, presque tous vivent de rapine; le menu peuple les salue très bas, et ceux-ci les dévorent comme des loups; tous fondent sur les pauvres gens; il n'en est nul qui ne veuille les dépouiller; tous s'engraissent de leur substance et les plument tout vifs; le plus fort vole le plus faible, mais moi, avec ma simple robe, trompant trompés et trompeurs, je vole volés et voleurs.

« Par mes impostures, j'amasse un trésor que rien ne peut entamer, car tout en le dépensant à édifier des palais, à me gorger de tous les plaisirs du lit, de la table et de la compagnie (c'est mon existence et je n'en veux d'autre), mon argent et mon or ne cessent de s'accroître; avant que mes coffres soient vides, les deniers m'arrivent de nouveau et en abondance. Ne fais-je pas bien danser mes ours? Acquérir est tout mon souci. Mes quêtes et mes brigues sont le meilleur de mon revenu. Devrait-on m'en battre ou tuer, je veux m'insinuer partout; je ne voudrais renoncer à confesser barons ou comtes, ducs, rois, empereurs; mais pour les pauvres gens, c'est une autre affaire; ces confessions me dégoûtent; je n'ai cure des pauvres; tel état n'est ni beau ni noble. Ces impératrices, ces duchesses, ces reines, ces comtesses et hautes dames palatines, ces abbesses, ces béguines, ces baillives, ces chevalières, ces bourgeoises magnifiques, ces nonnains et ces demoiselles, pourvu qu'elles soient belles et riches, bien parées ou non, jamais ne s'en iront privées de conseil.

« Pour le salut des âmes, je m'enquiers de la vie et des qualités propres des seigneurs et des dames, ainsi que de tout leur entourage; et je leur fais croire que leurs prêtres curés sont des bêtes, au prix de moi et de mes compagnons : parmi ceux-ci, il est beaucoup de vauriens à qui j'ai coutume de révéler les secrets des gens, et ceux-ci, à leur tour, ne me cèlent rien de ce qu'ils apprennent.

« Pour démasquer les félons imposteurs, je vous dirai les paroles que nous lisons dans saint Mathieu l'évangéliste, au vingt-troisième chapitre : « Sur la chaire de Moïse (c'est l'Ancien Testament, suivant la glose) s'assirent scribes et pharisiens, gens maudits que l'Écriture appelle hypocrites. Faites ce qu'ils vous prêcheront, ne faites pas ce qu'ils feront; ils ne sont pas négligents pour dire ce qui est bien, mais ils n'ont désir de le faire; ils imposent aux gens crédules un lourd fardeau impossible à porter; ils leur en chargent les épaules, mais n'osent le mouvoir avec le doigt. Pourquoi? Parce que les épaules des porteurs en souffrent, et qu'ils ne veulent pas souffrir. S'ils font de bonnes œuvres, c'est pour qu'on les voie; ils élargissent leurs phylactères et portent de vastes franges, aiment à occuper à la table des sièges les plus hauts et les plus honorables, et le premier rang à la synagogue, comme des hommes fiers, orgueilleux et pleins de jactance; et ils aiment qu'on leur tire de grands saluts quand ils passent dans la rue, et ils veulent être appelés maîtres, ce qui va à l'encontre de l'Évangile.

« Nous avons encore une autre coutume à l'égard de ceux que nous savons contre nous : nous les haïssons de toutes nos forces réunies, et nous sommes d'accord pour les attaquer tous ensemble : ce que l'un hait, les autres le haïssent, et tous n'aspirent qu'à l'anéantir; si nous voyons qu'il puisse acquérir par quelques gens fiefs, prébendes ou possessions, nous nous étudions à savoir par quelle échelle il peut monter, et pour en venir à bout, nous ruinons sa réputation auprès de ses protecteurs; ainsi nous coupons les échelons, et nous le dépouillons de ses amis de telle sorte qu'il ne se doutera aucunement qu'il les a perdus; si nous lui nuisions ouvertement, peut-être en serions-nous blâmés, et ce serait de notre part un mauvais calcul, car si celui-ci savait nos mauvaises intentions, il se tiendrait sur ses gardes.

« Si l'un de nous fait quelque chose de bien, nous nous en attribuons tous le mérite; et s'il se vantait faussement d'avoir favorisé quelqu'un, nous nous regardons tous ensemble comme ses bienfaiteurs, et nous disons qu'un tel a été poussé par nous. Pour avoir des louanges des gens, nous sollicitons des riches hommes par flatterie des lettres qui témoignent de notre excellence, si bien que l'on croit par le monde que nous avons toutes les vertus; et toujours nous feignons d'être pauvres, mais en dépit de nos plaintes, nous sommes ceux qui ont tout sans rien avoir.

« Je m'entremets de courtages, de réconciliations, de mariages, je me charge de procurations et d'exécutions testamentaires; je suis messager, je fais des enquêtes, et elles ne sont pas honnêtes; traiter les affaires d'autrui m'est un très plaisant métier. Si vous voulez me charger d'une commission auprès de ceux qui m'entourent, dites-le-moi, c'est chose faite, sitôt que vous me l'aurez exposée. Si vous me servez bien, vous mériterez mes services. Mais qui voudrait me gourmander perdrait aussitôt mes bonnes grâces; je n'aime pas l'homme par qui je suis repris en quoi que ce soit; je veux bien reprendre les autres, mais je ne saurais souffrir leurs réprimandes.

« Je ne me soucie pas non plus des ermitages : j'ai délaissé les déserts et les bois, et j'abandonne à saint Jean-Baptiste le séjour au désert. J'étais rejeté trop loin. J'établis mes palais au milieu des bourgs, des châteaux et des cités où l'on peut accourir en foule. Je dis que je suis hors du monde, mais je m'y plonge et m'y enfonce, j'y prends mes aises, et m'y baigne et y nage comme le poisson dans l'eau.

« Je suis des valets de l'Antéchrist, des larrons dont il est écrit qu'ils ont habit de sainteté et vivent en telle dissimulation : par dehors nous semblons doux comme des agneaux, au dedans nous sommes loups ravisseurs; nous environnons la mer et la terre, nous avons déclaré la guerre à tout le monde, et nous voulons y ordonner la vie en tout à notre guise. S'il y a une ville où des bougres soient signalés, même s'ils étaient de Milan, ou si nul vend à terme ou prête à usure, ou s'il est luxurieux, larron ou simoniaque, soit prévôt, soit official, ou prélat de joyeuse vie, ou prêtre ayant concubine, ou s'il est vieille putain hôtelière, ou bordelière, ou maquereau, ou repris de justice quelconque, par tous les saints! s'ils ne se défendent par lamproies, brochets, saumons ou anguilles, s'il y en a au marché, ou par flancs ou tartes ou fromages en clayons (car c'est un morceau friand avec la poire de caillouel), s'ils ne vous pourvoient de quelques-uns de ces chapons ou de ces oisons gras dont nous nous tapons la gueule, ou s'il ne fait venir en hâte chevreuils, connins, rôtis à la broche ou au moins une longe de porc, ils auront la corde au cou et on les mènera brûler tant et si bien qu'on les entendra hurler à une lieue à la ronde, ou ils seront enfermés à jamais dans une tour où ils expieront leur méfait plus peut-être qu'ils ne le méritent. Mais si l'un d'eux avait assez d'esprit pour bâtir une grande tour, peu importe de quelle pierre, ou même de mottes ou de bois, fût-ce sans équerre ni compas, et qu'il eût là entassé toutes sortes de richesses, et qu'il dressât au-dessus perrière ou mangonneau qui lançât dru contre nous de tous côtés, pour se faire bienvenir, tels cailloux que je vous ai dits, ou encore vins en barils ou sacs de cent livres, il serait bientôt quitte. Et s'il ne peut nous fournir telles pitances, qu'il cherche des équivalents, qu'il renonce aux lieux communs et arguments fallacieux, et qu'il n'en pense gagner nos bonnes grâces, ou nous rendrons de lui tel témoignage que nous le ferons rôtir tout vif, ou nous lui donnerons une pénitence qui lui coûtera plus cher que son offrande.

« Vous ne les connaîtrez pas à la robe, les imposteurs; il faut examiner leurs actes, si vous voulez vous garder d'eux. Si ce ne fût la vigilance de l'Université qui tient la clé de la Chrétienté, il y aurait eu grand bouleversement en l'an de l'Incarnation 1255, quand par mauvaise intention fut donné en modèle un livre de par le diable intitulé l'*Évangile éternel* et bien digne d'être brûlé. A Paris il n'y eut personne qui ne pût alors en prendre connaissance au parvis Notre-Dame et le transcrire, s'il lui plaisait. On trouvait là des comparaisons énormes : autant que le soleil surpasse la lune en clarté et en chaleur et le noyau la coque de la noix, autant (ne croyez pas que je raille) cet Évangile dit du Saint-Esprit surpasse ceux des quatre Évangélistes.

« L'Université, qui sommeillait alors, leva la tête; au bruit que fit le livre, elle s'éveilla et ne dormit plus guère; quand elle vit cet horrible monstre, elle s'arma pour le combattre et s'apprêta à le livrer aux juges, mais ceux qui avaient apporté le livre se hâtèrent de le reprendre et de le cacher, car ils ne savaient réfuter les objections qu'on voulait leur faire, ni commenter les détestables doctrines exposées dans l'ouvrage. Je ne sais ce qu'il adviendra de ce livre; il leur convient de patienter jusqu'à ce qu'ils puissent le défendre mieux.

« Ainsi nous attendrons l'Antéchrist, et tous ensemble nous nous attacherons à lui. Ceux qui ne voudront pas le suivre, il leur faudra perdre la vie; nous exciterons les gens contre eux par nos fraudes subtiles, et nous les ferons périr par le glaive ou de quelque autre mort.

« Voici ce qui est écrit dans le livre : tant que Pierre commande, Jean ne peut manifester sa force. Par Pierre il veut entendre le pape et les clercs séculiers qui maintiendront la loi de Jésus-Christ et la défendront contre tous ses adversaires; par Jean il entend les prédicateurs qui diront qu'il n'est loi digne d'être observée sinon l'*Évangile éternel* que le Saint-Esprit nous envoie pour mettre les hommes dans le bon chemin; par la force de Jean, il entend la grâce par quoi il se vante de convertir les pécheurs à Dieu. Il y a dans ce livre beaucoup d'autres doctrines diaboliques qui sont contre la loi de Rome et qui appartiennent à l'Antéchrist. Les sectaires qui les répandent feront tuer tous ceux du parti de Pierre, mais ils n'auront pas le pouvoir, quoi qu'ils fassent, d'abattre la loi de Rome, je vous l'assure, à ce point qu'il ne lui demeure assez de défenseurs vivants : ceux-ci la maintiendront si bien que tous à la fin y viendront, et l'hérésie mise sous le nom de Jean sera détruite.

« Mais je ne veux plus en parler, car il y a là matière à trop longs développements. Toutefois je puis dire que si ce livre avait été admis, ma puissance en eût été très renforcée. J'ai déjà des amis très puissants à qui je suis redevable d'une haute situation. Barat, mon seigneur et mon père, est empereur de tout l'univers, ma mère en est impératrice; malgré qu'en ait le Saint-Esprit, notre lignage règne dans chaque royaume, et il est bien juste qu'il en soit ainsi, car nous séduisons tout le monde, et nous nous entendons si bien à tromper que nul ne s'en aperçoit. Mais celui qui craint mes frères plus que Dieu encourt sa colère; il n'est pas un bon champion de la foi, celui à qui nos simulations en imposent, et qui n'a pas le courage de les dénoncer : tel homme se bouche les oreilles à la vérité et évite le regard de Dieu, et Dieu l'en punira sans nul doute. Mais il ne me chaut de ce qu'il arrivera, puisque nous recevons les honneurs des hommes. Nous sommes tenus pour de si bonnes gens que nous avons le privilège de reprendre sans être repris à notre tour.

« Quelles gens doit-on honorer, sinon nous autres qui ne cessons de prier ostensiblement devant la foule, et qui par derrière tenons une tout autre conduite? Est-il plus grande folie que d'estimer très haut la chevalerie, et d'aimer ces nobles qui sont vêtus avec tant d'élégance et de goût? S'ils sont tels qu'ils se montrent, s'ils sont aussi nets que leur parure, que leurs actes répondent à leur langage, n'est-ce pas un grand abus? S'ils ne veulent être des hypocrites, que ces gens soient maudits! Non, jamais nous n'aimerons les gens de cette espèce, mais béguins avec grands chaperons, à la mine blafarde, qui portent larges robes grises, toutes mouchetées de crotte, houseaux froncés et larges bottes comme des gibecières. A ceux-là les princes doivent bailler à gouverner eux et leurs terres, soit en temps de paix, soit en temps de guerre; le prince doit se les attacher, s'il veut être glorieux et honoré.

« Si les grands seigneurs sont autres qu'ils ne paraissent et usurpent la faveur du monde, je veux me jeter à leur tête et me fixer là pour tricher et décevoir. Je ne veux pas dire pour cela que l'on doive mépriser l'humble robe qui n'abrite pas l'orgueil; nul ne doit haïr à cause de l'habit le pauvre qui s'en est vêtu, mais Dieu ne le prise deux brins s'il dit qu'il a quitté le siècle et veut vivre dans les délices et s'enivrer de gloire mondaine : qui peut excuser tel béguin? Le papelard qui entre au couvent, puis recherche les plaisirs du monde, en disant qu'il les a laissés, c'est le mâtin vorace qui retourne à son vomissement.

« Mais à vous je n'ose mentir; si je pouvais être sûr que vous vous y laissiez prendre, bien certainement je vous servirais de bourdes et me jouerais de vous, et le péché ne m'empêcherait pas de le faire, et je pourrais bien vous manquer, s'il arrivait que vous m'en tinssiez rigueur. »

Le dieu sourit de ces propos outrecuidants; chacun d'eux s'en gausse et s'émerveille : « Voilà un bon serviteur, disent-ils, en qui l'on peut bien se fier!

— Faux Semblant, dit Amour, puisque tu as réussi à obtenir telle faveur de moi que tu seras à ma cour le roi des ribauds, dis-moi, tiendras-tu tes engagements?

— Oui, je vous le jure et promets. Jamais votre père ni votre aïeul n'auront eu sergents plus loyaux.

— Comment! C'est contre ta nature!

— Courez la chance, car si vous exigiez une garantie, vous n'en seriez pas plus assuré; non vraiment, si je vous en donnais cautions, lettres ou gages quelconques, car je vous prends à témoin, le loup demeure en sa peau, jusqu'à ce qu'il soit écorché, tant soit-il étrillé et battu. Jamais, par Dieu, je ne changerai ma nature, et ce n'est pas parce que j'ai l'air simple et tranquille que je cesserai de mal faire. Mon amie Abstinence Contrainte a besoin que je la pourvoie : elle fût depuis longtemps mal en point, si elle ne m'eût eu sous sa main. Laissez-nous, elle et moi, nous tirer d'affaire.

— Soit, dit Amour, je te crois sans garantie.»

Là-dessus, le scélérat à la face pâle et à l'âme noire s'agenouille et remercie le dieu.

XI

Attaque de la forteresse. — Faux Semblant et Abstinence se déguisent en frère et béguine. — Ils se présentent à Malebouche pour le confesser. — Ils l'étranglent et lui coupent la langue. — Largesse et Courtoisie pénètrent dans le château et vont trouver la Vieille. — La Vieille porte le présent offert par l'Amant à Bel Accueil. — Con-

fession de la Vieille : ses regrets et ses enseignements. — Les infidélités d'Énée, de Démophoon, de Pâris et de Jason.

Il ne restait plus qu'à combattre.

« A l'assaut sans délai! » s'écrie Amour. Et tous ensemble de s'armer au plus vite. Quand ce fut fait, ils s'élancèrent pleins d'ardeur. Ils viennent devant le château dont ils ne partiront pas qu'il ne soit pris ou qu'ils y laissent la vie. Ils forment quatre bataillons et vont se poster devant les quatre portes dont les gardiens n'étaient pas endormis, mais prêts à une vigoureuse résistance.

Or, je vous dirai ce que firent Faux Semblant et Abstinence qui marchaient contre Malebouche. Ils tinrent conseil entre eux comment ils devaient se conduire : s'ils se feraient connaître ou s'ils se présenteraient déguisés. Ils se résolurent, d'un commun accord, d'aller en tapinois, comme bonnes gens en pieux pèlerinage. Abstinence Contrainte vêtit une robe de camelin et s'atourna comme une béguine, enveloppant sa tête d'un large couvre-chef et d'un voile blanc; elle n'oublia pas son psautier ni la patenôtre pendue à un blanc cordon : c'était le présent d'un frère qu'elle appelait son père et qu'elle visitait souvent; lui-même allait la voir au couvent, et lui récitait maint beau sermon : il ne laissait pas pour Faux Semblant de la confesser fréquemment, et ils faisaient cela en si grande dévotion que c'étaient deux têtes sous un même chaperon. Elle était de belle taille, mais un peu blême de visage : elle ressemblait, la chienne, au cheval de l'Apocalypse qui, par sa couleur pâle et morte, symbolise les pervers pâles d'hypocrisie. Abstinence avait ce teint maladif; le repentir était peint sur sa face. Elle avait un bourdon fait de larcin (c'était un don de Barat), tout roussi de triste fumée, et une écharpe pleine de souci.

Faux Semblant, de son côté, avait revêtu la robe de frère Seïer; il avait la mine simple et piteuse, le regard non pas orgueilleux, mais doux et pacifique; il portait une bible à son cou. Il allait ainsi, s'appuyant, comme s'il fût impotent, sur une béquille de trahison; mais il avait glissé dans sa manche un rasoir d'acier bien tranchant qui avait été forgé en un lieu nommé Coupe-Gorge.

L'un et l'autre s'avancèrent vers Malebouche qui était assis à sa porte, regardant les passants. Il aperçut les pèlerins qui s'approchaient avec une humble contenance, et le saluaient en s'inclinant profondément. Malebouche leur rendit leurs saluts, mais ne bougea et ne manifesta aucune crainte : il les avait reconnus au visage, car il connaissait bien Abstinence, mais ne savait pas qu'elle fût contrainte; elle croyait qu'elle vînt de son propre mouvement. Elle avait vu aussi Semblant, mais ne le tenait pas pour faux, et ne l'eût jamais convaincu de fausseté, car l'apparence couvrait trop bien le dedans; si vous l'aviez connu avant que vous l'eussiez vu sous cette robe, vous auriez bien juré que le beau Robin de la danse était devenu Jacobin. Mais en somme les Jacobins sont tous d'honnêtes gens : s'ils étaient pareillement fripons, ils soutiendraient mal l'ordre. Tels sont aussi les Carmes et les Cordeliers, tant soient-ils gros et carrés, et les Sacs et les autres Frères : il n'est nul d'entre eux qui n'apparaisse prud'homme, mais jamais vous ne verrez tirer de l'apparence une bonne conclusion, par aucun argument, si le manque efface l'existence; vous découvrirez le sophisme qui vicie la conséquence, si vous êtes assez subtil pour comprendre la dualité.

Quand les pèlerins furent venus à Malebouche, ils mirent leur bagage près d'eux et s'assirent à côté du portier qui leur dit : « Or çà, donnez-moi de vos nouvelles, et me dites quel motif vous amène.

— Sire, dit Abstinence Contrainte, nous sommes venus ici en pèlerins pour faire notre pénitence d'un cœur sincère; nous allons presque toujours à pied, et nous sommes couverts de poussière. Nous sommes envoyés tous deux parmi le monde égaré pour prêcher et donner exemple aux pécheurs. Nous venons vous demander pour Dieu l'hospitalité, et, s'il ne vous déplaît, afin d'amender votre vie, nous voudrions vous faire un bon sermon en brèves paroles.

— Prenez ce logis tel qu'il est, il ne vous sera pas refusé, et dites ce qu'il vous plaira, j'écouterai.

— Grand merci, sire. »

Alors dame Abstinence commence la première : « Sire, la principale vertu, la vertu souveraine, la plus grande qu'un mortel puisse posséder ou acquérir, c'est de retenir sa langue. Chacun doit tendre à cela, car il vaut mieux se taire que de proférer une parole mauvaise; et celui qui l'écoute volontiers n'est pas prud'homme et ne craint pas Dieu. Sire, c'est votre principal péché : vous avez calomnié, il y a quelque temps, un jeune homme qui fréquentait ici, et, ce faisant, vous commîtes une grande faute : vous avez dit qu'il ne cherchait qu'à décevoir Bel Accueil. Vous avez menti, et vous êtes cause que le valet ne vient plus, et peut-être ne le reverrez-vous jamais. Par votre faute encore, Bel Accueil est emprisonné, lui qui se divertissait avec vous le plus aimablement du monde, presque tous les jours de la semaine; il n'ose plus prendre ses ébats. Vous avez fait chasser le valet qui venait se déduire ici. Voilà l'effet de votre caquet assourdissant, de votre manie de dénigrer les gens, souvent sans l'ombre d'une preuve. Je vous affirme que toutes les apparences ne sont pas vraies, et c'est un péché d'inventer des choses qui sont à blâmer. Vous le savez bien, c'est pourquoi vous avez le plus grand tort. Malgré cela, ce jeune homme ne cherche pas à se livrer à la violence; il se moque bien de pénétrer dans le château; sachez que s'il pensait à mal, rien ne l'empêcherait de le faire; or, c'est le moindre de ses soucis; s'il vient par ici, ce n'est que par hasard, en passant, et beaucoup moins que les autres. Et vous êtes là à guetter tout le jour, la lance en arrêt, et vous musez toute la nuit devant votre porte; vous vous donnez beaucoup du mal pour rien; Jalousie qui compte sur vous ne montre pas tant de valeur. Cependant le malheureux Bel Accueil pâtit : il est en otage, sans motif, et le chétif languit et pleure. Ne seriez-vous coupable que de ce méfait, qu'on devrait vous chasser de votre emploi, vous mettre au cachot et vous charger de chaînes. Vous irez dans le cul d'enfer, si vous ne vous repentez.

— Vous mentez! s'écria Malebouche. Soyez-vous les malvenus ici! Vous ai-je accueillis pour me couvrir d'outrages? Puisse-t-il vous en cuire de me prendre pour un sot! Allez héberger ailleurs, puisque vous m'appelez menteur. Vous êtes deux imposteurs qui venez me blâmer parce que je dis la vérité. Je me rends à tous les diables, si dix jours à peine avant que le château fût fondé, on ne m'a pas dit ce que j'ai rapporté : que le valet baisa la rose; je ne sais s'il fit davantage.

Pourquoi m'aurait-on fait accroire la chose, si elle ne fût vraie? Par Dieu je le dis et je le redirai, et je crois que je n'en mentirai, et je le cornerai à tous les voisins et voisines.

— Sire, dit Faux Semblant, tout ce qu'on raconte par la ville n'est pas parole d'évangile. Écoutez-moi : je vous prouverai que ce sont des bourdes. Vous savez que nul n'aime un homme qui médise de lui, s'il peut en avoir connaissance; il est encore vrai que les amants fréquentent volontiers les lieux où leurs amours habitent. Le jeune homme dont nous parlons vous honore et vous aime; il vous appelle son cher ami, partout où il vous rencontre, il vous fait des sourires et ne manque jamais de vous saluer. S'il ne montre pas trop grand empressement ici-même, c'est pour ne pas vous fatiguer : les autres y viennent assez. Sachez que s'il était épris de la Rose, il s'en approcherait, vous le verriez souvent; vous le prendriez sur le fait, car il ne pourrait se tenir, même au prix de sa vie, de chercher à la voir. Donc il n'y pense point. Et Bel Accueil non plus. Par Dieu, si tous deux le voulaient, ils cueilleraient la Rose malgré vous. Soyez sûr que, si telle était son intention, le valet vous détesterait, n'en doutez pas, et il ne penserait qu'à abattre la forteresse, car il connaîtrait vos véritables sentiments à son égard, soit par quelqu'un qui lui eût rapporté vos propos, soit par lui-même, en voyant que l'accès de la rose lui est interdit. Or il ne montre que de l'indifférence. Donc en persécutant de telles gens, vous avez grandement mérité la mort d'enfer. »

Malebouche ne savait que répondre; les apparences étaient contre lui, il était près de se repentir; il dit : « Par Dieu, cela peut bien être, Semblant, je vous tiens pour un bon maître, et

Abstinence pour sage; vous me semblez tous deux du même avis. Que me conseillez-vous de faire?

— Vous serez confessé sur-le-champ ; vous avouerez sans réserve votre péché, et vous vous en repentirez, car je suis prêtre et religieux, et le plus grand confesseur qui soit au monde; j'ai charge d'âmes, beaucoup plus que le curé attaché à son église; j'ai cent fois plus de pitié de votre âme que le prêtre de votre paroisse, si important qu'il soit. J'ai encore un grand avantage : nul prélat n'est à beaucoup près aussi instruit et aussi savant que moi : j'ai ma licence de théologie, et j'enseigne depuis longtemps : l'élite de la société m'a choisi pour confesseur, à cause de mon grand sens et de mon savoir. Si vous voulez vous confesser et renoncer à pécher, vous serez absous.»

Malebouche qui se repent s'agenouille et se confesse. Alors Faux Semblant le saisit par la gorge, l'étreint à deux poings et l'étrangle, et il lui tranche la langue avec son rasoir. Puis, ayant jeté le cadavre dans un fossé, ils enfoncent la porte et passent outre : ils trouvent les soudoyers normands endormis cuvant leur vin; les ivrognes qui avaient bu à tire-larigot, sont aussitôt étranglés au milieu de leur sommeil; ainsi, ils ne bavarderont pas.

Sans tarder Courtoisie et Largesse suivirent Faux Semblant et Abstinence et passèrent la porte. Tous les quatre assemblés furtivement surprirent la Vieille qui gardait Bel Accueil : elle était descendue de sa tour et se promenait au milieu du baile, la guimpe surmontée d'un chaperon au lieu de voile. Ils coururent à elle. La Vieille ne se souciait pas d'être battue.

« Vous semblez bonnes gens, leur dit-elle, vaillants et courtois. Dites-moi, sans faire de bruit, que cherchez-vous en cette enceinte?

— La mère, nous ne venons pas pour vous prendre, mais seulement pour vous voir, et si cela peut vous être agréable, vous offrir nos services. S'il vous plaisait, nous vous prierions de permettre à Bel Accueil de venir jouer un peu avec nous; veuillez au moins qu'il dise un mot à ce valet et qu'ils se consolent l'un l'autre; cela leur fera du bien et ne vous coûtera guère; celui-ci sera votre homme lige, voire votre serf, et vous pourrez en faire ce que vous voudrez. Il fait bon gagner un ami de plus. Voici de ses joyaux : il vous donne ce fermail et ces boutons, même il vous fera présent prochainement d'une parure; il est courtois et large, il ne sera pas encombrant; il vous aime beaucoup, et vous ne serez pas blâmée, car il est avisé et discret; nous vous prions de le cacher et qu'il y aille sans risque. Vous lui aurez rendu la vie. Il vous demandera aussi de porter, s'il vous plaît, ce chapelet de fleurs à Bel Accueil; dites-lui bien des choses de sa part et l'étrennez d'un beau salut.

— S'il se pouvait, dit la Vieille, que Jalousie ne le sût pas et que je n'en fusse point blâmée, je ferais bien ce que vous me demandez, mais Malebouche le flûteur est un trop méchant bavard; Jalousie a fait de lui sa guette; c'est lui qui nous épie tous; il braille et crie tout ce qu'il sait, voire tout ce qu'il pense, forgeant même cent histoires, quand il n'a de qui médire, et nul n'y peut rien. S'il me dénonçait à Jalousie, je serais perdue.

— Il n'y a rien à craindre, répondirent-ils, il ne pourra rien voir ni entendre; car il gît mort, là, dans ce fossé en guise de bière, gueule bée.

Sachez-le, à moins que nous ne soyons enchantés, il ne rapportera plus, car il ne ressuscitera pas, si les diables n'y font miracle par venins et thériaque.

— S'il en est ainsi, dit la Vieille, je ne veux pas repousser votre requête. Mais dites-lui qu'il se hâte. Je lui trouverai un passage; qu'il ne parle pas trop fort et ne demeure trop longuement; qu'il vienne quand je le ferai prévenir, et qu'il se garde de se laisser voir.

— Dame, il en sera ainsi sans nul doute», font ceux-ci », et chacun la remercie.

Cependant Faux Semblant disait à voix basse, comme s'il se parlait à lui-même :

« Si vous ne consentiez pas à le favoriser, vous ne gagneriez guère à vous éloigner, à mon avis, car il épierait et entrerait, le moment venu. On ne voit pas toujours le loup, mais pendant qu'on garde les brebis au pâturage, il les prend dans l'étable. Vous pourriez tantôt aller au moutier (vous y demeurâtes longtemps hier); Jalousie son ennemie sortirait de la ville, si elle a quelque course à faire. Il viendrait alors en cachette, ou par la nuit, vers les courtils, seul, sans chandelle ni flambeau, ou bien accompagné d'Ami qui ferait le guet, s'il l'en priât : il l'accompagnerait pour lui donner courage, pourvu que la lune ne brillât point, car la lune par sa clarté a coutume de nuire maintes fois aux amants. Ou bien il entrerait par les fenêtres, car il connaît bien les êtres de l'hôtel, et il dévalerait par une corde. Bel Accueil, possible, descendrait dans les courtils où l'autre l'attendrait, ou s'enfuirait hors de l'enceinte où il est retenu prisonnier, et viendrait parler au valet, s'il ne pouvait le rejoindre; ou quand il vous saurait endormis, si les circonstances s'y prêtaient, lui laisserait les huis entr'ouverts,

Ainsi le parfait amant, ayant de quelque manière trompé la vigilance des portiers, s'approcherait du bouton, et le cueillerait alors sans danger. »

Et moi qui me tenais tout près, je pensai que j'agirais de la sorte. Si la Vieille veut me conduire, cela ne me nuira pas, et si elle ne veut, j'entrerai par l'endroit et de la manière qui conviendra le mieux, comme Faux Semblant l'a pensé; je m'en tiens à son idée.

La Vieille retourne au trot vers Bel Accueil; elle vient à l'entrée de la tour, et en toute hâte en gravit les degrés; tous les membres lui tremblent; elle cherche Bel Accueil de chambre en chambre. Celui-ci était appuyé aux créneaux, triste et pensif. Elle se mit aussitôt en devoir de le réconforter.

« Beau fils, dit-elle, je m'alarme de vous trouver en si grand émoi. Dites à quoi vous pensez; si je puis vous aider, je n'hésiterai pas à le faire. »

Bel Accueil n'osait se plaindre ni lui dire quoi ni comment, car il ne savait si elle était sincère; il ne se sentait pas en sûreté auprès de la vieille pute, dont il redoutait la trahison; il ne lui découvrit pas son malaise, mais au contraire fit semblant d'être gai.

« Ma chère dame, quoi que vous en pensiez, je n'ai rien, j'étais seulement inquiet de votre retard. Quand vous êtes absente, je languis céans, car j'aime beaucoup votre compagnie. Où avez-vous tant demeuré?

— Vous le saurez bientôt, et vous en serez fort aise, car le plus gracieux et le plus courtois valet du monde (je le rencontrai tout à l'heure dans la rue) vous mande mille saluts et vous envoie par moi ce chapeau de fleurs; il m'a chargée de vous dire qu'il vous verrait volontiers; il renoncerait désormais à la santé et à la vie pourvu qu'il pût vous parler une seule fois à loisir. Il ne tient à vivre que pour vous; il voudrait être tout nu à Pavie, à condition qu'il pût faire quelque chose qui vous plût; peu lui importerait de l'avenir s'il pouvait vous avoir quelques instants près de lui. »

Bel Accueil, avant de recevoir le présent, s'enquit de celui qui le lui envoyait, car il était en défiance. Et la Vieille lui conta toute la vérité. « C'est le jeune homme que vous savez, dont vous avez tant ouï parler, à cause de qui vous souffrîtes tant par la faute de feu Malebouche. Que jamais l'âme de Malebouche n'aille en paradis; il a fait le désespoir de maint prud'homme; mais il est mort, et les diables l'ont emporté; je me moque maintenant comme d'une pomme de sa langue perfide; nous en sommes délivrés pour toujours. Croyez-moi, prenez ce chapeau, et le portez pour vous divertir; le valet vous aime, n'en doutez pas, d'un amour sincère; s'il a quelque arrière-pensée, il ne m'en a rien découvert, mais nous pouvons nous fier à lui. S'il requérait chose qu'il ne doive, vous sauriez bien lui refuser, mais il est trop bien appris pour cela; c'est le plus loyal du monde : tous ceux qui suivent sa compagnie en ont toujours porté témoignage; nul n'a jamais mis en doute son honnêteté, si ce n'est Malebouche, mais nul ne se souvient des propos mensongers du scélérat. Certes, je sais bien que le valet l'eût tué, si le bruit en était venu à ses oreilles, car il est preux et hardi incontestablement : en tout ce pays, il n'a pas son rival, tant il a le cœur noble et grand; il surpasserait en largesse le roi Artus, voire Alexandre, s'il eût autant qu'eux d'or et d'argent à dépenser, et par ses dons il étonnerait le monde. Or, je vous conseille d'accepter ce chapeau dont les fleurs sont plus odorantes que baume.

— Je crains vraiment d'être blâmé», fait Bel Accueil qui se trouble. Il tressaille, gémit, rougit, pâlit et perd contenance; il voudrait bien le tenir, mais il n'ose avancer la main; alors la Vieille le lui fait prendre de force.

« Le chapeau est beau, fait Bel Accueil, mais j'aimerais mieux voir toute ma garde-robe mise en cendres que je l'osasse prendre de sa part. Or supposé que je le prenne, que dirons-nous à l'irascible Jalousie? Elle enragera de colère, et me l'arrachera et le mettra en pièces, et puis m'occira si elle sait d'où il est venu, ou bien je serai rejeté en prison pour la vie et traité pis qu'auparavant; ou bien si je lui échappe, de quel côté pourrai-je m'enfuir? Tout le monde m'aboiera aux trousses, et toute fuite sera inutile. Je ne le prendrai pas.

— Si. Et vous n'en aurez blâme ni dommage.

— Et si Jalousie me demande d'où ce présent me vint?

— Vous aurez plus de vingt réponses.

— Lesquelles? Il me faudra le cacher ou dire un mensonge. Si Jalousie le savait, je vous le garantis, j'aimerais mieux être mort que vif.

— Ce que vous direz? Si vous êtes embarrassé, dites simplement que je vous l'ai donné. J'ai tel renom que vous n'aurez honte et ne serez blâmé de prendre rien que je vous donne.»

Bel Accueil rassuré prit le chapelet et le posa sur ses crins blonds. La Vieille lui sourit, jure que jamais chapeau ne lui alla si bien; Bel Accueil se mire en son miroir et trouve qu'il lui sied à merveille. Cependant la Vieille s'assoit tout bellement auprès de lui et commence à le prêcher.

« Ah! Bel Accueil, comme je vous chéris! Vous

êtes si beau et avez tant de valeur! Mon temps joyeux est passé, et le vôtre n'est pas encore. Désormais je ne pourrai plus guère me soutenir, sinon d'un bâton ou d'une potence. Vous êtes encore en enfance, vous ignorez ce que vous ferez, mais je sais bien que vous passerez quelque jour par la flamme qui brûle tout, et que vous vous baignerez dans l'étuve où Vénus baigne les dames; et vous sentirez son brandon. Aussi est-il bon que vous vous y prépariez, en écoutant mes leçons, car c'est un jeu périlleux pour le jeune homme qui n'a personne pour le guider mais si vous suivez mes conseils, vous arriverez à bon port. Sachez que j'eusse bien voulu être aussi savante, quand j'avais votre âge, que je le suis maintenant. Alors j'étais d'une grande beauté; aujourd'hui, il me faut pleurer et gémir, quand je vois mon visage ridé et décoloré et qu'il me souvient de ma beauté qui faisait bondir les jeunes gens; je les faisais tant démener que c'était merveille; ma renommée attirait dans ma maison une foule innombrable; la nuit on frappait sans répit à ma porte, et c'était pour eux une cruelle épreuve quand je leur faussais parole, et cela m'arrivait souvent; il s'ensuivait mainte folie à mon grand mécontentement, car souvent mon huis était cassé, et c'étaient des disputes et des batailles où plusieurs perdaient des membres ou la vie : si maître Algus, le grand calculateur, eût voulu y appliquer la méthode de ses dix figures au moyen desquelles il dénombre et vérifie tout, il n'eût pas su donner le chiffre exact de ces querelles et de ces mêlées, tant sût-il bien multiplier. Alors mon corps était sain et dru. Si j'avais su! J'aurais maintenant mille livres de blancs esterlins de plus que je n'ai. Mais j'étais bien trop sotte.

« J'étais jeune et naïve; je n'ai pas suivi l'école d'Amour où l'on enseigne la théorie, mais je sais tout par la pratique; l'expérience m'a rendue savante; aussi ne serait-il pas juste que je négligeasse de vous apprendre les vérités dont j'ai fait tant de fois l'épreuve; il n'est pas étonnant que vous n'en sachiez un mot, car vous êtes béjaune. Les vieux ne sont pas à mépriser; on trouve chez eux le sens et l'usage; c'est le seul avantage qui leur reste, et ils l'ont acheté assez cher. Quand j'eus le sens et l'usage, je trompai maint homme de valeur tombé dans mes filets, mais auparavant je fus déçue par plus d'un. Je sus la vérité trop tard. Hélas! je n'étais plus jeune. Mon huis qui s'ouvrait si souvent autrefois, nuit et jour, car jour et nuit il travaillait, demeura cloué au seuil. « Nul ne vient aujourd'hui, pensais-je, nul ne vint hier, lasse, chétive! Il me faut vivre maintenant dans la tristesse. » Le cœur aurait dû me fendre de douleur. Je voulus partir du pays, quand je vis mon huis condamné; je me cachai, ne pouvant supporter cette honte. Comment aurais-je pu durer, quand les jolis garçons qui m'aimaient à la folie et étaient toujours pendus à ma porte, passaient en me regardant de côté? Ils allaient gambadant près de moi, sans me priser plus qu'un œuf couvi; ceux même qui m'avaient aimée le plus jadis m'appelaient vieille tapée, et chacun disait pis avant qu'il fût passé outre.

« Nul, à moins d'être bien attentif, ou d'avoir éprouvé lui-même cette grande tristesse, n'aurait pu se faire une idée de la souffrance qui me poignait au cœur, quand dans mes veilles solitaires, il me souvenait des belles paroles, des doux plaisirs, des caresses, des baisers et de toutes ces heures de délices sitôt envolées, et envolées sans retour. Mieux m'eût valu être à jamais emprisonnée dans une tour qu'être venue si tôt au monde! Dieu! en quel souci me mettaient les beaux dons qui m'échappaient, et quel tourment me causait la pensée de ce que j'avais laissé entre leurs mains! Hélas! pourquoi naquis-je si tôt? A qui puis-je m'en plaindre, sinon à vous, fils qui m'êtes si cher? Je ne puis me venger autrement qu'en vous apprenant ma doctrine, car quand vous serez endoctriné, vous me vengerez de ces petits vauriens; quand le moment sera venu, vous vous rappellerez mon sermon; en le retenant maintenant, vous aurez très grand avantage, par la raison de votre jeunesse, car Platon a dit : « Le souvenir est plus vivace de ce qu'on apprend en enfance. »

« Certes, cher fils, s'il se pouvait faire que je revinsse à l'âge que vous avez à présent, on ne pourrait décrire la vengeance que je tirerais de mes galants. Partout où j'irais, je ferais tant de tours que les ribauds qui me traitent avec tant de rigueur seraient bien empêchés de me rendre la pareille; eux et les autres paieraient à coup sûr leur outrecuidance et leur dédain. Avec le sens que Dieu m'a donné, savez-vous à quoi je les réduirais? Je les plumerais tant et les dépouillerais si bien de leur argent que je les ferais manger aux vers et les mettrais tout nus sur la paille, en premier ceux qui m'aimeraient le plus sincèrement et qui me serviraient avec le plus de zèle; je ne leur laisserais un ail si je pouvais, et je n'aurais de cesse que je n'eusse mis tout en ma bourse, et que je ne les visse tous ruinés et trépignant de rage. Mais à quoi servent les regrets? Ce qui est passé ne peut revenir. Jamais je ne pourrai en tenir un seul, car j'ai la face si ridée qu'ils n'ont garde de mes menaces. Il y a quelque temps, les ribauds me le disaient bien avec mépris. Je me pris à pleurer dès lors. Par Dieu, il me plaît encore de songer aux années passées. Je me délecte en ma pensée, et tout mon corps se ragaillardit, quand il me souvient de mon bon temps et de la joyeuse existence dont mon cœur a si grand'envie; ces remembrances me rajeunissent tout l'être et me font grand bien; car au moins j'ai eu ma joie, bien que j'aie été dupée. Jeune dame ne perd pas son temps quand elle mène la vie joyeuse, surtout celle qui pense à acquérir pour dépenser à son aise.

« Lors je m'en vins en ce pays, où j'ai rencontré votre dame qui m'a pris à son service pour vous garder en ce château. Dieu me donne de faire bonne garde! Je le ferai certainement, grâce à votre bonne conduite, mais la garde serait périlleuse à cause de la beauté dont Nature vous a doué, si elle ne vous eût donné en même temps le sens et la prouesse, la valeur et la grâce. Et puisque l'occasion nous est propice pour nous dire librement tout ce que nous voulons, un peu mieux que nous n'avons coutume, vous ne devez pas vous étonner si, avant d'en venir aux conseils, je coupe cet entretien par mes regrets.

« Je tiens tout d'abord à vous dire que je ne veux pas vous engager dans l'amour, mais si vous voulez vous y adonner, je vous montrerai volontiers le chemin que j'aurais dû suivre, avant que j'aie perdu ma beauté. »

Lors la Vieille se tait et soupire, pour laisser Bel Accueil lui répondre, s'il a quelque chose à dire; mais elle n'attend guère, le voyant silencieux et attentif; elle revient à son propos, en pensant en elle-même : « Qui ne dit mot consent. Puisqu'il est disposé à écouter, je peux bien lui dire tout sans crainte. »

Lors elle reprit son discours, et la vieille serve cynique qui pensait par ses théories me faire lécher miel sur épines, en voulant que je fusse appelé ami sans être aimé, comme Bel Accueil me le raconta depuis, commença en ces termes :

« Beau très doux fils, je veux vous apprendre les jeux d'amour de sorte que vous ne soyez pas déçu. Conformez-vous à mes préceptes, car nul, s'il n'est bien renseigné, ne peut y passer, sans vendre ses terres ou ses bêtes. Or pensez à bien retenir en votre mémoire ce que je vous dirai, car j'en sais long sur ce chapitre.

« Beau fils, celui qui veut jouir des plaisirs d'Amour doit en savoir les commandements, mais garder qu'Amour ne le tire à soi; je vous les répéterais tous, si je n'étais certaine que vous avez en vous de quoi les observer mieux qu'il ne faut. Vous savez qu'il y en a dix, mais fol est qui s'embarrasse des deux derniers; je vous abandonne les huit premiers; quant aux autres, celui qui les observe perd toute sa peine et se fait tort : on ne doit pas les enseigner dans les écoles : que l'amant soit large, et qu'il mette son cœur en un seul lieu, c'est un devoir trop lourd; je nie cette leçon, je repousse ce texte; ici Amour, le fils de Vénus, ment; nul ne doit croire ce qu'il prétend là; celui qui croit cela le paiera cher, comme il y paraîtra à la fin de mon discours. Beau fils, ne soyez pas large, et mettez votre cœur en plusieurs lieux : ne le donnez ni ne le prêtez, mais vendez-le bien cher et toujours au plus offrant, et gardez bien que l'acheteur soit trompé sur la marchandise, qu'il n'en ait pas la moindre part, quelque prix qu'il donne; mieux vaut qu'il se pende ou se noie.

Sur toutes choses observez ceci : ayez les poings clos pour donner et les mains ouvertes pour prendre. Donner est une grande folie, si ce n'est très peu et pour attirer les gens, quand on attend d'eux quelque profit. Donner est bon quand le donneur y gagne largement. Je vous permets la générosité dans ce cas.

« En ce qui concerne l'arc et les cinq flèches qui sont de si grande vertu, vous savez en tirer si savamment qu'Amour, le bon archer, ne saurait mieux le faire; mais vous n'avez pas toujours su de quel côté les coups tombaient, car quand on tire à la volée, la sagette peut atteindre celui que l'archer ne vise pas. Mais à considérer votre façon, vous savez si bien tendre l'arc que là-dessus je n'ai rien à vous apprendre.

« Je n'ai pas besoin de vous enseigner la manière de vous atourner et de vous parer pour être plus séduisant, puisque vous savez par cœur la chanson de la Statue de Pygmalion que vous avez tant ouï chanter, pendant nos récréations. Et si cela ne peut vous suffire, vous pourrez m'entendre dire bientôt, si vous voulez m'écouter jusqu'au bout, quelque chose où vous pourrez prendre bon exemple.

« Si vous voulez choisir un ami, je conseille que ce soit ce beau valet qui vous prise tant, mais ne vous attachez pas trop. Aimez les autres avec prudence; je vous en souhaite dont vous puissiez tirer de bons avantages; il fait bon accointer les riches dépensiers et généreux, si l'on sait bien les plumer. Bel Accueil en tirera tout ce qu'il voudra, s'il fait entendre à chacun qu'il ne donnerait sa préférence à un autre ami pour mille marcs d'or fin, et jure que, s'il eût laissé prendre par un autre la belle rose tant convoitée, il fût chargé d'or et de joyaux; mais que son cœur est si loyal que jamais nul n'y mettra la main, hormis celui-là seul qui la tiendra alors. Fussent-ils mille, il doit dire à chacun : « Vous seul aurez la Rose, beau sire, et nul autre n'y aura part. » Là-dessus qu'il lui donne sa parole; s'il se parjure, peu importe. Dieu se rit de tel serment et le pardonne de bon cœur. Jupiter et les dieux riaient quand les amants se parjuraient, et eux-mêmes qui aimèrent par amour se parjurèrent aussi. Quand Jupiter protestait de sa fidélité à Junon sa femme, il prenait à témoin la palud d'enfer et trahissait son serment. Ceci devrait persuader les vrais amants d'invoquer les saints et les saintes, les temples, les moutiers, et de violer sans vergogne leurs promesses, quand les dieux leur donnent l'exemple. Il est bien fou, celui qui croit un amant, parce qu'il jure, car ils n'ont pas de constance. Les jeunes gens sont volages; les vieux le sont souvent aussi, et renient leurs paroles.

« Sachez une chose : celui qui est libre de le faire doit lever partout son tonlieu, et qui ne peut prendre à un moulin, hue! à l'autre, et au galop! Souris est en grand péril qui n'a qu'un pertuis. Tout ainsi en est-il de la femme; elle fait la loi au marché, quand chacun s'empresse pour l'avoir; elle doit prendre partout l'argent; elle ferait une grande sottise si, après avoir réfléchi, elle ne voulait qu'un amant, car, par saint Lifard de Meun, qui aime en un seul lieu n'a pas son cœur libre, mais tristement asservi; telle femme a bien mérité son malheur qui prend la peine d'aimer un seul homme. Si celui-là ne lui donne pas satisfaction, elle n'a nul autre qui la réconforte. Ce sont ceux qui manquent le plus à leur devoir qui mettent leur cœur en un seul lieu : tous, à la fin, ils les délaissent toutes, quand ils en sont las et qu'elles les ennuient. La femme n'en peut venir à bout.

« Didon reine de Carthage ne put retenir Enée, elle qui l'avait reçu pauvre; elle honora beaucoup ses compagnons, car elle avait un grand amour pour lui; elle fit reconstruire toutes ses nefs, lui donna, pour avoir son cœur, sa cité, son corps et toute sa fortune; et Enée lui jura de l'aimer toujours et de ne jamais l'abandonner, mais elle ne jouit guère de son amour, car le traître s'enfuit sans congé par la mer, de quoi la belle perdit la vie, le jour même, tuée de sa propre main par l'épée dont il lui avait fait don. Quand elle vit qu'il était perdu pour elle, elle prit le glaive, et le dressant, la pointe en haut, le piqua entre ses deux mamelles et se laissa tomber dessus. C'eût été grand'pitié de voir la belle reine se jeter sur la lame; elle se la plongea dans le cœur pour le désespoir qu'elle eut d'avoir été trompée.

« Phyllis également, ayant attendu en vain le retour de Démophoon, se pendit lorsqu'elle vit le terme passé et son ami trahir son serment et sa foi.

« Que fit Pâris d'Œnone qui lui avait donné son âme et sa chair, Pâris qui lui avait donné son cœur en retour? Il reprit bien vite son don : il avait tracé sur un arbre, au bord de l'eau, une inscription dont il se moqua comme d'une tarte : cette inscription, qu'il avait gravée de son couteau dans l'écorce d'un peuplier, disait que le Xanthe remonterait à sa source, quand Pâris laisserait Œnone. Or le Xanthe rebroussa chemin, car il la quitta plus tard pour Hélène.

« Que fit encore Jason de Médée? Il lui mentit sa foi après qu'elle l'eut sauvé de la mort, quand des taureaux ruant du feu par la gueule se précipitaient sur lui pour le dépecer et le réduire en cendres : elle le délivra par ses charmes, si bien qu'il ne fut blessé et ne sentit le feu, et elle enivra le serpent, l'endormant si profondément qu'il ne put se réveiller. Quant aux chevaliers nés de la terre, batailleurs forcenés qui voulaient tuer Jason, quand il jeta la pierre entre eux, elle les fit battre ensemble tant qu'ils s'entregorgèrent. Et par son art magique et par le breuvage qu'elle avait composé, elle lui fit conquérir la Toison d'Or; puis pour mieux retenir son amant, elle fit rajeunir Eson : elle ne voulait rien de plus que s'en faire aimer et qu'il regardât les mérites de son amie pour mieux lui garder sa foi. Il l'abandonna, le trompeur, le faux, le déloyal. D'où il advint que Médée, dans sa rage, étrangla les enfants qu'elle avait eus de lui, ce en quoi elle ne fut pas sage, foulant aux pieds la nature et faisant pis que marâtre.

« Je pourrais citer mille autres exemples, mais le compte en serait trop long.

XII

Suite des enseignements de la Vieille. — Les artifices de la toilette. — Conseils d'élégance. — L'art d'avoir plusieurs amis à la fois. — Tout pour l'argent. — Ruses et embûches des femmes. — Mars pris au piège. — L'oisillon en cage et le poisson dans la nasse. — La discipline sociale et les droits de la Nature. — L'Amant de cœur. — La Vieille pleure sa générosité et son imprévoyance.

« Bref tous les hommes nous trichent et nous trahissent, tous sont débauchés et coureurs; aussi doit-on les tromper sans remords. La femme qui n'a qu'un ami est une insensée; elle doit en avoir plusieurs, et s'efforcer, autant qu'elle peut, de les séduire et de leur plaire, de telle sorte qu'ils se ruinent pour elle. Si elle n'a les grâces indispensables, qu'elle les acquière et se montre d'autant plus rigoureuse que ceux-ci la serviront avec plus de zèle. Qu'elle attire aussi ceux qui ne font pas cas de son amour. Qu'elle évite les discussions et les querelles, et qu'elle sache toutes sortes de jeux et de chansons. Si elle n'est belle, qu'elle se fasse élégante : il faut que la plus laide ait les plus beaux atours.

« Si elle voit qu'elle perd ses beaux cheveux d'or, ou s'il convient qu'on les lui tonde pour quelque grave maladie, ou s'il arrive que quelque ribaud en colère les ait arrachés, qu'elle refasse ses grosses tresses et ses fourreaux avec des cheveux de femme morte ou des bourrelets de soie blonde. Qu'elle porte sur ses oreilles des cornes qui feront l'envie et le désespoir des cerfs, des boucs et des licornes, et si elles ont besoin d'être teintes, qu'elle les humecte du jus de maintes herbes médicinales, fruit, tige, feuille, écorce ou racine ayant les vertus requises à cet usage. Pour sa face, si elle avait le chagrin de perdre ses belles couleurs, qu'elle ait dans ses appartements, bien cachées, des boîtes de fards et d'onguents, mais qu'elle garde bien dans son intérêt que nul de ses hôtes ne puisse les sentir ni les voir.

« Si elle a beau cou et gorge blanche, qu'elle recommande à son coupeur de lui décolleter sa robe de telle sorte qu'il y ait un demi-pied de chair appétissante devant et derrière. A-t-elle de grosses épaules, qu'elle porte une robe de drap léger afin de plaire aux danses et aux bals;

son port en paraîtra moins laid. Si elle n'a pas les mains belles et nettes, qu'elle garde d'y laisser cirons ou boutons, qu'elle les fasse ôter à l'aiguille ou qu'elle porte des gants. Si elle a des seins trop lourds, qu'elle se serre la poitrine et se ceigne les côtes d'un linge qu'elle fasse coudre ou nouer. Comme une bonne fille bien apprise, qu'elle tienne nette la maison de Vénus, n'y laissant s'amasser toile d'araignée ou mousse qu'elle ne brûle, ne rase ou n'enlève. Si elle a les pieds laids, qu'elle les ait constamment chaussés; à grosse jambe, fine chaussure. En un mot qu'elle tâche, si elle n'est pas sotte, de couvrir toutes ses imperfections.

« Si elle sait qu'elle a mauvaise haleine, qu'elle se garde de parler à jeun, et d'approcher sa bouche trop près du nez des gens.

« S'il lui prend envie de rire, qu'elle dessine deux fossettes de chaque côté de ses lèvres; qu'elle n'enfle pas trop ses joues et ne les rétrécisse pas trop par ses minauderies; que ses lèvres ne s'ouvrent pas quand elle rit, mais cachent et couvrent ses dents. La femme doit rire à bouche close, car il n'est pas beau de voir rire à gueule fendue jusqu'aux oreilles. Et si elle a les dents difformes et mal rangées, elle se ferait tort en les montrant.

« Pour pleurer, il y a la manière; mais chacune sait bien pleurer à l'occasion; car bien qu'on ne leur fasse grief, honte ou ennui, elles ont toujours les larmes prêtes; toutes pleurent et ont coutume de pleurer à leur guise. Mais on ne devrait pas s'émouvoir, si l'on voyait tomber telles larmes dru comme pluie, car ces chagrins-là ne sont que comédie. Pleurs de femme ne sont rien qu'embûches; aussi n'est-il douleur qu'elle ne recherche, mais qu'elle garde bien de découvrir le fond de sa pensée par un mot ou un geste.

« Il convient encore qu'elle se tienne bien à table. Avant d'aller s'asseoir, qu'elle se fasse voir par l'hôtel, donnant à entendre à chacun qu'elle est une maîtresse de maison accomplie; qu'elle circule de tous côtés et s'assoie la dernière, non sans s'être fait un peu attendre. Alors, autant que possible, qu'elle serve tous les convives, tranche et distribue le pain autour de soi; qu'elle fasse honneur au voisin qui doit manger dans son écuelle, qu'elle lui présente une cuisse ou une aile, et tranche devant lui bœuf, porc ou poisson ou telles autres victuailles, et qu'elle ne lésine pas à faire repasser les mets à ceux qui le veulent bien souffrir. Qu'elle se garde bien de mouiller ses doigts dans les brouets jusqu'aux jointures; qu'elle n'ait pas ses lèvres ointes d'ail, de graisse ou de soupe, et qu'elle ne se remplisse pas la bouche de trop gros morceaux. Qu'elle ne touche que du bout des doigts le morceau qu'elle devra tremper dans la sauce, que ce soit sauce verte, cameline ou jausse, et porte adroitement sa bouchée à ses lèvres de façon qu'il n'en tombe une goutte sur sa poitrine. Elle doit encore boire gentiment sans répandre son vin, sans quoi on la tiendra pour gloutonne et mal élevée; qu'elle ne touche à son hanap tant qu'elle a la bouche pleine, qu'elle s'essuie bien la bouche pour n'y pas laisser, au moins sur la lèvre de dessous, de gouttelettes de graisses qui tachent le vin. Qu'elle boive petit à petit, délicatement, bien qu'ayant grand soif, qu'elle n'engoule pas tout d'une haleine coupe ou hanap plein, qu'elle n'enfonce pas trop le bord du hanap dans sa bouche, comme font maintes nourrices sans façon qui se versent le vin dans la gorge comme dans une barrique et tant en engouffrent et en entonnent qu'elles en perdent la raison. Qu'elle se garde bien de s'enivrer, car l'ivrogne n'a de secret pour personne, et quand la femme a bu, elle n'a plus aucune retenue; elle bavarde, dit tout ce qu'elle pense et se livre à tous.

« Qu'elle se garde de dormir à table : ce faisant, elle ne paraîtrait à son avantage; c'est une mauvaise habitude qui amène beaucoup de désagréments; il est hors du sens commun de s'assoupir dans des lieux établis pour veiller; plus d'une fois maints y ont trouvé des déceptions, trébuchant en avant ou en arrière ou tombant de côté et se cassant le bras ou la tête; qu'on se rappelle Palinure le pilote d'Enée; en veillant, il avait bien dirigé sa nef, mais quand le sommeil l'eut vaincu, il chut du gouvernail dans la mer et se noya devant ses compagnons qui le pleurèrent fort après.

« La dame ne doit pas trop remettre au lendemain pour prendre du plaisir, car elle pourrait si bien tarder que nul n'y voudrait prêter la main; elle doit chercher les déduits d'amour, tant qu'elle est jeune car, quand la vieillesse l'atteint, adieu la joie! Si la femme est sage, elle cueillera le fruit d'amour en sa saison; la malheureuse perd son temps, qui le passe sans jouir des plaisirs de Vénus. Si elle ne suit ce mien conseil que je donne pour le profit commun, qu'elle sache qu'elle s'en repentira, quand l'âge l'aura flétrie. Mais je suis sûre que celles qui sont sages m'en croiront et observeront mes règles, et elles diront maintes patenôtres pour mon âme, lorsque je serai morte, car je sais bien que ma doctrine sera enseignée en mainte école.

« Beau très doux fils, quand vous m'aurez

quittée, si vous vivez (car je vois bien que vous gravez mes enseignements dans votre cœur) vous répandrez mes leçons, et me succéderez comme maître d'amour; je vous donne licence d'enseigner, malgré tous les chanceliers, ès chambres, celliers, prés, jardins et bosquets, sous pavillons et sous courtines, et d'endoctriner les écoliers par garde-robes, soupentes, étables et dépenses, si vous ne disposez de lieux plus avenants.

« Que la femme garde de demeurer trop enfermée à la maison, car moins on la voit, moins sa beauté est connue, et moins elle est convoitée et prisée. Qu'elle aille souvent à la cathédrale, aux noces, processions, jeux, fêtes et caroles, car c'est en tels lieux que le dieu d'Amour tient ses assemblées et chante la messe à ses disciples.

« Mais auparavant, qu'elle se soit bien mirée pour savoir si rien ne pèche dans sa parure; lors elle s'en ira par les rues, à belle allure, souple et plaisante à voir, sans trop se raidir ni se laisser aller; qu'elle meuve avec art les épaules et les hanches, et marche gracieusement avec de jolis petits souliers bien collants.

« Si sa robe traîne sur le pavement, qu'elle la lève devant ou de côté comme pour prendre un peu d'air, ou comme si elle voulait se retrousser pour avoir le pas plus libre; alors qu'elle découvre le pied de telle sorte que chacun puisse en admirer la belle forme.

« Si elle porte un manteau, elle doit garder qu'il n'offusque trop la vue du beau corps auquel il fait ombre. Et pour que celui-ci paraisse mieux, ainsi que la jolie ceinture garnie d'argent doré et de perles, et l'aumônière qui vaut bien la peine qu'on la voie, elle doit prendre le manteau à deux mains, et écarter les bras, quel que soit l'état de la chaussée; qu'elle songe au paon qui fait la roue de sa queue, et qu'elle fasse la sienne avec son manteau, si bien qu'elle découvre à ceux qui vont muser à sa rencontre sa panne de vair ou de gris et le corps qui s'en enveloppe.

« Si elle n'est pas belle de visage, elle doit offrir aux passants la vue de sa nuque et de ses belles tresses blondes; rien n'est plus plaisant qu'une belle chevelure bien tressée.

« La femme doit mettre tout son soin à ressembler à la louve, quand elle veut prendre les brebis : afin de ne pas manquer son coup, pour une elle en attaque mille; elle ne sait laquelle elle happera, avant qu'elle ait sa proie entre les dents. Ainsi la femme doit tendre partout ses rets et chasser tous les hommes; en effet, elle ignore ceux dont elle aura les faveurs, et pour en tirer au moins un à soi, elle doit planter son croc sur tous; lors il sera impossible, entre tant qui se frottent à ses hanches, qu'elle n'en retienne pas un ou plusieurs prisonniers.

« Si elle en attrape plusieurs qui veuillent la mettre à la broche, qu'elle garde de donner rendez-vous à deux à la fois, car s'ils se rencontraient, ils se tiendraient pour joués, et ils pourraient bien la planter là, ce qui lui ferait perdre les cadeaux de l'un et de l'autre. Elle ne doit rien leur laisser; qu'elle les dépouille au contraire au point qu'ils meurent, criblés de dettes; par ce moyen elle deviendra riche; tout le reste est perdu.

« Qu'elle ne se soucie pas d'aimer ceux qui n'ont pas d'argent; le pauvre ne vaut rien, serait-il Ovide ou Homère. Qu'elle ne s'attache pas à son hôte, car de même qu'il va d'auberge en auberge, ainsi fait son cœur volage. Toutefois, à son passage, s'il offre deniers ou joyaux, qu'elle prenne tout et le boute en son coffre; alors que celui-ci se paie en hâte ou tout à loisir.

« Qu'elle se garde bien d'aimer et de priser l'homme trop bien vêtu ou qui se vante de sa beauté, car c'est l'orgueil qui le mène; l'homme qui se plaît à soi-même s'expose à la colère de Dieu, a dit le savant Ptolémée. Il n'est pas capable d'amour, et ce qu'il dit à l'une, il le dit à l'autre, et il ne les trompe que pour les dépouiller et les voler; j'ai vu mainte pucelle se plaindre d'avoir été ainsi jouée. Si quelque prometteur, honnête ou fripon, veut la prier d'amour et s'engage par parole, qu'elle lui promette à son tour, mais se garde bien pour rien au monde de se donner à lui, avant de tenir la monnaie.

« Si l'amoureux lui mande quelque chose par écrit, qu'elle examine si la lettre est véridique et l'intention sincère. Qu'elle lui réponde alors, mais avec un certain retard : l'attente attise la passion, pourvu qu'elle ne soit pas trop longue.

« Quand elle entendra la requête de l'amant, qu'elle ne se hâte pas d'octroyer son amour; elle ne doit ni accepter, ni lui refuser tout à fait, mais le tenir en balance, afin qu'il passe tour à tour par la crainte et par l'espoir. Et quand celui-ci deviendra plus pressant, tandis qu'elle ne pourra se résoudre à lui accorder ce qu'il désire si fort, qu'elle soit assez ferme et assez habile à la fois pour que la peur insensiblement fasse place à l'espérance, et qu'elle cède à la fin. La rusée doit jurer Dieu et les saints que jamais elle n'a voulu se donner à aucun de ceux qui l'ont priée, et qu'elle dise : « Sire, si je vous octroie mon amour, foi que je dois à saint Pierre, ce n'est pas pour vos présents; il n'est homme à qui je fisse cette grâce, pour quel don que ce fût. J'ai repoussé des gens considérables, car ils sont nombreux, ceux qui ont rôdé autour de moi. Je crois que vous m'avez ensorcelée. » Lors elle le doit serrer dans ses bras en le baisant, pour mieux l'affoler.

« Mais je le répète, qu'elle ne pense qu'à l'argent. Mieux elle saura le plumer, plus son ami lui sera dévoué, et elle sera d'autant plus adorée de lui qu'elle se sera vendue plus cher; car on traite comme une chose sans valeur ce qu'on a en possession, et si on le perd, on n'en fait pas autant de cas que si on l'avait acheté. Il y a, du reste, plusieurs manières de plumer : que la chambrière de la dame, ou ses valets, sa sœur, sa nourrice ou sa mère, en prêtant leurs bons offices, se fassent donner surcot, cotte, gants ou moufles, et ravissent tout ce qu'ils pourront attraper, et ne lui laissent deniers ni joyaux. Une autre fois, qu'ils lui disent : « Sire, comment pouvez-vous souffrir que ma dame manque d'une robe convenable? Si elle avait voulu écouter un tel en cette ville, elle serait vêtue comme une reine et chevaucherait sur un magnifique palefroi. Dame, pourquoi hésitez-vous tant à la lui demander? Quand il vous laisse manquer, vous êtes trop timide. » Et celle-ci, bien que ce langage lui soit agréable, doit leur commander de se taire, elle qui peut-être a déjà ruiné à moitié le benêt.

« Si elle voit qu'il commence à s'apercevoir qu'il est grugé, et qu'il y aurait abus à demander encore, elle doit le prier de lui prêter, en promettant de rendre la somme au jour nommé. Mais je lui défends bien d'en rien faire.

« Si un autre de ses amis (car elle aura plusieurs) vient sur ces entrefaites, qu'elle se plaigne d'avoir engagé sa meilleure robe et divers effets et que l'intérêt court, de quoi elle a si grand chagrin qu'elle ne lui donnera aucun plaisir, si celui-ci ne rachète son gage; et le jeune homme, s'il est un peu naïf et s'il a touché de l'argent, mettra aussitôt la main à la bourse, ou se procurera de quelque manière la somme pour dégager les effets lesquels n'ont nul besoin d'être rachetés, mais sont là vraisemblablement sous clé, pour la circonstance, dans quelque coffre ferré, mais si bien enfermés que le bachelier perdrait son temps à visiter la huche ou la perche. Qu'elle serve le troisième de pareille falourde et tire de lui ceinture d'argent, robe ou guimpe et deniers à dépenser.

« S'il n'a rien à lui donner et jure qu'il lui apportera le lendemain, qu'elle fasse la sourde oreille; tous sont menteurs experts; ils m'ont fait plus de fausses promesses qu'il n'y a de saints en paradis. S'il n'a de quoi payer, qu'il emprunte chez le marchand de vins au denier deux, trois ou quatre, ou qu'il aille s'amuser ailleurs.

« La femme doit feindre d'avoir peur, et de trembler d'inquiétude, quand elle reçoit un ami; qu'elle lui fasse entendre qu'elle court grand péril, en trompant son mari, ses gardes ou ses parents; que, si elle ne se cache pas, elle sera morte sans recours; qu'elle jure qu'elle ne peut demeurer pour rien au monde, puis quand elle l'aura ainsi bien ensorcelé, qu'elle demeure à sa volonté. D'autres fois, si nul ne l'aperçoit, qu'elle reçoive son ami par la fenêtre, bien qu'il soit plus expédient de le faire passer par la porte, et qu'elle lui jure que, si on savait qu'il fût présent, elle serait perdue, que lui-même courrait grand danger d'être mis en pièces, et que huche, cabinet ni chambre ne le protégeraient contre épée, heaume, haubert, pieu ni massue.

« Puis la dame doit soupirer, et faire semblant d'être en colère, et lui reprocher amèrement de venir en si grand retard : il tenait sûrement dans sa maison quelque autre femme dont la compagnie lui plaisait davantage; qu'elle crie alors qu'elle est trahie, et qu'elle est bien malheureuse d'aimer sans être aimée. Quand il entendra ces paroles, le galant affolé croira que son amie l'aime sincèrement et qu'elle est plus jalouse que Vulcain ne le fut de Vénus, quand il la surprit avec Mars. Dans les filets d'airain qu'il avait forgés, il les prit tous deux, enlacés, au beau milieu du jeu d'amour, tant le fou les avait épiés. Sitôt que Vulcain les tint dans les réseaux qu'il avait disposés autour du lit (l'insensé qui pensait jouir seul de sa femme!), il fit venir en hâte les dieux qui rirent fort en les voyant. La plupart d'entre eux s'émurent de la beauté de Vénus qui démenait grand deuil, dans sa honte d'être surprise en ce point. Ce n'était pas merveille si Vénus s'accointait de Mars, car Vulcain était si laid avec ses mains noires et son visage charbonné que Vénus ne pouvait l'aimer, bien qu'elle le nommât son mari. Elle ne l'aurait pas aimé davantage s'il eût été Absalon aux cheveux d'or, ou Pâris le fils du roi de Troie.

« Les femmes sont nées libres, mais la loi les a soumises à certaines conditions qui leur ôtent leur liberté naturelle. Nature n'est pas si folle qu'elle fasse naître Marotte seulement pour Robichon, si nous regardons bien, ni Robichon pour Mariette, ni pour Agnès, ni pour Perrette; elle nous a faits, beau fils, n'en doute pas, toutes pour tous et tous pour toutes, si bien que, malgré le mariage institué pour empêcher la débauche, les querelles et les meurtres passionnels, et pour faciliter l'éducation des enfants dont les conjoints ont la charge, les dames et les demoiselles, qu'elles soient belles ou qu'elles soient laides, s'efforcent par tous les moyens de retourner à la liberté primitive. Elles défendent leurs franchises selon leur pouvoir, d'où beaucoup de maux viennent et viendront, et vinrent jadis : je pourrais en citer des exemples innombrables; comme chacun jadis voyait la femme qui lui convenait le mieux, chacun voudrait la prendre aujourd'hui, si plus fort que lui ne la lui ravît, et il la délaisserait, s'il lui plût, quand il en aurait fait sa volonté. Les hommes s'entretuaient et abandonnaient leurs enfants, jadis, avant qu'on eût institué le mariage par le conseil des sages; Horace, qui sut bien enseigner et écrire, a dit là-dessus de belles et véridiques paroles, et femme avisée n'a pas honte de citer une bonne autorité.

« Jadis, avant Hélène, eurent lieu des batailles que les c... provoquèrent et qui firent périr à grande douleur ceux qui y prirent part. Mais leurs morts sont ignorées, parce qu'elles n'ont pas été consignées dans les livres. Hélène ne fut pas la première femme, ni ne sera la dernière par qui les guerres vinrent et viendront, entre ceux qui ont été et seront amoureux, dont maints ont perdu corps et âme, et les perdront si le monde dure.

« Pour vous montrer le merveilleux pouvoir de Nature, je puis vous donner maints exemples. L'oisillon du bois ramé, quand il est pris et mis en cage, bien soigné et nourri délicatement, chante dans sa prison, tant qu'il vit, de cœur gai, vous semble-t-il; pourtant il désire le vert bocage où il est né, et il voudrait être sur les arbres qu'il aime : on ne saura jamais si bien le paître qu'il ne pense et ne s'étudie à recouvrer la liberté : il foule aux pieds sa pâture dans l'ardeur qui le dévore, et va parcourant sa cage, cherchant en grande angoisse s'il n'y trouvera pas fenêtre ou pertuis par où il puisse s'envoler. Ainsi toutes les femmes, dames ou demoiselles, de quelque condition que ce soit, sont portées naturellement à chercher par quels chemins elles pourraient se rendre libres. Il en est de même de l'homme qui entre en religion : il arrive après qu'il s'en repent, au point que peu s'en faut qu'il ne se pende de désespoir : il se plaint et se désole, tourmenté du désir de recouvrer la liberté qu'il a perdue; car la volonté ne change pas pour nul habit que l'on puisse prendre, et pour nul couvent où l'on s'enferme : c'est le poisson étourdi qui passe par la gorge de la nasse et qui, quand il veut retourner, est contraint malgré lui d'y demeurer, car tout retour est impossible; les autres qui sont dehors, quand ils l'aperçoivent, accourent auprès de lui; ils pensent qu'il prend ses ébats en grande joie, quand ils le voient aller et venir dans la nasse, d'autant plus qu'ils y remarquent des provisions de victuailles telles que chacun d'eux les souhaitent; ils y entreraient volontiers; ils tournent autour, et tant y heurtent et tant y guettent qu'ils trouvent à la fin le trou et s'y jettent; mais quand ils sont dedans, ils voudraient bien revenir, et ce n'est pas possible : ils sont mieux pris qu'à la truble; il leur faut vivre là, en grand deuil, tant que la mort les en délivre. Telle est la vie que va cherchant le jeune homme, quand il se fait moine, car il n'aura si grands souliers et ne portera si grand chaperon ni si large aumusse que Nature ne se cache en son cœur; lors il est en triste point, si par grande humilité il ne fait de nécessité vertu. Nature ne ment pas; elle lui fait sentir le prix de la liberté : Horace dit que si l'on chassait hors de soi la nature à coups de fourche, elle ne pourrait faire autrement que d'y revenir. Toujours Nature reviendra au galop, ce n'est pas l'habit qui l'en empêchera. A quoi bon insister? Toute créature veut retourner à sa nature, rien n'y font violence ni convenances. Ceci doit excuser Vénus et toutes les dames qui folâtrent, bien qu'elles soient engagées dans les liens du mariage. La nature est plus forte que l'éducation. Prenez un chat qui jamais n'aurait vu rate ni raton, mais aurait été comblé de soins et gâté, et accoutumé aux friandises; s'il voyait soudain une souris, rien ne pourrait le retenir de la happer aussitôt : il laisserait sa délicieuse pâture, et jamais n'aurait été si affamé. Un poulain qui n'aurait jamais vu de juments jusqu'à ce qu'il fût grand destrier, si vous lui en présentiez une, vous l'entendriez hennir aussitôt, prêt à lui courir sus, si l'on le laissait faire. Et ce ne serait pas seulement moreau contre morelle, mais contre fauvelle, grise, liarde, si bride ou frein ne l'en empêchait, car il ne ferait pas de choix, il sauterait sur la première qu'il trouverait déliée. Et s'il ne tenait la morelle, celle-ci viendrait à la rencontre du moreau, du fauveau ou du liard, comme son désir l'y pousserait; le premier qu'elle rencontrerait serait son mari. Et ce que je dis du cheval et de la jument, de quelque robe qu'ils soient, je le dis de la vache et du taureau, et des brebis et du mouton; car il est hors de doute qu'ils veulent faire de toutes leurs femmes; sois-en sûr, beau fils, les femelles accueillent volontiers tous les mâles.

« Ainsi en est-il de tout homme et de toute femme, quant à l'appétit naturel que la loi contrarie quelque peu. Quelque peu? Beaucoup, devrais-je dire, car elle exige, du garçon et de la fille, quand elle les a unis, que l'un ne puisse avoir qu'une pucelle et l'autre qu'un mari, au moins de leur vivant. Toutefois ils sont tentés de suivre leur libre penchant; s'ils y résistent, c'est à cause de la honte ou par peur de quelque peine, mais Nature les traque comme les bêtes dont nous avons parlé. Je le sais bien par moi-même, car je me suis toujours évertuée à être aimée de tous les hommes, et si je n'eusse redouté d'être bafouée, lorsque je m'en allais par les rues, plus parée qu'une poupée, ces valets qui me plaisaient tant quand ils me faisaient les doux yeux (ô Dieu! quelle tendresse me coulait dans le cœur lorsque je rencontrais leurs regards!), je les eusse reçus dans mes bras tous, ou la plupart, si cela leur eût plu et que j'eusse pu; tous, je les aurais voulus à la file, si j'avais pu suffire à la besogne; et il me semblait que s'ils avaient pu, tous volontiers m'auraient accueillie, je n'excepte prélats ni moines, chevaliers, bourgeois, ni chanoines, ni clerc, ni lai, ni fou, ni sage pourvu qu'il fût dans sa verdeur, et se fussent enfuis de leurs couvents, s'ils n'eussent cru pécher en me priant d'amour, mais beaucoup d'entre eux, s'ils avaient connu ma pensée et les lois de l'humaine nature, n'eussent pas éprouvé cette crainte, et je crois que plus d'un eût rompu son mariage. Jamais nul qui m'eût tenue privément ne se fût rappelé foi jurée, engagement quelconque ou vœu de religion, si ce ne fût aucun forcené féru d'amour pour son amie : mais il est peu de tels amants, je crois; s'il avait eu un long entretien avec moi, quoi qu'il dît, mensonge ou vérité, je l'eusse troublé; quel qu'il fût, séculier ou religieux, ceint de cuir rouge ou de corde, quelque chaperon qu'il portât, il se fût diverti avec moi, s'il avait pensé que je le voulusse bien ou seulement que je le souffrisse. Ainsi Nature nous gouverne, excitant nos cœurs au plaisir : c'est pourquoi Vénus est excusable d'avoir aimé Mars.

« Plus d'un des dieux qui avaient ri de Mars et de Vénus eussent voulu qu'on se moquât d'eux dans les mêmes conditions. Quant au seigneur Vulcain, depuis il se mordit les doigts d'avoir ébruité l'affaire, car les deux amants qui avaient subi cet affront, dès lors qu'ils virent que tous savaient leur aventure, firent ouvertement ce qu'ils faisaient en secret, et n'eurent plus honte d'une action que les dieux avaient publiée par tout le ciel. Vulcain en vit sa douleur accrue et ne put y porter remède; mieux lui eût valu supporter tout sans rien dire et feindre de n'en rien savoir, s'il voulait conserver les bonnes grâces de celle qui lui était si chère.

« Celui qui surveille sa femme ou sa mie et ne cesse de l'épier devrait bien se garder de la prendre sur le fait; qu'il sache bien qu'elle en fera pis, quand elle sera découverte, et que le jaloux qui lui a tendu des embûches n'en aura plus jamais, après la prise, ni faveur ni sourire. C'est un mal terrible que la jalousie qui dévore le cœur des amants; mais la femme dont j'ai parlé feint seulement d'être jalouse; elle se plaint, sans en penser un mot, et amuse ainsi le musard; et plus elle l'amuse, et plus celui-ci brûle.

« Si l'amant ne daignait se disculper, mais pour la mettre en colère, lui disait qu'il a vraiment une autre amie, qu'elle se garde bien de se courroucer. Qu'elle montre qu'elle ne se soucie pas le moins du monde de la conduite du ribaud, et lui laisse croire qu'elle cherche à l'éloigner et à prendre un autre ami. Qu'elle dise : « Vous m'en avez trop fait voir : puisque vous m'avez trompée, je vous rendrai la monnaie de votre pièce.» Lors s'il l'aime un peu, il sera vivement affecté, car nul n'est très épris qui n'ait peur d'être cocu.

« A ce moment, que survienne la chambrière avec une mine effrayée, et qu'elle s'écrie : « Malheureuses! nous sommes perdues; messire ou je ne sais quel homme est entré dans notre cour.» Que la dame alors se précipite, interrompant toute besogne, et se hâte de cacher le jeune homme sous le toit, dans l'étable ou la huche, et qu'elle lui recommande qu'il ne bouge avant qu'elle le rappelle. L'autre, qui attend impatiemment son retour, tremble de peur et de désespoir et voudrait bien être ailleurs.

« Si le visiteur est un autre ami à qui la dame aura donné rendez-vous, ce en quoi elle n'aura pas été sage, qu'elle ne reçoive pas le prix de sa sottise. Elle peut le mener dans quelque chambre : là il aura beau insister, il ne pourra demeurer, ce dont il sera très fâché; car la dame pourra lui dire : « Il vous est impossible de rester, puisque mon mari est céans avec mes quatre cousins germains. La prochaine fois, je fera tout ce que vous voudrez, mais aujourd'hui, souffrez que je m'en aille, car on m'attend.» Mais le meilleur sera qu'elle le congédie au plus tôt.

« Lors la dame doit retourner auprès de l'autre, pour ne pas le laisser languir trop longtemps et ne pas le décourager. Qu'elle lui commande de sortir de prison et le fasse coucher avec elle; mais qu'il ait quelque appréhension en entrant dans son lit. Qu'elle lui dise qu'elle est bien folle et bien hardie et jure par l'âme de son père qu'elle paie bien cher l'amour qu'elle a pour lui en se mettant en tel péril, bien qu'elle soit plus en sûreté que ceux qui vont gambadant à leur aise par les champs et les vignes, car le plaisir a moins de prix et moins de charme quand on le prend en toute tranquillité.

« Et quand ils devront aller ensemble, qu'elle prenne bien garde de tenir la fenêtre entre-close, s'il fait quelque peu jour, afin que la pièce soit dans l'ombre, et que dans le cas où elle aurait sur sa chair quelque vice ou tache, il ne s'en aperçoive pas. S'il y voyait quelque chose qui lui répugnât, il partirait aussitôt dégoûté, et elle en serait honteuse et compromise.

« Quand ils seront à l'œuvre, que chacun d'eux fasse diligence, et soit assez habile pour que le plaisir vienne en commun et non séparément; qu'ils s'attendent l'un l'autre pour toucher au port ensemble. Si elle n'éprouve aucune jouissance, elle doit feindre toutefois de l'éprouver, et donner tous les signes du contentement voluptueux, de telle sorte que l'autre croie qu'elle prenne en gré ce qu'elle ne prise une châtaigne.

« Si l'amant, pour être en sûreté, peut obtenir de la dame qu'elle vienne chez lui, que le jour où elle devra entreprendre ce voyage, elle prenne soin de se faire un peu attendre afin qu'il ait un plus grand désir de la tenir entre ses bras. Le jeu d'amour est plus agréable quand on l'a attendu davantage; ceux qui le pratiquent à leur volonté en sont moins friands.

« Et quand elle sera venue à la maison de l'amoureux, qu'elle jure que son jaloux s'inquiète de sa trop longue absence, et qu'elle tremble pour elle et craint d'être injuriée ou battue, quand elle sera de retour. Mais tout en jouant la comédie de la peur, qu'elle se donne à lui et qu'ils se livrent au plaisir dans le secret de leur retraite.

« Si elle n'a pas le loisir d'aller dans la maison de l'amant et n'ose le recevoir dans la sienne, à cause du mari qui la tient enfermée, qu'elle n'hésite pas à enivrer le jaloux, si elle ne peut s'en débarrasser autrement; si elle ne peut le faire avec du vin, qu'elle se procure des herbes qu'elle puisse lui faire prendre sans danger: lors il dormira si profondément, qu'elle profitera de son sommeil pour folâtrer à son aise.

« Qu'elle envoie ici ou là l'un ou l'autre de sa maisonnée; qu'elle les trompe au moyen de petits dons, et grâce à eux puisse recevoir son ami; ou bien elle peut les abreuver tous, si elle veut les rendre inoffensifs.

« Ou, s'il lui plaît, qu'elle dise au jaloux : « Sire, je ne sais quelle maladie, fièvre, goutte ou apostume m'embrase tout le corps; il me faut aller aux étuves; nous avons bien ici deux cuves, mais le bain simple ne me convient pas; il faut que je m'étuve. »

« Quand le vilain aura réfléchi, il lui donnera peut-être la permission, tout en faisant la grimace. Qu'elle emmène alors sa chambrière ou quelque sienne voisine qui saura son projet et, possible, aura de son côté un ami, ce que la dame n'ignorera pas pour sa part. Elle ira chez l'étuviste pour coucher sans plus avec son ami, et elle ne se souciera par aventure de cuve ni de cuvier, si ce n'est parce qu'il leur semblera bon de se baigner ensemble.

« Nul ne peut garder la femme, si elle ne se garde elle-même : Argus lui-même avec ses cent yeux, dont une moitié veillait, tandis que l'autre était fermée par le sommeil, n'y parviendrait pas. Vous savez que Jupiter lui fit trancher le chef par Mercure pour se venger de Junon et reprendre Io qu'il avait dépouillée de la forme humaine et métamorphosée en vache. Fol est qui garde telle marchandise!

« Cependant, que la femme ne soit si sotte, quelques contes que lui fassent clercs ou lais, qu'elle croie aux enchantements et à la sorcellerie, à Balinus et à sa science, et qu'elle se figure par magie ou nécromancie forcer un homme à l'aimer, ou par les mêmes moyens le contraindre à haïr sa rivale. Jamais Médée ne put retenir Jason par ses enchantements. Circé non plus, pour nul sort qu'elle pût lui jeter, n'empêcha Ulysse de s'enfuir.

« La femme doit avoir soin de ne pas donner à celui qu'elle appelle son ami des présents de grande valeur : elle peut bien donner un oreiller, une touaille, un couvre-chef, une aumônière bon marché, aiguillier, lacet ou ceinture dont la ferrure vaille peu, ou un beau petit coutelet ou un peloton de fil, comme les nonnes ont accoutumé de le faire : fol est qui fréquente celles-là; il vaut mieux aimer les femmes du siècle; on n'en est pas tant blâmé, et on les a à volonté : elles savent bien endormir de paroles leurs maris ou leurs parents, et bien que les unes et les autres coûtent toujours trop, les nonnains sont de plus grande dépense.

« Mais l'homme qui serait sage devrait craindre les dons de femme, car à dire vrai, ils ne sont qu'embûches, et la femme qui a vertu de largesse pèche contre sa nature. Nous devons laisser la largesse aux hommes, car, quand nous, femmes, sommes généreuses, c'est grand malheur et grand vice : les diables nous ont faites si niaises. Mais il importe peu : il n'en est guère qui soient coutumières de donner.

« De ces dons, comme j'ai dit ci-devant, qui sont faits pour amuser les musards, vous pouvez bien profiter, beau fils, mais que ce soit en décevant qui vous donne. Gardez tout, et qu'il vous souvienne de la borne où toute jeunesse tend, si l'on vit assez : la vieillesse qui ne cesse de venir, qui s'approche de nous chaque jour, de telle sorte que quand vous en serez là, vous ne soyez tenu pour fol. Tâchez d'être si bien muni d'argent qu'on ne se moque pas de vous, car acquérir, si l'on ne conserve, ne vaut pas un grain de moutarde.

« Ha! malheureuse que je suis, je n'ai pas agi ainsi, et je suis pauvre par mon fait. J'ai abandonné les présents de mes riches amants aux mieux aimés qui s'abandonnaient à moi. L'on me donnait, et je donnais, si bien que je n'en ai rien retenu : donner m'a mis à la portion congrue; je ne pensais pas alors à la vieillesse qui devait fondre sur moi, je ne me souciais pas de la pauvreté; je laissais aller le temps comme il venait, me gardant bien d'épargner et d'être prévoyante.

« Si j'avais été sage, je serais par Dieu! très riche dame, car j'ai hanté de très grandes gens, lorsque j'étais mignotte, et j'avais une certaine renommée, mais quand j'avais pris des uns, je donnais tout à un ribaud qui me couvrait d'opprobre, mais c'était celui qui me plaisait le plus. J'appelais tous les autres amis, mais c'était lui seul que j'aimais, et sachez qu'il ne me prisait un pois, et il me le disait bien. Il était méchant, jamais je n'ai vu pire; jamais il ne cessa de me mépriser, le ribaud qui ne m'aimait point et qui m'appelait putain commune.

« La femme a très pauvre jugement, et je suis femme tout à fait. Jamais je n'aimai un homme qui m'aimât, mais si ce ribaud m'eût tranché l'épaule ou cassé la tête, sachez que je l'eusse remercié. Il n'eût su tant me battre que je ne le fisse tomber dans mes bras, car il savait bien faire la paix, après m'avoir rossée. Il ne m'aurait jamais tant malmenée, battue et traînée, déchirée ou couvert de noirs le visage, qu'il n'eût crié merci avant de quitter la place. Il ne m'avait tant insultée qu'il n'implorât la paix ensuite et ne me raccommodât, si bien que la concorde renaissait, car c'était un fier raccommodeur, le scélérat! Sans lui je n'aurais pas pu vivre; s'il avait fui, je serais allé le chercher jusqu'à Londres en Angleterre. Il m'a mis dans la honte, et moi lui, car il menait la grande vie avec tout l'argent que je lui donnais, et ne mettait rien en réserve; il jouait tout aux dés dans les tavernes; et jamais il n'apprit de métier, car il n'en avait pas besoin alors; je savais bien où prendre ce que je lui livrais pour sa dépense, tant le monde me payait de rentes, et il dépensait volontiers, toujours en ribauderie, et friand de débauche, gourmand, aimant ses aises, l'oisiveté et les délices. A la fin, on le vit mal en point, quand les cadeaux nous manquèrent : il devint pauvre, mendiant son pain, et je n'eus vaillant deux sérans, et adieu le mariage! Lors je m'en vins comme je vous ai dit, grattant mes tempes par ces bois : que ma vie vous serve d'exemple, beau fils, réglez votre conduite sur mes enseignements, car quand votre rose sera flétrie, et quand viendront les cheveux blancs, soyez-en sûr, la récolte sera finie. »

XIII

Bel Accueil remercie la Vieille de ses leçons. — Il consent à recevoir l'Amant. — Intervention de Danger, de Honte et de Peur. — Bel Accueil est reconduit en prison. — L'Amant maltraité. — Les barons viennent à son secours. — Digression de Jean de Meun : excuses aux dames honnêtes et aux bons religieux. — Description des armures; bataille. — Les assiégeants ont le dessous — Trêve; Amour envoie des messagers à Cythère. — Histoire de Vénus et Adonis. — Vénus vole vers le camp de ses amis.

Bel Accueil écouta jusqu'au bout la Vieille; quand elle eut fini, elle lui inspirait beaucoup moins de crainte. Il s'apercevait bien que s'il n'y avait pas eu Jalousie et les trois portiers qui restaient, et qui ne cessaient pas de courir éperdus par le château pour veiller à sa défense, la place aurait été assez facile à emporter. Mais il pensait que l'entreprise était malaisée, tant ceux-ci faisaient bonne garde. Les portiers ne paraissaient pas fort émus de la mort de Malebouche qu'ils détestaient dans le fond de leur cœur : il les avait toujours diffamés auprès de Jalousie, et trahis, si bien qu'ils ne l'auraient racheté de la valeur d'un ail; Jalousie peut-être eût payé sa rançon; elle aimait son caquet, elle prêtait volontiers l'oreille à ses propos; par les nouvelles qu'il colportait, et qu'il grossissait à plaisir, quand elles n'étaient ni bonnes ni belles, l'envieux excitait Jalousie. Quoi qu'il en soit, on fut joyeux de sa mort, et on ne lui fit pas chanter des messes. Les portiers estimèrent qu'ils n'avaient rien perdu, et qu'ils sauraient bien garder l'enceinte au besoin contre cinq cent mille hommes.

« Certes, font-ils, nous ne sommes guère puissants, si nous ne savons défendre le château sans ce larron. Que le truand brûle dans le feu d'Enfer; il ne fit céans que nuire! »

Mais quoi qu'ils disent, ils sont fortement affaiblis.

Quand la Vieille eut achevé son discours, Bel Accueil prit la parole et lui dit :

« Madame, je vous remercie d'avoir bien voulu m'enseigner votre art d'aussi bonne grâce. Mais vous me parlez d'une matière qui m'est bien étrangère; je ne sais rien que par ouï-dire du doux mal d'aimer, et ne désire pas plus en savoir. Pour la fortune que je pourrais amasser, ce que j'ai me suffit. Pour les manières belles et gentilles, je veux mettre mon zèle à les acquérir. Quant à la magie, l'art du diable, je n'y crois pas.

« En ce qui concerne le valet dont vous me parlez, où il y a tant de qualités et de mérites qu'il fait la conquête de tous, je lui quitte volontiers cet avantage. Certainement je ne le hais pas, toutefois je ne l'aime à ce point, quoique j'aie accepté son présent, que je l'appelle pour cela mon ami, sinon dans le sens le plus ordinaire, comme dans ce mot que chacun dit à chacune : « Soyez la bienvenue, amie! — Et vous, ami, Dieu vous bénisse », et que je l'aime et l'honore, si ce n'est en tout bien et honneur. Mais puisqu'il m'a donné ce chapeau, et que je l'ai reçu, je puis bien éprouver quelque plaisir à avoir sa visite, si cela lui plaît. Je le recevrai avec empressement, mais que ce soit pendant que son ennemie mortelle, Jalousie, sera hors de la ville; et malgré tout, je crains, même si elle était sortie, qu'elle ne survienne à l'improviste, car, quand elle a fait ses malles et s'est mise en chemin, il arrive souvent qu'elle retourne sur ses pas et revienne pour nous bousculer. Si par aventure elle revient, et qu'elle trouve le jeune homme céans, soyez sûre que, sans autre preuve, la mégère me fera démembrer tout vif... »

La Vieille rassura Bel Accueil.

« Je me charge de l'affaire, dit-elle; il sera introuvable, même si Jalousie est ici, car je sais tant de recoins qu'on découvrirait plutôt un œuf de fourmi dans un tas de paille que celui-là, quand je l'aurai caché.

— Alors je veux bien qu'il vienne, fit Bel Accueil, mais qu'il soit prudent et qu'il se garde de tout écart. »

Là-dessus l'entretien cessa. La Vieille et Bel Accueil se séparèrent. Bel Accueil se retira dans sa chambre, et la Vieille alla besogner dans ses appartements.

Quand vint le moment où elle vit que Bel Accueil était seul et qu'on pouvait lui parler à loisir, elle dévala les degrés, sortit de la tour et courut jusqu'à mon hôtel, où elle arriva tout essoufflée pour me conter l'affaire.

« J'ai gagné les gants, dit-elle, si je vous apporte de bonnes nouvelles.

— Dites plutôt, ma dame, m'écriai-je, que vous aurez manteau et robe, et chaperon à panne grise et bottes à votre convenance, si vous me dites chose qui vaille. »

Et la Vieille aussitôt de me conter qu'on m'attend là-haut, au château.

« Vous entrerez, dit-elle, par l'huis de derrière; je vais vous l'ouvrir : c'est le meilleur moyen de ne pas se faire voir. Sachez que cet huis ne fut ouvert depuis plus de deux mois.

— Dame, par saint Rémi, que l'aune en coûte dix livres ou vingt, vous aurez de bon drap, ou pers ou vert, si je trouve la porte ouverte.» (Il me souvenait de la recommandation d'Ami que je fisse des promesses, même si je ne pouvais pas les tenir).

La Vieille me quitta aussitôt. De mon côté, je me dirigeai où elle m'avait indiqué, priant Dieu de me conduire à bon port. Sans faire de bruit, je m'en vins à l'huis que la Vieille avait laissé entreclos. Quand je fus entré, je le fermai; ainsi nous fûmes plus en sûreté; j'étais surtout heureux de savoir Malebouche mort; je vis là sa porte brisée, et j'aperçus aussitôt Amour avec son armée. Quel réconfort pour moi! Bénis soient les vassaux qui démolirent la porte! Ce fut Faux Semblant, le traître, le fils de Barat, le faux ministre, Dame Hypocrisie sa mère, l'ennemie des vertus, et dame Abstinence Contrainte qui est enceinte des œuvres de Faux Semblant et prête à enfanter l'Antéchrist.

Quand je vis cette porte que j'ai dite ainsi prise et détruite, et trouvai l'ost prête à attaquer, si je fus content, nul ne le demande. Je pensai alors comment j'atteindrais Doux Regard. Et voici qu'Amour me l'envoie. Ma joie fut si grande que je m'évanouis, ou peu s'en fallut. Il fut très heureux de ma venue; il me montre aussitôt à Bel Accueil qui se lève et vient à ma rencontre, comme courtois et bien appris. Je le salue le premier, la tête encline, et à son tour il me salue et me remercie de mon chapeau de fleurs.

« Sire, fis-je, ne vous déplaise, c'est moi qui dois vous remercier mille fois pour l'honneur que vous m'avez fait d'accepter mon présent. Sachez que je n'ai rien qui ne soit vôtre; si vous le voulez bien, je serai tout à votre service et ferai en tout votre commandement. Je devancerai même vos désirs, et pour vous me mettrai en péril, corps et bien, et même l'âme, sans nul remords de conscience, et pour que vous en soyez certain, je vous prie de m'éprouver. Si je vous manque, puissé-je n'avoir plus de joie.

— Mille grâces, répondit Bel Accueil, je vous dirai de mon côté que tout ce qui est mien sera vôtre, et que vous pourrez en disposer sans congé, comme moi-même.

— Merci mille fois, sire. Puisque je puis prendre ce qui vous appartient, je ne veux pas plus attendre, car vous avez ici la chose que mon cœur désire plus que tout l'or d'Alexandrie. »

Lors je m'avançai pour tendre la main à la Rose. Je croyais bien, d'après ce courtois entretien et aux sourires que nous avions échangés, que j'aurais facilement l'objet de mon désir, mais il en alla tout autrement. Il y a beaucoup à laisser de ce que le fou se propose. Je me heurtai à un cruel obstacle, car, tandis que je m'avançais, Danger me barra le passage, le vilain que le loup étrangle! Il s'était mussé dans un coin par derrière, et nous espionnait, notant mot à mot toutes nos paroles.

« Hors d'ici, vassal, me crie-t-il, hors d'ici! Vous m'ennuyez. C'est le diable qui vous ramène. Fuyez, ou Dieu me sauve! je vous assomme. »

A ces mots du rustre, Honte et Peur accoururent, et les félons enragés, tous trois d'un commun accord, s'emparent de moi et repoussent mes mains.

« Vous n'en aurez désormais, s'écrie Danger, ni plus ni moins que vous n'en avez eu. Vous avez mal entendu ce que Bel Accueil vous a dit, quand il souffrit que vous lui parliez. Il vous offrait de bon cœur ses biens, mais que ce fût honnêtement : il va sans dire que lorsqu'un prud'homme offre ses services, ce n'est qu'en tout bien et honneur. Pourquoi, sire tricheur, n'avez-vous pas pris la parole de Bel Accueil dans le droit sens? Votre vilaine interprétation vous vint de rude entendement, ou vous avez appris à faire le fou. Il ne vous offre pas la rose, car il n'est pas honnête que vous deviez la requérir, ni que vous l'ayez sans requête. Et quand vous lui offrîtes ce que vous avez, quelle était votre intention? Etait-ce pour l'amadouer afin de lui dérober sa rose? En le servant de cette manière, vous le trahissez comme ennemi domestique. Dussiez-vous en périr de désespoir, nous ne devons pas tolérer cela. Il vous faut vider ce pourpris. Les maufés vous y firent revenir, certes, car il devrait bien vous souvenir qu'une autre fois vous en fûtes chassé. La Vieille ne fut pas sage de laisser passer tel musard, mais elle ignorait votre pensée et la trahison que vous méditiez. Bel Accueil, le pauvre, fut aussi bien trompé, quand il vous reçut dans cette enceinte; il pensait vous rendre service : et vous lui causez du dommage. Ma foi, autant en a qui passe un chien en bateau : quand il est arrivé, il lui aboie aux trousses. Allez chasser ailleurs; vite, dévalez nos degrés, de bonne volonté, car tel pourrait survenir, s'il vous tenait, qui pourrait vous les faire arpenter au risque de vous casser la tête. Sire fou, sire outrecuidant, dénué de toute loyauté, quel tort vous a fait Bel Accueil? Quel crime a-t-il commis envers vous pour que vous vous preniez à le haïr, et pour que vous le trahissiez ainsi, quand naguère vous lui donniez tant d'assurances de dévouement? Est-ce parce qu'il vous accueillit et nous déçut à cause de vous, et vous offrit ses chiens et ses oiseaux? Qu'il sache bien qu'il se conduisit très mal; pour sa peine et pour l'empêcher de recommencer, il sera remis en prison et traité avec plus de rigueur que jamais nul prisonnier ne le fut; il sera rivé en tels anneaux que jamais de toute votre vie vous ne le verrez aller par les chemins. Puissiez-vous l'avoir tant vu pour son malheur!»

Lors ils prennent le demoiseau, et à grands coups et horions le poussent, fugitif, dans la cour; ils l'enferment à triple tour de serrure, sous trois paires de clés; ils ne le mettent pas aux fers, parce qu'ils n'en ont pas le temps, mais ils se promettent bien de faire pis quand ils seront revenus.

Ils ne s'en tiennent pas là; tous trois, voilà qu'ils se retournent contre moi, qui étais demeuré dehors, glacé d'épouvante. Ils m'assaillent et me maltraitent. Dieu fasse qu'ils s'en repentent! Des outrages que j'endure le cœur me fend. Je m'eusse bien rendu, mais les félons ne voulaient pas m'avoir vivant. J'aurais désiré être mis en prison avec Bel Accueil; de toutes mes forces je les suppliai de me donner la paix.

« Danger, fis-je, beau gentilhomme, généreux et vaillant Danger, et miséricordieux plus que je ne saurais dire, et vous, Honte et Peur, belles, sages, franches et nobles pucelles, bien morigénées en faits et en dits, vous qui êtes du lignage de Raison, souffrez que je devienne votre serf, à condition que je partage la captivité de Bel Accueil, sans être jamais racheté. Je vous promets, si vous voulez me mettre en prison, que je vous servirai à votre souhait. Vraiment, si j'étais larron, traître ou ravisseur, ou accusé de quelque meurtre, et que je voulusse être emprisonné et à cette fin requisse la prison, je ne crois pas que je manquasse d'y être, voire, par Dieu, on m'y mettrait, sans que je le réclamasse, et dût-on me couper en morceaux, on ne me laisserait échapper, si l'on pouvait me prendre. Je vous demande la prison avec Bel Accueil à perpétuité, et si l'on prétend sans preuve que je fais mal mon service, ou que je sois pris sur le fait, je consens à sortir pour toujours de prison. Il n'est point d'homme infaillible, mais, s'il y a faute de ma part, faites-moi trousser mes hardes et ôter mes anneaux, car si jamais je vous courrouce, je veux en être puni. Vous serez mon juge, mais vous seul. Je me mettrai en votre haute et basse justice. Délibérez-en avec Bel Accueil, et si vous ne pouvez vous entendre à mon sujet, qu'il vous mette tous trois d'accord, et tenez-vous à son avis.

— Hé Dieu! s'écria Danger, quelle requête est-ce là? Vous mettre en prison avec lui serait par une attention délicate mettre Renard avec les gélines! Nous savons que vous ne cherchez qu'à nous faire honte et injure. Nous n'avons cure de vos services. Vous êtes bien dépourvu de sens pour penser à faire Bel Accueil juge. Par le roi du ciel! Comment peut être juge et arbitre une personne déjà jugée et détenue? Bel Accueil est pris et condamné, et vous le pensez digne d'être juge et arbitre! Le déluge viendra avant qu'il sorte de la tour, et quand les portiers seront revenus, il sera mis à mort, car il l'a bien mérité. C'est par lui qu'on perd toutes les roses. Chaque musard les veut dérober, quand il se sait bien accueilli; mais si l'on tenait le demoiseau bien enfermé, nul ne les endommagerait, et personne n'en emporterait autant qu'en emporte le vent, à moins qu'il ne se livrât à des violences criminelles, auquel cas il pourrait bien se faire bannir ou pendre.

— Mais, fis-je, c'est un crime de détruire un homme innocent et de l'emprisonner sans raison, et quand si honorable personne que Bel Accueil, et si aimable, est incarcérée pour le seul motif qu'il me fait bonne mine et recherche ma compagnie, vous êtes coupable envers lui. Raisonnablement il devrait être hors de prison. Je vous prie donc de l'en faire sortir; il y est demeuré trop longtemps.

— Vraiment, font les portiers, ce fou nous truffe quand il veut que nous délivrions Bel Accueil. Il requiert l'impossible : jamais par huis ni par fenêtre Bel Accueil ne mettra seulement la tête dehors. »

Lors ils m'assaillent tous derechef; chacun cherche à m'expulser : on me pousse, on me foule, on ne m'eût pas tant maltraité si l'on eût voulu me crucifier. Je me mis à leur demander merci, mais à voix basse, et en même temps je fis signe et criai au secours vers mes amis, tant que les guettes m'aperçurent.

Quand elles me virent en si mauvais point, elles appelèrent les barons du dieu d'Amour : « Or sus, or sus! si nous ne paraissons en armes, et tout de suite, pour secourir ce fin amant, il est perdu. Les portiers le tuent, le lient, le battent, fustigent et crucifient. Le pauvret crie à voix si basse qu'à peine peut-on entendre son brait; écoutez ses cris étouffés; si vous prêtez l'oreille, il vous sera avis qu'il est enroué d'appeler ou qu'ils lui serrent la gorge et l'étranglent, et le font mourir. Déjà sa voix s'éteint; sans doute il ne peut plus ou n'ose crier. Nous ne savons ce qu'ils veulent faire, mais ils le font trop souffrir. Il est perdu si vous ne le secourez au plus vite. Bel Accueil, sa joie et son soulas, s'est enfui à toutes jambes : il faut lui porter secours jusqu'à ce qu'il puisse le retrouver. Le moment est venu de se battre.»

Les bourreaux m'eussent tué certainement, si ceux de l'ost n'y eussent mis le holà. A l'appel des échauguettes, les barons coururent aux armes. Moi qui étais pris dans les lacs d'Amour, je regardai, sans bouger de place, le tournoi qui commençait très âprement, car sitôt que les trois portiers surent quelle forte armée ils avaient contre eux, ils firent alliance, jurant de s'entr'aider de tout leur pouvoir et ne pas s'abandonner. Et quand je vis ce qu'ils faisaient, je fus très dolent. Mais ceux de l'ost s'assemblent au plus tôt; ils n'ont désir de fuir : ils jurent qu'ils combattront jusqu'à ce qu'ils gisent morts sur la place ou soient déconfits et prisonniers, ou qu'ils remportent la victoire, tant il leur tarde d'abattre l'orgueil des portiers. Et maintenant nous dirons les joutes et les mêlées, et vous entendrez comment chacun bataille.

Or, écoutez, loyaux amants! Que le fils de Vénus vous favorise et vous donne de jouir de vos amours. En ce bois-ci vous pouvez ouïr, si vous m'entendez, glapir les chiens chassant le connin que vous cherchez, et le furet qui doit le jeter dans les réseaux. Notez ce que je vous dis : vous aurez un art d'amour suffisant; et si vous y trouvez rien de trouble, vos doutes seront éclaircis, quand vous m'entendrez expliquer le songe. Vous saurez bien alors répondre aux objections touchant l'amour, quand je vous gloserai le texte, et vous connaîtrez tout ce que j'aurai écrit et tout ce que je me propose d'écrire. Mais avant que je poursuive, je veux faire une petite digression pour me défendre des mauvaises gens, non pas pour vous amuser, mais pour me justifier contre eux. Je vous prie, seigneurs amoureux, si vous trouvez dans mon écrit des mots qui semblent trop hardis et licencieux, ce qui donne à la médisance l'occasion de s'exercer au sujet des choses dites ou à dire, je vous prie de répondre aux médisants, et de les contredire, et quand vous les aurez repris, et démentis, si vous jugez que mes dits sont tels qu'il est juste que j'en demande pardon, je vous prie que vous me pardonniez; mais dites-leur que la matière requérait un tel langage. C'était mon droit de parler ainsi, selon l'autorité de Salluste qui a émis cette sentence : « Bien que la gloire ne soit pas égale de celui qui agit et de l'écrivain qui rapporte le fait dans un livre, c'est une tâche ardue et malaisée de mettre les actions en écrit, car l'écrivain, s'il ne veut nous frustrer du vrai, doit aller droit au fait et dire les choses exactement comment elles sont. »

Je vous prie toutes, vaillantes femmes, dames ou demoiselles, amantes ou non, que, si vous trouvez dans mes discours des paroles qui semblent mordantes et cyniques contre les mœurs féminines, vous ne m'en veuillez pas blâmer; ne décriez pas mon écriture qui est toute pour l'enseignement, vu que je ne dis rien et n'ai pas volonté de dire, par colère, haine ou envie, quoi que ce soit contre femme qui vive, car nul ne doit mépriser la femme, s'il n'a le cœur très pervers. Nous avons écrit pour que, vous et nous, puissions avoir la connaissance de vous-même, car il est bon de tout savoir. D'autre part, honorables dames, s'il vous est avis que je débite des fables, ne me taxez pas de mensonge, mais prenez-vous-en aux auteurs qui ont écrit sur cette matière les observations que vous trouvez ici. Je ne mentirai en rien, si les prud'hommes qui firent les anciens livres ne mentirent : tous s'accordent avec ma raison quand ils dépeignent la nature et les mœurs des femmes, et ils ne furent ni fous ni ivres. Ils savaient de quoi ils parlaient; ils ont tous éprouvé en divers temps la vérité de ce qu'ils avancent, par quoi vous devez m'en tenir quitte; je ne fais que répéter ce qu'ils ont dit, si ce n'est que par jeu qui n'a rien pour vous de désagréable, j'y ajoute quelque trait de mon invention comme font entre eux les poètes, quand ils traitent le sujet qui leur plaît, car, comme dit l'autre, profit et délectation, voilà tout ce qu'ils cherchent.

Et si les gens groussent contre moi, irrités et déconcertés par mes paroles, qu'ils se reconnaissent dans le chapitre où je fais parler Faux Semblant, et qu'ils aillent s'attroupant pour me censurer et me reprendre, je proteste hautement que jamais mon intention ne fut de combattre l'homme qui observe la sainte religion et qui consume sa vie en bonnes œuvres, de quelque robe qu'il se vête, mais je pris mon arc et le tendis, quelque pécheur que je sois, et fis voler ma sagette au hasard, sans viser personne en particulier, non pas même pour blesser, mais pour reconnaître les déloyaux, les maudits, qu'ils fussent du monde ou du cloître, que Jésus appelle hypocrites, parmi lesquels maints, pour sembler plus honnêtes, s'abstiennent en tous temps de manger la chair des animaux, au nom de la pénitence, comme nous faisons en carême, mais mangent tout vifs les hommes perfidement, avec les dents de la détraction. Je n'ai pas eu d'autre but. C'est là ma cible où je veux planter mon fer. Je tire sur eux à la volée, et s'il arrive que l'un de son plein gré s'expose à mes flèches, de telle sorte que par orgueil il reçoive le coup, puis se plaint que je l'ai blessé, je n'en porterai pas la faute, même s'il devait périr, car je ne puis frapper celui qui veuille s'observer et se garder du coup. Que celui-là même, qui se sent atteint par le fer que je lui lance, se garde d'être désormais hypocrite, et il sera guéri de la plaie. Et toutefois, à qui qu'il en déplaise qui se feigne prud'homme, je ne dis rien qui ne soit couché par écrit et prouvé par expérience et argument valable. Pour le reste, si j'ai laissé échapper quelque parole que sainte Eglise tienne pour déraisonnable, je suis prêt à l'amender à son vouloir, si je puis satisfaire à la réparation.

Maintenant venons-en à la bataille.

Tout d'abord Franchise très humblement s'avança contre Danger; il avait l'air féroce et arrogant; il tenait au poing une massue; il la brandit fièrement et rue autour de lui des coups si formidables qu'il n'est écu, tant soit-il merveilleux, qu'il ne pourfende, et que celui qui se présente contre lui ne s'avoue vaincu, aussitôt qu'il en est atteint, ou qui ne soit assommé à moins d'être très fort en escrime : l'horrible vilain avait pris sa massue au bois de Refus, et sa targe était de Rudoyer, bordée d'Outrage.

Franchise était bien armée; en se couvrant bien, elle pouvait difficilement être touchée. Pour ouvrir la porte, elle se jette sur Danger; elle tenait à la main une forte lance qu'elle avait apportée, belle et polie, de la forêt de Choyer; il n'en croît de telles en la forêt de Bierre; le fer était de Douce Prière; elle avait encore écu de Supplications, bordé de Poignées de mains, de Promesses d'Engagements, et peint très mignardement de Serments et d'Assurances;

vous auriez dit certainement que Largesse le lui avait donné et qu'elle l'avait taillé et décoré, tant il paraissait bien être son œuvre. Franchise, bien couverte de son écu, lance son hast contre le vilain qui n'avait pas le cœur couard, mais semblait Renouart au Tinel ressuscité : sa targe en fut toute pourfendue, mais elle était si solide qu'elle ne redoutait nulle arme, et le rustre s'en protégea si bien que du coup sa panse ne s'ouvrit. Le fer de Franchise se brisa, ce qui inspira quelque mépris à Danger. Le vilain acharné se saisit de la lance, et avec sa massue la met en pièces, puis il calcule un coup terrible.

« Qui me tient que je ne te frappe, s'écrie-t-il, infâme ribaude? D'où te vint cette hardiesse d'oser attaquer un prud'homme? »

Là-dessus, il la frappe et la fait reculer d'une bonne toise et l'abat à genoux.

« Autrefois je vous ai crue, mauvaise garce, dit-il, et cela ne m'a pas réussi. Vos flatteries m'ont trompé; par votre faute, je permis le baiser pour faire plaisir au petit vaurien; il me trouva sottement débonnaire; je ne sais quel diable m'y a poussé. Par la chair Dieu, malheur à vous qui vîntes pour assaillir notre château! Votre dernière heure est arrivée. »

La belle crie merci, car elle n'en peut plus. Et le vilain crôle la hure, et s'agite comme un possédé, et jure sur les saints qu'il l'occira sans délai.

Cependant Pitié se hâtait d'accourir pour délivrer sa compagne. Elle portait au lieu d'épée une miséricorde toute dégouttante de pleurs; cette arme, dit-on, percerait le diamant, car la pointe en est très aiguë. Son écu était d'Allégement, tout bordé de Gémissements, et plein de Soupirs et de Plaintes. Pitié qui pleurait maintes larmes pique de toutes parts le rustre qui se défend comme un lion. A force d'être arrosé de larmes, le sale vilain botté finit par s'attendrir; il lui sembla qu'il en était tout étourdi comme s'il se noyait dans un fleuve; jamais il n'avait été si fortement touché. Sa dureté fut ébranlée; il chancelle, à bout de forces; il veut s'enfuir. Mais Honte l'appelle.

« Danger, Danger, vilain prouvé, si l'on vous voit vous rendre, et que Bel Accueil puisse s'échapper, nous serons tous pris, car il baillera aussitôt la rose aux gloutons, elle en sera tôt blême, molle et flétrie. Et je vous annonce que tel vent pourrait souffler ici, s'il trouvait l'entrée ouverte, qui ferait de grands dégâts, car il secouerait la graine trop fort, ou bien une autre graine y tomberait, qui serait lourde à la rose. Dieu fasse que telle graine n'y tombe! Cela serait un malheur pour nous, car avant qu'elle en pût sortir, elle pourrait faire mourir la rose, ou si la rose échappait à la mort, et si le vent soufflait si violemment que les grains s'entremêlassent, il se pourrait qu'elle fît par sa descente fendre quelqu'une des feuilles où que ce soit, et que par la fente de la feuille (Dieu nous en garde!) parût dessous le vert bouton, et l'on dirait partout que des ribauds l'ont eue en leur possession. Jalousie l'apprendrait, et elle en aurait telle colère que nous serions mis à mort. Danger, les maufés vous ont rendu fou. »

Danger crie au secours. Honte alors s'élance sur Pitié et la menace.

« Vous avez trop vécu, dit-elle. Soyez maudite, vous qui entreprîtes cette guerre! »

Honte portait une grande épée, belle, bien faite et forgée de Souci d'Apercevoir; elle avait une targe forte qui était nommée Crainte de

Mauvais Renom; elle l'avait faite de ce bois, et il y avait sur les bords mainte langue représentée. Elle frappe tant Pitié qu'elle la fait sauter en arrière. Celle-ci était sur le point de céder, quand survint Délice, bachelier d'élite, beau et fort. Il assaillit Honte. Il avait épée de Vie plaisante, écu d'Aise, bordé de Soulas et de Joie. Honte se couvrit de sa targe et évita le choc. A son tour, elle attaque Délice, le frappant avec une telle vigueur qu'elle lui fracasse l'écu sur le chef et l'étend par terre; elle l'eût pourfendu jusqu'aux dents, si Dieu n'avait amené sur les lieux un demoiseau qu'on appelait Bien Celer.

Bien Celer était bon guerrier, sage et avisé seigneur; son épée était silencieuse et comme de langue coupée; elle ne fait nul bruit et si fort qu'elle soit brandie, on ne l'entend pas d'une toise; son écu était de Cachette où jamais poule ne pondit, bordé de Sûres Démarches et de Retours Secrets. Levant son fer, il l'assène sur Honte avec telle force que peu s'en faut qu'il ne lui brise le front. Honte en fut toute abasourdie.

« Honte, dit-il, Jalousie ne le saura pas, je puis vous l'assurer et vous en faire cent fois le serment. N'est-ce pas grande assurance? Maintenant que Malebouche est tué, vous êtes prise. Ne rougissez plus. »

Honte ne sait que répondre. Peur la couarde s'élance alors, toute pleine d'ire; elle regarde sa cousine Honte, et quand elle la voit si entreprise, elle met la main à l'épée; celle-ci était terriblement tranchante : elle avait nom Soupçon d'Ostentation, parce qu'elle était faite de cette matière, et quand elle fut tirée du fourreau, elle brilla plus que le cristal. Peur avait un écu de Doute et de Péril, bordé de Travail et de Peine. Elle s'efforce d'écharper Bien Celer pour venger sa cousine; d'un coup furieux qu'il ne peut éviter, Bien Celer chancelle étourdi. Il appelle Hardement à la rescousse; celui-ci accourt promptement, car si l'autre avait recommencé, c'en était fait du baron. Hardement était preux et hardi, il avait une épée bonne et bien fourbie, faite d'acier de Forsènerie; son écu renommé s'appelait Mépris de Mort, et était bordé follement de Témérité.

Il s'avance contre Peur, vise et détache un coup effroyable que l'autre pare adroitement en se couvrant de son écu. Peur riposte aussitôt de tout le poids de son bras, si bien qu'elle étend son ennemi par terre. Quand Hardement se voit gisant sur le sol, il lui crie merci à mains jointes et la prie de l'épargner, et Peur y consent.

Mais Sûreté intervient : « Qu'est-ce? dit-elle. Par Dieu, Peur, vous mourrez ici. Défendez-vous le mieux que vous pourrez. Vous étiez toujours tremblante et plus couarde qu'un lièvre, et vous voilà maintenant pleine d'audace. Les diables vous ont rendue si brave que vous vous attaquez à l'intrépide, au redoutable Hardement, le champion de tous les tournois. Jamais depuis que vous êtes sur terre, vous ne fîtes tel prodige de valeur; dans tous les combats vous fuyez ou vous vous rendez, vous qui montrez aujourd'hui tant de courage. Jadis vous avez pris la fuite avec Cacus, quand vous aperçûtes Hercule accourir, sa massue au cou; vous étiez alors éperdue, et vous lui mîtes des ailes au pied, car jamais il n'avait fait pareille course. Ce fut lorsque Cacus vola ses bœufs à Hercule, et les rassembla dans son antre, en les menant à reculons par la queue pour que le larcin ne fût découvert. Là votre force fut mise à l'épreuve, là vous avez bien prouvé que vous ne valez rien dans les batailles, et puisque vous ne les avez pas hantées, vous en savez néant ou fort peu. Aussi vous faut-il, non vous défendre, mais incontinent rendre les armes.»

Sûreté avait une épée d'Absence de Souci, un écu de Paix, excellent et tout bordé d'Accords. Elle attaque Peur, pensant bien l'occire, mais Peur pare de son mieux; l'épée rencontre l'écu et glisse tout le long, sans lui faire de mal. Peur, à son tour, frappe Sûreté qui en est toute chancelante. Le choc a été si fort que son épée et son écu lui volent des mains. Que fait alors Sûreté? Pour donner l'exemple aux autres, elle saisit Peur par la tête, et Peur lui rendit la pareille; toutes deux cherchaient à se renverser : ce fut le signal d'une mêlée générale. Chacun se jette sur l'autre, et appelle sa ménie, et tous à la fois en viennent aux mains; les coups pleuvent de toutes parts, plus drus que neige ni grêle; les blessés jonchent le sol.

Mais je ne vous mentirai pas, les assiégeants avaient le dessous. Le dieu d'Amour eut grand' peur que ses gens ne fussent tous occis. Il envoie Franchise et Doux Regard à sa mère, lui mandant de venir à tout prix; cependant, il obtint une trêve de dix ou douze jours ou environ, je ne sais plus; elle eût été prise pour toujours, s'il l'eût requis, sans qu'on se préoccupât de la rupture de l'un ou de l'autre côté; mais si Amour avait cru avoir le dessus, il n'eût pas demandé de trêve, et si les portiers eussent pensé que les autres la rompissent, peut-être ne l'eussent-ils pas accordée. Et si Vénus avait été là, il n'y aurait pas eu d'armistice, mais on ne put faire autrement. Il convient de gagner du temps, soit par trêve, soit par quelque retraite, toutes les fois qu'on lutte avec un ennemi qui a l'avantage, jusqu'à ce qu'on puisse le maîtriser.

Les messagers quittèrent l'ost et partirent pour Cythère où ils furent reçus à grand honneur.

Cythère est une montagne entourée de bois et si haute que nul boujon d'arbalète, si puissante qu'elle soit, ne pourrait en atteindre le sommet. Vénus qui inspire les dames fit là son principal manoir. Elle était descendue ce jour-là dans un vallon pour chasser; le bel Adonis, son doux ami au cœur joyeux, l'accompagnait : il était encore un peu enfant, dans la croissance, mais très beau et avenant; la vénerie était son plaisir favori. Midi était déjà passé, chacun était las et se reposait à l'ombre d'un peuplier. Tout près d'eux les chiens haletants encore de la course buvaient au ru d'un vivier. Vénus et Adonis avaient à leurs côtés leurs arcs, leurs dards et leurs carquois; ils folâtraient, écoutant aux environs les oiselets sur la branche. Vénus tenait le jouvenceau embrassé dans son giron, et en le baisant lui apprenait les déduits de chasse, dont elle était coutumière.

« Ami, quand votre meute sera prête et que vous irez au bois, si vous trouvez une bête qui fuie, courez après sans crainte, mais contre celles qui tiennent tête ne sonnez pas le cor. Soyez couard et paresseux en face des hardis, car nulle valeur n'est sûre d'elle devant les cœurs intrépides, et hardi contre hardi livre périlleuse bataille.

« Cerfs et biches, chevreuils, rennes et daims, connins et lièvres, voilà ce que je veux que vous chassiez. Mais je vous défends les ours, les loups et les lions, car telles bêtes se défendent, décousent et tuent les chiens et déjouent souvent les calculs des veneurs ; maints en sont occis et navrés,

Je serais au comble du désespoir qu'il vous arrivât malheur. »

Telles étaient les recommandations de Vénus à son jeune ami. Adonis les prise peu, à tort ou à raison; toutefois il lui accorde tout ce qu'elle veut pour avoir la paix, mais elle aura beau dire, si jamais elle le laisse partir, elle ne le reverra pas vivant. Adonis ne la crut point, et il en mourut, l'infortuné, car Vénus qui était loin ne put le secourir. Il poursuivait un sanglier et croyait bien le prendre, quand la bête sauvage se retourne contre lui, secoue la tête, lui plonge ses dents en l'aine, tord le groin et le jette à terre, sans vie.

Beaux seigneurs, qu'il vous souvienne de cet exemple : sachez que vous faites grande folie en ne croyant pas vos maîtresses. Vous devriez bien ajouter foi à leurs paroles, car ce qu'elles disent est vrai comme histoire. Si elles jurent qu'elles sont à vous, croyez-les comme patenôtre; si Raison intervenait, ne la croyez pas plus que je ne fis, jurât-elle sur le crucifix. Si Adonis eût cru son amie, il n'eût pas abrégé ses jours.

Vénus donc jouait avec Adonis ce jour-là. Après leurs déduits, quand il leur plut, ils retournèrent à Cythère. Les messagers, sans avoir pris de repos, avant que Vénus se déshabillât, lui contèrent de fil en aiguille tout ce qu'il leur appartenait de dire.

« Par ma foi, dit alors Vénus, malheur à Jalousie qui a élevé ce château contre mon fils! Si je ne l'embrase avec tout ce qu'il y a dedans, ou si les portiers ne me rendent les clés de la tour, je ne prise une bille de bois mon arc et mon brandon. »

Elle fait mander sa ménie : elle ordonne de

préparer son char à quatre roues, étoilé d'or et de perles; au lieu de chevaux, on attelle aux limons six colombes. Quand tout fut prêt, Vénus monte dans son char. Les oiseaux battent des ailes, fendent l'air et volent au camp tout droit. La reine des amours est descendue; tous accourent à grande joie à sa rencontre, en premier lieu son fils qui par sa hâte avait déjà rompu la trêve, avant le terme fixé, car jamais il n'a respecté convention, serment ni promesse.

Les combattants guerroient avec ardeur; ceux-ci assaillent, ceux-là se défendent : ceux-ci dressent des perrières contre la forteresse et envoient des pierres pesantes pour rompre les murailles, et ceux-là hourdent les murs de fortes claies hérissées de Refus et tressées de verges flexibles qu'ils ont arrachées à la haie de Danger. Et ceux-ci tirent des sagettes barbelées empennées de Grandes Promesses, tant de services que de dons, solidement ferrées d'Assurance et de Serment. Et ceux-là se couvrent de leurs targes redoutables, faites de même bois que les claies.

Tandis que les choses en étaient à ce point, Amour s'avança vers sa mère et lui fit le récit de ce qui s'était passé, la priant de le secourir.

« Puissé-je mourir de male mort, dit Vénus, si je laisse jamais Chasteté loger en femme vivante! Jalousie aura beau se démener. Nous sommes trop souvent ses victimes. Beau fils, jurez aussi que les hommes suivront tous votre voie.

— Certainement, madame, nul n'en sera exempt. Jamais, du moins sincèrement, ils ne seront appelés prud'hommes, s'ils n'aiment ou s'ils n'ont aimé. C'est un grand malheur que des gens vivent en esquivant les plaisirs de l'amour. Puissent-ils avoir mauvaise fin! Je les hais tant que je voudrais tous les exterminer. Je me plains et me plaindrai toujours d'eux, comme celui qui veut leur nuire et leur nuira tant qu'il pourra, jusqu'à ce qu'ils capitulent ou que le cœur leur crève. »

Amour et Vénus ont fait à haute voix ce serment devant l'ost, et pour le tenir mieux, ils jurèrent, non sur les saints, mais sur leurs carquois, leurs flèches, leurs arcs, leurs dards et leurs brandons. Ils disent : « Nous ne demandons meilleures reliques pour ce faire : si nous parjurions celles-ci, jamais nous ne serions crus. »

Et les barons entendirent tous le serment, et ils les crurent, comme s'ils eussent invoqué la sainte Trinité.

XIV

Nature dans sa forge s'occupe de perpétuer les espèces. — La lutte contre la Mort. — L'Art. — L'Alchimie et la transmutation des Métaux. — Peintres et Sculpteurs de l'Antiquité. — Beauté insondable de l'Univers. — La douleur de Nature. — Elle va trouver son chapelain Génius. — Satire de Génius sur les bavards. — Les femmes et le secret.

Pendant ce temps, Nature, qui pensait aux choses qui sont sous le ciel, était entrée dans sa forge où elle mettait tous ses soins à créer les individus destinés à perpétuer les espèces. Les individus font vivre les espèces tant que la Mort ne peut les atteindre, quelque ardeur qu'elle mette à les pourchasser, car Nature la suit de si près que, quand la Mort avec sa massue détruit celles des pièces particulières qui lui sont redevables (il y en a de corruptibles qui ne redoutent nullement la mort, mais toutefois vont dépérissant et s'usent avec le temps, et se décomposent, de quoi d'autres choses se nourrissent), elle ne peut toutes les exterminer à la fois : elle happe l'une, et l'autre lui échappe; car quand elle a tué le père, il reste le fils, la fille ou la mère qui fuient devant la Mort. Mais ils ont beau courir, il leur faut périr à leur tour : médecine ni vœux ne leur servent de rien. Puis surgissent nièces et neveux qui se précipitent pour jouir de la vie, aussi vite que les pieds peuvent les porter; l'un s'enfuit à la carole, l'autre au moutier ou à l'école; ceux-ci vont à leur marchandise, ceux-là aux arts qu'ils ont appris; les autres aux plaisirs de la table et du lit. Il en est qui, pour fuir plus vite le tombeau, montent sur de grands destriers, avec des étriers dorés; celui-ci confie ses jours à un vaisseau et s'en va par la mer, et mène, à la vue des étoiles, ses voiles et ses avirons; celui-là fait vœu d'humilité et prend un manteau d'hypocrisie dont, tout en fuyant, il couvre sa pensée pour ne laisser voir que l'apparence. Ainsi tous les vivants fuient, esquivant la Mort. La Mort qui a le visage teint de noir court après eux, jusqu'à ce qu'elle les atteigne : c'est une poursuite acharnée qui dure dix ou vingt ans, trente, quarante, cinquante, soixante, septante, quatre-vingts ans, nonante, cent. Elle va brisant tout ce qu'elle tient, et s'ils peuvent passer outre, elle les pourchasse et les talonne sans relâche, tant qu'elle les prend à son lacet, malgré tous les physiciens. De ces physiciens on ne vit nul lui échapper : Hippocrate, ni Galien, tant fussent-ils bons médecins; Rhasès, Constantin, Avicenne lui ont laissé leur peau;

et ceux qui ne peuvent tant courir, rien ne les peut non plus sauver de la Mort.

Ainsi Mort qui jamais n'est repue engoule gloutonnement les pièces; elle les poursuit tant par mer et par terre qu'à la fin elle les enterre toutes. Mais elle ne peut les tenir ensemble, de sorte qu'elle ne peut venir à bout de détruire entièrement les espèces, tant leurs représentants savent bien éviter ses coups; car n'en resterait-il qu'un seul, que la forme commune survivrait, comme le Phénix. Il n'y a toujours qu'un Phénix à la fois; il vit cinq cents ans; quand sa fin est arrivée, il dresse un grand bûcher d'épices, s'y place et s'y brûle : c'est ainsi qu'il consomme la destruction de son corps; mais pour que sa forme ne soit pas perdue, un autre Phénix renaît de ses cendres, ou lui-même, peut-être, que Nature soucieuse de conserver son espèce, ressuscite en personne; si la Mort dévore le Phénix, le Phénix toutefois demeure; elle en aurait dévoré mille que Phénix serait demeuré. Ce Phénix, c'est la forme commune que Nature reforme dans les individus, et qui serait du tout perdue, si elle ne permettait à l'autre de vivre. Tous les êtres de l'univers ont le même privilège : tant qu'il en subsistera un exemplaire, leur espèce vivra en lui, et jamais la Mort ne l'atteindra.

Nature miséricordieuse, quand elle voit que la Mort jalouse vient avec Corruption détruire tout ce qu'elles trouvent dans sa fabrique, martelle et forge sans arrêt, remplaçant l'ancienne génération par une nouvelle. Ne sachant d'autre remède, elle taille des empreintes exactes en coins de monnaies diverses qui servent de modèles à l'Art. Mais l'Art ne produit pas de formes si vraies. A genoux devant Nature, très attentif, il la prie et requiert, comme un mendiant et un truand pauvre de science et de pouvoir, mais soigneux de l'imiter, qu'elle veuille bien lui apprendre à embrasser la réalité dans ses figures. Il observe comme Nature travaille, car il voudrait bien faire une telle œuvre, et il la contrefait comme un singe, mais son faible génie ne peut créer des choses vivantes, si naïves qu'elles paraissent. Art, quelque peine qu'il se donne par grande étude de représenter les choses quelles qu'elles soient, qu'il peigne, teigne, forge ou taille chevaliers sur beaux destriers, tout couverts d'armes bleues, jaunes ou vertes, ou bigarrées d'autres couleurs, les oiseaux dans les buissons, les poissons de toutes eaux, les bêtes sauvages qui pâturent par les bois, toutes les herbes, toutes les fleurettes que jouvenceaux et pucelles vont cueillir dans la forêt au printemps, oiseaux privés, bêtes domestiques, bals, danses, trèches de belles dames bien parées et portraites à souhait, en métal, en bois ou en cire ou en quelque autre matière, soit en tableaux, soit sur murailles, tenant bacheliers élégants bien peints et figurés, jamais, si habile soit-il, il ne les fera marcher d'eux-mêmes, vivre, mouvoir, sentir, parler.

Qu'il apprenne l'alchimie si bien qu'il teigne tous les métaux en couleur (car il mourrait plutôt que de transmuer les espèces, s'il ne fait tant qu'il les ramène à leur matière primitive), qu'il œuvre tant qu'il vivra, jamais il n'égalera Nature. Et s'il voulait entreprendre de les y ramener, il lui faudrait savoir comment obtenir, quand il fera son élixir, cette proportion convenable d'où sortirait la forme nouvelle, proportion qui distingue les substances entre elles par différences spécifiques, comme il paraît à la définition.

Cependant, c'est chose bien connue, l'Alchimie est un art véritable; qui en userait sagement ferait des merveilles, car quoi qu'il en soit des espèces, les corps particuliers, soumis à des préparations intelligentes, sont muables de tant de manières, qu'ils peuvent changer entre eux de nature par diverses élaborations et que ce changement les fait rentrer dans d'autres catégories. Ne voit-on pas comment les maîtres verriers transforment la fougère en cendre et en verre? Pourtant le verre n'est pas la fougère, ni la fougère le verre. Quand le tonnerre gronde et que les éclairs brillent, on voit souvent tomber des pierres des vapeurs qui n'ont pourtant rien de la pierre. Le savant peut connaître la cause de tels changements de matière. Ce sont des espèces transmuées ou des individus qui s'en écartent en substance et figure, celles-là par l'intervention de l'art, celles-ci par la nature.

Ainsi on pourrait faire des métaux si l'on parvenait à enlever à certains les ordures qui les souillent et leur rendre leurs formes pures, voisines par leurs complexions et assez portées l'une vers l'autre, car ils sont tous de la même matière, quelle que soit la disposition de leurs éléments : les livres des philosophes, en effet, nous disent que les diverses sortes de métaux naissent dans les mines du soufre et de vif-argent. Qui serait habile à préparer les esprits de telle sorte qu'ils eussent la propriété d'entrer dans les corps et de s'y fixer, pourvu qu'ils les trouvassent bien purifiés, et que le soufre, blanc ou rouge, ne brûlât pas, ferait ce qu'il voudrait des métaux. Car les maîtres alchimistes font naître l'or fin de l'argent, lui ajoutant poids et couleur par ingrédients peu coûteux, et de l'or fin font des pierres précieuses claires et très remarquables; et ils dépouillent de leurs formes les autres métaux si bien qu'ils les muent en argent, par drogues blanches, pénétrantes et fines. Mais ceux qui sophistiquent n'en feraient pas autant; qu'ils travaillent tant qu'ils voudront; ils n'atteindront pas Nature.

Nature, la grande ingénieuse, bien qu'elle fût toute occupée à ses œuvres qu'elle aimait beaucoup, se clamait lasse, dolente, et pleurait si profondément qu'il n'est personne capable de quelque pitié qui n'en eût fait autant en la regardant; car elle sentait au cœur tel chagrin d'un fait dont elle se repentait qu'elle eût voulu laisser son ouvrage et ne plus penser à rien, si elle en avait eu congé de son maître; elle voulait l'en aller prier, tant le découragement lui serrait le cœur.

Je voudrais bien vous la décrire, mais mon petit sens n'y suffirait pas. Mon sens! Qu'ai-je dit? Cela va de soi. Mais nulle intelligence humaine ne le pourrait vraiment, ni de vive voix, ni par écrit, fût-il Platon ou Aristote, Algus, Euclide, Ptolémée qui ont si grand renom de bons écrivains : leur génie serait sans vertu, s'ils voulaient entreprendre la chose. Pygmalion aussi renoncerait à tailler son image; Parrhasius y travaillerait en vain, voire Appelles, le peintre excellent, ne pourrait jamais retracer les beautés de ses formes, tant eût-il à vivre. Ni Miron, ni Polyclète, Zeuxis même n'y parviendrait pas, qui pour faire dans le temple l'image d'une déesse prit pour modèle cinq jeunes filles, les plus belles que l'on pût trouver par toute la terre, posant debout, toutes nues, pour remarquer s'il se trouvait en chacune d'elles quelque défaut sur le corps ou dans les membres, comme Tulle nous le rapporte dans sa *Rhétorique*. Mais ici Zeuxis n'eût rien pu faire, ni tracer ni colorer le portrait de Nature, tant sa beauté dépasse tout. Non pas seulement Zeuxis, mais tous les maîtres qui virent jamais le jour; Dieu seul pourrait le faire. Moi-même, si j'avais pu la comprendre, je vous l'aurais décrite volontiers. J'ai essayé plus de cent fois, j'y ai tant musé que j'y ai consumé mon esprit, mais ce fut témérité et présomption de ma part; le cœur me crèverait avant que je pusse embrasser par la pensée cette beauté insondable, malgré tout mon travail, et que j'osasse en dire un mot. Je suis recru d'y penser; alors je me tais; Nature est si belle que je ne sais ni ne puis dire rien d'autre. Car Dieu, le Beau outre mesure, en fit une fontaine toujours coulante et toujours pleine d'où toute beauté dérive, mais nul n'en connaît le fond ni les bords. Et toute comparaison est inutile.

Quand Nature ouït le serment de Vénus et d'Amour, ce lui fut un grand soulagement. Elle se tenait pour déçue et disait : « Hélas! Qu'ai-je fait? Je ne me repentis jamais que d'une seule action, depuis le commencement du monde; par cette action je me suis méprise gravement, et quand je considère la folie que je fis, il est bien juste que je m'en repente. Lasse, dolente! Malheureuse que je suis! Où trouvera-t-on désormais la bonne foi! Ai-je bien employé ma peine? Je suis bien hors de sens, moi qui n'ai eu en vue que de servir mes amis pour mériter leur gratitude, et n'ai réussi qu'à favoriser mes ennemis. Ma bonté me tue! »

Alors elle adresse la parole à son chapelain qui célébrait sa messe en sa chapelle. Ce n'était pas un office nouveau, car il faisait ce service depuis qu'il était prêtre de l'église. A haute voix, en guise d'autre messe, devant la déesse Nature, le prêtre exposait les figures de toutes les choses existantes qu'il avait représentées dans son livre, telles que Nature les lui fournissait.

« Génius, dit-elle, beau prêtre qui êtes maître des choses et les mettez toutes en œuvre selon leurs propriétés et menez à bonne fin la besogne qui vous incombe, je veux me confesser à vous d'une folie que j'ai faite et dont je ne suis pas quitte, mais le repentir me presse beaucoup.

— Ma dame, répondit Génius, reine du monde à qui toute chose est soumise, s'il est rien qui vous tourmente à ce point que vous vous en repentiez ou qu'il vous plaise de me dire, qu'il y ait là sujet de se réjouir ou de s'affliger, vous pouvez tout à loisir me confesser ce que vous voudrez, et je m'efforcerai d'y apporter remède; si c'est chose qui doit être tue, je cèlerai bien votre secret, et si vous avez besoin d'absolution, je ne vous la refuserai pas. Mais d'abord cessez vos pleurs.

— Certes, fait Nature, si je pleure, beau Génius, ce n'est pas merveille.

— Dame, je vous prie de laisser les pleurs, si vous voulez bien vous confesser, et de porter toute votre attention sur ce que vous avez à me dire. Je crois que l'affaire est d'importance, car noble cœur ne s'émeut pas de peu de chose. Il est fou qui ose vous troubler. Mais il est incontestable que la femme se chagrine facilement. Virgile, qui la connaissait bien, témoigne que la femme la plus ferme est d'humeur capricieuse et changeante, et elle est aussi très irritable; Salomon dit qu'il n'y a tête plus redoutable que la tête du serpent, ni créature plus coléreuse que la femme, ni qui ait tant de malice. Bref il y a en elle tant de dispositions vicieuses qu'on ne peut les compter. Tite-Live dit qu'auprès d'elles nulle prière n'est aussi efficace que la flatterie, tant elles sont crédules et naïves, et de nature malléable. Et ailleurs l'Ecriture dit encore que le fondement de tout le vice féminin est l'avarice.

« Quiconque confie ses secrets à sa femme en fait sa souveraine. Nul homme né de mère, s'il n'est ivre ou hors de sens, ne doit révéler à une femme, même loyale et débonnaire, rien de ce qui soit à cacher, s'il ne veut l'apprendre d'autrui. Mieux vaudrait fuir du pays. Qu'il ne fasse rien de secret, s'il voit sa femme venir sur ces entrefaites, car, même s'il y avait péril pour sa personne, elle ne tiendrait pas sa langue. Elle le dirait, tôt ou tard, même si on ne l'invitait pas; pour rien au monde elle ne s'en tairait. Et celui qui lui aura parlé, s'il arrive après qu'il ose la battre une seule fois, elle lui reprochera en public le fait qu'il lui a révélé. On perd sa femme en lui faisant des confidences; le malheureux qui s'y fie se lie les mains et se coupe le cou dans le cas où il serait passible de mort pour un acte qu'il aurait commis; s'il ose jamais gronder contre elle, ou la réprimander, sa vie sera en péril, car elle le fera pendre par la justice ou assassiner par des particuliers.

« Mais le fol, quand, la nuit, il est couché auprès de sa femme, ne pouvant ou n'osant reposer, car il a sur la conscience quelque meurtre ou par aventure quelque dessein de commettre une action défendue dont il craint, s'il est découvert, de recevoir la mort, se tourne et laisse échapper des soupirs et des plaintes, et sa femme, voyant son malaise, l'attire à elle et l'accole et le baise et se blottit contre lui : « Sire, dit-elle, qu'y a-t-il? Qui vous fait soupirer de la sorte, et tressaillir et retourner? Nous sommes seuls ici, tous les deux, les personnes du monde, vous le premier, moi la deuxième qui devons nous aimer le mieux, sincèrement et sans arrière-pensée. J'ai bien fermé l'huis de notre chambre; les parois sont épaisses d'une demi-toise, et les chevrons sont hauts; nous sommes loin des fenêtres; nul ne pourrait les ouvrir sans les briser, pas plus que ne peut le faire le vent. Nous sommes tout à fait en sûreté. Ces murs n'ont pas d'oreilles; et votre voix ne peut être ouïe que de moi seulement. Aussi je vous prie humblement au nom de l'amour que vous m'avez juré, de me dire votre secret.

« — Dame, répond le mari, je ne vous le confierais pour rien au monde, car ce n'est pas chose à dire.

« — Ah! fait-elle, beau doux sire, je suis donc suspecte à vos yeux, moi qui suis votre fidèle épouse? Quand nous nous unîmes par le mariage, Jésus-Christ qui ne fut pas avare de sa grâce, ne fit de nous deux qu'une chair, et puisque nous n'avons qu'une chair par la loi commune, dans cette chair il n'y a qu'un cœur à gauche. Il n'est donc rien de ce que vous avez en vous que je ne doive savoir. C'est pourquoi je vous prie de me le dire pour ma peine. Je n'aurai pas de joie jusqu'à tant que je le sache. Je sais combien vous m'aimez; vous m'appelez douce sœur et douce compagne. Certes, si vous ne me découvrez ce que vous avez dans le cœur, je me regarderai comme trahie. Depuis que vous m'avez épousée, ne vous ai-je dit pas tout? Je laissai pour vous père, mère, oncle, neveu, frère et sœur, et tous les amis et tous les parents. J'aurais fait un bien mauvais échange, si vous me traitiez en étrangère, moi qui vous aime plus que rien qui vive. Par Jésus-Christ, qui doit vous protéger mieux que moi? Qu'il vous plaise de considérer ma fidélité, si vous êtes loyal. Ce gage ne vous suffit-il pas? En voulez-vous un meilleur? Je suis pire que les autres, si vous n'osez me dire vos secrets. Je vois toutes les autres femmes : elles sont maîtresses chez elles, et leurs maris ont en elles tant de confiance qu'ils ne leur cachent rien; tous prennent conseil d'elles, quand ils veillent ensemble dans leurs lits, et ils s'y confessent privément mieux qu'ils ne font au prêtre. Je le sais par elles-mêmes, car maintes fois elles m'ont avoué tout ce qu'elles ont ouï et vu, et même tout ce qu'elles pensent. Je ne suis pas leur pareille, n'étant ni bavarde, ni dévergondée, ni querelleuse, je suis honnête femme, au moins chaste de corps, sinon remplissant tous mes devoirs envers Dieu. Jamais vous n'avez entendu dire que j'aie commis l'adultère, à moins que des fous ne l'aient prétendu, l'ayant inventé par malice. D'ailleurs ne m'avez-vous pas mise à l'épreuve? M'avez-vous trouvée infidèle?

« Maintenant, beau sire, voyez comment vous me gardez votre foi. Vous fûtes bien coupable quand vous me mîtes l'anneau au doigt; je ne sais comment vous l'osâtes. Si vous ne pouvez vous fier en moi, pourquoi vous êtes-vous marié? Au moins, donnez-moi une fois la preuve de votre amitié; et je vous assure et promets, et jure par le bienheureux saint Pierre que je serai muette comme un tombeau. Certes, je serais bien insensée si je laissais échapper une parole dont vous eussiez honte et dommage. Je me déshonorerais, moi et ma famille. On a coutume de dire, et c'est très vrai : « Qui est assez fou pour se tailler le nez, se défigure pour toujours. » Dites-moi ce qui vous chagrine, ou je mourrai de désespoir. »

« Lors elle lui découvre la tête et la poitrine, et le couvre de baisers et de larmes. Alors le malheureux lui conte le crime qu'il a commis, et il court au gibet, et aussitôt qu'il a parlé, il s'en repent. Mais parole une fois envolée ne peut plus être rappelée. Il la prie de se taire, et se trouve beaucoup plus ennuyé qu'il n'était avant que sa femme sût rien de ses affaires. Celle-ci promet de garder le silence, quoi qu'il arrive. Mais elle sent qu'elle le domine maintenant, qu'il n'osera désormais se mettre en colère ni gronder contre elle. Elle le fera rester coi, et il y a bien sujet. Peut-être tiendra-t-elle sa promesse, au moins tant qu'une brouille survienne entre eux. Bien beau encore si elle attend jusque-là, car le secret lui pèsera.

« Qui aimerait les hommes leur tiendrait ce discours, afin que chacun en fasse son profit pour éviter un grand péril; il pourra déplaire aux femmes, mais la vérité ne cherche pas l'ombre. Beaux seigneurs, gardez-vous des femmes, si vous tenez à vos corps et à vos âmes; au moins, ne faites pas de sorte que vous leur découvriez les secrets que vous enfermez en vous-mêmes. Fuyez, enfants, fuyez telle bête, je vous le conseille sincèrement; notez ces paroles de Virgile et les gardez bien dans votre mémoire : « Enfants qui cueillez les fleurettes et les fraises, ici le froid serpent gît dans l'herbe : fuyez enfants, car il mord et empoisonne l'homme qui s'en approche. Enfants qui cherchez à terre les fleurs et les fraises naissantes, le serpent malfaisant est tapi sous l'herbette, cachant son venin jusqu'à tant qu'il puisse le répandre pour vous nuire. Pensez, enfants, à l'éviter. Si vous voulez échapper à la mort, ne vous laissez pas happer, car il est bête si venimeuse qu'il pique et mord en trahison tout ce qui l'approche, et telle est l'ardeur de ce venin que nulle thériaque n'en guérit; rien n'y vaut, herbe ni racine : le seul remède est de fuir. »

« Je ne dis pas toutefois, et jamais ce ne fut mon intention, que vous n'aimiez pas les femmes ni que vous deviez les éviter au point de ne pas coucher avec elles. Je vous recommande au contraire de les estimer à leur prix. Vêtez-les bien, chaussez-les bien, et toujours travaillez à les honorer et à les servir, afin de continuer votre espèce; mais ne vous y fiez pas tant que vous leur disiez ce qui doit être tu; souffrez qu'elles aillent et viennent, tiennent le ménage et gouvernent la maisonnée, si elles sont capables de le faire; s'il arrive aussi qu'elles sachent vendre ou acheter, elles peuvent s'occuper à cela; ou si elles connaissent quelque métier, qu'elles l'exercent, si besoin est; qu'elles sachent les choses banales et qu'il n'est pas nécessaire de tenir cachées; mais si vous leur donnez trop de pouvoir, vous vous en repentirez trop tard, quand vous éprouverez leur malice. L'Ecriture nous avertit que si la femme domine, elle contrarie son mari dans ce qu'il fait ou dit. En tout cas, attention que la maison n'aille de travers! On ne saurait trop faire bonne garde.

« Quant à vous qui avez des amies, soyez leurs bons camarades. Il convient qu'elles soient au courant des affaires communes; mais si vous êtes prudent et sensé, quand vous les avez dans vos bras et les accolez, taisez-vous, taisez-vous; tenez votre langue, car vous ne pouvez rien en attendre de bon, quand elles détiennent vos secrets, tant elles sont vaniteuses et impertinentes, et tant leur langue est acerbe et venimeuse. Quand les fous sont entre leurs bras, il ne peut plus rien y avoir de caché. Là les secrets sont révélés; là les maris découvrent leurs pensées, hormis ceux qui sont sages et réfléchis.

« La perverse Dalila, par ses caresses, vint à bout du vaillant Samson si fort, si preux et batailleur si redoutable, et lui coupa les cheveux, tandis qu'il dormait doucement dans un giron; dont il perdit toute sa vigueur : après lui avoir tondu la tête de ses forcettes, elle publia tous les secrets que le fou n'avait pas su lui celer. Je pourrais citer bien d'autres exemples; qu'il me suffise de redire le mot de Salomon : « Garde les portes de ta bouche de celle qui dort sur ton sein, pour fuir le péril et les reproches. » Voilà ce qu'il faut rappeler aux hommes, pour qu'ils ne se fient pas aveuglément aux femmes. Ce que j'en dis n'est pas pour vous, car sans contredit vous avez été toujours ferme et loyale. Et l'Ecriture affirme que vous êtes éternellement sage, par la grâce de Dieu. »

C'est ainsi que Génius cherchait à consoler Nature, l'exhortant à laisser la tristesse qui ne mène à rien. Quand il eut dit ce qu'il voulait, sans la prier davantage, il s'assit en une chaire, placée près de son autel. Nature se mit aussitôt à genoux. Mais elle ne pouvait oublier son deuil. Génius ne veut pas l'en prier de nouveau, car il y perdrait sa peine. Alors il se tait et écoute la dame qui se confesse en grande dévotion. C'est cette confession que je vous rapporterai ici mot à mot.

XV

Confession de Nature : le ciel, les planètes, la lune, le soleil. — La Nuit et son mari Achéron. — Influence des corps célestes sur les êtres sublunaires. — Empédocle, Origène. — Prédestination et libre arbitre : comment les accorder. — La prescience divine laisse à l'homme son franc vouloir. — Prévoyance et industrie de l'homme : Deucalion et Pyrrha. — Différence de l'homme et des animaux.

« Ce Dieu souverainement beau, quand il fit ce monde dont il portait en sa pensée la belle forme méditée de toute éternité, ne prit qu'en lui-même son modèle et tout ce qui lui était nécessaire, car s'il eût voulu les chercher ailleurs, il n'y eût trouvé ciel ni terre, ni rien dont il pût s'aider; celui en qui rien ne peut manquer fit tout sortir du néant, et rien ne le poussa à le faire, sinon sa bonne volonté généreuse et désintéressée qui est la source de toute vie. Il fit au commencement une masse confuse sans ordre et sans distinction, puis la divisa en parties qui ne furent plus divisées depuis, puis les dénombra, et paracheva leurs formes par mesures raisonnables, et les arrondit pour qu'elles pussent mieux se mouvoir ou plus englober, selon qu'elles devaient être mobiles ou servir d'enveloppe, et il leur assigna, par juste compas, la place qui leur convenait : les parties légères volèrent en haut, les pesantes tombèrent au centre, et les moyennes occupèrent le milieu.

« Et quand il eut, selon son dessein, peuplé le monde de ses autres créatures, il me fit la grâce et l'honneur incomparable de m'en établir chambrière. Il me laissera servir tant que ce sera sa volonté; je ne réclame pas d'autre droit, et je le remercie qu'il m'ait donné une si grande marque de son amour, lui si grand seigneur et moi si pauvre demoiselle, en me faisant chambrière d'une si belle maison. Chambrière, certes plutôt connétable et vicaire, ce dont je ne fusse pas digne sinon par sa bienveillante volonté.

« Je garde la belle chaîne dorée qui enlace les quatre éléments, tous inclinés devant ma face : Dieu m'a donné à garder toutes les choses, tous les êtres qui s'y trouvent renfermés; il m'a commandé de continuer leurs formes; il voulut qu'ils apprissent mes règles si bien que jamais ils ne les oubliassent. Ainsi font-ils communément : tous y mettent leur zèle, hormis une seule créature.

« Je ne dois pas me plaindre du ciel qui tourne toujours, régulièrement, emportant en son cercle poli toutes les étoiles avec lui, étincelantes et puissantes sur toutes les pierres précieuses. Il va réjouissant le monde, s'acheminant d'orient en occident, et ne cesse de se diriger vers son point de départ, supplantant tous les cercles qui vont gravitant en sens contraire pour retarder son mouvement; ceux-ci ne peuvent ralentir sa marche, ni l'empêcher d'accomplir sa révolution entière en trente-six mille ans pour revenir au point d'où Dieu le fit mouvoir, suivant le même chemin que le zodiaque dont le cercle a la même longueur. Le ciel poursuit sa course si exactement que les Grecs l'appellent *aplanos*, ce qui veut dire sans erreur. Ce ciel-là n'est pas visible à l'homme, mais prouvé par démonstration.

« Je ne me plains pas des sept planètes claires et reluisantes qui suivent chacune leur cours. Il semble aux gens que la lune n'est pas très nette ni claire parce qu'elle paraît obscure par endroits, mais cela tient à sa double nature. La partie claire de sa substance ne peut pas réfléchir les rayons du soleil qui sont absorbés par elle; de ce fait elle paraît obscure. Au contraire la partie opaque qui renvoie les rayons paraît lumineuse.

Pour faire comprendre la chose, un exemple suffira.

« Le verre transparent, qui n'a rien d'opaque au-dedans ni par-derrière qui réfléchisse les rayons, ne peut montrer les images et renvoyer aux yeux les formes; mais si l'on voulait y mettre du plomb ou quelque matière opaque qui ne laisse point passer les rayons, l'image serait aussitôt reflétée, et la lumière réfléchie. De même la lune en sa partie claire ne peut retenir les rayons et par là paraître lumineuse, mais la partie opaque qu'ils ne traversent pas réfléchit fortement la lumière : c'est pourquoi elle semble lumineuse par endroits et par endroits ténébreuse.

« La partie opaque de la lune nous représente la figure d'une bête merveilleuse : c'est un serpent qui tient sa tête constamment inclinée vers l'occident et dont la queue se termine vers l'orient; il porte sur son dos un arbre dressé qui étend ses rameaux vers l'orient, mais les étend de travers; sur ce guingois se tient un homme appuyé sur ses bras qui allonge ses jambes vers l'occident.

« Les planètes font une très bonne œuvre; chacune se conduit si bien que nulle ne gêne l'autre; toutes sept, elles tournent sans arrêt par leurs douze maisons, en sens contraire du ciel, occupant chaque jour les portions qui leur appartiennent pour accomplir leur révolution en retardant la course du ciel; elles viennent en aide aux éléments, car si rien ne tempérait la vitesse du ciel, rien ne pourrait vivre sous lui.

« Le beau soleil qui produit le jour, car il est la cause de toute clarté, se tient au milieu des planètes comme un roi, tout flamboyant de rayons. Ce n'est pas sans raison que Dieu, la toute-sagesse et la toute-puissance, a établi là sa demeure, car s'il courait plus bas, tout périrait de chaleur, et s'il courait plus haut, le froid ne laisserait rien subsister. De là, il distribue sa lumière aux étoiles et à la lune, et les fait paraître si claires que la Nuit en fait ses chandelles, le soir, quand elle met sa table pour être moins affreuse devant Achéron son mari : mais celui-ci n'est pas content, car il aimerait mieux être sans lumière avec la Nuit noire, ainsi qu'ils faisaient jadis ensemble, quand ils commencèrent à se connaître, et que dans leurs transports furieux ils conçurent les trois Furies, qui sont justicières en enfer, garces cruelles et intraitables; toutefois la Nuit se pense, quand elle se mire dans sa cave, dans son office ou son cellier, qu'elle serait trop effrayante et aurait une face trop ténébreuse, sans la clarté joyeuse des corps célestes qui tournent dans leur sphère, rayonnant dans l'air obscurci, comme l'a voulu Dieu le père. Les sphères produisent entre elles une musique qui est la cause des mélodies et des accords divers que nous mettons en toutes sortes de chants. Il n'est rien qui ne chante par elles.

« Les corps célestes modifient par leurs influences les accidents et les substances des choses sublunaires : par eux les clairs éléments deviennent opaques, et les opaques deviennent clairs : ils distribuent en chaque corps le froid, le chaud, le sec, l'humide, et bien que ces qualités se contrarient entre elles, ils les allient : ils imposent la paix à ces quatre ennemis, quand ils les ont unis en proportions convenables pour donner la meilleure forme aux choses; si celles-ci deviennent pires, cela vient d'un défaut de leur matière.

« Mais, si l'on veut bien réfléchir, cette paix est instable, car la chaleur boit l'humidité, l'épuisant peu à peu de jour en jour, jusqu'à ce que vienne la mort fatale, si elle n'arrive autrement, hâtée par quelque autre cause, avant que l'humidité soit détruite; car bien que nul ne puisse prolonger la vie corporelle par remède ou drogue quelconque, je sais bien que chacun peut, en ce qui le concerne, l'abréger facilement. Maints, avant que l'humeur fasse défaut en eux, accourcissent leurs jours par pendaison ou noyade, ou en entreprenant quelque affaire périlleuse qui les mène droit au bûcher, ou par un accident dû à leur maladresse ou par la main de leurs ennemis particuliers qui emploient contre eux le glaive ou le poison; il en est qui tombent malades par mauvais gouvernement de vie, par trop dormir, par trop veiller, trop reposer, trop travailler, trop engraisser ou trop maigrir, car on peut pécher par un jeûne trop prolongé, par trop de délices ou trop de misère, par trop de douleurs ou de réjouissances, par trop boire ou trop manger, comme aussi en modifiant les qualités de son tempérament, quand par exemple on s'expose à un chaud ou à un froid soudain. Maints se nuisent et se tuent en changeant leurs habitudes, car les mutations subites sont très préjudiciables à la nature et font devancer l'heure de la mort naturelle. Et bien qu'ils soient très coupables envers moi, en abrégeant ainsi leurs jours, il me pèse toutefois qu'ils restent en route, vaincus par la mort dont ils eussent bien pu se garder, s'ils avaient voulu s'abstenir des excès et des folies qui les précipitent vers leur fin avant que d'avoir atteint la borne que je leur ai assignée.

« Empédocle se garda mal, lui qui aimait tant la philosophie et tant étudia dans les livres; plein peut-être de mélancolie, il ne craignit pas de mourir, mais se jeta tout vif dans la fournaise de l'Etna pour montrer que ceux qui redoutent la mort sont des cœurs faibles. Il ne trouva pas d'autre remède à la vie que d'élire sa sépulture parmi le soufre bouillant. Origène me prisa peu aussi, quand il se coupa les génitoires pour pouvoir servir dévotement les dames en religion sans que nul le pût soupçonner de coucher avec elles.

« On a dit que les Parques leur avaient destiné telles morts et suscité tel heur dès qu'ils furent conçus; et qu'ils avaient pris naissance sous telles constellations que par une nécessité inéluctable, il leur fallait mourir ainsi et malgré eux. Mais je sais bien, quoique les cieux y aient contribué en leur donnant de naissance des inclinations qui les poussaient à agir de la sorte, qu'ils pouvaient, par le bienfait d'une bonne doctrine, et d'une éducation pure et honnête, par la fréquentation des gens éclairés et vertueux, ou par aucuns autres remèdes salutaires, et par droiture d'esprit, obtenir qu'il en fût autrement, s'ils eussent, en hommes sensés, refréné leurs dispositions naturelles. Car quand un homme ou une femme sont enclins à se tourner contre le bien et la justice, la raison peut bien les en dissuader, pourvu qu'ils la croient. Lors il en va tout autrement, quoi que fassent les corps célestes qui ont évidemment grand pouvoir, si la raison ne se met à la traverse, mais dont la puissance est nulle contre la raison; tout homme sage sait bien, en effet, qu'ils ne sont pas les maîtres de la raison et qu'ils ne lui donnèrent pas le jour.

« Quant à résoudre la question comment la prédestination et la prescience divine peuvent s'accorder avec le libre arbitre, c'est chose ardue à expliquer aux gens lais. Si quelqu'un voulait entreprendre de le faire, il leur serait difficile de le suivre dans sa démonstration, eût-il même résolu parfaitement les arguments opposés. En dépit des apparences, prédestination et libre arbitre se concilient très bien. S'il était vrai que tout arrivât par nécessité, ceux qui feraient le bien ne devraient pas en être récompensés, et celui qui pèche ne devrait pas être puni, car celui qui voudrait faire le bien ne pourrait s'en empêcher, et celui qui voudrait faire le mal, rien ne pourrait le retenir : qu'il le voulût ou non, il le ferait, puisque ce serait sa destinée. Mais quelqu'un, disputant de la matière, pourrait bien prétendre que Dieu n'est pas déçu par des actes qu'il a connus d'avance et qui doivent arriver sans nul doute ainsi que sa science les a prévus; il sait qu'ils arriveront et quand et comment, car s'il ne le savait pas, il ne serait pas la toute-connaissance, ni la toute-puissance; il serait au même rang que nous humains, sujet à opinions douteuses, sans certitude de science. Avoir une telle idée de Dieu serait un blasphème : nul homme raisonnable ne peut l'admettre; il suit de là que, quand la volonté humaine s'efforce à quelque chose, il faut nécessairement qu'elle le fasse, pense, dise, veuille ou cherche à l'accomplir; donc c'est chose fatale et inévitable. D'où, semble-t-il, on doit conclure qu'il n'est pas de volonté libre.

« Mais si les Destinées tiennent tout ce qui arrive, comme cet argument semble le prouver, celui qui agit bien ou mal, ne pouvant faire autrement, quel gré Dieu doit-il lui en avoir ou quelle peine peut-il lui infliger? Eût-il juré de faire le contraire, l'homme n'échappera pas à la fatalité : donc Dieu ne serait pas juste de rendre le bien et de punir le vice. A vrai dire, il n'y aurait vertu ni vice, et rien ne servirait dès lors de prier Dieu ni de chanter des messes. Ou si Dieu faisait justice, comme ni la vertu ni le vice n'existeraient, il ne serait pas juste; il devrait plutôt déclarer quittes les usuriers, les meurtriers et les larrons, et mettre dans la même balance les bons et les hypocrites. Quelle déconvenue alors pour ceux qui se travaillent d'aimer Dieu, si son amour leur faisait défaut à la fin! Et il leur manquerait certainement, puisqu'il ne serait pas possible à personne de recouvrir la grâce divine par ses bonnes actions.

« Mais, sans nul doute, Dieu est juste, car la bonté resplendit toute en lui; autrement il lui manquerait une perfection; donc il rend gain ou perte à chacun selon son mérite; donc toutes les actions ont leur salaire, et la fatalité est anéantie, au moins dans le sens où les gens lais l'entendent, qui leur représente toutes les choses, bonnes ou mauvaises, vraies ou fausses, advenant par avènement nécessaire; et le franc vouloir, en dépit des attaques, tient bon et demeure debout.

« Mais, pour glorifier les Destinées et supprimer le libre arbitre, comme maints en ont été tentés, on pourrait tenir le raisonnement suivant au sujet d'une chose possible qui serait arrivée : « Si quelqu'un l'avait prévue et avait dit : telle chose sera et rien ne l'empêchera d'être, n'aurait-il pas dit la vérité? Donc il y aurait nécessité, car, si une chose est vraie, il s'ensuit qu'elle est nécessaire, par le fait que le vrai est réductible à la nécessité. » Comment répondre à cela? Certes votre homme dirait une chose vraie, mais non pas pour cela nécessaire, car de quelque façon qu'il l'ait prévue, la chose n'est pas arrivée par avènement nécessaire, mais par avènement possible seulement. Il s'agit là de nécessité conditionnelle, et non de nécessité absolue. Si bien que la proposition suivante ne vaut rien. Si une chose à venir est vraie, elle est nécessaire, car telle vérité possible ne peut pas être convertible à la nécessité absolue, comme la vérité absolue. Et tel argument ne peut passer pour détruire le libre arbitre.

« D'autre part, il ne servirait de rien aux gens de demander conseil pour aucune chose, ni de besogner sur terre, car pourquoi se conseilleraient-ils et se donneraient-ils de la peine, si tout était fixé d'avance et déterminé par force? Il n'en serait ni plus ni moins pour conseil ou travail, et ne pourrait en être ni mieux ni pis, qu'il s'agît de chose née ou à naître, de chose faite ou à faire, de chose à dire ou à taire; nul n'aurait besoin d'apprendre; il saurait sans étude tout ce qu'on acquiert des arts par le labeur de toute une vie. On ne peut accepter cette opinion. Donc l'on doit nier catégoriquement que les œuvres humaines soient le produit de la nécessité. Les hommes font le bien ou le mal, librement, par leur volonté seule, et c'est à eux qu'il appartient de décider entre deux partis, s'ils veulent faire appel à la raison.

« Mais toutes les difficultés ne sont pas résolues. Certains s'efforcèrent de les résoudre, en disant que la prescience divine n'assujettit pas les œuvres humaines à la nécessité; du fait que Dieu les connaît avant, il ne s'ensuit pas qu'elles arrivent par force ni qu'elles aboutissent; mais Dieu les sait d'avance, disent-ils, parce qu'elles arriveront et auront tel ou tel résultat. Mais ceux-là dénouent mal la question; si l'on comprend bien ce qu'ils disent : « Les faits futurs causent en Dieu sa prescience et la rendent nécessaire. » Mais il est fou de croire de Dieu que son intelligence dépende des œuvres de la créature. Ceux qui professent telle opinion ne donnent pas une haute idée de Dieu, car ils affaiblissent ainsi sa prescience. La raison se refuse à admettre que l'on puisse rien apprendre à Dieu; il ne serait pas la parfaite Sagesse, s'il était trouvé en tel défaut. Donc cette réponse ne vaut rien, qui enveloppe sous des ténèbres d'ignorance la prescience et la prévision de Dieu : celui-ci ne peut rien apprendre par les œuvres humaines; car s'il en était ainsi, cela lui viendrait d'impuissance; c'est chose douloureuse à dire, et péché de le penser.

« D'autres, pour concilier la prescience divine et le libre arbitre, ont dit que Dieu sait tout ce qui adviendra des choses qui dépendent de la volonté humaine par une addition légère; selon eux, il n'y a pas nécessité, mais simple possibilité, de telle sorte que Dieu sait à quelles fins elles vont, si elles seront ou ne seront pas; il sait de chacune qu'elle tiendra l'une des deux voies : négation ou affirmation, mais non pas si absolument qu'il ne puisse en être autrement, si le franc vouloir intervient.

« Mais comment ose-t-on soutenir telle doctrine? C'est mépriser Dieu que de lui accorder une prescience telle qu'il ne sait rien sinon d'une façon douteuse, et ne connaît pas la vérité absolue; si la fin est autre que celle qu'il a prévue, sa prescience sera trompée et semblable à une opinion incertaine.

« Certains prirent un autre chemin, disant que les faits qui arrivent ici-bas par possibilité sont nécessaires, aux yeux de Dieu seulement; car il sait absolument sans erreur et de toujours, bien que le libre arbitre y ait part, les choses avant qu'elles soient accomplies, et cela par science nécessaire. Il n'exerce aucune contrainte, car savoir les résultats des choses et les détails de toutes les possibilités lui vient de sa grande puissance. Les faits ne sont pas parce qu'il les prévoit; il ne les sait pas non plus d'avance parce qu'ils doivent être. Mais un exemple fera mieux comprendre la chose aux gens lais qui n'ont cure de gloses subtiles.

« Si un homme par franc vouloir faisait une chose quelle qu'elle soit ou qu'il s'abstînt de la faire, parce que, si on le voyait, il en aurait honte et vergogne, personne n'en saurait rien avant que l'action fût accomplie, ou qu'il eût laissé de la faire, s'il préférait s'en abstenir : celui qui saurait la chose après n'y aurait pas mis pour cela nécessité ou contrainte; et s'il l'avait sue avant, en gardant son secret pour lui, cela n'aurait pas empêché la personne en question de faire ou de ne pas faire ce qui lui plut. Ainsi Dieu, mais plus noblement et d'une manière plus absolue, sait les choses à venir, et à quelle fin elles tendent, quelle que soit la décision que prenne la créature qui a le pouvoir du choix, et penche d'un côté ou de l'autre selon son sens ou sa folie; il sait les choses passées, comment elles se sont faites et accomplies, et il sait, de ceux qui se retinrent d'agir, quel ressort les poussa, la honte ou un autre motif, raisonnable ou non. Je suis certaine qu'il y a une foule de gens qui sont tentés de mal faire, et qui s'en abstiennent, certains d'entre eux par vertu et pour l'amour de Dieu seul; ceux-là ont des mœurs, mais ils sont bien clairsemés. D'autres inclineraient à pécher, s'ils ne craignaient de faire une chose défendue, et ils refrènent leur désir par peur de peine ou de honte. Dieu voit apertement tout cela sous ses yeux, toutes les circonstances des faits et des intentions. Rien ne peut se dérober à son regard, car il n'est chose si lointaine, si future, qu'il ne la tienne devant lui, comme si elle était présente. Qu'il s'écoule dix ans, vingt ans, trente, voire cinq cents, voire cent mille, que le fait soit honnête ou malhonnête, et se passe à la ville ou à la campagne, Dieu le voit incontinent, comme s'il avait eu lieu, et depuis toujours il le voit clairement et réellement avec son miroir éternel, sans rien retirer au pouvoir du libre arbitre. Ce miroir, c'est lui-même de qui nous prîmes commencement. En ce beau miroir poli, qu'il a toujours avec lui, où se reflètent le présent, le passé et l'avenir, il voit où iront les âmes qui le serviront loyalement; et celles aussi qui n'ont cure de loyauté ni de justice, et il leur promet en ses idées salut ou damnation, pour les œuvres qu'elles auront faites. C'est la prédestination, c'est la prescience divine qui sait tout, qui favorise de sa grâce ceux qu'elle voit s'appliquer au bien, mais qui ne supplante pas pour autant le libre arbitre. Tous les hommes agissent par franc vouloir, soit pour jouir, soit pour souffrir. La prescience de Dieu, c'est sa vision présente, car il faut définir l'éternité : vie sans fin possédée toute ensemble et sans discontinuité.

« Mais il convient de mener à fin, quant aux causes universelles, l'ordre de ce monde que Dieu voulut établir par sa grande providence. Celles-ci seront nécessairement ce qu'elles doivent être en tout temps. Toujours les corps célestes feront, selon leurs révolutions, toutes leurs transmutations, et influeront sur les choses particulières encloses dans les éléments, quand celles-ci recevront leurs rayons, car toujours les mêmes causes produiront les mêmes effets, et les êtres et les substances se mélangeront selon leurs affinités; et qui devra mourir mourra et vivra autant qu'il pourra. Et par leur désir naturel, les uns s'adonneront à l'oisiveté et au vice et les autres à la vertu.

« Cependant les actions ne seront pas toujours

telles que les corps célestes le commandent, si les créatures savent se défendre; celles-ci leur obéiraient toujours si elles n'en étaient détournées par le hasard ou par leur volonté. Les hommes seront toujours tentés de faire ce à quoi le cœur les incline comme à chose prédestinée. Aussi j'accorde que le destin soit une disposition innée des créatures.

« Ainsi l'homme est prédestiné dès sa naissance à être habile et hardi dans ses affaires, sage, large et bienveillant, garni d'amis et de richesses, et renommé pour ses bonnes qualités, ou bien à vivre avec la fortune adverse. Mais qu'il soit sur ses gardes, car tout peut bien être contrarié par la vertu ou le péché. S'il sent qu'il est avare ou chiche, qu'il lutte par la raison contre ses dispositions naturelles, se contente de ce qui lui suffit, acquière bon cœur, donne et dépense deniers, robes et vivres, sans toutefois se faire passer pour prodigue; il n'aura rien à craindre de l'avarice qui pousse les gens à entasser et les aveugle au point de les détourner de toute vertu. De même, l'homme peut, s'il n'est pas sot, se garder de tous les autres vices, comme il peut se garder des vertus, s'il veut se tourner vers le mal; car la volonté est si puissante en qui se connaît bien qu'il peut toujours se garantir contre le péché qui va prendre le dessus, quoi qu'il en soit de l'influence des corps célestes. Si, en effet, l'homme pouvait prévoir les intempéries, il pourrait les empêcher; si le ciel voulait dessécher l'air au point que les hommes mourussent de chaleur, et qu'ils le sussent auparavant, ils construiraient de nouvelles maisons en lieux humides, près des fleuves, se creuseraient de grandes cavernes et se réfugieraient sous terre, si bien qu'ils braveraient l'ardeur du soleil. Si un déluge nouveau survenait, prévu à temps, les hommes abandonnant les plaines s'enfuiraient dans les montagnes, ou construiraient des navires puissants où ils monteraient pour ne pas être saisis par les flots comme firent jadis Deucalion et Pyrrha qui échappèrent à la grande inondation au moyen d'une nacelle. Quand, les eaux s'étant retirées, ils furent au port de salut, et virent les vallées pleines de marais, et que dans le monde il n'y eut plus que Deucalion et sa femme, ils s'en allèrent à confesse au temple de Thémis; et là ils se mirent à genoux, requérant conseil de la déesse de la Justice, comment ils pourraient faire pour recouvrer leur lignage. Thémis, ayant ouï la requête, leur conseilla d'aller en jetant derrière eux les os de leur aïeule. Cette réponse fut douloureuse à Pyrrha qui refusa d'obéir, ne voulant pas dépecer ni briser les os de sa grand'mère jusqu'à tant que Deucalion expliquât l'oracle. « Il ne faut pas chercher un autre sens, dit-il : notre aïeule, c'est la terre, et les pierres, certainement ce sont ses os. Il nous faut les jeter derrière nous pour ressusciter notre race. » Ainsi firent-ils, et aussitôt des hommes sortirent des pierres que Deucalion jetait, et des pierres de Pyrrha sortirent des femmes, comme dame Thémis le leur avait annoncé : et cette paternité apparaît dans la dureté de toute la lignée. Deucalion et Pyrrha agirent en sages en se sauvant du grand déluge au moyen d'un navire. Ainsi pourraient y échapper ceux qui en prévoiraient un semblable.

« Et si une grande disette devait arriver, qui exposât les gens à mourir de faim, faute de blé, ils pourraient, trois ou quatre ans d'avance, en faire des provisions telles que le peuple ne pourrait souffrir de la famine, quand cette calamité serait venue, comme fit Joseph en Égypte par sa grande prévoyance.

« Ou si les hommes pouvaient pronostiquer pour l'hiver un froid inaccoutumé, ils mettraient leurs soins à se munir avant ce temps de chauds vêtements et de grandes charretées de bûches pour faire des feux dans les cheminées, et ils joncheraient la maison, quand viendrait la froidure, de belle paille prise dans leurs granges, et ils cloraient leurs huis et leurs fenêtres, pour que le logis fût plus sûr. Ou bien ils établiraient de chaudes étuves où ils pourraient danser, tout nus, cependant qu'ils verraient le ciel en fureur jeter foudres et pierres qui tuassent les bêtes aux champs, et les grands fleuves prendre et geler; il ne saurait tant les menacer de tempêtes de neige qu'ils ne rissent de ses menaces, et quittes des périls conjurés, ils caroleraient là-dedans, bien à l'abri. Mais à moins d'un miracle de Dieu manifesté par oracle ou vision, il n'est nul, je n'en doute pas, s'il ne sait par l'astronomie les complexions singulières et les diverses positions des corps célestes et sur quels éléments ils répandent leurs influences, qui puisse prévoir de tels phénomènes.

« Quand le corps est assez puissant pour se jouer des éléments déchaînés et troubler ainsi leur œuvre, puisqu'il sait si bien se garantir contre eux, l'âme est encore plus puissante, je l'affirme, car elle meut et porte le corps qui, dès qu'elle n'est plus, est chose morte : la volonté peut donc plus facilement encore esquiver tout ce qui la fait souffrir par le bon usage de la raison. L'homme n'a pas à redouter la souffrance, pourvu qu'il y veuille consentir et sache par cœur cette sentence : qu'il est lui-même cause de son malaise; les tribulations extérieures n'en sont que l'occasion. Il ne craint pas les destinées, s'il considère sa naissance et connaît sa condition; il est au-dessus de la fatalité.

« Je m'étendrais davantage sur ce sujet, j'expliquerais la Fortune et le Hasard, et je répondrais aux objections en prenant maint exemple, mais telle exposition demanderait trop de temps. Qui ne le sait interroge là-dessus les clercs qui entendent et enseignent cette matière.

« Encore n'eussé-je parlé de la prédestination, si j'avais pu passer cette question sous silence, mais mon ennemi, quand il m'entend me plaindre de lui, pourrait prétendre, pour s'excuser de sa déloyauté et blâmer son créateur, que je le diffame à tort; car lui-même a coutume de dire qu'il n'a pas la liberté de choisir, que Dieu le tient tellement assujetti par sa prescience qu'il mène tout par destinée, l'œuvre et la pensée humaine, le tirant de force vers la vertu ou le poussant irrésistiblement vers le mal, si bien que l'homme ne fait que ce qu'il doit faire, péchés, bonnes actions, courtoisies, insolences, compliments, médisances, larcins, meurtres, paix, mariage, soit par raison soit par folie.

« — C'était écrit, dit-il. Dieu fit naître cet homme pour cette femme, et celui-ci ne pouvait en avoir une autre pour rien au monde : elle lui était destinée. » Et si la chose est mal faite, que l'un soit fou ou l'autre folle, quand quelqu'un critique le mariage et maudit ceux qui le consentirent et qui le firent, l'insensé répond : « Vous vous en prenez à Dieu qui l'a voulu et est l'auteur de cette disgrâce. » Et il confirme par sentence qu'il ne pouvait en être autrement.

« Non, cette réponse est fausse; le vrai Dieu qui ne peut mentir n'exerce sur eux aucune contrainte. C'est d'eux que vient la réflexion folle d'où naît le mauvais consentement qui pousse à faire une chose dont ils eussent dû s'abstenir; ils se seraient abstenus, s'ils s'étaient mieux connus, car celui-là seul aime sagement qui se connaît à fond.

« Sans erreur les animaux dénués d'entendement se méconnaissent par nature, car s'ils avaient le langage et la raison pour apprendre, ce serait un malheur pour les hommes. Jamais les destriers aux belles crinières ne se laisseraient dompter, et ne serviraient de monture aux chevaliers; jamais le bœuf ne mettrait sous le joug sa tête cornue; on ne verrait pas les ânes, les mulets, les chameaux traîner des fardeaux pour les hommes; jamais l'éléphant, qui trompe et bousine de son nez et s'en paît matin et soir comme un homme fait de sa main, ne porterait de palanquins sur sa haute échine; jamais chiens ni chats ne le serviraient, car ils pourvoiraient bien à leurs besoins sans l'homme. Ours, loups, lions, léopards, sangliers voudraient tous l'égorger; le rat même l'étranglerait quand il serait au berceau; jamais oiseau pour nul engin ne mettrait sa vie en péril, mais il pourrait nuire à l'homme en lui crevant les yeux pendant son sommeil. Et si l'homme orgueilleux répondait que dans ce cas il penserait à les exterminer, parce qu'il sait forger des armures, des heaumes et des hauberts, épées, arcs et arbalètes, les autres en feraient aussi : n'ont-ils pas de leur côté des singes et des marmottes qui sauraient leur confectionner des cottes de cuir et de fer, voire des pourpoints? Ils travailleraient des mains et n'en vaudraient pas moins que les hommes, et ils pourraient être écrivains. Ils ne seraient pas si sots qu'ils ne s'appliquassent à résister avec les armes, et ils construiraient, eux aussi, des engins qui nuiraient fort aux hommes. Il n'est pas jusqu'aux puces et aux oreillères qui ne leur feraient beaucoup de mal si elles s'entortillaient la nuit dans leurs oreilles. Et que dire des poux, des cirons et des lentes qui leur livrent tant de combats qu'ils les font interrompre leurs occupations, courber l'échine, parer, retourner, sauter, trépigner, gratter et démener de cent manières et les contraignent à ôter leurs souliers et leur chemise? Les mouches qui à leurs repas les harcèlent, les assaillent à la figure, peu leur chaut s'ils sont rois ou pages! Fourmis et insectes leur feraient beaucoup de tracas, s'ils se connaissaient! Mais leur ignorance vient de leur nature; tandis que la créature raisonnable, homme mortel ou ange divin, qui doivent également louange à Dieu, si elle se méconnaît follement, ce défaut vient de son vice qui lui trouble l'intelligence, car elle doit user de sa liberté et suivre la raison; rien ne peut l'en dispenser. Mais je voudrais être quitte; car j'expose ici un sujet douloureux dont j'ai l'âme toute troublée.

XVI

Confession de Nature : Météores et intempéries. — Les inondations. — Les nues et l'arc-en-ciel. — Les miroirs, loupes, lunettes rapetissantes et grossissantes, longues-vues, verres ardents. — Anomalies de la vision. — Miroirs magiques. — Rêves, somnambulisme, hallucinations. — La course nocturne de dame Abonde. — Les comètes : absurdité des croyances populaires à leur sujet.

« Je reviens aux cieux qui répandent, comme ils doivent, leurs diverses influences sur les créatures. Ils font contrarier les vents et lever les vapeurs, enflammer l'air de toutes parts et retentir le tonnerre qui tant gronde et roule que, par l'effet du mouvement et de la chaleur, les nues se déchirent et crèvent, jetant des foudres, dans une horrible tourmente qui soulève la poussière de terre, arrache les arbres et rue à bas les tours et les clochers.

« On dit que ce sont les démons avec leurs crocs et leurs châbles, leurs ongles et leurs havets qui produisent ces désastres; mais tels propos ne valent pas deux radis; il n'y a là d'autre cause que la tempête et le vent, les mêmes qui versent les blés, cuisent les vignes, font tomber de l'arbre les fleurs et les fruits avant maturité.

« Les cieux font encore en divers temps pleurer l'air à grosses larmes, et les nues en ont si grand'pitié qu'elles se dépouillent, déchirant leur noir manteau en mille pièces; elles prennent part à son deuil et versent des larmes si abondantes qu'elles font déborder les fleuves sur la campagne et les forêts voisines, de quoi souvent le grain meurt et la vie enchérit, et les pauvres laboureurs pleurent leur espérance perdue. Les poissons, suivant le cours de l'eau, s'en vont paître parmi les champs, les vignes et les prés, et nagent partout deci, delà, heurtant les chênes, les pins et les frênes, et ravissant aux bêtes sylvestres leurs manoirs et leurs héritages. Et de les voir ainsi attroupés et battant des nageoires parmi leurs pâtures, Bacchus, Cérès, Pan et Cybèle enragent tout vifs. Et les satyreaux et les fées sont très dolents en leur cœur de perdre par telles inondations leurs délicieux bosquets. Les nymphes pleurent leurs fontaines quand elles les trouvent noyées; et les follets et les dryades, voyant leurs bois cernés, sont tristes et désespérés et se plaignent des dieux des fleuves qui leur font une injure qu'ils n'ont pas méritée. Et les poissons s'hébergent encore dans les misérables villes basses; il n'est grange ni cellier, ni lieu plus relevé où ils n'aillent se ficher; ils entrent dans les temples et dans les églises et chassent de leurs niches obscures les dieux privés et leurs images.

« Mais quand le beau temps revient à la fin, les cieux à qui déplaisent les tempêtes et les pluies, dissipent le chagrin de l'air et le font réjouir et rire; et quand les nues voient l'air ragaillardi, elles s'ébaudissent, et, pour être avenantes et belles et oublier leur deuil, elles se façonnent des robes de toutes couleurs et mettent leurs toisons sécher au beau soleil qui resplendit et les vont charpissant par les airs; puis elles filent, et quand elles ont filé, elles font voler de grandes aiguillées de fil blanc, ainsi que pour coudre leurs manches.

« Et quand il leur reprend envie d'aller au loin en pèlerinage, elles font atteler par Éole le dieu des vents, montent et passent vallons et montagnes et s'enfuient comme des folles, car le divin charretier a mis aux pieds de leurs chevaux des ailes si bonnes que nul oiseau n'en eut de telles.

« Alors l'air prend le manteau bleu qu'il vêt volontiers en Inde, s'en affuble, et met tout son soin à se parer coquettement pour recevoir et festoyer les nues à leur retour. Les nues, pour recréer le monde, ont coutume de prendre en leur poing un arc, ou deux, ou trois, à leur volonté, qui sont appelés arcs-en-ciel, dont nul, à moins d'être savant en optique, ne sait comment le soleil les bariole, ni combien de couleurs ils ont et quelles, ni pourquoi autant et pourquoi telles, et la cause de leur forme. Celui qui serait curieux de l'apprendre devrait se faire disciple d'Aristote qui écrivit mieux des choses de la nature que nul depuis le temps de Caïn. Alhazen, qui n'était pas non plus un sot, composa le traité des *Regards* : le clerc naturaliste qui veut savoir ce que c'est que l'arc-en-ciel doit consulter ce livre; il doit avoir aussi des notions de géométrie dont la connaissance est nécessaire pour les démonstrations du traité des *Regards;* alors il pourra trouver les causes et les forces des miroirs qui ont une faculté merveilleuse : les choses les plus petites, lettres minuscules, grains de sable menus, s'y voient si grandes et si grosses que chacun qui y regarde peut les distinguer parfaitement de loin et les compter, ce qui paraît incroyable à celui qui ne l'a pas vu ou qui ne connaît pas les causes.

« Si avant de monter dans le lit où ils furent saisis gisant ensemble, Mars et Vénus s'étaient mirés en de tels miroirs, de telle sorte qu'ils vissent l'intérieur de la couche, ils n'auraient pas été pris dans les lacets de Vulcain, qui étaient plus ténus que fils d'araignée, ce que chacun d'eux ignorait, mais ils eussent vu les lacs gros et longs comme des poutres; et ils se seraient bien gardés d'y entrer, de quoi le jaloux eût été déçu et n'eût pu prouver leur adultère. Et les dieux n'en auraient rien su. Dis-je vrai, Génius, foi que vous me devez?

— Assurément, dit le prêtre. Ces miroirs leur eussent été très utiles, car ils auraient pu se réunir ailleurs; ou bien le dieu des batailles, connaissant le péril, se fût peut-être vengé de Vulcain en tranchant de l'épée son subtil ouvrage; il eût pu dans des conditions favorables contenter sa maîtresse en sûreté au beau milieu du lit, sans chercher d'autre place, ou bien à terre, et si le seigneur Vulcain fût survenu malencontreusement pendant que Mars la tenait dans ses bras, Vénus, astucieuse comme toutes les femmes, quand elle l'aurait entendu ouvrir la porte, eût pu à temps couvrir ses reins; et la friponne eût bien inventé quelque excuse; expliquant à sa manière la présence de Mars dans la maison, elle eût nié la chose, à grand renfort de serments et de protestations. Elle lui eût facilement prouvé que sa vue était troublée et obscurcie, car rien ne jure ni ne dément avec plus d'audace que la femme, si bien que Mars s'en fût allé quitte.

— Sire prêtre, vous parlez comme preux, courtois et sage. Les femmes sont pleines de ruses et de malices (qui ne sait cela est encore béjaune), et nous ne les excusons pas. Il est certain qu'elles jurent et mentent avec plus de hardiesse qu'aucun homme, surtout quand elles se sentent coupables de quelque méfait; dans ce cas spécialement, elles ne sont pas embarrassées. Aussi puis-je bien dire justement : qui pourrait voir le cœur féminin tel qu'il est, ne devrait jamais s'y fier. »

Ainsi Nature et Génius sont du même avis. Toutefois Salomon a dit (la vérité m'oblige à le rapporter) : « L'homme serait bien heureux, qui trouverait une bonne femme. »

« Les miroirs, reprit Nature, ont encore maintes curieuses propriétés; ils font paraître si éloignées et si petites des choses grandes et grosses placées tout près, qu'on les distingue à peine en y mettant beaucoup d'attention, seraient-elles les plus grandes montagnes qui sont entre la France et la Cerdagne.

« D'autres miroirs montrent les dimensions exactes des choses qu'on y regarde.

« D'autres sont ardents et brûlent les choses

qu'on met en face, si l'on sait bien y faire converger les rayons du soleil qui les frappent.

« D'autres font apparaître diverses images, droites, barlongues et renversées par arrangements divers, et d'une en font naître plusieurs; si leur forme s'y prête, ils montrent quatre yeux dans une tête; ils font apparaître des fantômes à ceux qui regardent; ils les font même paraître vivants, soit à travers l'eau, soit par les airs; et l'on peut les voir jouer entre l'œil et le miroir, par la diversité des angles, que le milieu soit simple ou composé, où leur forme se reflète multipliée, de mille manières, décevant les yeux des spectateurs.

« Aristote, ce grand savant, cite un fait extraordinaire : un homme, dit-il, dont la maladie avait fort affaibli la vue, marchant un jour dans le brouillard, se vit lui-même allant à sa rencontre. Les miroirs produisent de semblables illusions. On sait que les distances nous trompent souvent; elles font paraître les choses tantôt éloignées, tantôt voisines et jointes. De même les miroirs, selon leurs dispositions différentes, peuvent faire voir deux objets au lieu d'un, six au lieu de trois, huit au lieu de quatre, ou parfois un seul au lieu de plusieurs. D'un petit homme que chacun regarde comme un nain, il fait un géant énorme et effrayant qui pourrait passer sur les bois sans plier ni casser les branches, et grâce à eux encore, les géants semblent des nains pour les yeux qui les déforment en les voyant d'une certaine façon.

« Ceux qui ont été le jouet de ces illusions par les miroirs ou les distances se vantent auprès du peuple d'avoir vu les diables, mais ils mentent; c'est leurs sens qui sont abusés.

« Les yeux atteints d'infirmité font bien voir

double une chose unique et deux lunes ou deux chandelles au lieu d'une; et il n'est personne, si attentivement qu'il regarde, qui ne se trompe sur l'objet; de quoi maintes choses sont jugées tout à fait autres qu'elles ne sont.

« Mais je ne me soucie pas d'expliquer les figures des miroirs, ni comment les rayons se réfléchissent, ni ne décrirai leurs angles; tout cela est écrit dans les livres; je ne dirai pas non plus pourquoi les images apparaissent aux yeux qui se tournent vers les miroirs, ni les lieux des apparences, ni les causes des erreurs, ni où telles images ont leur être, dans les miroirs ou en dehors. Je ne rechercherai pas non plus, d'autres visions singulières tantôt plaisantes, tantôt douloureuses qui arrivent soudainement, si elles sont extérieures ou seulement dans l'imagination. Je les tais avec les choses susdites qui ne seront pas exposées par moi, car la matière est trop vaste, et ce serait pénible sujet à traiter et très difficile à entendre notamment aux gens lais, si l'on sortait des généralités. Ils ne pourraient croire que ces phénomènes fussent réels, surtout en ce qui concerne les miroirs dont les effets sont si divers, s'ils n'expérimentaient eux-mêmes, à condition que les clercs qui pratiquent cette intéressante science voulussent leur prêter leurs instruments.

« Les ignorants ne pourraient pas non plus, si on les leur voulait expliquer, admettre les diverses sortes de visions, tant elles sont merveilleuses et extraordinaires, ni les illusions qu'elles produisent soit pendant la veille, soit pendant le sommeil, dont maints s'ébahissent fort. Je ne veux pas que nous soyons las, moi de parler et vous d'ouïr; il faut éviter la prolixité. Les femmes sont ennuyeuses, étant démangées de la rage de parler. Je vous prie pourtant qu'il ne vous déplaise que je ne les passe point tout à fait sous silence, si je dis la vérité. Certains qui sont le jouet de ces illusions, sortent la nuit de leurs lits, se chaussent et s'habillent, tandis que leur sens commun sommeille et que les sens particuliers veillent, prennent bourdons et écharpes, pieux, faucilles ou serpes, et s'en vont cheminant longuement, sans savoir où; ils montent même sur des roncins et chevauchent, traversant monts et vaux, par chemins secs ou boueux, et s'arrêtent dans quelque contrée étrangère. Et quand leur sens commun s'éveille, ils s'ébahissent fort de ce qui leur est arrivé. Revenus à eux, quand ils sont avec les gens, ils témoignent que les diables les enlevèrent de leur maison pour les porter là. Et c'est eux-mêmes qui s'y portèrent.

« Il est encore arrivé que des hommes atteints de quelque grave maladie, la frénésie par exemple, quand ils n'ont des gardes suffisantes ou sont seuls, gisants dans les maisons, se lèvent et cheminent jusqu'à des lieux écartés, prés, vignes ou bocages, et là se laissent choir. On les y trouve après, si l'on passe par là tôt ou tard, parfois morts de froid et de faim, parce qu'ils n'eurent point de gardiens, sinon peut-être des fous ou des malfaisants.

« On voit même beaucoup de gens en bonne santé, vivant absorbés dans leurs pensées, qui, lorsqu'ils sont rêveurs ou peureux outre mesure, évoquent maintes images incohérentes, autrement que nous n'avons dit en parlant des miroirs, et il leur semble que tout cela soit réel et extérieur à eux. D'autres qui sont dévots et contemplatifs voient dans leur imagination les choses qu'ils ont pourpensées et croient les distinguer nettement au dehors. Et ce n'est qu'illusion, comme de l'homme qui songe, qui voit réellement présentes les substances spirituelles ainsi qu'il arriva jadis à Scipion; il voit l'enfer et le paradis, le ciel, l'air, la terre, l'océan, et tout ce que l'on peut y trouver; il voit briller les étoiles, voler les oiseaux et nager les poissons, et les bêtes jouer et cabrioler dans les bois, et multitude de gens de toute sorte, les uns s'amusant dans les chambres, les autres chassant par bocages, montagnes et rivières, prés, jachères et vignes; et il songe procès et jugements, guerres et tournois, caroles et danses, et il entend vielles et citoles; et il flaire des épices odorantes, et goûte des fruits savoureux, et croit sentir entre ses bras sa mie; ou bien il voit Jalousie qui vient, portant un pilon au cou, et les surprend ensemble, sur la foi de Malebouche qui invente les choses avant qu'elles soient faites; sujet d'inquiétude habituel aux amants, car ceux-ci, qui souffrent d'autant plus qu'ils aiment avec plus d'ardeur, quand ils sont endormis la nuit dans leurs lits où ils ont beaucoup pensé, songent à l'objet aimé qu'ils ont tant invoqué dans la journée, et aussi aux adversaires qui les tourmentent.

« Ou s'ils ont des haines mortelles, ils songent, par associations d'idées contraires ou semblables, courroux et querelles et différends avec leurs ennemis détestés, à la guerre et à ses conséquences.

« Ou s'ils sont mis en prison pour quelque grand forfait, ils imaginent leur délivrance, et ils ont bon espoir; ou songent gibet ou corde, si l'idée s'en présente à leur esprit, ou autres choses déplaisantes qui ne sont qu'en eux, mais qu'ils voient au dehors. Ils font de tout deuil ou joie, et ils portent tout dans leur tête qui déçoit leurs cinq sens par les fantômes qu'elle crée. C'est ainsi que maintes gens dans leur folie croient être des estries errant la nuit avec dame Abonde; ils racontent que les troisièmes enfants ont cette faculté d'y aller trois fois dans la semaine; ils se jettent dans toutes les maisons, ne redoutant clés ni barreaux, et entrant par fentes, chatières et crevasses; leurs âmes, quittant leurs corps, vont avec les bonnes dames à travers maisons et lieux forains, et ils le prouvent en disant que les étrangetés auxquelles ils ont assisté ne leur sont pas venues dans leurs lits, mais que ce sont leurs âmes qui agissent et courent ainsi par le monde. Et ils font accroire aux gens que si, pendant ce voyage nocturne, on leur retournait le corps, l'âme n'y pourrait rentrer. Mais c'est là une horrible folie et une chose impossible, car le corps humain n'est qu'un cadavre, lorsqu'il ne porte plus en soi son âme. Il faudrait donc que ceux qui trois fois la semaine font cette sorte de voyage meurent trois fois et revivent trois fois en une seule semaine, et s'il est ainsi que nous dîmes, les membres de cette assemblée ressuscitent très souvent.

« Mais c'est glose bien terminée, et je dirai sans autre commentaire que nul mortel ne meurt qu'une fois, et ne peut ressusciter, sauf miracle spécial de Dieu, comme dans le cas de saint Lazare que nous ne nierons pas.

« Quand on raconte, d'autre part, que lorsque l'âme est partie du corps ainsi dépouillé, si elle trouve le corps mis sens dessus dessous, elle ne sait comment y rentrer, qui peut soutenir pareille fable? Je rappelle cette vérité que l'âme séparée du corps est plus intelligente et plus habile et plus sage que quand elle est jointe au corps dont elle suit la complexion qui gêne ses desseins; dès lors elle connaîtrait mieux l'entrée que la sortie, et la trouverait bientôt, si bestourné que fût le corps.

« D'un autre côté, que le tiers du monde aille ainsi avec dame Abonde, comme les vieilles folles le prétendent par leurs visions, sans erreur il convient que tous les humains y aillent, car il n'est personne qui ne rêve, soit vraisemblance, soit mensonge, non pas trois fois dans la semaine, mais quinze fois dans la quinzaine, ou plus ou moins, d'aventure, selon les caprices de sa fantaisie.

« Je ne veux pas non plus examiner si les songes sont faux ou véritables, si l'on doit y ajouter foi entièrement, ou s'ils sont du tout à mépriser; ni pourquoi les uns sont horribles, les autres beaux et agréables, selon les complexions des gens qu'ils affectent, et selon les dispositions, les âges, les habitudes; si Dieu par tel moyen envoie des révélations, ou si c'est le Malin pour mettre les âmes en péril.

« Je reviendrai à mon propos. Je vous dis que quand les nues sont lasses de tirer leurs flèches par les airs, et plus d'humides que de sèches, car elles les ont arrosées de leurs pleurs, toutes ensemble, elles détendent leurs arcs. Mais ces arcs sont d'étrange sorte, car toutes leurs couleurs s'effacent quand elles les débandent pour les remettre dans l'étui, et jamais les archères ne retireront de ceux-là mêmes que nous vîmes. Il leur faut en faire de nouveaux que le soleil puisse polir et barioler.

« Les cieux qui ont tant de puissance pour influencer la terre et les airs produisent des phénomènes encore plus étonnants. Ils font paraître les comètes qui ne sont pas posées dans le ciel, mais flottent embrasées parmi les airs; elles durent peu, ce dont maintes fables sont racontées.

Les devins leur font présager la mort des princes; mais les comètes ne guettent pas plus les rois que les pauvres gens, et ne jettent pas plus dru leurs rayons et leurs influences sur les uns que sur les autres. Elles agissent dans le monde sur les régions, les hommes et les bêtes qui sont disposés à recevoir les influences des planètes et des étoiles; elles troublent les complexions, comme elles les trouvent obéissantes.

« Je n'affirme pas que les rois doivent être dits plus riches que les petites gens qui vont à pied dans la rue, car la suffisance fait la richesse, et la convoitise fait la pauvreté. Qu'il soit roi ou n'ait vaillant deux pois chiches, celui qui convoite le plus est le plus pauvre, et, si l'on veut croire les textes, les rois ressemblent aux peintures, c'est la comparaison de l'auteur de l'*Almageste* : elles ont un attrait quand on s'en éloigne, mais de près le plaisir cesse; de loin elles semblent délicieuses, de près elles ne sont plus agréables. Ainsi va des amis puissants : leurs rapports sont doux à ceux qui les connaissent mal par le défaut d'expérience, mais qui les éprouverait bien, y trouverait tant d'amertume qu'il les redouterait, tant les grâces de tels amis sont à craindre. C'est Horace qui nous l'assure.

« Les princes ne sont pas dignes que les comètes leur annoncent leur mort plus que celle d'un autre homme, car leur corps ne vaut pas plus que le corps d'un valet de charrue, ou d'un clerc ou d'un écuyer, car je les fais tous semblables, comme il apparaît à leur naissance. Par moi ils naissent nus pareillement, forts et faibles, gros et menus. Je les mets sur le même pied quant à l'état d'humanité. Fortune fait le reste, Fortune la passagère qui distribue ses biens à l'aveuglette, et tout enlève et enlèvera toutes les fois qu'elle voudra.

XVII

Confession de Nature : Noblesse de naissance et noblesse de cœur. — Avantages des hommes d'étude pour être gens de bien. — Les grands doivent protéger les lettres. — Le gentilhomme à lièvres. — Suite des considérations sur le ciel : étoiles filantes, éclipses, vents, grêle, neige, marées. — Nature donne un témoignage de satisfaction à tous les êtres vivants ou inanimés, à l'exception d'un seul. — Réquisitoire contre l'homme. — Dieu, l'âme et les anges. — Nature demande réparation pour les crimes commis contre elle. — Génius porte sa sentence à la cour du dieu d'Amour.

« Si quelqu'un se targuant de noblesse osait me contredire, et prétendait que les gentilshommes de naissance sont de meilleure condition que ceux qui cultivent la terre ou vivent de leur labeur, je répondrais que nul n'est noble, s'il ne s'adonne à la pratique des vertus, et que nul n'est vilain sinon pour ses vices qui le rendent odieux.

« La noblesse vient de la générosité naturelle, et gentillesse de lignage n'est pas gentillesse qui vaille, dès qu'il y manque la bonté de cœur. C'est pourquoi le noble doit montrer en lui les qualités de ses parents qui ont conquis la noblesse à grand'peine par leurs travaux. Quand ils trépassèrent, ils emportèrent toutes leurs vertus et laissèrent à leurs héritiers l'avoir et rien de plus; ceux-ci ont la fortune et ne tiennent d'eux ni la valeur ni noblesse, s'ils ne cherchent à se distinguer par leur sens et leurs vertus.

« Les clercs sont plus enclins par leurs études à être gentils, courtois et sages, et je vous en dirai la raison, que ne sont les princes ni les rois qui n'ont pas d'érudition, car le clerc voit dans les textes, avec les sciences prouvées, raisonnables et démontrées, tous les maux que l'on doit fuir, et tous les biens qu'il faut rechercher; le clerc voit écrit tout ce qui a été fait et dit dans le monde; il lit dans l'histoire des anciens les vilenies de tous les vilains et les actions des grands hommes, et la somme des courtoisies. Bref les livres lui apprennent tout ce que l'on doit faire ou éviter : par quoi tous les clercs, maîtres et disciples, sont nobles ou le doivent être; que ceux qui ne le sont pas sachent bien que c'est à cause de leur mauvais cœur; car ils ont plus d'avantages pour le devenir que celui qui court les cerfs.

« Les clercs qui n'ont pas le cœur noble sont pis que tous les autres hommes, car ils fuient le bien qu'ils connaissent, et suivent le mal dont ils ont vu les effets; ceux qui s'abandonnent au vice devraient être plus punis devant le roi céleste que les gens lais, simples et ignorants qui ne voient pas décrites les vertus que les mauvais clercs regardent comme viles et méprisables. D'autre part, les princes lettrés ne peuvent donner tout leur temps à lire et à s'instruire, car ils ont trop à entendre ailleurs.

« Ceux qui veulent acquérir la noblesse, qui est chose très honorable sur terre, doivent savoir cette règle : quiconque y tend doit se garder d'orgueil et de paresse, se vouer aux armes ou à l'étude et se purger de tout ce qui est bas. Qu'il ait humble cœur, généreux, aimable en toute occasion envers tous, sauf, sans plus, envers ses ennemis, quand l'accord est impossible. Qu'il honore les dames et les demoiselles, mais ne s'y fie pas trop. Tel homme doit avoir louange et renom de gentilhomme, les autres non.

« Le chevalier hardi aux armes, preux en faits et courtois en dits, comme fut messire Gauvain et le bon comte Robert d'Artois qui, dès qu'il sortit du berceau, hanta tous les jours de sa vie Largesse, Honneur, Chevalerie et fuit l'Oisiveté, et devint homme avant le temps, tel chevalier doit être partout bienvenu, loué, aimé et chéri.

« On doit également honorer beaucoup le clerc qui cultive son esprit et s'applique à observer les vertus décrites dans les livres. Et certes, on fit ainsi jadis. Je vous en nommerais bien dix, voire tant que le dénombrement vous fatiguerait.

« Jadis les vaillants gentilshommes, dont l'histoire nous a transmis la renommée, empereurs, ducs, comtes et rois, honorèrent les philosophes; ils donnèrent même aux poètes villes, jardins, lieux de plaisance et maintes choses flatteuses. Naples, ville plus délectable que Paris ou Lavardin, fut donnée à Virgile. En Calabre Ennius eut de beaux jardins, présent des anciens qui le connurent. Je pourrais vous en citer bien d'autres qui, nés de basse condition, eurent plus grand cœur que maints fils de rois ou de comtes et qui furent tenus pour nobles. Or le temps est venu où les bons qui passent leur vie à étudier la philosophie, et parcourent les terres étrangères pour acquérir sens et valeur, et souffrent la plus grande pauvreté, mendiants, couverts de dettes, parfois déchaux et nus, ne sont aimés ni estimés. Les princes ne les prisent une pomme, et pourtant ils sont plus nobles que ceux qui chassent au lièvre ou demeurent dans les fumiers paternels.

« Et celui qui tire sa renommée de la gentillesse d'autrui, sans avoir sa valeur, ni ses qualités, est-il noble? Je dis que non. Il doit être appelé vilain et plus méprisé que s'il était fils d'un truand, je ne flatte personne, eût-il même pour père Alexandre qui entreprit et mena à bonne fin tant de conquêtes qu'il régna sur toute la terre. C'est cet empereur qui, après avoir réduit à l'obéissance tous ses ennemis, affirma que l'univers était trop étroit pour lui; aussi n'y voulait-il plus demeurer, mais méditait de chercher un autre monde pour y recommencer ses exploits, et d'envahir l'enfer pour s'y faire acclamer; de quoi, tous les dieux tremblèrent de peur, croyant, quand je leur appris la nouvelle, que ce fût Celui qui par la croix devait briser les portes du noir séjour afin d'en délivrer les âmes pécheresses.

« Mais supposons, ce qui ne peut être, que je fasse naître certains hommes nobles et qu'il ne m'importe des autres qu'ils appellent vilenaille. Quels biens y a-t-il en noblesse? Certes, si l'on veut bien chercher la vérité, on est obligé de convenir que son seul avantage, c'est l'imitation des vertus paternelles. Celui qui tient à ressembler à un gentilhomme ne doit vivre sans ce fardeau, s'il ne veut usurper la noblesse et voler sa réputation. Nul ne doit être loué pour les qualités d'autrui, de même qu'il n'est pas juste de blâmer personne pour les fautes du prochain. Qu'on donne la louange à celui qui la mérite, mais non à celui qui n'est pas homme de bien, en qui l'on trouve malice, vilenie, dureté, vanité et arrogance; le fourbe et le trompeur, orgueilleux, insolent, sans charité ni bienveillance, ou négligent et paresseux (il en est beaucoup de ceux-là, bien qu'ils soient nés de bonnes gens sans reproche) n'ont pas droit à la renommée de leurs parents, et ils doivent être tenus pour plus vils que les fils de misérables.

« Il faut qu'on sache bien que ce n'est pas la même chose, en ce qui touche la libre disposition, d'acquérir sens et noblesse, et gloire par de hauts faits, et d'acquérir de vastes domaines, beaucoup d'argent et de joyaux, car celui qui travaille à amasser ces richesses terriennes, peut tout laisser à ses amis, même cent mille marcs d'or et beaucoup plus, mais celui qui a mis ses efforts à acquérir les autres choses susdites, et les a gagnées par ses mérites, son amour pour ses héritiers ne saurait tant faire qu'il puisse les leur laisser. Pas plus que gentillesse ni renom, il ne peut leur léguer sa science. Il leur transmet seulement son exemple qu'ils peuvent suivre s'ils veulent. Il ne peut faire plus, et ils n'en peuvent tirer davantage.

« Beaucoup ne font pas grand cas de ces biens moraux; ils ne convoitent que les possessions et l'argent. Ils se disent gentilshommes parce qu'ils en tirent gloire, et que leurs ancêtres l'étaient légitimement; ils ont chiens et oiseaux pour la pompe, et vivent oisifs, chassant par rivières, bois, champs et bruyères. Mais ce sont des vilains fieffés qui se glorifient de la noblesse d'autrui, et ne ressemblent nullement à leurs braves aïeux. S'ils ont en eux tant de qualités et qu'ils veulent avoir une autre noblesse que celle dont je leur fais présent à leur naissance et qui a nom liberté naturelle, et qui est le commun partage de tous les hommes, avec la raison que

Dieu leur donne et qui les fait semblables à lui et aux anges, sauf cette différence que les hommes sont sujets à la mort, qu'ils acquièrent des titres nouveaux par leur effort personnel, car, s'ils ne le sont pas eux-mêmes, jamais ils ne seront nobles par autrui. Je n'en excepte rois ni comtes, d'autant moins qu'il est plus honteux d'être fils de roi ignorant, vicieux et méchant que d'être fils d'un charretier, d'un porcher ou d'un savetier. Certes il serait plus honorable à Gauvain, le bon combattant, qu'il fût engendré d'un couard assis toute la journée les pieds dans la cendre que s'il était couard et que son père fût Renouart au Tinel.

« Quoi qu'il en soit, la mort d'un prince a plus d'importance que n'en a la mort d'un paysan, et l'on en parle davantage. C'est pour cela que la foule naïve pense, quand paraissent les comètes, qu'elles sont faites pour les princes. Mais s'il n'était rois ni princes par tous les royaumes et les provinces, et que tous fussent égaux, les corps célestes feraient quand même naître les comètes, quand ils seraient sous les influences requises, pourvu qu'il y eût dans l'air la matière qui leur est indispensable.

« Les corps célestes font paraître semblables à des dragons volants et à des étincelles les étoiles qui tombent des cieux, comme on dit vulgairement, mais la raison ne peut pas concevoir que rien puisse tomber des cieux, car il n'y a rien en eux de corruptible; tout y est solide et stable; et ils ne reçoivent pas de chocs qui en détachent des morceaux; rien ne peut les briser, et ils ne laissent rien passer, si ce n'est peut-être quelque élément spirituel; des rayons, évidemment, s'échappent d'eux, mais sans les entamer ni les rompre.

« Ils font par leurs influences les chauds étés, les froids hivers, les neiges et les grêles et nos autres impressions, selon qu'ils se rapprochent ou s'éloignent les uns des autres; d'où vient que maints hommes sont épouvantés par les éclipses et croient être exposés à quelque désastre quand les planètes se dérobent à leur vue; mais, s'ils savaient les causes de ces phénomènes, ils ne seraient troublés en rien.

« Par les luttes des vents, ils soulèvent les vagues jusqu'aux nues, puis ils apaisent la mer qui n'ose plus gronder ni faire rebondir ses flots, excepté le flot de la marée qui se meut par l'attraction de la lune et dont rien ne peut empêcher le va-et-vient nécessaire.

« Qui voudrait s'enquérir des miracles que font sur terre les corps du ciel et les étoiles en trouverait tant d'admirables que jamais il n'aurait tout écrit. Ainsi les cieux s'acquittent envers moi, et je puis considérer qu'ils font tous bien leur devoir.

« Je ne me plains pas des éléments; ils observent mes commandements, se mélangent entre eux et puis se dissolvent, car tout dans le monde sublunaire est destructible, je le sais; rien n'est si vivace qui ne se corrompe et pourrisse. C'est une règle infaillible : tout retourne à son commencement.

« Je ne me plains pas des plantes. Elle obéissent scrupuleusement à mes lois; elles font, tant qu'elles vivent, leurs racines, feuilles, troncs et rameaux, fruits et fleurettes; chaque année, herbes, arbres et buissons donnent tout ce qu'ils peuvent.

« Je ne me plains des oiseaux ni des poissons qui sont très beaux à regarder; ils suivent bien mes règles, comme de bons écoliers; tous faonnent à leur manière, font honneur à leurs lignages et ne les laissent pas déchoir.

« Je ne me plains des autres animaux à qui j'ai donné une tête inclinée vers la terre; ceux-là ne me firent jamais la guerre; ils tirent à ma corde et font comme leurs pères firent. Le mâle va avec sa femelle, couple gracieux et beau; tous engendrent et s'unissent toutes les fois que bon leur semble. Quand ils s'accordent, ils ne font nul marché; il leur plaît de se donner l'un à l'autre par courtoisie débonnaire; et tous se tiennent pour payés par les biens qui leur viennent de moi. Ainsi font mes belles chenilles, mes fourmis, mouches et papillons; les vers qui naissent de la pourriture ne cessent de garder mes commandements; serpents et reptiles, tous s'appliquent à mes œuvres.

« Je ne me plains de nul être, sinon d'un seul — de l'homme. Oui, l'homme est pour moi pis qu'un loup, l'homme que j'ai comblé de tous les biens, l'homme à qui j'ai donné un visage qui se porte en haut vers le ciel, l'homme que j'ai fait naître avec la propre forme de son Créateur, l'homme pour qui je peine et travaille. C'est la somme de tout mon effort, c'est mon chef-d'œuvre, et il n'a rien que je ne lui donne, quant à la personne corporelle, ni quant à l'âme vraiment, sinon une seule chose. Il tient de moi qui suis sa dame trois forces, tant de corps que d'âme, car je le fais être, vivre et sentir. Le chétif a beaucoup d'avantages, s'il voulût être preux et sage : il abonde de toutes les vertus que Dieu a mises dans le monde, il est lié à tout l'univers et participe de la nature de toutes choses; il a l'être avec les pierres, la vie avec les herbes, le sentiment avec les bêtes; encore peut-il plus en tant qu'il possède l'intelligence en commun avec les anges. Que vous dirai-je encore? Il a tout ce qu'on peut penser : c'est un petit monde nouveau. Pour l'entendement, je reconnais que ce n'est pas moi qui le lui ai donné; mon pouvoir ne s'étend pas jusque-là. Je ne suis pas assez savante ni assez puissante pour faire une chose de telle connaissance. Jamais je ne fis rien d'immortel, tout ce que je fais est périssable. Platon en témoigne, quand il parle de mon œuvre et des dieux qui ne sont pas sujets à la mort : « Leur créateur, dit-il, les garde et les soutient éternellement par sa seule volonté, et si cette volonté ne les soutenait, il leur faudrait tous mourir. Mes œuvres, dit-il encore, sont toutes périssables, tant j'ai un pouvoir pauvre et vague au regard du dieu omnipotent qui voit en sa présence la triple temporalité dans un moment d'éternité. »

C'est le roi, c'est l'empereur qui dit aux dieux qu'il est leur père. Ceux qui lisent Platon savent cela, car les paroles sont telles, au moins est-ce le sens selon le langage de France : « Dieux, fils des dieux dont je suis l'auteur, votre père, votre créateur, vous êtes mes créatures, mes ouvrages : vous êtes corruptibles par nature et immortels par ma volonté, car rien ne sera fait par Nature, quelques soins qu'elle y mette, qui ne défaille en quelque temps, mais tout ce que Dieu, la puissance, la bonté, la sagesse infinies, veut joindre et ajuster, ne sera jamais dissous. La corruption y perdra ses droits. D'où je conclus : puisque vous avez commencé d'être par la volonté de votre maître qui vous a engendrés, vous n'êtes pas exempts tout à fait de la mort ni de la corruption. Vous pourrez mourir par nature, mais par mon vouloir vous ne mourrez pas, car ma volonté est un lien plus fort que ceux qui unissent vos organes et commande au principe vital d'où vous vient l'immortalité.» C'est le sens du texte de Platon, le philosophe de l'antiquité qui osa le mieux parler de Dieu et le glorifia plus qu'aucun autre. Pourtant il n'en a pas dit assez, car il n'aurait pu suffire à entendre parfaitement ce que seul put contenir le ventre d'une pucelle. Celle-ci en entendit plus que Platon, car elle sut, dès qu'elle portait le divin fruit, en se réjouissant de le porter, qu'il était la sphère merveilleuse et infinie dont le centre est partout et la circonférence nulle part, qu'il était le merveilleux triangle dont l'unité fait les trois angles et dont les trois ne font qu'un. C'est le cercle triangulaire, c'est le triangle circulaire qui se logea dans la Vierge. La science de Platon n'alla pas jusque-là; il ne vit pas la triple unité dans cette simple trinité, ni le Dieu souverain affublé de la peau humaine. Celui-ci fit l'entendement de l'homme, et en le faisant le lui donna; mais l'homme ingrat le paya mal, car il pensa à trahir son bienfaiteur, mais il se déçut lui-même, de quoi Notre-Seigneur reçut la mort, s'étant fait chair pour délivrer le malheureux. Cela se fit sans moi, je ne sais comment. Je sais qu'il peut tout, mais je fus ébahie quand il naquit de la Vierge Marie, puis fut pendu, tout incarné, pour le chétif, car par moi rien ne peut naître d'une vierge. Cette incarnation fut jadis annoncée par maint prophète, par les juifs et par les païens, pour mieux nous convaincre que la prophétie était vraie. C'est ainsi que dans les *Bucoliques* de Virgile nous lisons cette parole de la Sibylle inspirée du Saint-Esprit : « Déjà une nouvelle lignée descend du ciel ici-bas pour mettre sur la bonne voie l'humanité dévoyée, par quoi prendra fin le siècle de fer et renaîtra l'âge d'or. » Albumazar a témoigné aussi, de quelque façon qu'il l'eût appris, que sous le signe de la Vierge naîtrait une noble pucelle « qui serait, dit-il, vierge et mère, et qui allaiterait son père; son mari vivrait à ses côtés et ne la toucherait pas ». Celui qui possède Albumazar peut connaître cette sentence, car elle se trouve dans son livre. C'est cette Nativité que les chrétiens commémorent par une fête tous les ans au mois de septembre.

« Tout ce que j'ai dit ci-dessus, Notre Sire Jésus le sait, je l'ai fait pour l'homme : c'est la fin de mon œuvre, et celui-ci seul travaille contre mes règles et ne se tient pas pour satisfait, le déloyal, le renégat. Il n'est rien qui puisse lui suffire. Les honneurs dont je l'ai comblé ne pourraient être retracés, et il m'abreuve en retour d'affronts sans nombre. Beau doux prêtre, cher chapelain, est-il juste que je l'aime et que j'aie des égards pour lui, quand il agit envers moi de pareille sorte? Dieu m'assiste! Je me repens d'avoir fait l'homme. Mais par la mort que souffrit Celui qui reçut le baiser de Judas et que Longin frappa de sa lance, je le dénoncerai à Dieu qui me le donna, et le tailla à son image. Je suis femme, je ne puis me taire, je veux tout révéler. Ses vices seront publiés, je dirai toute la vérité.

« Il est orgueilleux, meurtrier, larron, cruel, convoiteux, avare, trompeur, désespéré, glouton, médisant, haineux, méprisant, mécréant, envieux, menteur, parjure, faussaire, vanteur, inconstant, dévergondé, idolâtre, désagréable, traître, hypocrite, paresseux et sodomite. Bref il est si fou et si imbécile qu'il est l'esclave de tous les vices et les loge tous en lui. Voyez de quelles chaînes il s'enferre! Va-t-il bien recherchant sa mort, quand il donne dans toutes les malices? Mais puisque toutes les choses doivent retourner là où elles prirent commencement, quand l'homme viendra devant son maître, qu'il aurait dû toujours servir et honorer de tout son pouvoir, comment osera-t-il le regarder? Et celui-ci qui sera son juge, de quel œil le verra-t-il, l'infortuné, si négligent à faire le bien, qui se sera si mal comporté envers lui? Car grands et petits font au pis qu'ils peuvent, sauf leur honneur; et l'on dirait que c'est d'un commun accord : pourtant l'honneur de chacun n'est pas sauf, et maints le payent par de grandes peines, par la mort ou la honte. Le misérable, s'il veut recenser ses péchés, comment peut-il envisager le jour où il comparaîtra devant le souverain juge infaillible qui pèse toutes choses et rend à chacun son dû? Quelle récompense peut-il espérer, sinon la hart à le mener pendre au douloureux gibet d'enfer où il sera pris et rivé en anneaux, éternellement, devant le prince des diables? Ou il sera bouilli en chaudière, ou rôti devant et derrière sur les charbons ou sur les grils, ou chevillé comme Ixion sur une roue tranchante que les maufés tournent avec leurs pattes; ou il mourra de soif et de faim comme Tantale qui se baigne sans fin dans une eau qui lui vient au menton et dont il ne peut approcher ses lèvres, et qui ne peut prendre la pomme qu'il voit toujours pendre devant sa bouche; ou bien il portera au haut de la roche la meule qui roulera en bas, et sans arrêt il l'ira quérir pour la rouler de nouveau, comme tu fais, malheureux Sisyphe qui fus condamné à ce tourment; ou bien il ira remplir le tonneau sans fond et jamais ne le remplira, ainsi que font les Bélides pour leurs folies anciennes. Vous savez encore, beau Génius, comment les vautours s'acharnent à dévorer le gésier de Tityus; rien ne peut les en éloigner. Il y a encore céans beaucoup de supplices affreux et terribles, réservés peut-être à l'homme pour souffrir en grande tribulation et torture, tant que j'en serai bien vengée.

« Assurément, en ce qui concerne les péchés auxquels l'homme est adonné, je les laisse à Dieu; il viendra bien à bout de l'en punir quand il lui plaira. Mais pour ceux dont Amour se plaint, car j'ai bien ouï sa plainte, c'est à moi d'en demander réparation, puisque les hommes renient le tribut qu'ils m'ont toujours dû, me doivent et me devront toujours, tant qu'ils recevront mes outils. Génius, le bien emparlé, allez dans le camp, au dieu d'Amour, mon ami et zélé serviteur, dites-lui que je le salue ainsi que dame Vénus et toute la baronnie, hormis Faux Semblant, s'il est avec les félons orgueilleux et les dangereux hypocrites dont l'Écriture dit qu'ils sont les pseudo-prophètes. Je soupçonne aussi Abstinence d'être orgueilleuse et semblable à Faux Semblant. Si l'on trouve encore avec ces traîtres avérés, Faux Semblant et son amie Abstinence, qu'ils n'aient point part à mes saluts. Telles gens sont trop à craindre. Amour devrait bien les repousser hors de son ost, s'il ne savait qu'ils fussent utiles à ses desseins; mais s'ils soutiennent la cause des parfaits amoureux et contribuent à soulager leurs maux, je leur pardonne leur fourberie.

« Allez, ami, au dieu d'Amour, portez-lui mes plaintes et mes clameurs, non pas pour qu'il m'en fasse justice, mais pour qu'il se console et réjouisse de l'agréable nouvelle, si pénible à nos ennemis, que je lui mande par votre bouche, et qu'il quitte le souci qui le ronge. Dites-lui que je vous envoie pour excommunier tous nos adversaires et pour absoudre les vaillants qui tâchent de bon cœur à suivre loyalement les règles qui sont écrites dans mon livre, et s'efforcent de multiplier leur lignage et pensent à bien aimer, car je dois les appeler tous amis pour mettre leur âme en joie. Mais qu'ils se gardent bien des vices que j'ai désignés ci-devant, car ils effacent toutes les bonnes qualités. Donnez-leur pardon suffisant, non pas de quelques années seulement, mais pardon plénier et pour toujours pour tout ce qu'ils auront fait, quand ils s'en seront bien confessés.

« Et quand vous serez venu au camp où vous serez bien accueilli, après que vous les aurez salués de ma part, publiez mon pardon et ma sentence qui sera sur-le-champ écrite. »

Lors le prêtre écrit sous sa dictée, puis elle scelle la charte et la lui remet, le priant qu'il s'en aille aussitôt, mais qu'auparavant il l'absolve de tout ce qu'elle a sur le cœur.

Sitôt finie la confession de la déesse Nature, selon la loi et les usages, le vaillant prêtre Génius lui donne l'absolution avec pénitence convenable pour les grands forfaits qu'elle pensait avoir commis. Il lui enjoint de demeurer dans sa forge et de travailler, comme elle en avait coutume, et de faire son service, jusqu'à tant que le Roi qui peut tout en décide autrement.

« Volontiers, sire, dit-elle.

— Je m'en vais cependant, fait Génius, en toute hâte porter secours aux fins amants. Mais d'abord, que j'ôte cette chasuble de soie, cette aube et ce rochet. »

Lors il va tout pendre à un croc et revêt sa robe séculière, qui était moins encombrante, comme s'il allait à la carole. Et il prend ses ailes pour voler.

Nature demeure en son atelier, prend ses marteaux et frappe et forge tout ainsi que devant, tandis que Génius sans délai bat des ailes et vole plus vite que le vent. Il arrive au camp, mais n'y trouve plus Faux Semblant qui avait détalé prestement, dès que la Vieille qui m'avait ouvert la porte de l'enceinte avait été prise. Il s'était enfui sans plus attendre et sans prendre congé. Abstinence Contrainte, quand elle aperçut Génius qui venait, s'empressa de rejoindre son compagnon, en si grande hâte qu'on n'eût pu la retenir, car elle ne se fût pas affichée avec le prêtre, en l'absence de Faux Semblant.

Génius les salue tous, comme il le devait, et il leur conte le motif de sa venue, sans rien mettre en oubli. Je ne vous dirai pas la joie qu'ils lui firent, quand ils apprirent les nouvelles qu'il leur apportait; je veux résumer pour ménager vos oreilles, car maintes fois celui qui prêche, quand il n'y met diligence, fait fuir les auditeurs par sa prolixité.

Le dieu d'Amour revêtit Génius d'une chasuble; il lui bailla l'anneau, la crosse et une mitre plus claire que le cristal; ils n'y ajoutèrent pas d'autre ornement, tant il leur tardait d'ouïr la sentence. Vénus qui ne cessait de rire et ne pouvait se tenir coie, tant elle était joyeuse, afin de renforcer l'anathème, quand il aura fini son sermon, lui mit au poing un cierge ardent qui n'était pas de cire vierge.

Génius alors monte sur un grand échafaud. Les barons s'assoient par terre, sans chercher d'autres sièges. Génius, ayant déplié la charte, fait signe de la main tout autour de lui et demande le silence. Les barons qui approuvent se poussent du coude et s'entreguignent, puis ils s'apaisent, et ils écoutent, et par telles paroles commence la sentence définitive.

XVIII

Sentence de Nature et sermon de Génius. — Anathème contre les ennemis de Nature. — Le marteau, le stylet et la charrue. — Les trois sœurs Filandières. — Les trois Furies. — Les trois Prévôts d'enfer. — Le Parc mystique du blanc Agnelet. — Le Bon Pasteur, les Brebis blanches et les Brebis noires. — Encore Saturne et l'Age de fer. — Comparaison du Parc de l'Agneau et du Jardin de Déduit. — La Fontaine de Vie et l'Olivier du Salut. — Péroraison de Génius.

« De l'autorité de Nature qui a le gouvernement de tout l'Univers comme vicaire et connétable de l'Empereur éternel, administrant tout par l'influence des étoiles, de Nature qui a fait naître et croître toutes choses depuis le commencement du monde, et ne fit jamais rien inutilement, sous le ciel qui va tournant sans arrêt autour de la terre, aussi haut dessus que dessous : Soient excommuniés et condamnés sans délai les déloyaux, les renégats grands ou petits qui méprisent les œuvres par lesquelles Nature est soutenue. Et que celui qui s'efforce de garder Nature et se peine de bien aimer sans nulle pensée vilaine et y travaille loyalement s'en aille couronné de fleurs en paradis.

« Quant aux félons dont j'ai parlé, que Nature

leur ait donné à la male heure stylets, tablettes, marteaux, enclumes, et socs pointus à l'usage de ses charrues, et jachères, non pas pierreuses, mais grasses et herbeuses pour être labourées et fouillées profondément, ces déloyaux qui ne veulent servir et honorer Nature, mais cherchent à la détruire en fuyant ses enclumes, ses tablettes et ses jachères qu'elle fit pour continuer les choses et défier la Mort! Ils devraient avoir honte de ne daigner mettre la main aux tablettes pour y écrire des lettres et y laisser une empreinte : si elles demeurent sans emploi, elles deviendront toutes poudreuses; de même, la rouille se mettra dans les enclumes, qu'ils négligent de marteler et de battre; les jachères, si l'on n'y plante le soc, resteront en friche. Puisse-t-on les enterrer tout vifs, ceux qui osent délaisser les outils que Dieu tailla de sa main pour les donner à ma dame, afin qu'elle en pût faire de semblables et perpétuer ainsi les créatures mortelles. Ils agissent très mal, car si tous les hommes suivaient leur exemple, pendant soixante ans, ils n'engendreraient pas : s'ils ont l'agrément de Dieu, sans erreur il veut que le monde finisse ou que la terre demeure à peupler aux animaux, à moins qu'il ne lui plaise de refaire des hommes ou de ressusciter les autres, mais si ceux-là demeuraient vierges pendant soixante ans, tout serait à recommencer.

« Et si l'on me répondait que Dieu fait aux uns la grâce d'être chastes, et aux autres non, comme il est la bonté en personne, il devrait bien accorder la même faveur à chacun. Dans ce cas j'en reviens à ma conclusion : le monde serait exposé à périr. Dieu au commencement aime également tous les hommes et donne une âme raisonnable aussi bien aux hommes qu'aux femmes. Je crois qu'il voudrait que chacun tînt le meilleur chemin pour venir le plus tôt à lui. S'il veut que certains vivent vierges, pourquoi ne le veut-il pas des autres? Peu lui importerait, semble-t-il, que la génération manquât. Qui voudra répondre, réponde; je n'en sais pas plus sur cette matière; je laisse le soin de résoudre cette question aux maîtres de théologie.

« Mais ceux qui n'écrivent pas des stylets par lesquels l'humanité continue à vivre sur les belles tablettes précieuses que Nature leur a données utilement pour que tous y fussent écrivains; ceux qui reçoivent les deux marteaux et n'en forgent pas comme ils doivent, régulièrement sur la bonne enclume, ceux que leur péché aveugle et que l'orgueil égare de telle sorte qu'ils méprisent le droit sillon du champ gras et plantureux, et comme des déshérités vont labourer en terre déserte où leur semence se perd, et ne vont pas le droit chemin, mais retournent la charrue et suivent la mauvaise règle et l'exception anormale, comme Orphée qui ne sut ni labourer ni écrire, ni forger dans la bonne forge (puisse-t-il être pendu pour avoir inventé ces pratiques contre Nature!) ceux qui méprisent telle maîtresse, lisant à rebours ses commandements et refusant d'en entendre le vrai sens, que ces pervers invétérés non seulement soient excommuniés en attendant leur damnation, mais puissent-ils perdre, avant qu'ils meurent, l'enseigne masculine! Puisse-t-on leur arracher et l'aumônière et ses pendants! Qu'on leur ravisse leurs marteaux qui sont cachés dedans, qu'on leur enlève les stylets dont ils n'ont pas voulu écrire sur les tablettes convenables! Et que soient brisés à jamais les charrues et les socs dont ils ont fait si mauvais usage! Tous ceux qui imiteront leur exemple, puissent-ils vivre dans l'opprobre; qu'ils portent le poids de leur horrible péché qui les fasse fustiger en tout lieu, et qu'on le leur jette partout à la face!

« Pour Dieu, seigneurs, gardez-vous d'imiter telles gens; suivez la nature assidûment; je vous pardonne tous vos péchés, à condition que vous travailliez bien à l'œuvre de Nature. Soyez plus vites que l'écureuil et plus légers que l'oiseau, remuez-vous, tripez, sautez, ne vous laissez pas refroidir ni engourdir, mettez tous vos outils en œuvre. Labourez, pour Dieu, barons, labourez et restaurez vos lignages. Retroussez-vous pour cueillir le vent, ou, s'il vous agrée, mettez-vous tout nus, mais n'ayez ni trop chaud, ni trop froid; levez aux deux mains les mancherons de vos charrues, soutenez-les fortement avec les bras et peinez-vous de bouter le soc roidement dans la raie. Animez l'ardeur de vos chevaux, piquez-les âprement de grands coups d'éperon, quand vous voudrez tracer profondément le sillon; accouplez sous le joug les bœufs aux têtes cornues, et réveillez-les aux aiguillons. Et quand vous serez las d'arer, et que le moment sera venu de prendre du repos, vous vous arrêterez pour recommencer de plus belle. Cadmus, sur l'ordre de dame Pallas, laboura plus d'un arpent de terre, d'où surgirent des chevaliers armés qui se combattirent et s'entretuèrent, à l'exception de cinq qui devinrent ses compagnons et l'aidèrent à maçonner les murs de Thèbes dont il fut le fondateur; ils posèrent avec lui les pierres et peuplèrent la ville qui est de très grande antiquité. Cadmus fut un bon semeur et fit prospérer son peuple. Si vous faites de même, votre lignage sera florissant.

« Vous avez deux aides précieuses pour sauver

votre race; si vous ne voulez pas être le troisième, vous êtes fou; vous n'avez qu'un adversaire et n'êtes attaqué que d'un côté; défendez-vous vaillamment; trois champions sont très lâches et méritent bien d'être battus, s'ils ne réussissent à abattre le quatrième. Il est trois Sœurs Filandières dont deux vous portent secours; la troisième seulement vous nuit, qui abrège toutes les vies. Sachez que Cloto qui tient la quenouille et Lachésis qui tire les fils vous sont d'un grand réconfort, mais Atropos rompt et déchire tout ce que celles-ci peuvent filer. Atropos ne cherche qu'à vous trahir : si vous ne creusez profondément votre champ, elle enterrera toutes vos lignées, et elle va vous guettant vous-même. Jamais vous ne vîtes pire bête, et vous n'avez pas, seigneurs, de plus grands ennemis. Qu'il vous souvienne de vos bons pères et de vos mères anciennes; prenez modèle sur leur conduite; gardez-vous de forligner. Qu'ont-ils fait? Ils ont été prévoyants : ils se sont si bien défendus qu'ils vous ont donné l'être; n'eût été leur chevalerie, vous ne seriez pas vivants; ils eurent bien pitié de vous. Par amour et par amitié, pensez à ceux qui viendront et qui maintiendront votre race. Ne vous laissez pas vaincre : vous avez des stylets, pensez à écrire. N'ayez pas les bras emmouflés, martelez, forgez, soufflez; aidez Cloto et Lachésis, si bien que si Atropos la vilaine tranche six fils, il en surgisse une douzaine. Songez à vous multiplier : vous pourrez alors narguer la félonne, la revêche Atropos qui brise et détruit tout. Cette misérable, qui lutte contre la vie et se réjouit de la mort, nourrit Cerbère, ce ribaud qui ne songe que trépas et décès et qui frémit de gourmandise; il mourrait de faim, si la garce ne venait à la rescousse, car, hormis elle, il ne trouverait personne qui le repût. Elle ne cesse de l'allaiter, le tenant doucement sur son sein, et le mâtin lui pend aux mamelles qu'elle a triples, et de ses trois grouins les heurte, et tire et suce; il ne fut ni ne sera jamais sevré; il ne lui chaut d'être abreuvé d'autre lait, et il ne demande d'être repu d'autres viandes que de corps et d'âmes; Atropos lui jette à monceaux hommes et femmes dans sa triple gueule, et bien qu'elle se peine de l'emplir, elle la trouve toujours vide. Ce repas fait grand'envie aux trois ribaudes, vengeresses des félonies, Alecto, Tisiphone et Mégère.

« Ces trois Furies vous attendent en enfer; elles lient, battent, fouettent, pendent, heurtent, criblent de coups, écorchent, foulent, noient, brûlent, grillent, bouillent ceux qui furent criminels dans leur vie, devant les trois prévôts infernaux, siégeant en plein consistoire. Ceux-ci par la torture leur extorquent l'aveu de tous les péchés et crimes qu'ils commirent depuis le jour de leur naissance. Tout le peuple de ces lieux tremble devant eux : c'est Rhadamante et Minos, et leur frère Eaque, le troisième; Jupiter fut leur père commun. Ils furent de leur vivant, dit la renommée, si prud'hommes et rendirent si bien la justice que Pluton, pour les récompenser, les nomma à leur mort juges d'enfer.

« Que Dieu garde que vous n'alliez là, seigneurs, et pour cela, livrez bataille aux vices que notre dame Nature me vint dénombrer aujourd'hui à ma messe. Elle me les dit tous : vous en trouverez vingt-six, plus nuisibles qu'on ne pense. Si vous savez bien vous en purger, vous n'entrerez pas dans l'enceinte des garces mal renommées et ne craindrez les jugements des prévôts d'enfer. Je ne vous énumérerai pas ici les vices; le joyeux *Roman de la Rose* vous en fait brièvement le compte; reportez-vous à ce passage, s'il vous plaît, afin de vous en préserver.

« Tâchez à mener bonne vie : que chacun embrasse sa chacune, et chacune baise et festoie son ami. Si vous entr'aimez loyalement, nul ne vous en blâmera, et quand vous aurez assez joué, comme je vous en ai donné le conseil, pensez à vous confesser pour faire le bien et éviter le mal, et invoquez le Dieu céleste, le maître de Nature : il vous secourra à la fin, quand Atropos tranchera le fil de vos jours. Ce Dieu est le salut de votre corps et de votre âme; c'est le Miroir de Nature qui ne saurait rien, si elle ne s'y contemplait; Dieu la gouverne et lui dicte ses règles; il lui apprit tout ce qu'elle sait, quand il la prit pour chambrière.

« Seigneurs, je veux, et ma dame vous mande, que vous entendiez bien ce sermon mot à mot, et que vous le reteniez par cœur, car on n'a pas toujours son livre, et c'est un grand ennui d'écrire, de sorte qu'en quelque lieu que vous alliez, par bourgs, châteaux, villes, cités, été comme hiver, vous le récitiez à ceux qui ne l'ont pas entendu. Il fait bon garder en mémoire les bons enseignements, et il est meilleur de les répandre : on y gagne en renommée. Ma parole a plus grande vertu et est cent fois plus précieuse que saphir et rubis-balai. Beaux seigneurs, ma dame a besoin de prédicateurs pour admonester les pécheurs qui violent sa loi.

« Et si vous prêchez bien, je vous en donne l'assurance, à condition que vos actes s'accordent avec vos paroles, vous ne serez pas empêchés d'entrer dans le Parc où le Fils de la vierge Brebis à la blanche toison conduit avec lui, sautelant joyeusement par les herbages, ses brebiettes à compagnie clairsemée : par l'étroite sente paisible qui est toute herbeuse et fleurie, tant elle est peu battue, s'en va le joli troupeau, bêtes débonnaires et franches qui broutent l'herbe et les fraîches fleurettes; sachez que c'est une pâture délectable que les fleurs qui naissent là, toujours jeunes, toujours nouvelles, toujours nettes et dans leur printemps, et étincelantes comme des étoiles parmi l'herbe. Au matin dans la rosée, elles gardent leurs vives couleurs et leur beauté naïve; elles ne sont jamais fanées, et peuvent être cueillies, telles le soir que le matin; elles ne sont, sachez-le, ni trop closes, ni trop ouvertes, et brillent toujours au meilleur point de leur âge, car le soleil qui luit dans cette contrée ne les gâte et ne boit la rosée dont elles sont trempées, mais les entretient en parfaite beauté, tant il leur adoucit les racines.

« Je vous dis que les brebiettes ne pourront jamais tant brouter ni des herbes ni des fleurettes, car toujours elles les voudront brouter, qu'elles ne les voient à chaque instant renaître sous leurs pas. La pâture ne coûte rien aux brebis, car leurs peaux ne seront pas vendues, ni leurs toisons dépensées à faire des draps et des couvertures pour les hommes; leurs chairs ne seront pas mangées, ni corrompues, ni jamais sujettes à maladie. Toutefois je ne doute pas que le Bon Pasteur qui les mène paître ne soit vêtu de leur laine; pourtant il ne les dépouille pas, mais il lui plaît que sa robe ressemble à la leur.

« Je vous dirai encore que le troupeau du Bon Pasteur ne connaît pas la nuit; il vit en une seule journée, qui n'a ni aube ni soir, où chaque heure ressemble à l'autre, une journée qu'on ne peut mesurer, qui n'a ni passé ni futur et qui dure éternellement, illuminé par le même soleil toujours resplendissant au même point, et tel que jamais on n'en vit de plus pur, même quand au siècle doré régnait Saturne, à qui Jupiter par cruauté inique coupa les génitoires.

« Certes, pour dire vrai, celui qui mutile un prud'homme lui fait grand dommage et le couvre de honte. Il lui ravit au moins l'amour de sa mie, si attaché qu'il lui soit, ou si le malheureux est marié, il perd, tant soit-il débonnaire, l'amour de sa loyale épouse. C'est grand péché d'écouiller un homme. Celui qui se livre à cet attentat ne lui ôte pas seulement l'organe de la génération, mais la hardiesse et le caractère viril qui sont l'apanage du sexe mâle, car les écouillés, c'est chose certaine, sont couards, pervers et méchants, parce qu'ils ont des mœurs féminines. L'eunuque n'a d'audace et de courage que dans la malice, car les femmes sont hardies pour faire des choses infernales, et les écouillés leur ressemblent en cela. Par-dessus tout, le châtreur, même s'il n'est meurtrier ni larron ni coupable de péché mortel, pèche en ceci qu'il attente à la nature en ravissant à un homme la faculté d'engendrer. Nul ne saurait l'en excuser.

« Mais ce sont des considérations dont Jupiter ne faisait cas, pourvu que sans plus il pût s'emparer du royaume de son père. Et quand il fut devenu roi et reconnu pour maître du monde, il donna à ses sujets ses commandements, ses lois, ses établissements, et fit aussitôt publier, pour leur enseigner à vivre, un ban dont voici le texte : « Jupiter qui régit le monde, ordonne et établit pour règle que chacun pense à vivre à l'aise, et fasse ce qu'il voudra pour avoir du plaisir. »

« Jupiter ne sermonna pas autrement; il permit à chacun de faire tout ce qu'il lui serait agréable, car le plaisir, disait-il, est la meilleure chose qui soit et le souverain bien auquel tout vivant aspire. Et pour que tous suivissent ses recommandations et prissent exemple sur sa conduite, Dan Jupiter le folâtre, qui prisait tant la volupté, faisait de son corps tout ce qu'il lui plaisait.

« Comme dit l'auteur des *Géorgiques*, qui trouva dans les livres grecs comment se comporta le fils de Saturne, avant la venue de Jupiter nul ne tenait la charrue, nul n'avait labouré, bêché ni cultivé. Les hommes qui étaient paisibles et bons n'avaient pas encore planté les bornes; ils vivaient en commun des biens que la terre leur fournissait spontanément. Jupiter commanda de partager la terre et la divisa par arpents; il mit le venin dans lés vipères; il apprit aux loups à ravir, tant il favorisa la malice; il abattit les chênes qui donnaient le miel, il étancha les ruisseaux de vin; il fit partout éteindre le feu, s'ingéniant à tourmenter les hommes, et le leur fit chercher dans les pierres. Le rusé inventa des arts nouveaux; il dénombra et nomma les étoiles; il fit tendre glu, lacets et réseaux pour prendre les bêtes sauvages, et leur lança les chiens, ce dont nul n'avait coutume auparavant; il dompta les oiseaux de proie; il fit assaillir par les éperviers les perdrix et les cailles, fit tournoyer dans le haut des airs les faucons, les vautours et les grues, les apprivoisa avec le leurre et les nourrit de sa main; et l'homme fit de même : il se fit le serf des oiseaux de proie, pour ravir les oisillons qu'il ne pouvait atteindre autrement, ne voulant vivre sans manger leur chair dont sa gourmandise était friande. Jupiter mit les furets dans les terriers des connins; il fit écailler, rôtir, écorcher les poissons des mers et des fleuves, et inventa des sauces nouvelles faites d'herbes et d'épices de toutes sortes. Ainsi les arts furent créés, par la nécessité qui met les gens en grand souci et excite leur esprit par les privations et les souffrances qu'ils endurent. Ainsi le dit Ovide qui eut durant sa vie beaucoup de biens, de maux, d'honneur et de honte, comme lui-même le confesse. Bref, Jupiter, quand il usurpa l'empire de la terre, ne tendit qu'à changer son état de bien en mal, et de mal en pis. Il fut un très faible justicier. Il diminua le printemps et divisa l'année en quatre parties, printemps, été, automne, hiver, ce sont les quatre saisons actuelles que le printemps autrefois contenait toutes; mais Jupiter, quand il parvint au trône, voulut changer tout cela : il mit fin à l'âge d'or et fit l'âge d'argent, puis vint l'âge d'airain, car les hommes ne cessèrent depuis de dégénérer, et de faire le mal. Or l'âge d'airain est changé en âge de fer, et les hommes se sont éloignés de plus en plus de leur état d'innocence, ce dont sont très contents les dieux des palais ténébreux qui sont jaloux des hommes, tant qu'ils les voient en vie. Ceux-ci ont enfermé sous leur toit, d'où elles ne seront jamais relâchées, les noires brebis douloureuses, lasses, chétives, et mortellement malades qui ne voulurent suivre dans son étroite sente le blanc Agnelet, par quoi toutes fussent délivrées, et leurs noires toisons blanchies, mais prirent le grand chemin qui les conduisit là, en si grand nombre qu'elles tenaient toute la charrière.

« Mais il n'y aura bête s'hébergeant là-dedans qui portera toison qui vaille ni dont on puisse faire drap, si ce n'est une horrible haire plus piquante sur la peau que ne serait pelisse de hérisson. Au contraire, si l'on voulait charpir la laine douce et moelleuse (pourvu toutefois qu'il y en ait telle abondance) et faire étoffe de la toison qui serait prise aux blanches brebis, elle serait digne de vêtir aux fêtes empereurs, rois, voire anges (s'ils se vêtaient de laine), parce que celui qui pourrait avoir telles robes serait vêtu très noblement, et il devrait y tenir d'autant plus que de telles bêtes il n'y a guère.

« Mais le Pasteur avisé qui garde le bétail et les clôtures en ce beau parc ne laisserait pour nulle prière entrer une seule brebis noire, tant il lui plaît de trier les blanches; celles-ci connaissent bien leur berger et vont à sa rencontre, et elles sont bien reçues, car il les connaît aussi.

« Je vous dirai que le plus pieux, le plus beau, le plus délicieux de tout le troupeau, c'est le blanc Agnelet bondissant qui amène les brebis au Parc par son travail et par sa peine, car il sait bien que si l'une se dévoie ou s'écarte de son conducteur, que le loup l'aperçoive qui ne cherche autre chose, il l'emportera sans défense et la mangera toute vive.

« Seigneurs, cet Agneau vous attend, mais nous nous tairons de lui maintenant, excepté que nous prions Dieu le père que, par la requête de sa mère, il lui donne de conduire les brebis de telle sorte que le loup ne leur puisse nuire et que vous ne manquiez par vos péchés d'aller jouer dans ce beau Parc délectable et bien fleurant d'herbes, de violettes et de roses et de toutes bonnes épices et aromates. Car celui qui voudrait le comparer avec le joli jardin carré clos d'un petit guichet, où l'Amant vit la carole de Déduit et de ses gens, ferait grande méprise s'il ne faisait telle comparaison comme de la vérité à la fable; car qui serait dedans ou y jetterait sans plus un coup d'œil jurerait sûrement que le jardinet de Déduit n'est rien au regard de ce pourpris qui n'est pas de figure carrée, mais d'un rond si parfait que jamais besicles ni bille ne furent de forme si bien arrondie. Que voulez-vous que je vous dise? Parlons brièvement des choses que l'Amant vit au-dehors et au-dedans. Il y vit portraites sur le mur dix laides images, dit-il, mais qui chercherait autour du Parc y trouverait figurés l'enfer hideux et tous les diables, et tous les défauts et les vices qui ont leur logis en enfer, et Cerbère qui en garde la porte; il y trouverait toute la terre avec ses richesses, et la mer, et les poissons, et les eaux douces, troubles ou limpides avec tous leurs hôtes grands et menus, et le ciel et tous ses oiseaux, ses mouches et ses papillons et tout ce qui résonne dans l'air, et le feu qui environne les autres éléments; il y verrait toutes les étoiles étincelantes, errantes ou fixes, attachées à leurs sphères. Qui serait là verrait en dehors de ce beau parc toutes ces choses représentées comme elles apparaissent en réalité.

« Or retournons au Jardin, et parlons de ce qui se trouve au-dedans. Le demoiseau vit, dit-il, parmi l'herbe tendre, Déduit menant sa trèche, et ses gens avec lui carolant sur les fleurettes embaumées; il vit herbes, arbres, bêtes, oiseaux, et ruisselets et fontenelles bruire et frémir par le gravier, et la fontaine sous le pin, et il se vante qu'il n'y eut jamais tel pin, ni si belle fontaine.

« Prenez garde, seigneurs : si l'on considère la vérité, toutes ces jolies choses, ce sont truffes et sornettes. Il n'y a là chose qui soit solide, tout y est fragile et périssable. Il vit des caroles qui cessèrent, et tous ceux qui les firent auront aussi leur fin; car la nourrice de Cerbère à qui l'on ne peut rien dérober de ce qui est sa proie, quand elle veut user de sa force, et elle en use sans jamais se lasser, Atropos qui n'est jamais assouvie, les guette tous, hormis les dieux, s'il en est aucun, car sans faute, les choses divines ne sont pas sujettes à mourir.

« Voyons en regard ce que renferme le céleste Parc dont je vous ai entretenu. Je vous en parle en général, et je m'en tairai aussitôt, car à vrai dire je n'en sais proprement parler, vu que nulle pensée ne pourrait concevoir, ni bouche d'homme recenser les beautés sublimes, le prix inestimable des choses qui y sont contenues, ni les jeux admirables, ni les joies grandes et vraies que les caroleurs goûtent éternellement dans ce pourpris. Ceux qui se déduisent là ont tous les biens délectables et perdurables; car ils les puisent à la fontaine qui arrose tout le clos et nourrit le ruisseau où boivent les brebis, quand elles sont séparées des noires, fontaine si belle et claire, si nette et si pure que lorsqu'elles en sont abreuvées, elles ne connaîtront plus la soif, et vivront à jamais, sans redouter la maladie ni la mort. A la bonne heure elles franchirent les portes! A la bonne heure elles virent l'Agnelet qu'elles suivirent par l'étroit sentier, sous la garde du Bon Pasteur qui voulut les héberger avec lui! Jamais l'homme ne mourrait, s'il pouvait boire une seule fois à cette fontaine. Ce n'est pas celle que l'Amant vit sous le pin, dans l'auge de marbre; on devrait se moquer quand il loue cette fontaine-là; c'est la fontaine périlleuse, si amère et si pleine de venin qu'elle tua le beau Narcisse, quand il se mira dedans. Lui-même n'a pas vergogne de le reconnaître; il témoigne qu'elle est pernicieuse en l'appelant « miroir périlleux », et il dit que depuis qu'il s'y mira, il en soupira maintes fois, tant il s'y trouva triste et pesant. Voyez quelle douceur on éprouve en cette eau! Dieu! quelle fontaine salutaire où les sains deviennent malades! Et comme il fait bon s'y mirer! Elle sourd, dit-il, à flots par deux douis profondes, mais ses douis ni ses eaux ne lui appartiennent; elles lui viennent d'ailleurs.

« Puis il dit encore qu'elle est plus claire qu'argent vif. Voyez quelles truffes il vous conte! Elle est au contraire si trouble que quiconque y met la tête pour se mirer n'y voit goutte; tous perdent la raison et souffrent de ne pas s'y reconnaître.

« Au fond, dit-il, il y a un double cristal que le soleil fait luire, quand il y jette ses rayons, et qui est de telle vertu que celui qui observe voit toujours la moitié des choses qui sont dans le jardin et peut voir le reste, s'il s'assoit de l'autre côté. Certes, ces cristaux sont plutôt troubles et nébuleux. Pourquoi ne montrent-ils pas, quand le soleil les frappe, toutes les choses à la fois? Parce qu'ils ne le peuvent, semble-t-il, à cause de l'obscurité qui les enveloppe; ils sont si ternes qu'ils ne peuvent suffire par eux-mêmes et qu'ils tirent leur clarté de l'extérieur : si les rayons du soleil n'y tombent, ils n'ont pouvoir de rien montrer.

« Mais la fontaine dont je vous parle, c'est une fontaine salutaire et belle à merveille. Écoutez plutôt. Ses eaux sont de saveur agréable et bonnes aux bêtes atteintes de langueur, elles sortent claires et vives de trois douis admirables qui sont si près l'une de l'autre qu'elles se réunissent en une seule, si bien qu'en les voyant, vous en trouvez tantôt trois, tantôt une, mais jamais quatre; c'est là leur singularité. Jamais nous ne vîmes telle fontaine, car elle sourd de soi-même, ce que ne font pas les autres qu'alimentent des veines étrangères. Celle-ci se suffit à elle-même et n'emprunte nul conduit étranger;

elle n'a besoin de bassin de marbre, ni de feuillage, car l'eau qui ne peut jamais manquer vient d'une source si haute qu'aucun arbre n'y peut atteindre; tout au plus, en aval, remarque-t-on un olivier bas, sous lequel l'onde passe, et quand le petit olivier sent les eaux fraîches qui lui mouillent les racines, il en reçoit telle nourriture qu'il croît en branches, et se charge de feuilles et de fruits, et il devient si grand et si large que le pin qu'on vous a décrit ne monta aussi haut et que ses rameaux ne s'étendirent aussi loin ni ne donnèrent autant d'ombrage.

« Cet olivier, de ses hautes branches, couvre d'ombre la fontaine; et là, dans la fraîcheur, les bestioles sont tapies, suçant la rosée que distillent les fleurs et l'herbe tendre. A l'arbre est pendu un rouleau où se lit cette inscription en petites lettres : ICI SOUS L'OLIVIER QUI PORTE LE FRUIT DE SALUT COULE LA FONTAINE DE VIE. Quel pin vaudrait un tel arbre? Je vous dirai en outre (les folles gens auront peine à le croire et plusieurs le tiendront pour fable) que dans cette fontaine brille une escarboucle admirable sur toutes les pierres précieuses, toute ronde et à trois facettes, et elle est placée bien en vue de telle sorte qu'on l'aperçoit distinctement flamboyer dans tout le parc; vent, pluie, nuages ne peuvent arrêter ses rayons, tant elle est belle et magnifique; et sachez que telle est la vertu de la pierre que chaque facette vaut autant que les deux autres et que les deux ne valent que la troisième; et nul ne peut les distinguer l'une de l'autre, tant sache-t-il bien s'appliquer, ni les joindre par réflexion qu'il ne les trouve distinctes. Mais nul soleil ne l'illumine, car elle est si resplendissante que le soleil qui fait briller le double cristal de l'autre fontaine paraîtrait terne et obscur auprès d'elle. Que vous dirai-je de plus? Il n'y a là d'autre soleil qui rayonne que cette escarboucle flamboyante. Elle éclaire ces lieux plus magnifiquement que nul soleil qui soit au monde. Elle envoie la nuit en exil, elle fait le jour éternel, sans fin et sans commencement; c'est un soleil qui se tient au même point, sans passer par les signes de l'année, ni par les heures qui mesurent le jour, c'est un soleil qui n'a ni midi ni minuit. L'escarboucle a si merveilleux pouvoir que ceux qui s'en approchent et mirent leur face dans l'eau voient toutes les choses du parc, de quelque côté qu'ils se tournent et les connaissent proprement ainsi qu'eux-mêmes; et après qu'ils se sont vus là, ils ne seront jamais le jouet d'aucune illusion, tant ils y deviennent clairvoyants et savants.

« Je vous enseignerai une autre particularité : les rayons de ce soleil ne troublent pas la vue de ceux qui les regardent et ne les éblouissent pas, mais ils les réjouissent, renforcent et revigorent leurs yeux, par cette clarté et cette chaleur tempérée qu'ils répandent dans le parc avec les odeurs les plus délicieuses.

« Pour tout dire en un mot, je gage que celui qui verrait ce Parc enchanté, jugerait qu'en nul si beau paradis, Adam ne fut formé autrefois.

« Maintenant, seigneurs, que vous semble-t-il du Parc et du Jardin? Donnez-en raisonnable sentence, dites loyalement lequel est de plus grande beauté, et voyez des deux fontaines laquelle a les eaux les plus saines et les plus pures, et jugez des douis lesquelles ont les plus grandes vertus; estimez les pierres précieuses, et comparez le pin et l'olivier. Je m'en tiens à votre jugement, si vous donnez sentence juste, sur les pièces du procès que je vous ai fournies, car je le dis sans feinte : je ne me mets pas en votre haute et basse justice, car si vous vouliez faire tort, dire faux ou taire la vérité, j'en appellerais aussitôt ailleurs. Et pour que vous vous accordiez plus vite, je vous résumerai d'un mot ce que je vous ai conté sur les vertus des deux fontaines : celle-là enivre de mort les vivants, celle-ci fait revivre les morts.

« Seigneurs, sachez-le bien, si vous menez sage vie et faites ce que vous devez, vous boirez de cette fontaine. Pour cela suivez les enseignements que je vous ai transmis, c'est-à-dire pensez à honorer Nature, servez-la en travaillant à ses fins; et si vous ne pouvez rendre les biens dépensés ou joués, ayez la ferme intention de le faire, quand vous serez dans l'abondance. Ne commettez pas de meurtres, ayez nettes les mains et la bouche, soyez loyal et compatissant; lors vous irez au champ délicieux, suivant à la trace l'Agnelet éternellement vivant, boire à la belle fontaine qui vous rendra immortel, et vous irez joyeusement et à perpétuité chantant motets, conduits et chansonnettes en carolant sous l'olive parmi les fleurs. Mais qu'irai-je encore vous chanter? Il me faut remettre mon flageolet en son étui, car beau chanter souvent ennuie. J'ai fini mon sermon. On verra maintenant ce que vous ferez, quand vous serez montés pour prêcher là-haut sur la bretèche. »

Quand Génius eut achevé ce sermon joyeux et réconfortant, il jeta son cierge dont la flamme en s'éteignant éparpilla sa fumée odorante parmi toute l'assistance. Il n'est dame qui s'en pût défendre par la grâce de Vénus, et le vent la fit voler si haut que toutes les femmes en sentirent le doux parfum dans leur corps, leur cœur et leurs pensées.

Amour répandit la nouvelle de la charte lue si bien qu'il n'est homme de valeur qui n'approuvât la sentence. Les barons émus de joie furent d'avis que jamais ils n'avaient ouï si bon discours, ni, depuis qu'ils furent conçus, obtenu si grand pardon, ni entendu prononcer excommunication si légitime. Pour ne pas perdre le pardon, tous adhèrent à la sentence et répondent vivement : « Amen! Amen! Fiat! Fiat! »

Aussitôt Génius s'évanouit, et nul ne sut ce qu'il était devenu. Chacun l'ayant ouï très volontiers nota mot à mot dans sa mémoire le sermon qui leur sembla plein de charité et éminemment propre à leur ouvrir la voie du salut.

XIX

Assaut final. — Vénus lance son brandon dans la forteresse. — La statue d'argent. — Histoire merveilleuse, poétique et récréative de Pygmalion et de son image. — Délivrance de Bel Accueil. — Parabole du bon Pèlerin. — L'écharpe et le bourdon. — La meurtrière et la palissade. — L'Amant cueille la Rose. — Réveil du songeur.

On cria à l'assaut. Tous les barons se lèvent pour guerroyer et prendre ou jeter à bas la forteresse. Vénus la première invite les ennemis à se rendre. « Vous ne mettrez pas les pieds céans, réplique Peur. — Non vraiment, ajoute Honte, n'y aurait-il que moi pour défendre le château, je n'en serais pas troublée! »

Quand la déesse entendit Honte : « Hors d'ici, s'écria-t-elle, fille de rien! Peu vous sert de me résister. Vous verrez tout saccager, si le château ne m'est remis. Vous ne le défendrez point, par la chair Dieu! Vous le rendrez, ou je vous brûlerai vives, toutes deux. Je veux embraser tout le pourpris, raser tours et tournelles; je vous échaufferai les fesses; j'incendierai piliers, murs et poteaux; je ferai combler les fossés et mettre en miettes vos barbacanes. Et Bel Accueil laissera prendre à volonté les roses et les boutons, tantôt en vente, tantôt en don. Vous ne serez pas si fière que tout le monde ne s'y jette! Tous sans exception iront se promener parmi les rosiers quand j'aurai ouvert les lices. Et pour attraper Jalousie, je ferai fouler partout les préaux et les herbages, tant j'élargirai les sentiers. Tous y cueilleront boutons ou roses, clercs et lais, religieux ou séculiers. Il n'est nul qui puisse s'y soustraire, tous y feront leur pénitence, non toutefois de la même façon; les uns iront en tapinois, les autres au grand jour; mais ceux qui viendront à la dérobée seront tenus pour prud'hommes et les autres en seront diffamés et appelés ribauds et bordeliers, bien qu'ils méritent moins cette injure que d'aucuns que nul ne songe à reprendre.

« Il est encore vrai que certains mauvais hommes (que Dieu et saint Pierre confondent, eux et leur confrérie!), laisseront les roses pour faire pis, et le diable qui les pique leur donnera chapeau d'orties, car Génius, de par Nature, les a tous condamnés pour leur turpitude avec nos autres ennemis.

« Honte, si je ne vous mate, je prise peu mon arc et mon brandon, car je n'invoquerai d'autres témoins. Certes, Honte, je ne vous aimerai, ni vous, ni Raison, votre mère qui est si cruelle aux amants. Qui vous croirait l'une et l'autre n'aimerait jamais par amour. »

Vénus ne veut rien ajouter. Elle se retrousse, l'air irrité, tend l'arc et encoche le brandon, tire jusqu'à l'oreille la corde qui était longue d'une toise, puis vise adroitement à une petite meurtrière qu'elle vit cachée dans la tour; Nature l'avait placée, par grande maîtrise, non pas sur le côté, mais sur le devant, entre deux petits piliers d'argent. Ces piliers fort jolis soutenaient, au lieu de châsse, une statue d'argent qui n'était ni trop basse, ni trop haute, ni trop grosse, ni trop grêle, mais bien proportionnée de bras, d'épaules et des mains; les autres membres étaient très bien formés; mais dedans il y avait un sanctuaire plus odorant que pomme d'ambre, couvert d'un suaire incomparable, le plus beau et le plus précieux qu'on eût pu trouver jusqu'en Constantinople; et si l'on voulait user de comparaison, on pourrait dire que cette statue ressemblait à l'image de Pygmalion, comme un lion à une souris.

Pygmalion, tailleur renommé en bois, en pierres et en métaux, comme en os et en cire et autres matières propres à ce métier, voulut un jour, pour éprouver son génie (il fut parmi les plus grands), autant que pour recevoir de grandes louanges, façonner une image d'ivoire, et il mit à l'exécuter tant de soin et tant de talent que jamais il n'en réussit de plus admirables, car elle semblait aussi vivante que la plus belle créature : Hélène ou Lavinie, beautés irréprochables, s'il en fut, lui auraient cédé pour l'harmonie des formes et la délicatesse du teint. Pygmalion, quand il contempla son œuvre une fois achevée, tomba en extase, et voici qu'il ne prend garde qu'Amour l'enlace en ses réseaux, à tel point qu'il ne sait ce qu'il fait. Il se plaint en lui-même, et ne peut mettre fin à ses plaintes.

« Las! dit-il, que fais-je? Est-ce que je dors? J'ai taillé maintes images qu'on ne savait priser leur prix, et jamais il ne m'est arrivé d'être amoureux d'elles. Or celle-ci me perce le cœur; par elle je perds le sens. D'où me vinrent ces pensées? Comment tel amour a-t-il pu naître? J'aime une image sourde et muette qui ne bouge ni ne remue, et qui n'aura merci de moi. Comment puis-je être blessé de pareil amour? Il n'est nul qui, s'il en entendait parler, ne s'en dût ébahir. Je suis le plus fou du siècle. Et que faire en telle occurrence?

« Si j'aimais une reine, je pourrais espérer merci, parce que c'est chose possible, mais cet amour est si étrange qu'il ne vient pas de Nature; j'agis mal certainement; Nature a en moi un mauvais fils. En me mettant au monde, elle se déshonora. Pourtant je ne dois pas l'en blâmer; si je veux aimer follement, je ne dois m'en prendre qu'à moi. Depuis que j'ai nom Pygmalion et que je vais sur mes deux pieds, je n'ouïs parler de tel amour. Cependant, si les livres ne mentent, maints ont brûlé de feux encore plus insensés. Est-ce que Narcisse n'aima pas sa propre figure, jadis, à la fontaine du bois où il était allé étancher sa soif? Il ne put résister à l'attrait de sa figure, et il en mourut, à ce que dit l'histoire. Je suis moins fou que lui, car je puis, quand je veux, aller à mon image, la prendre dans mes bras et lui baiser les lèvres, et j'en puis mieux supporter mon malaise; mais Narcisse ne put étreindre la forme qu'il voyait dans la fontaine.

« D'autre part, en maintes contrées, plusieurs ont aimé des dames et les ont servies autant qu'ils pouvaient, sans en obtenir un seul baiser, et ils en eurent grand'peine. Amour m'a-t-il mieux traité? Non, car au milieu de leurs craintes, ces amants ont toutefois conçu l'espérance du baiser et d'autre chose; pour moi l'espoir ne m'est pas permis quant aux déduits d'amour que ceux-ci attendent; car lorsque je veux me donner le plaisir d'accoler ma mie, je la trouve aussi raide qu'un pieu, et si froide que quand je l'effleure, elle me glace la bouche.

« Ha! j'ai parlé durement. Je vous demande pardon, douce amie, prenez-en réparation. Je devrais bien me contenter de vous voir doucement me regarder et me sourire, car doux regard et tendre souris sont chose très agréable aux amants. »

Pygmalion alors s'agenouille, le visage tout mouillé de larmes, lui offre son gage et répare, mais elle n'a cure de l'amende! Elle n'entend l'amoureux ni ne voit son présent, de sorte qu'il craint d'avoir perdu sa peine. Toutefois il ne peut pas ravoir son cœur, car sa passion lui ôte sens et sagesse, si bien qu'il se désole, et ne sait plus si elle est vive ou morte. Il lui prend la tête dans ses mains, la palpe doucement : il lui semble que la chair cède comme pâte à la pression de ses doigts.

Pygmalion dans le combat qui se livre en son cœur n'a paix ni trêve; il change à chaque instant, tantôt aime, tantôt hait, tantôt rit, tantôt pleure; il est heureux, il souffre, il se tourmente, il s'apaise. Puis il habille son image adorée de maintes manières, il la revêt de robes faites à merveille de draps de laine blanche, d'écarlate, de tiretaine, de vert, de pers et de brunette, doublées richement d'hermine, de vair et de gris; puis il les lui enlève et lui essaie robes de soie, cendaux, mélequins, tabis bleus, vermeils, bis ou jaunes, samits, diapres, camelots. Un ange n'eût pas été plus modeste que la belle en ses atours. Une autre fois, il lui met une guimpe, et par-dessus un voile qui couvre les tempes, mais non la face, car il ne veut pas suivre la coutume des Sarrasins qui cachent sous des étamines le visage de leurs femmes pour que nul passant ne les voie dans la rue, tant ils sont jaloux. Une autre fois, il lui reprend envie d'ôter tout et de la coiffer de guindes de diverses couleurs et de jolis tressons fins de soie et d'or à perles menues; et il attache sur la crépine une précieuse agrafe, et par-dessus la crépinette une couronne d'or grêle garnie à foison de pierres en chatons à quatre angles et quatre demi-cercles, sans compter la pierrerie menue disposée autour en rangs serrés. Et il suspend à ses oreilles deux minces verges d'or, et pour tenir le collet, il lui baille deux fermaux d'or, et il lui en met encore un autre à la poitrine, et il s'occupe de la ceindre, mais c'est d'un si riche tissu qu'onc pucelle ne ceignit la pareille, et il pend à la ceinture une aumônière de prix où il place cinq petites pierres choisies du rivage de mer, dont les pucelles jouent aux marteaux, quand elles les trouvent belles et rondes. Et avec grande entente il lui chausse en chaque pied un joli bas et un soulier découpé à deux doigts du pavement. Elle ne fut pas étrennée de houseaux, car elle n'était pas née à Paris, et c'est trop rude chaussure pour une aussi jeune pucelle. D'une aiguille enfilée de fil d'or, il lui coud étroitement ses deux manches, et il lui porte de ces fleurs dont les pucelettes au printemps tressent leurs chapeaux, et pelotes et oiselets et autres babioles et nouveautés agréables aux demoiselles. Et il lui fait un chapelet de fleurs, d'un art exquis. Il lui passe enfin aux doigts des annelets d'or, et il lui dit en loyal époux : « Tendre belle, je vous épouse ici et deviens vôtre et vous mienne. Qu'Hyménée et Junon m'entendent et président à notre mariage. Je n'y désire désormais clerc ni prêtre, ni mitres, ni crosses de prélats, car ils sont les vrais dieux des noces. »

Là-dessus, plein de gaîté, il chante à voix haute et mélodieuse, en guise de messe, chansonnettes des jolis secrets d'amour, et fait sonner ses instruments si bien qu'on n'entendrait pas Dieu tonner, car il en a de toutes sortes, et sa main y est plus habile qu'Amphion de Thèbes; il a choisi pour se divertir harpes, gigues et rebecs, luths et guitares; et il remonte sans fin et fait carillonner ses horloges par ses appartements; il a encore des orgues portatives où il souffle et touche lui-même, et il chante à pleine voix motet, triple ou tenure; puis il frappe des cymbales, puis prend un freteau et il fretèle, et chalumeau et chalumèle, et tambour et flûte et timbre, et tambourine et flûte et timbre, et citole et chevrette et trompe, et citole et chevrote et trompète, et vielle et psalterion, et vièle et psaltérionne, et puis prend sa musette, et puis joue sur l'estive de Cornouaille, et espingue et balle et saute, et frappe du pied parmi la salle, et il prend par la main son amie, et danse, mais il a chagrin au cœur qu'elle ne veuille ni chanter ni répondre malgré ses invitations et ses prières.

Puis il l'embrasse de nouveau, et la couche dans son lit entre ses bras et la baise et l'accole, mais plaisir qui n'est pas partagé n'a pas beaucoup d'attraits.

Ainsi se martyrise, dans sa folie, Pygmalion séduit par une image muette. Autant qu'il peut il la pare et l'accoutre, car il met tout son zèle à la servir, bien qu'elle ne soit pas moins belle lorsqu'elle est nue que quand elle est garnie de ses atours.

Cependant il advint que dans la contrée on célébra une fête solennelle dans le temple de Vénus. Il y eut aux veilles un grand concours de peuple, et Pygmalion ne voulut laisser d'y assister pour implorer les dieux.

« Beaux dieux, dit-il, si vous pouvez tout, écoutez ma requête, et toi, la dame de ce temple, sainte Vénus, accorde-moi ta grâce, car le triomphe de Chasteté te courrouce. J'ai mérité, certes, grand châtiment pour l'avoir tant servie. Mais je m'en repens maintenant et te supplie de me pardonner. Que ta bonté et ta miséricorde m'octroient que la belle qui a pris mon cœur, la belle qui ressemble à l'ivoire devienne ma loyale amie, et si tu t'empresses de combler mes vœux, et si je ne renonce à la chasteté, je consens à être banni ou pendu ou tué à coups de hache, ou que Cerberus, le portier d'enfer, m'engloutisse vivant et me broie dans sa triple gueule, ou me charge de chaînes éternelles. »

Vénus entendit la prière du valet; elle se réjouit de le voir délaisser Chasteté et lui offrir ses services, comme un pécheur prêt à faire pénitence entre les bras de son amie, s'il peut jamais l'avoir vivante. Alors elle anima la statue; et l'œuvre de pierre devint chair et si belle dame que dans toute la Grèce on n'en avait rencontré telle.

Pygmalion ne demeura pas au temple davantage; sa requête achevée, il retourna à grande hâte vers son image. Il arrive à sa maison; il ne savait rien encore du miracle, mais il avait confiance dans les dieux; il la regarde, et plus il la voit, plus son cœur brûle. Il sent la chair vivante, il lui découvre le sein nu et voit la belle chevelure d'or aux boucles ondoyantes, il sent palpiter les veines et battre le pouls. Il recule d'étonnement : « Qu'est-ce, s'écrie-t-il, suis-je tenté? Suis-je éveillé ou si je songe? Jamais je ne vis songe si spécieux et si ressemblant à la réalité. D'où vient donc cette merveille? Est-ce un fantôme ou un démon qui s'est mis dans mon image? »

Alors la pucelle avenante, la pucelle aux cheveux blonds répondit : « Ce n'est ni démon ni fantôme, doux ami, c'est votre compagne et tendre amie qui vous attend et qui vous offre son amour, s'il vous plaît de le recevoir. »

Pygmalion entend que la chose est sérieuse et voit le miracle évident. Il s'approche et s'assure de la vérité. Les deux amants tombent dans les bras l'un de l'autre, leurs bouches s'unissent avec ardeur, et comme deux colombeaux, ils s'entrebaisent mille fois, rendant grâces aux dieux, spécialement à Vénus, pour la grande courtoisie qu'ils leur firent.

Pygmalion est transporté de joie; rien maintenant ne contrarie plus sa félicité; l'image d'ivoire ne lui refuse rien qu'il veuille; s'il décide, elle se rend; si elle commande, il obéit et contente ses désirs. Il peut dormir avec son amie, elle n'oppose plainte ni défense. Bientôt de leurs jeux naquit Paphius qui donna, dit-on, son nom à l'île de Paphos et qui engendra à son tour Cinyras, prud'homme qui aurait connu tous les bonheurs, s'il n'avait été déçu par Myrrha sa fille qu'une vieille criminelle, pleine d'une astuce effrayante, ne craignit pas d'amener dans son lit, tandis que la reine était à une fête. Le roi ne savait pas qu'il fût couché avec sa fille. De cet amour incestueux naquit le bel Adonis après que Myrrha fut changée en arbre. Son père eût voulu la tuer quand, ayant fait apporter un flambeau, il connut sa méprise; il n'y put réussir, car celle qui n'était plus vierge échappa par une fuite rapide. Mais ceci est trop loin de ma matière, il me faut revenir au fait.

Qui voudrait, disais-je donc, comparer les deux images, y pourrait trouver telle similitude : d'autant la souris est moins redoutable que le lion et moindre en grosseur, force et valeur, d'autant l'image de Pygmalion était inférieure en beauté à celle que je décris.

Dame Cypris avisa l'image placée entre les piliers, droit au milieu de la tour. Jamais encore je n'avais vu un coin aussi plaisant; je l'eusse adoré à genoux, et je n'eusse laissé la meurtrière et la châsse pour la tireuse ni pour l'arc ou le brandon; à aucun prix je n'aurais eu vergogne d'y entrer. Je m'en serais emparé, quoi qu'il dût advenir, si quelqu'un me l'eût offert, ou tout au moins m'y eût toléré. J'ai voué un pèlerinage à ces reliques, et je les requerrai, quand il sera temps et lieu, garni d'écharpe et de bourdon. Que Dieu me garde d'être moqué, et détourné, pour quoi que ce soit, de jouir de la rose.

Vénus ne tarde plus; elle fait voler tout empennée la torche ardente pour mettre à mal la garnison du château, mais sachez que personne ne put la voir, quelque attention qu'ils prêtassent, tant Vénus la décocha adroitement.

Quand ils voient tomber au milieu d'eux le brandon enflammé, ceux du dedans s'affolent. Le feu embrase tout le pourpris. Ils se sentent perdus et tous s'écrient : « Ha! Ha! Nous sommes trahis! Nous sommes morts; décampons au plus vite! » Chacun jette là ses clés. Danger, l'horrible maufé, quand il se sentit le feu aux trousses, s'enfuit plus rapide que cerf en lande. Nul n'attend l'autre; chacun, les pans à la ceinture, s'empresse de déguerpir. Peur lâche pied, Honte se précipite, laissant le château en flammes, sans faire plus de cas de ce que Raison leur a appris.

Alors Courtoisie, la noble, la belle, la renommée, s'avance au milieu de la déroute pour arracher son fils à l'incendie. Pitié et Franchise l'accompagnent; sans craindre le feu, elles sautent dans l'enceinte. Courtoisie la première prend la parole, et dit à Bel Accueil :

« Beau fils, votre captivité m'a coûté beaucoup de larmes. L'infernale flamme dévore celui qui vous mit en telle garde! Enfin vous êtes, Dieu merci, délivré, cependant que là dehors, au milieu de ses Normands ivres-morts dans les fossés, gît sans vie Malebouche le médisant : le coquin ne peut plus voir ni entendre. Pour Jalousie, il ne faut pas la redouter et à cause d'elle renoncer à mener joyeuse vie; elle n'a plus les moyens d'en troubler le cours, puisqu'il n'est plus personne qui la renseigne. Elle n'a pas le pouvoir de vous trouver ici. Quant aux autres, découragés, ils ont fui en exil; les félons, les outrecuidants, tous ont vidé le pourpris.

« Beau très doux fils, pour Dieu, ne vous laissez pas brûler ici. Nous vous prions amicalement, Pitié, Franchise et moi, de vous entremettre pour amender le sort de ce loyal amant qui a enduré de longs maux pour vous; il est franc et sincère, et jamais ne vous fit de traits. Agréez l'offre qu'il vous fait de sa personne et de tout son avoir; il vous donne tout, même son âme; je vous en prie, au nom de la foi que vous me devez et au nom d'Amour qui l'inspire.

Beau fils, secourez ce demoiseau, octroyez-lui la rose en don.

— Je la lui abandonne très volontiers, fait Bel Accueil, il peut la cueillir, tandis que nous ne sommes ici que tous les deux. Il y a longtemps que j'aurais dû le recevoir, car je sais bien que son amour est sincère. »

Moi qui lui rends mille grâces de sa générosité, je me dirigeai aussitôt, comme un bon pèlerin fervent et fin amoureux, vers la meurtrière, but de son pieux voyage; je portais avec moi péniblement mon écharpe et mon bourdon raide et si fort qu'il n'avait besoin de fer pour aller sa journée. L'écharpe était du bon faiseur, d'une peau souple sans couture, mais sachez qu'elle n'était pas vide. Nature qui forge mieux que Dédale me l'avait baillée, y avait mis deux martelets façonnés par grande étude. Je pensai qu'elle me les avait donnés exprès pour ferrer mes palefrois au cours de mes voyages. Je le ferai certainement, si l'occasion se présente, car Dieu merci, je sais bien forger, et je tiens plus à mes marteaux et à mon escarcelle qu'à ma citole ou à ma harpe.

Nature me fit très grand honneur en m'armant de cette armure; elle m'en enseigna si bien l'usage que je devins bon et savant ouvrier. Elle-même m'avait préparé le bourdon et voulut le doler de sa main, avant que je fusse mis à l'école, mais elle ne se soucia point de le ferrer, et il n'en valut pas moins pour cela. Depuis que je l'eus reçu, je l'ai toujours eu près de moi, et je ne voudrais pas m'en séparer pour cinq cent fois cent mille livres. Elle me fit là un beau présent, et quand je le regarde et le sens, je suis content et lui voue une grande reconnaissance. Il m'a soulagé maintes fois, en tous les lieux où je l'ai porté. Il m'est d'un grand service, car quand je suis en quelque endroit retiré et que je chemine, je le boute dans les fossés où je ne vois goutte, ou je sonde les gués, de telle sorte que je n'ai garde de m'y noyer; mais j'en trouve parfois de si profonds et qui ont les rives si larges qu'il me serait moins désagréable de m'ébattre deux heures sur la marine et de côtoyer le rivage pendant deux lieues; et je pourrais y être moins las que de passer des gués si périlleux, car j'ai trop essayé les grands; pourtant je ne m'y suis pas noyé, car sitôt que, me disposant à entrer dedans, je les avais sondés et reconnu qu'on n'y pouvait atteindre le fond par perche ou aviron, je me tirais près des rives et en sortais à la fin. Mais je n'eusse jamais pu en sortir, si je n'avais eu les armes que Nature m'avait données. Or laissons ces larges voies à ceux qui les hantent volontiers; nous qui menons la vie joyeuse, tenons les jolis sentiers plaisants, non pas les chemins à charrettes. Vieux chemin pourtant rapporte plus que sentier neuf, et l'on peut y trouver avoir et profit. Juvénal affirme même que l'on ne peut prendre un plus court chemin, si l'on veut parvenir en haut état que de se mettre avec une vieille riche. Ovide également dit par sentence digne de foi que celui qui veut s'associer à une vieille en peut attendre un gros salaire; à faire ce métier on acquiert bientôt la richesse.

Mais que celui qui prie une vieille se garde bien de ne rien dire qui ressemble à une embûche, quand il se propose de capter sa confiance ou même quand il cherche loyalement à lui inspirer de l'amour, car ces vieilles ridées et chenues, sur le retour de l'âge, où elles ont été adulées et si souvent attrapées et déçues, ont fini par éventer les pièges où tombent les tendres pucelles qui écoutent les propos des séducteurs comme des paroles d'évangile, n'ayant encore été échaudées. Ces vieilles sont dures et recuites de malice par le temps et l'expérience qui les ont rendues si savantes en fait de ruses et de fourberies qu'elles se méfient des charmeurs qui viennent leur débiter leurs truffes et leur rabattent les oreilles de leurs feux, qui pour gagner leurs faveurs soupirent et s'humilient, joignant les mains et criant merci, et s'inclinent et s'agenouillent, et pleurent et se crucifient devant elles, et leur font mille promesses en l'air sur les reliques des saints. Il en est comme de l'oiseleur, qui appelle l'oiseau en pépiant, muse contre les buissons, pour l'attirer à sa reginglette; le fol oiseau qui ne sait percer le sophisme écoute l'appeau, s'approche et se jette dans les filets tendus sous l'herbe; mais la vieille caille qui a vu d'autres rets dont elle s'est par miracle échappée se garde bien de venir au caillier.

Ainsi lesdites vieilles, qui jadis ont été prises aux belles paroles des soupirants, quand elles voient maintenant leur manège, les accueillent moins facilement. Quant à ceux qui recherchent sérieusement les biens dont la conquête est si agréable, et comme de vrais amoureux se bercent de cette espérance, ils sont suspects aux yeux des vieilles : elles ont grand'peur d'être prises à l'hameçon, et observent s'ils disent vrai ou s'ils mentent; elles soupèsent leurs paroles, tant elles craignent d'être trompées, à cause de leurs déconvenues de jadis dont il leur souvient encore.

Quoi qu'il en soit, si dans un dessein de lucre ou sans plus pour le plaisir, il vous convient de vous engager dans cette voie, je ne vous défends pas ce divertissement. Et vous qui désirez les jeunes, je ne veux pas vous abuser, quoi que mon maître me commande, et ses commandements sont tous très beaux : je vous dis qu'il fait bon essayer de tout pour mieux jouir du meilleur, ainsi que fait le gourmand qui est bon connaisseur des morceaux et tâte de plusieurs viandes, en pot, en rôt, en farce, en galantine, en pâté ou en friture, quand il veut mettre le nez dans la cuisine, et sait les louer ou blâmer selon leurs défauts ou leurs qualités. Aussi sachez que celui qui ne les aura expérimentés ne saura pas discerner le bon du mauvais, non plus que celui qui ne sait ce que vaut l'honneur ne saura ce qu'est la honte; ainsi en va-t-il des choses contraires : les unes expliquent les autres; qui n'a connaissance des deux ne peut faire la différence entre elles ni en donner une définition pertinente.

Je voulais, s'il m'était donné d'arriver jusqu'au port, faire toucher mon harnais aux reliques. J'errai tant avec mon bourdon déferré que je vins, frais et dispos, m'agenouiller entre les deux beaux piliers, car j'avais grand'faim d'adorer dévotement le sanctuaire.

Tout, alentour, était tombé par terre, et rien n'avait résisté au feu; toutefois le sanctuaire était intact. Je relevai un peu le rideau qui encourtinait les reliques, et je m'approchai de l'image que je baisai pieusement; après quoi je voulus mettre dans l'archère mon bourdon auquel pendait mon écharpe. Je crus bien l'y lancer d'emblée, mais je n'y puis parvenir. Il ressort, je le reboute, mais en vain : je sentais au-dedans une palissade que je ne voyais pas, mais dont l'archère avait été munie assez près du bord, lorsqu'elle fut construite : elle en était plus forte et plus sûre.

Il me fallut l'attaquer fortement, souvent heurter, souvent faillir. Si vous m'aviez vu behourder, il vous serait souvenu d'Hercule quand il voulut tuer Cacus : trois fois il assaillit sa porte, trois fois heurta, trois fois y renonça et s'assit dans la vallée, exténué, pour reprendre haleine, tant il avait fait d'efforts. Et moi qui me donnais tant de mal pour forcer la palissade que je suais à grosses gouttes, j'étais harassé autant qu'Hercule, sinon davantage; je finis cependant par apercevoir une voie étroite par où je pourrais passer, mais il me fallut briser le palis.

Par cette sente petite et exiguë, ayant rompu la barrière avec le bourdon, je m'introduisis dans la meurtrière, mais n'y entrai pas à moitié. J'étais fâché de ne pas aller plus avant, car je ne pouvais passer outre. Je n'eus de cesse que je n'eusse fait davantage; je réussis à y mettre jusqu'au bout mon bâton, mais l'écharpe demeura dehors avec les marteaux pendillants; je fus très mal à l'aise, tant je trouvai le passage étroit; j'observai que le lieu n'était pas coutumier de recevoir des péages, et que nul avant moi n'y était passé. Je ne sais si depuis il accueillit d'autres que moi. Je l'aimai tant que je ne le pus croire, et même si ç'eût été chose prouvée, je n'y eusse pas ajouté foi, car nul ne soupçonne à la légère ce qu'il aime, et maintenant je ne le crois pas encore. Au moins je sais bien qu'alors il n'était ni frayé ni battu, et si je m'y suis jeté, c'est qu'il n'y a point d'autre entrée pour cueillir le bouton à point. Vous saurez comme je m'y pris pour l'avoir à mon gré. Vous saurez le fait et la manière, afin que, si besoin est, quand la douce saison viendra, seigneurs valets, et qu'il conviendra que vous alliez cueillir les roses, épanouies ou bien fermées, vous vous y preniez si adroitement que vous ne manquiez pas la cueillette. Faites ce que vous m'entendrez faire, et si vous pouvez franchir le détroit plus à l'aise ou avec plus d'habileté, franchissez-le à votre guise, quand vous aurez appris ma manière. Vous aurez du moins l'avantage qu'il ne vous en coûtera rien, et vous devez m'en savoir gré.

Empressé comme je l'étais, je m'approchai tant du rosier que je pus tendre la main aux branchettes et atteindre le bouton. Bel Accueil me priait qu'il n'y fût fait outrage; je lui promis que je ne ferais rien, sinon sa volonté et la mienne. Je saisis le rosier souple, tout doucement, sans me piquer, puis me pris à secouer le bouton, et crôlai délicatement les rameaux, car je m'en serais voulu d'en abîmer un seul, et pourtant il me fallut entamer un peu l'écorce, car autrement je ne pouvais avoir ce dont j'avais si grand'envie.

À la fin, je hochai tant le bouton que j'y répandis un peu de graine : ce fut en passant en revue les pétales, car je voulais explorer jusqu'au fond le boutonnet, ainsi qu'il me semblait bon. Je fis alors mêler les graines, si bien que le bouton s'en élargit et allongea. Ce fut la seule faute que je commis. Mais je suis certain que le doux Bel Accueil qui n'y voyait aucun mal ne m'en sut pas mauvais gré; au contraire, il souffrit et consentit tout ce qu'il savait qui dût me plaire. Il me rappelle mon engagement et me dit qu'il n'est pas bien de manquer à ma parole, et que je suis bien impertinent, mais il ne m'empêche pas que je découvre et cueille rosier et rameau, fleur et feuille.

Quand je me vis si bien réussir, et que l'issue de mon procès n'était plus douteuse, afin de m'acquitter envers mes bienfaiteurs, comme doit faire un débiteur honnête (car j'étais lié à eux, étant devenu par leur aide si riche que Richesse à vrai dire ne pouvait l'être autant), entre cent baisers savoureux, je rendis grâces dix ou vingt fois au dieu d'Amour et à Vénus, puis à tous les barons de l'ost, que Dieu assiste! Mais je ne pensai plus à Raison qui avait perdu sa peine avec moi. Malédiction à Richesse la vilaine qui n'eut pas pitié, quand elle me refusa l'entrée du petit sentier qu'elle gardait! (Elle ne fit pas attention à celui par où je suis venu céans furtivement, à pas précipités.) Malédiction à mes mortels ennemis qui m'ont repoussé durement, spécialement à Jalousie qui avec son chapeau de soucis interdit les roses aux amants! Elle en fait aujourd'hui bonne garde. Avant que je partisse de ces lieux où je fusse encore demeuré volontiers, je cueillis à grande joie la fleur du beau rosier feuillu, et j'eus la rose vermeille. Alors il fit jour et je m'éveillai.

ICI FINIT LE ROMAN DE LA ROSE.

NOTES

Sur le texte du « Roman de la Rose » et sur la présente traduction.

Le *Roman de la Rose*, commencé par Guillaume de Lorris entre 1230 et 1240 et achevé par Jean de Meun vers 1280, comprend 21.780 vers. On en connaît aujourd'hui plus de trois cents manuscrits; la plupart ont été catalogués et classés par M. Ernest Langlois (*Les Manuscrits du Roman de la Rose*, Lille, 1910). L'œuvre a été imprimée plusieurs fois de 1480 à 1538; quatre de ces éditions portent des corrections de Clément Marot qui a « bigarré » en plusieurs endroits le texte pour le rendre lisible à ses contemporains. En 1735 parut à Amsterdam et à Paris l'édition Langlet du Fresnoy, qui reproduit celle de Vérard avec quelques corrections insignifiantes, édition bientôt suivie de la publication, par Lantin de Damerey, du *Supplément au Glossaire du Roman de la Rose* (Dijon, 1737). Ces deux ouvrages ont reparu ensemble en 1798 (Paris, an VII, 5 vol. in-8°). La première édition critique, faite d'après quarante manuscrits, est due à Méon qui la publia en 1814; elle a été réimprimée deux fois : en 1864, par Francisque Michel, augmentée d'une interpolation et de plusieurs erreurs, en 1878-1888, par P. Marteau qui a placé en regard du texte un rajeunissement versifié. On est redevable de l'édition définitive du chef-d'œuvre de Guillaume de Lorris et de Jean de Meun à M. Ernest Langlois, le regretté professeur à la Faculté des Lettres de Lille († 1924) : les cinq volumes de cette édition, fruit d'un travail de longues années, ont paru de 1914 à 1925; le tome premier est consacré à l'étude phonétique et morphologique de la langue des auteurs; l'ouvrage est enrichi de notes et d'un glossaire, qui complètent les indications données par le même savant dans ses *Origines et Sources du Roman de la Rose* (Paris, 1891).

Jean Molinet a fait en 1483, pour Philippe de Clèves, une translation « moralisée » du *Roman de la Rose*, imprimée plusieurs fois au commencement du XVIe siècle; il s'est borné à dérimer mot pour mot un texte souvent fautif, en l'entremêlant d'allégories ingénieuses, mais qui n'ont aucun rapport avec l'esprit véritable de l'ouvrage.

J'ai divisé ma version en prose moderne — la première qui ait vu le jour — en dix-neuf chapitres précédés de sommaires analytiques.

Les notes ci-jointes présentent, outre quelques remarques personnelles qui ne font pas double emploi avec celles qu'on a pu écrire sur le même sujet, les éclaircissements essentiels que peut réclamer le lecteur.

TERMES SPÉCIAUX ET NOMS PROPRES.

I. — *La vision survenue à Scipion :* Le *Songe de Scipion* est l'œuvre de Cicéron. Il nous a été conservé par Macrobe qui l'a commenté au IVe siècle. L'auteur y met en scène le petit-fils de Scipion l'Africain qui raconte avoir vu apparaître son aïeul qui le ravit dans les espaces célestes. Par ce moyen Cicéron expose son système du monde, ainsi que ses idées sur la Providence et l'immortalité de l'âme.

Touaille : Le sens ordinaire de ce mot est *serviette*. Proprement c'est un carré de toile ou d'étoffe servant à plusieurs usages : de *mouchoir* ou de *marmotte*, par exemple; Joinville appelle *touaille* le turban des Sarrasins.

Brunette : Drap de couleur foncée tirant sur le noir. Les brunettes étaient, en général, des étoffes fines et recherchées. Les Conciles les ont plusieurs fois interdites aux moines.

Bureau : Étoffe grossière.

Yeux vairs comme faucon. On dit au moyen âge « des yeux vairs » pour désigner les yeux bleus ou gris-bleu; ce mot désigne aussi l'aspect brillant et varié de l'iris. En parlant du cheval on dit encore « œil vairon » (œil dont l'iris est cerclé de blanc). L'expression « yeux vairs comme faucon » a fait fortune pendant de longs siècles : on la retrouve dans les parodies de Cyrano de Bergerac *(Le Pédant joué)* et de Charles Sorel *(Francion)*.

Carole : Danse en groupe comme la ronde et le quadrille.

Trèche : Farandole.

Rotruenge : Sorte de chanson à refrain.

Timbre : Espèce de tambour de basque.

II. — *Jagonce :* Variété de topaze (iacinthe).

Roncin : Cheval à tous usages (roussin).

Nez orléanais : Les Orléanais passaient pour avoir le nez camus.

Souquenie : Cotte lacée à grands intervalles, dessinant le buste et laissant voir le *chainse* ou chemise.

Bourras : Grosse toile faite d'étoupe de chanvre.

Le seigneur de Windsor : Le roi d'Angleterre.

Drue : Amie, bien-aimée. *Druerie :* Commerce amoureux; cadeau d'amitié.

Meschine : Jeune fille. Ailleurs servante, soubrette.

Douis : Source d'eau courante. Ce mot est répandu dans toutes les régions de la France; on trouve les formes *dois, douis, duis, douet, doua, doye*, etc.

III. — *Dialthée :* Onguent composé avec le mucilage de la racine de guimauve.

Keu : Sénéchal du roi Arthur, connu pour son impertinence.

Estivaux : Bottes, bottines, souvent fourrées.

IV. — *Danger :* S'oppose à Bel Accueil et personnifie le Refus essuyé par l'Amant, refus procédant à la fois de la contrainte extérieure, puissance paternelle ou maritale, et de l'instinct de défense du sexe féminin. Cette figure pittoresque est une création originale de Guillaume de Lorris : elle ne se trouve pas dans l'archétype latin *Pamphilus* (XIIe siècle) où paraissent seulement *Fama, Pudor* et *Metus* (Malebouche, Honte et Peur). Elle est esquissée dans la *Pucelle à la Rose* de Jean Renart (vers 1200), poète qui était certainement connu de Guillaume de Lorris et de Jean de Meun. Voir ma *Chambre des Dames.*

Guimpe : Coiffure des femmes et des religieuses composée d'une pièce de linge fin qui couvrait le chef, le cou et le haut des épaules, et dont une extrémité retombait sur le bras gauche.

Aumusse : Sorte de chaperon garni de fourrure composé d'une pièce oblongue de drap ou de velours. « A l'une des extrémités on avait ramené les deux coins et fait une couture, d'où résultait une poche pointue; on mettait cette poche sur la tête, et le reste de l'étoffe pendait dans le dos. » (Quicherat.)

Baile : Mur d'enceinte d'un château. Plus loin : Espace compris entre le mur et le donjon.

Perrière, mangonneau : Balistes pour lancer des pierres. (Voir XVI. *Châble.*) *Arbalète à tour,* grosse arbalète mue par un tourniquet.

Bousine : Trompette (buccin).

Discord : Poème lyrique où le poète exprimait des sentiments contradictoires.

Estive de Cornouaille : Musette.

Il avait une vieille avec lui : la *Vetula* des poèmes érotiques du moyen âge, tour à tour duègne ou entremetteuse. On la trouve dans *l'Éracle* de Gautier d'Arras et dans le *Cligès* de Chrétien. On verra plus loin le rôle important et pathétique qu'elle joue dans Jean de Meun.

V. — *Génius :* Prêtre et chapelain de Nature, « esprit qui anime la production naturelle » (G. P.). On lira l'excommunication au chapitre XVIII. Génius est une abstraction mise en scène pour la première fois par Alain de Lille, né en 1164, mort à Cîteaux en

1202, surnommé le Docteur Universel, auteur de l'*Anticlaudianus*, poème allégorique sur les Vices et les Vertus, et du *De Planctu Naturæ* qui a donné à Jean de Meun l'idée d'introduire dans le roman le personnage de Nature.

Tulle : Marcus Tullius Cicéron, l'une des grandes autorités du moyen âge avec Ovide et Boèce, est toujours appelé Tulle par les poètes du XIIe et du XIIIe siècles. Jean de Meun, qui le cite plusieurs fois a mis à contribution plusieurs de ses traités le *De Amicitia*, le *De Senectute*, et le *De Inventione* (Rhétorique). A propos de la rime *Tulle : entulle*, je fais remarquer qu'elle se trouve dans le *Galeran* de Jean Renart qui est de beaucoup l'aîné de l'auteur du *Dolopathos* et d'Adam de Suel chez qui les mêmes mots se retrouvent.

Boèce : Philosophe et homme d'État (470?-524), auteur de *La Consolation*. On sait que ce ministre de Théodoric fut impliqué dans un complot contre le roi goth et mis à mort après d'horribles tortures.

Grève : Place de Grève, port de Paris.

Saint-Marcel : Quartier des bouchers à Paris.

Barat, baratter : Tromperie, tromper. J'ai repris ces mots en quelques rares endroits.

VI. — *Solin :* Écrivain latin (vers 230), auteur d'une compilation *De memorabilibus mundi*.

Néron : Jean de Meun enjolive le récit de Suétone des légendes qui ont couru sur le « maufé » durant tout le moyen âge. Néron n'avait pas de sœur. L'historien des *Douze Césars* ne dit pas qu'il fit ouvrir le ventre à sa mère; il rapporte simplement qu'après le meurtre d'Agrippine « il serait venu pour voir le cadavre et l'aurait touché, louant ou blâmant telles ou telles parties de son corps ».

Claudien : L'auteur des *Invectives contre Rufin* était un poète très apprécié au moyen âge. Né à Alexandrie vers 365.

Athanor : Fourneau d'alchimiste. *Aludel :* Chapiteau de l'alambic.

Mainfroi et Charles d'Anjou : Le royaume normand

des Deux-Siciles placé sous la suzeraineté du Saint-Siège avait été réuni à l'Empire à la suite du mariage d'Henri IV, fils de Frédéric Barberousse avec la princesse Constance, fille de Roger II (1187). A la mort de Frédéric II (1250), la couronne devait échoir à Conrad IV († 1254), puis à son fils Conradin, sous la tutelle de Mainfroi, bâtard de l'empereur défunt. Malgré les protestations du pape à qui appartenait l'investiture, Mainfroi se fit couronner roi à Palerme. Le souverain pontife donna alors le fief à Charles d'Anjou, frère de Louis IX et comte de Provence. Mainfroi, malgré la bravoure de ses Souabes et de ses gibelins lombards et toscans, fut battu et tué près de Bénévent (26 février 1266). Son neveu Conradin, âgé de 15 ans, résolut de le venger. Allié de son cousin Ferdinand d'Autriche, margrave de Bade, et de don Henri, infant de Castille (1225-1304), il fit valoir ses prétentions les armes à la main. Battu le 23 août 1268 à Tagliacozzo, arrêté dans sa fuite et livré par traîtrise à Charles d'Anjou, il fut, ainsi que Ferdinand, décapité le 26 octobre de la même année, à Naples, sur la place du marché, en présence de son implacable ennemi. Don Henri fut enfermé dans une cage de fer où il demeura pendant plusieurs années.

Auferrant : Le même mot que *ferrant*. Désigne un cheval de robe gris-fer.

Polycraticus, sive de Nugis Curialium et vestigiis Philosophorum : Ouvrage de Jean de Salisbury, le savant évêque de Chartres (1120-1180). « Les œuvres de cet Anglais instruit en France, a écrit E. Gilson, ne dépareraient pas l'époque de la Renaissance, ni par la qualité du style, ni par la délicatesse de l'esprit qui les inspirent. » Un chapitre du *Polycraticus* traite des hypocrites qui se couvrent du manteau de la religion. M. E. Langlois n'est pas certain que Jean de Meun ne lui ait rien emprunté pour le portrait de Faux Semblant.

Echecs : Les pièces du jeu d'échecs s'appellent au moyen âge *Le Roi, la Fierce* (la Reine), *L'Aufin* ou *le Fou, le Roc* (la Tour) et les *Chevaliers*. Les pions sont nommés *paonnets*. J'ai repris çà et là l'une ou l'autre de ces dénominations.

VII. — *Sisigambis :* Mère de Darius prise à la bataille de l'Oxus et captive d'Alexandre de Macédoine. *Hécube*, femme de Priam et captive d'Ulysse.

Piment, claré : Vins d'épices dans le genre de l'hypocras. Le piment était obtenu en faisant bouillir le vin avec le miel et les aromates. Pour le *claré* comme pour l'hypocras, on les faisait simplement macérer. On verra plus loin le *piment* désignant le nectar des dieux.

Boute-en-courroie : Boute en poche, c'est-à-dire escamoteur, bonneteur (la courroie ou ceinture portait une bourse). Un jeu de boute-en-courroie est un jeu de filou.

Ptolémée : Le célèbre astronome grec du IIe siècle, auteur de l'*Almageste* (Syntaxis Megistou).

Caton : Le *Liber Catonis philosophi*, recueil de distiques moraux, a été écrit au IIIe ou IVe siècle et traduit plusieurs fois au moyen âge.

Otez malé, il reste vole : Traduction approximative du jeu de mots « ostez bou, si demourra lierres ».

Tarse : Ville d'Asie Mineure.

Crépine, crépinette : La *crépine* est une résille plus ou moins riche qui enveloppait les cheveux, la *crépinette* une autre parure de tête, du même genre, mais plus petite sans doute.

Selle : Escabeau. *Carreau :* Coussin.

Parmains, blosses, davaines, jorroises : Le *parmain* est la poire Saint-Denis, la *davaine* la prune de Damas, la *jorroise* la prune de Jouarre. *Blosse* ou *beloche* désigne encore aujourd'hui la prune commune, et en certains endroits la prunelle sauvage.

VIII. — *Espinguer, espinguerie :* Espinguer veut dire sauter, danser. L'espinguerie est une espèce de danse haute.

Maufé (de *male fatum*) : Diable, mauvais homme.

Théophraste : (IIIe siècle av. J.-C.), auteur d'*Aureolus sive de Nuptiis.*

Valérius : La lettre prétendue de Valérius à Rufin est de l'Anglais Gautier Map, chanoine de Salisbury et archidiacre d'Oxford, auteur de plusieurs ouvrages satiriques (1143-1208).

Saint Léonard : Vivait au XIe siècle dans le Limousin où il avait fondé un monastère sur un fonds qui lui avait été donné par Childebert, roi d'Austrasie; il employait les revenus de sa terre à racheter les captifs.

Trumeaux : Partie charnue de la jambe. Aujourd'hui c'est un terme de boucherie qui désigne le jarret de bœuf.

Tressons : Galons ou cordonnets pour la chevelure.

Guinde : Ajustement de tête.

Camelot : Étoffe fabriquée dans le levant avec le poil du chameau. A désigné ensuite une sorte de lainage de qualité plus ou moins riche. (Voir XI. *Camelin.*)

Saint Ernoul : Patron des maris trompés.

Pers : Drap fin comme l'écarlate, primitivement de couleur perse, c'est-à-dire bleu-violet.

Cordé : Etoffe de laine grossière.

Prêtresse : Concubine du prêtre. Par ext., prostituée. C'est un terme d'injure courant.

Gratte-culs : Traduit *boutons*, fruits de l'églantier. *Bouton*, qui vient de bouter (*pousser*) a désigné d'abord un bourgeon, spécialement un bourgeon à fleur. Le fruit de l'églantier a été nommé bouton à cause de sa ressemblance avec un bouton de rose. D'où l'on a fait boutonniers. Pour bouton d'habit, on disait ordinairement *noyau.*

De quel pied vous clochez : Cette expression figurée a été employée par Jean Renart dans *Frêne et Galeran.*

Laverne : Déesse des voleurs, chez les Romains.

Couvre-chef : Voile de femme ou de béguine. Ailleurs coiffure d'homme.

IX. — *Nul ne peut vivre sans fou :* Jeu de mots sur fou (insensé) et fou (hêtre).

Depuis que Tibulle me manque : Jean de Meun cite les chantres de l'amour qu'il considère comme les prédécesseurs de Guillaume de Lorris : Catulle, né à Vérone (vers 87-vers 54 av. J.-C.); Tibulle (vers 54-

19 av. J.-C.); Ovide, né à Sulmone (43 av. -17 ap. J.-C.); Gallus (17 av.-26 ap. J.-C.).

Lorris : La ville de Lorris en Gâtinais, arrondissement d'Orléans (Loiret).

Guisarme : Arme d'hast composée d'un tranchant long et recourbé et d'une pointe droite d'estoc.

Roi des Ribauds : Officier de la suite du roi dont l'emploi était de s'enquérir des crimes qui s'y commettaient et d'en faire justice. Il avait également juridiction sur les jeux et les femmes publiques.

X. — *Tramail :* Filet de pêche à trois nappes, celle du milieu à mailles plus serrées que les deux autres.

Seine : Filet qu'on traîne dans les rivières.

Robert, Robin : *Robert* est un « nom distingué » (E. Langlois) s'appliquant à quelque chevalier ou riche bourgeois. *Robin* est le berger de la bucolique médiévale, le nom des jeux et des pastourelles; il a nombre de diminutifs familiers *Robichon*, *Robichonnet*, comme *Marie* a *Marion*, *Marotte* et *Mariette*.

Tantôt Cordelier, tantôt Jacobin : Les religieux franciscains étaient appelés cordeliers à cause de la corde qui leur servait de ceinture; les Jacobins, religieux de l'ordre de Saint-Dominique, ont été ainsi nommés de la rue Saint-Jacques à Paris, où fut établie la première maison qu'ils eurent en France.

Dan : Le même mot que Don et Dom, le masculin de Dame. Equivaut à Sire, Monsieur ou Maître. Est toujours suivi d'un nom propre.

Belin, Tibert : Noms du mouton et du chat dans le *Roman de Renard*.

Moines : On appelait *Moines Noirs* les Bénédictins, *Moines Blancs*, les Cisterciens. L'*Hôpital* et le *Temple* sont les deux grands ordres militaires nés des croisades. Les Hospitaliers se sont appelés Chevaliers de Saint-Jean de Jérusalem, puis Chevaliers de Rhodes, puis Chevaliers de Malte, du nom de la résidence de leur grand-maître.

Guillaume de Saint-Amour : Docteur en théologie, natif de Saint-Amour en Franche-Comté (aujourd'hui département du Jura). Étant chanoine de Beauvais, il fut chargé par l'Université de Paris de l'affaire qu'elle avait contre les Dominicains. En l'an 1228, dans le temps de la minorité de saint Louis et de la régence de la reine Blanche, les suppôts de l'Université de Paris, n'ayant pu avoir de justice du meurtre de quelques-uns de ses écoliers, commis par des soldats, s'étaient retirés partie à Angers, partie à Reims. Les Dominicains, profitant de leur absence, se firent recevoir docteurs en théologie et obtinrent une chaire. L'Université, ayant été rétablie à Paris quatre ans après, non seulement ces religieux demeurèrent en possession de leur chaire, mais ils voulurent en avoir une deuxième. L'Université fit un décret pour les en empêcher; mais, en 1250, les Dominicains, profitant de la disgrâce de l'Université qui avait fait cesser ses leçons, suivant la constitution de Grégoire IX, à la suite d'un nouveau déni de justice dont elle avait été victime, ne voulurent pas obéir qu'on ne leur accordât à perpétuité deux chaires de théologie. L'affaire pendante depuis deux ans ayant été accommodée, l'Université fit un décret par lequel il fut ordonné que qui que ce soit ne serait reçu Docteur, qu'il ne jurât d'observer les statuts de l'Université. Les Dominicains refusèrent d'obéir, et furent chassés du corps; ils portèrent alors plainte devant le comte de Poitiers et la régente et allèrent jusqu'au pape. Ayant fait donner pouvoirs de commissaire à une de leurs créatures, maître Luc, chanoine de Paris, celui-ci suspendit de leurs fonctions tous les membres de l'Université et fit publier sa sentence dans toutes les paroisses de Paris. L'Université de son côté fit publier et signifier à toutes les communautés le décret par lequel elle avait chassé les Dominicains, et écrivit au mois de février 1254 une lettre à tous les évêques de France, pour se plaindre de leur conduite. Innocent IV qui les avait favorisés jusque-là leur fit défense d'occuper aucune fonction hiérarchique, sans l'approbation de l'ordinaire. Ce pape étant mort, sa bulle fut révoquée par Alexandre IV, qui donna près de quarante bulles en leur faveur. Ce fut alors que les Dominicains accusèrent Guillaume de Saint-Amour d'avoir avancé des choses contraires à l'honneur du Saint-Siège et d'avoir fait un libelle diffamatoire contre le Pape. Cette accusation ayant été portée devant le roi, sur la plainte de Grégoire, nonce apostolique, l'affaire fut renvoyée à l'évêque de Paris devant lequel Guillaume de Saint-Amour prouva clairement son innocence et la fausseté de cette accusation. Les Dominicains en inventèrent une autre, sous prétexte de quelques propositions que l'Université de Paris avait avancées contre les Mendiants valides, sans nommer personne; et ils présentèrent même quelques mémoires contre des propositions qu'ils imputaient à Guillaume de Saint-Amour. Ce docteur fit un sermon dans l'église des SS. Innocents pour se justifier. Enfin le roi fit faire en 1256 un accommodement entre les Dominicains et l'Université, par lequel les Dominicains furent rétablis en renonçant à leurs bulles. Dans ce temps-là, Guillaume composa son traité *Des périls des derniers temps* qui donna sujet aux Dominicains de renouveler leurs plaintes. Alexandre IV rejeta le concordat fait entre l'Université et les Dominicains, condamnant nommément Guillaume de Saint-Amour, le déclara déchu de tous ses offices et bénéfices, et demanda qu'il fût chassé du royaume. Cette sentence ne fut pas exécutée, et Guillaume de Saint-Amour demeura à Paris. Il fut déféré par les Dominicains à une assemblée d'évêques des provinces de Sens et de Reims, siégeant à Paris; mais Guillaume s'y étant présenté pour se défendre, les Dominicains ne voulurent point s'en rapporter au jugement du concile. Alors l'Université envoya des députés à Rome, et choisit Guillaume de Saint-Amour, Odon de Douai, Nicolas de Bar-sur-Aube, Jean de Gateville et Jean Belin pour défendre le livre *Des périls des derniers temps*, et demander la condamnation du livre l'*Evangile Eternel* (voir ci-dessous la note à ce mot). Mais les Dominicains les prévinrent; et ayant déféré au pape le livre *Des périls des derniers temps*, cet ouvrage fut condamné avant l'arrivée des députés. Ils ne laissèrent pas de continuer leur chemin : étant arrivés à Anagni, où était le Saint Père, il n'y eut que Guillaume de Saint-Amour qui tînt ferme; les autres condamnèrent son livre. Pour lui, il se défendit si bien que le pape le renvoya absous. Cependant il ne fut pas plutôt parti, que, revenant malade de Rome, le pape lui adressait une lettre, par laquelle il lui défendait d'entrer en France (9 août 1257), et il lui interdisait pour toujours d'enseigner et de prêcher. Pour éviter cette tempête il se retira dans son village de Saint-Amour. L'Université tint ferme et ne voulut point recevoir les Dominicains. Le pape Alexandre IV étant mort en 1261, Guillaume de Saint-Amour revint à Paris, et envoya son livre au pape Clément IV Ce pape, sans l'approuver, traita humainement Guillaume qui demeura tranquille jusqu'à sa mort. Son épitaphe qui est dans l'église de Saint-Amour dans le comté de Bourgogne, où il a été enterré, nous apprend qu'il mourut l'an 1272, et le livre obituaire de Mâcon que ce fut le 13 septembre. Ses ouvrages ont été imprimés en 1632 (un arrêt du conseil privé du roi en interdit aussitôt la vente). Le premier est intitulé *De Pharisæo et Publicano;* le second *De periculis novissimorum temporum;* le troisième, *Collectiones scripturæ sacræ.* Le but de ces ouvrages est de décrier les religieux, qui, sous prétexte d'humilité, de pauvreté et de mendicité, nourrissent un orgueil et une ambition par lesquels ils se préfèrent aux autres et semblent secouer le joug et entreprendre sur les droits des légitimes pasteurs. Il leur applique quantité de passages de l'Ecriture, de la glose ordinaire, du droit canon et de quelques Pères. Il y soutient que ce n'est point une action de vertu de se réduire volontairement à la mendicité, et qu'on ne doit point donner l'aumône à un mendiant valide. Il se justifie des propositions qu'on lui avait imputées; et enfin il pronostique les malheurs que ces nouveaux prédicateurs peuvent causer à l'Église. Saint Thomas écrivit contre ce docteur l'opuscule *Adversus impugnantes religionem;* et saint Bonaventure fit aussi contre lui un traité *De paupertate Christi et apologia pauperum.* Ceux qui le mettent au nombre des hérétiques n'ont pas raison. Il ne faut que consulter Guillaume de Nangis, et les auteurs contemporains. Le premier dit que son livre fut brûlé à Anagni, non pas pour avoir contenu des hérésies, mais parce qu'il excitait des séditions contre les religieux : *Non propter hæresim, quam contineret, sed quia contra præfatos religiosos seditionem et scandalum concitabat* (Moréri).

Bedeau : Sergent, officier subalterne. *Maïeur :* Maire, échevin.

Official : Officier de justice. Ecclésiastique désigné par l'évêque pour juger en son nom les affaires contentieuses.

Bougres : Hérétiques.

Evangile Eternel : Recueil publié en 1255 de trois traités interpolés de Joachim de Flore, abbé cistercien et théologien mystique (v. 1130-v. 1202)

XI. — *Chaperon :* Coule de moine, ronde ou pointue. Coiuffre d'homme dont la forme a varié avec la mode.

Camelin : Drap de laine fauve.

Echarpe : Bourse, escarcelle de pèlerin.

Frère Seier : Désigne un dominicain. Il y a eu au XIIIe siècle un Frère prêcheur nommé Siger de Lille.

Sacs (ou sachets) : Frères de la Pénitence, du nom de leur robe.

Algus : Mathématicien arabe (*Al Khowaresmi*), inventeur d'une méthode de calcul.

Tonlieu : Droit d'étalage qu'on payait sur les foires et marchés.

Saint Lifard de Meun : Patron de l'église de Meun-sur-Loire, arrondissement d'Orléans (Loiret).

Phyllis : Fille de Lycurgue, roi de Thrace, désespérant de revoir Démophoon, qu'elle aimait, se pendit et fut changée en amandier.

Cornes : Coiffure en vogue au XIIIe siècle qui fut l'objet de maintes plaisanteries et de nombreuses attaques de la part des prédicateurs.

XII. — *Sauce verte,* etc. : Ces sauces sont épaisses, liées à la mie de pain et aromatisées avec du vinaigre et diverses épices; la sauce *verte* contient du persil; la *cameline* est brune et parfumée de cannelle. La *jausse* est une sorte de sauce ordinairement aillée.

Sambue : Housse de palefroi, selle et caparaçon pour dames. *Chevaucher à grande sambue,* — en grand appareil.

Truble : Filet de pêche en forme de poche, suspendu à une perche.

Balinus : Nom d'Apollonius de Tyanes dans la tradition arabe.

Séran : Peigne de cardeur à diviser la filasse.

Guettes, échauguettes : Le guet, les sentinelles.

XIII. — *Ménie :* Suite, ensemble des familiers et vassaux. *Ost :* Armée. Camp.

Targe : Bouclier carré.

Forêt de Bierre : Forêt de Fontainebleau.

Renouart au Tinel : Dans les chansons de gestes, beau-frère de Guillaume au Courb Nez; il était doué d'une force prodigieuse, mais comme il avait passé son enfance dans les cuisines, il ne savait pas manier le brant ni la lance, et combattait avec un *tinel* (gros bâton servant à porter des *tines* ou vaisseaux de bois).

XIV. — *Hippocrate, Galien,* etc. : Ce sont cinq médecins : Hippocrate, né à Cos en 460 av. J.-C.; Galien né à Pergame en 131 apr. J.-C.; Rhasès, Arabe, né vers 860; Avicenne, Persan, né en 980; Constantin, né à Carthage au XIe siècle.

Elixir : Agent, tantôt solide, tantôt liquide, prétendu capable d'opérer la transmutation des métaux. On l'appelle aussi *pierre philosophale.* Sur l'alchimie en général, et en particulier au moyen âge, lire l'article de M. Berthelot, dans la *Grande Encyclopédie.*

Parrhasius, etc. : Jean de Meun cite trois peintres : Parrhasius, né vers 420; Appelles, né vers 360; Zeuxis, né vers 470 av. J.-C.; et deux sculpteurs : Myron, né vers 430 et Polyclète né vers 480 av. J.-C. On lira plus loin la légende de Pygmalion.

XV. — *Empédocle :* Poète et philosophe, né à Agrigente, florissait au milieu du Ve siècle av. J.-C. Sa doctrine est toute imprégnée d'idées orientales, et sa vie pleine de fables et de faits miraculeux.

Origène : Docteur de l'Église, né à Alexandrie en 185, mort en 253.

XVI. — *Châble :* Engin de siège, sorte de perrière.

Alhazen : Savant arabe, mort au Caire en 1038.

Citole : Sorte de cithare, guitare plate sans manche.

Dame Abonde : Démon féminin et déesse de l'Abondance On lui préparait des mets qu'elle venait prendre entre le couvre-feu et le chant du coq. Elle courait la nuit, escortée de *bonnes dames* ou fées et de toute une troupe de fantômes et d'*estries*.

Estries : Stryges, sorcières.

XVII. — *Comte d'Artois :* Robert II, fils de Robert d'Artois, premier du nom, frère de saint Louis.

Lavardin : Bourg de l'arrondissement de Vendôme (Loir-et-Cher).

C'est un petit monde nouveau : L'abrégé du monde ou *microcosme* d'Isidore et des philosophes chartrains.

Albumazar : Abou-Maschar Djafar ibn Mohammed, astronome arabe du IXe siècle. Plusieurs de ses ouvrages ont été traduits en latin au moyen âge.

Il est orgueilleux, meurtrier et larron... : Énumération des vingt-six vices rappelés plus loin dans le sermon de Génius. M. E. Langlois en a compté vingt-sept, mais pour retrouver le nombre exact, il suffit de supprimer la virgule entre *fos* et *vantierres :* ces deux mots *(fou vanteur)* ne forment qu'un seul qualificatif, comme *fou naïf*, expression qui revient souvent sous la plume des conteurs du moyen âge.

Tantale : Jean de Meun paraît s'être inspiré ici de la jolie description qui se trouve dans *Guillaume d'Angleterre* de Chrétien de Troyes.

Bélides : Danaïdes.

Tityus : Géant monstrueux, fils de Jupiter, précipité dans les enfers pour avoir voulu outrager Latone, mère d'Apollon. On confond souvent Tityus avec Prométhée.

XVIII. — *Motets, conduits :* Chants à plusieurs voix. *Bretèche :* Ouvrage de fortification, tour de bois munie de créneaux.

Pomme d'ambre : Boule d'ambre gris ou d'autres aromates, ou la boîte qui la renferme. On l'employait comme parfum et préservatif des maladies contagieuses.

XIX. — *Tiretaine* : Droguet, drap moitié laine, moitié fil.

Cendal : Taffetas. *Tabis :* Moire, étoffe de soie ondée par la calandre. *Melequin :* Etoffe de prix; selon Quicherat, sorte de mousseline servant à faire des guimpes. *Samit :* Drap de soie sergé. *Diapre :* Étoffe précieuse, brocart.

Tissu : Ceinture faite de drap d'or ou d'argent.

Etamine : Etoffe mince non croisée. Ici, voile des Musulmanes.

Dont les pucelles jouent au marteau... On appelle encore *marteaux* la grêle; par analogie petits corps sphériques. Il est question plus haut du jeu des noyaux; c'est sans doute le même jeu.

Rebec : Violon à trois cordes d'origine arabe.

Triple : Chant à trois voix, mélismes accompagnant le *cantus firmus* ou *tenure.*

Freteau : Flûte à bec.

Chevrette (Chevrie) : Sac de cornemuse en peau de chèvre. L'instrument lui-même.

Psaltérion : Instrument à cordes qu'on touchait avec le plectre.

POSTFACE

Commencé par Guillaume de Lorris[1] *entre 1225 et 1230*[2], *continué et achevé par Jean de Meun entre 1269 et 1278*[3], Le Roman de la Rose *a été longtemps considéré comme une œuvre difforme et touffue dont l'esprit change sous la plume du second auteur. Gaston Paris*[4], *un pionnier des études médiévales, s'est plu à les opposer : « Guillaume ne loue et ne peint que l'amour vrai et réprouve les faux amants ; Jean, faisant parler Raison, trouve qu'ils sont seuls avisés et que les autres sont des niais ; Amour, dans Guillaume, défend d'employer des paroles grossières, Jean les justifie et met cyniquement sa théorie en pratique ; Amour recommande avant tout, dans le premier poème, de respecter les femmes, elles reçoivent, dans le second, les plus sanglantes insultes qui leur aient jamais été adressées ; l'allégorie même de la rose, délicate et gracieuse chez Guillaume, devient platement grossière chez Jean. » Guillaume de Lorris, dévot de la femme, serait le porte-parole d'une société aristocratique et courtoise, Jean de Meun, critique et virulent, représenterait l'état d'esprit bourgeois qui triomphe après la décadence des notions de chevalerie, de courtoisie et d'ascétisme. Le personnage d'Ami conseillait au poète éploré, dans la partie de Guillaume, d'user de soumission pour apaiser Danger, le vigilant*

1. Sur Guillaume de Lorris, on lira l'article de Rita Lejeune, « Propos sur l'identification de Guillaume de Lorris, auteur du Roman de la Rose » dans *Marche romane,* 1976, t. XXVI, pp. 5-17. Sur les noms des deux auteurs, voir Roger Dragonetti, *Le Gai Savoir dans la rhétorique courtoise,* Paris, Le Seuil, 1982, pp. 33-48.
2. Ce qui représente les vers 1-4028 de l'édition de Félix Lecoy (Paris, Champion, 1965-1970), que nous utiliserons désormais.
3. Du vers 4029 au vers 21750 de l'édition citée.
4. Le plus illustre médiéviste du siècle dernier (1839-1903), le rénovateur des études médiévales en France.

gardien, et tâcher d'approcher à nouveau la Rose ; sous la plume de Jean de Meun, il l'invite à s'engager dans la voie de la prodigalité qui a l'inconvénient de jeter les amants dans la prison de Pauvreté s'ils n'ont pas les faveurs de Richesse, et il se lance dans un long développement sur la coquetterie et les ruses des femmes. Dans le roman de Jean, Faux Semblant, le prince des hypocrites, entre le premier dans le château et tranche la langue de Male Bouche : curieuse glorification des traîtres et des « losengiers», des flatteurs, que haïssaient les poètes courtois. La Vieille, que Guillaume avait chargée de surveiller Bel Accueil dans la tour, devient par la suite une proxénète qui se plaît à corrompre.

Jean de Meun passait pour ne pas s'intéresser à l'intrigue du roman, n'inventant rien, se bornant à emprunter à Guillaume la matière de nombreux épisodes et les personnages d'Amour, de Raison et d'Ami, transformant l'œuvre en une sorte d'encyclopédie où il entasse, sans ordre ni mesure, des dissertations et des anecdotes qu'il entrecoupe de virulentes sorties et d'ardentes professions de foi, le plus souvent brutales et cyniques. Homme du XIII*e siècle où se développe le savoir, il se veut utile : aussi accumule-t-il le plus possible de connaissances qu'il emprunte aux auteurs les plus divers, entassant des citations, reprenant des chapitres entiers. Son œuvre vit d'emprunts : quand il attaque les ordres mendiants, il marche sur les traces de Guillaume de Saint-Amour et de Rutebeuf, et le mythe de la Nature toute-puissante est emprunté au* De Mundi Universitate *de Bernard Silvestre, au* De Planctu Naturae *d'Alain de Lille et à l'*Architrenius *de Jean de Hanville. Ce ne serait donc qu'un traducteur dont le seul mérite serait d'avoir poussé plus loin les idées de ses prédécesseurs.*

Faut-il en rester à l'image simplette d'une œuvre informe et chaotique, à une sorte de pêle-mêle encyclopédique qui viserait seulement à vulgariser le savoir antique ? Faut-il continuer à opposer la violence brouillonne de Jean de Meun à la rigueur et à l'élégance courtoise de Guillaume de Lorris ?

LE DESSEIN DU ROMAN DE LA ROSE

C'est à un Américain, Alan M. F. Gunn, que revient le mérite d'avoir proposé en 1952, dans un livre capital, The Mirror of Love. A Reinterpretation of The Romance of the Rose, *une nouvelle lecture de l'œuvre qui, dotée d'une profonde unité, se veut un traité complet de l'amour, fondé sur une philosophie de la plénitude et de la fécondité*[1].

Le Roman de la Rose, *pour atteindre ce but, combine les deux méthodes du récit allégorique de la quête de la Rose et de l'exposition directe du thème à travers les discours des différents personnages dans un vaste débat qui englobe toute l'œuvre. Mais les deux plans du récit et de l'argumentation interfèrent sans cesse, l'argumentation sortant du récit et celui-ci étant influencé par celle-là qui retarde l'action, ou l'illustre, ou la motive, ou remet en question les progrès de l'amoureux. Sans doute les deux poètes veulent-ils plaire autant qu'enseigner, mais l'enseignement demeure prépondérant, même si chez Jean de Meun, « l'ambition de construire, comme l'a dit Pierre-Yves Badel*[2]*, est défaite par le travail d'écrire : glossateur de son propre texte, l'écrivain, au moment même où il l'écrit, lui ôte sa transparence». Narration et discours sont des moyens complémentaires pour enseigner une conception de l'amour, la narration ne constitue qu'un moyen parmi d'autres pour développer l'interprétation du thème central. Si l'auteur interrompt son récit et use d'autres méthodes comme le commentaire direct ou le dialogue, il ne perd pas de vue pour autant son sujet. L'allégorie est un instrument d'exposition dont le sens sous-jacent est la part la plus importante. Avant d'être un récit,* Le Roman de la Rose *est l'illustration d'une idée, et les discours constituent autant de variations dans la technique d'exposition.*

Mais la narration garde un intérêt et une indépendance que les deux auteurs ont préservés. Le récit allégorique comporte des épisodes dont chacun illustre un aspect du thème : loin que l'imagination de Jean de Meun se déploie sans contrôle, ces épisodes permettent une exposition complète du sujet. De plus, le récit épouse la démarche de l'amour vers son but, dans son activité et son dynamisme. Les retards et les suspensions marquent les obstacles que l'amoureux rencontre à chaque étape de son itinéraire et qui l'influencent. Les difficultés à surmonter sont exprimées tout à la fois par les rebuffades que le récit relate et par le ralentissement qu'apportent les amples discours — image du long et discontinu développement sentimental, du lent éveil du désir physique chez l'aimée, des doutes, des désespoirs, des timidités et des exaltations du héros. Jean de Meun compare la course de l'amour à une chasse

1. Quelque vingt ans plus tard, en 1973, Daniel Poirion a proposé une nouvelle synthèse vivifiante et aiguë sur *Le Roman de la Rose* (Paris, Hatier).

2. Dans son très riche ouvrage, *Le Roman de la Rose au XIVᵉ siècle. Étude de la réception de l'œuvre*, Genève, Droz, 1980.

dans une forêt, et la structure compliquée du Roman de la Rose *est un miroir fidèle de ce cheminement :*

> ausinc queur qui d'aimer ne cesse
> ne cort pas tosjorz d'une lesse;
> or doit chacier, or doit foïr
> qui veut de bone amor joïr (vers 7525-7528).

« *De même un cœur qui ne cesse d'aimer ne court pas toujours d'une traite ; qui d'un bel amour veut jouir, tantôt doit pourchasser, tantôt doit fuir.* »

L'allégorie du Roman de la Rose *recouvre en fait l'histoire et la maturation sentimentale d'un amoureux, typique encore que bien individualisé.*

Un jeune homme de bonne famille tombe amoureux d'une jeune fille qui lui réserve d'abord un bon accueil, mais qui devient ensuite inaccessible à cause de ses propres craintes et de l'hostilité des personnes plus âgées qui veillent sur elle. Instruit des règles de l'amour courtois, il est désespéré de son échec quand s'achève le récit de Guillaume de Lorris.

Il tente alors de voir sa passion à la froide lumière de la raison, mais son ardeur toute romanesque, sa réserve naturelle et la délicatesse de la jeunesse, que redouble l'enseignement courtois, empêchent qu'il ne soit sensible au réalisme sans fard d'une vision rationaliste de l'amour humain et qu'il ne soit attiré par l'amour de la raison. Il est repris par sa passion. Mais, désemparé, il recherche l'aide d'un ami que l'expérience a délivré de ses illusions et rendu moins sentimental, et qui l'instruit de la réalité et des moyens de réussir en amour, l'invitant à fuir tout autant la soumission que la domination. L'amant reprend sa poursuite que gêne une relative pauvreté. Il fait vœu de ne pas renoncer à l'amour. Toutefois, il comprend, instruit par l'expérience, que la tromperie, l'intrigue et la corruption jouent un rôle important dans les affaires amoureuses. Au terme de son évolution, il se rend compte que ce qui le pousse, c'est une impulsion naturelle qui l'incite à la reproduction de l'espèce.

Dans le même temps, l'héroïne, qui est passée par la même école de réalisme sans perdre toutefois sa réserve naturelle et sa pudeur féminine, arrive à sentir la même impulsion des instincts naturels.

Le terme du roman marque l'accord final des deux amants pour satisfaire le besoin que ressent le corps de se reproduire, grâce à quelques ruses, en dépit de l'inexpérience et de la pauvreté de l'amant, des craintes de l'aimée et de la vigilance des gardiens.

L'histoire contient aussi une vérité universelle : après la passion romanesque de la jeunesse, vient, avec l'âge, une vue plus réaliste et plus rationnelle de l'amour. Si la passion demeure aussi intense, on en comprend mieux l'origine physique, on se rend compte des obstacles psychologiques et sociaux, et, partant, de la nécessité d'user de stratagèmes qui, plus jeune, auraient choqué. Mais, dans le même temps, il y a gain sur le plan moral : le véritable amour demande de se déprendre de soi, d'échapper au narcissisme, de donner autant que de prendre, de mieux se connaître, car

> cil seus aime sagement
> qui se connoit antierement. (Vers 17761-17762.)

Ainsi l'homme prend-il place dans le cours universel de la nature[1].

Cette nécessité de la maturation de l'individu est liée à la philosophie de la plénitude. La reproduction de l'espèce, sa régénération, dépendent de la maturation, car les individus de chaque espèce ne peuvent produire d'êtres semblables à eux que s'ils sont passés par un processus de croissance et ont atteint une certaine maturité. Réciproquement, la possibilité de reproduire indique que l'individu a atteint sa maturité.

Le Roman de la Rose *raconte donc comment l'homme, par lentes étapes, détournées, souvent pénibles, atteint le point qui lui permet de produire un autre lui-même et de regarnir les rangs de l'humanité dans l'échelle des êtres.*

Ce développement, qui concerne l'esprit et le cœur autant que le corps, est assuré par les discours d'Amour dans Guillaume de Lorris, de Raison, d'Ami, d'Amour, de Richesse, de la Vieille, de Nature et de Génius dans Jean de Meun, et ces discours, loin d'être des hors-d'œuvre encyclopédiques, sont à la fois des chaînons essentiels dans la quête de la rose et les moyens de l'éducation et de la maturation des amoureux. Cette éducation sentimentale passe par des erreurs et des épreuves, des faux pas et des incertitudes que reproduit la structure complexe du roman. Il arrive de tragiques mésaventures quand les amoureux ne suivent pas les conseils des maîtres : Adonis, pour n'avoir pas écouté Vénus, est émasculé et tué (vers 15667-15720) ; Abélard eut le tort de ne pas se conformer aux avis d'Héloïse (vers

1. Voir Alan M. Gunn, *op. cit.*, p. 280.

8729-8802) ; ceux qui s'enferment dans des couvents n'atteindront pas leur maturité. Au contraire, quand on tire profit des leçons, on finit toujours par obtenir le bonheur, comme Pygmalion (vers 20787-21184) et l'amoureux du roman.

Les exemples de Vénus et d'Adonis, d'Héloïse et d'Abélard, de Pygmalion, révèlent aussi que l'un des amants instruit l'autre dans la théorie et l'art de l'amour de façon moins formelle que dans les discours. L'histoire complexe de Pygmalion, liée aux thèmes de la maturation et de la création, montre que l'amour est d'abord un rêve, un idéal, un espoir, qui prend peu à peu forme et devient une réalité vivante qui s'enracine dans tout l'être, incomplet et égoïste tant qu'il n'a pas atteint la maturité d'une passion pleine et mutuelle.

À travers ces deux apologues que sont Le Roman de la Rose *lui-même et l'histoire de Pygmalion, on comprend que la maturation de la jeunesse suppose l'enseignement de l'expérience avec son contingent d'épreuves et d'erreurs, une instruction donnée par les gardiens de la tradition, une instruction mutuelle de l'homme et de la femme dans les arts de l'amour et de la vie. Mais, si la part des discours tend à prévaloir, ils ne présentent pas l'unité de l'enseignement prénuptial des sociétés primitives, car la doctrine de l'amour courtois non seulement n'avait jamais rencontré l'adhésion de toute la classe chevaleresque, mais encore avait été attaquée par d'autres classes et s'opposait à la religion chrétienne par son exaltation de l'adultère et son indifférence à la procréation et à la continuité du groupe.*

UN GRAND DÉBAT SUR L'AMOUR

Aussi Le Roman de la Rose, *qui reflète le conflit des doctrines opposées auxquelles était confronté l'amoureux du* XIII*e* *siècle, devient-il, par la volonté de Jean de Meun, une* disputatio *sur la valeur de l'amour et la conduite des amants, un large débat qui s'insère dans une tradition vivace en latin et en français et qui témoigne d'une époque. Le héros ressemble à un étudiant qui va d'une école à l'autre à la recherche de la vraie doctrine de l'amour, chaque maître défendant une théorie, essayant de réfuter celles des autres et de retenir le disciple. Cette méthode avait l'avantage de permettre à chacun d'exposer longuement son point de vue, tandis que les interruptions de l'élève conservaient aux discours vie et naturel.*

Ce débat a pour sujet l'amour, comme le révèlent non seulement le témoignage des premiers lecteurs et la composition du roman, mais aussi les déclarations explicites des deux auteurs. Guillaume de Lorris qui appelle son œuvre li Romanz de la Rose/ou l'art d'Amors est tote enclose *(vers 37-38), note, avant le discours d'Amour :*

> Li diex d'Amors lors m'encharja,
> tot issi com vos oroiz ja,
> mot a mot ses comandemenz.
> Bien les devise cist romanz;
> qui amer veut, or i entende,
> que li romanz desor amende (vers 2055-2060) [1].

Quant à Jean de Meun, il parle de son œuvre en deux passages significatifs. Dans l'allocution d'Amour aux barons (vers 10477-10634), il rappelle que son prédécesseur avait pour dessein d'enseigner les commandements de l'amour, et que, pour sa part, il veut compléter le roman (vers 10554-10556) et révéler tous les aspects de sa signification (vers 10573-10574). Il se présente comme un poète de l'amour qu'il a servi toute sa vie, formé dans cette science dès sa tendre enfance, chantant partout ses complaintes :

> ... puis qu'il sera hors d'enfance,
> endoctrinez de ma sciance,
> si fleütera noz paroles
> par carrefors et par escoles
> selonc le langage de France,
> par tout le regne, en audiance,
> que ja mes cil qui les orront
> des douz mauz d'amer ne morront...
> (Vers 10609-10616 [2].)

Ailleurs, il entreprend de défendre certains de ses vers (vers 15105-15272) : il considère l'œuvre comme un ensemble dont il dévoilera le sens et recourt à l'image du bois à travers lequel le chasseur poursuit sa proie comme Vénus la sienne. Jean de Meun a voulu écrire un traité sur

1. « Le dieu d'Amour alors me dicta, exactement comme vous allez l'entendre, mot à mot ses commandements. Ce roman en fait un bon exposé : que celui qui veut aimer soit donc attentif, car le roman gagne désormais en valeur. »
2. « ... Une fois qu'il sera sorti de l'adolescence, instruit de ma science, il chantera nos paroles aux carrefours et dans les écoles, en utilisant le français, par tout le royaume, publiquement, en sorte que ceux qui les entendront ne mourront jamais des doux maux de l'amour... »

l'amour dont il explicitera le sens, directement, par les discours des personnages, et, indirectement, par le biais de l'allégorie. Plus philosophe, plus rationaliste que Guillaume de Lorris, Jean de Meun expose la théorie et la pratique de l'amour dans un ouvrage qu'il appelle le Miroër aus Amoreus *(vers 10621). Lui-même s'est présenté comme un professeur qui enseigne les moyens de réussir en amour dans la lettre à Philippe IV qu'il a placée en tête de sa traduction de Boèce : « Je, Jehans de Meun qui jadis ou Rommant de la Rose, puisque Jalousie ot mis en prison Bel Acueil, enseignai la maniere dou chastel prendre et de la rose cuillir... »*

L'on s'explique dès lors l'exubérance de Jean de Meun : il veut remplir le dessein de Guillaume de Lorris et procurer une vue complète de l'art d'aimer ; il voit en l'amour une force cosmique, nécessaire pour que continue l'univers ; il désire donner au roman une richesse et une ampleur dignes de son grand sujet et de la beauté de l'univers.

Ce débat n'a pas lieu entre Guillaume et Jean, qui réfuterait le point de vue idéaliste et délicat du premier. En fait, si Jean a eu conscience d'une certaine opposition, il n'a cessé d'éprouver pour son devancier sympathie et admiration, il a souligné l'unité de l'œuvre entière et la continuité de la narration (vers 10469-10534), il met Guillaume sur le même plan que les poètes latins Gallus, Catulle et Ovide, s'enthousiasmant pour la personnalité et le roman de son prédécesseur dont il a bien compris l'œuvre, reprenant thèmes et motifs, établissant un système d'échos ou d'antithèses entre les symboles : ainsi entre le Jardin de Déduit et la fontaine de Narcisse, décrits par Guillaume, et le Jardin de Paradis et la fontaine de la Sainte Trinité, présentés par Jean. Celui-ci intègre l'œuvre de Guillaume dans la sienne et la pourvoit d'une nouvelle et plus large signification : il compose un nouveau poème dans lequel l'autre est compris.

Dans ce débat, divers maîtres prodiguent leur enseignement. Ils ont en commun d'être des gens d'expérience, des savants qui citent avec un égal respect les sentences des poètes, des pédagogues convaincus de l'efficacité des exemples, des orateurs qui usent de la même rhétorique dans la disposition du discours et la structure de la phrase, des philosophes qui partagent quelques solides convictions : puissance de la nature, liberté de l'homme, efficacité du mensonge, nostalgie de l'âge d'or[1].

Les uns sont représentatifs d'une théorie. RAISON symbolise une représentation rationnelle de l'amour humain, dont celui qui vise à

1. Voir Pierre-Yves Badel, *op. cit.*

perpétuer l'espèce est légitime, mais elle invite l'amant à considére surtout la véritable amitié, l'amour de l'humanité et l'amour supraterrestre de la divine Raison. AMOUR est pour l'essentiel l'amour courtois de Marie de Champagne, de Chrétien de Troyes, d'André Le Chapelain, bien qu'il subsiste quelques résidus de la divinité païenne. VÉNUS est la passion physique, le désir sexuel qui ne sont pas modifiés par les codes et les théories ; ses fidèles sont prêts à rejeter les principes moraux et tout romanesque, à recourir à la tromperie et à la corruption pour parvenir à leurs fins. Vénus ne prend pas part à la disputaison et n'apparaît pas comme une divinité indépendante. Amour et Vénus sont subordonnés à NATURE dont nous verrons ailleurs la signification, et que sert GÉNIUS comme patron de la génération.

Représentent une expérience de l'amour AMI et LA VIEILLE dont la présence est normale dans un Miroir de l'Amour qui, pour être complet et fidèle, doit révéler ce qui est dans la vie, même le sordide, aussi bien que ce qui est dans la théorie. Leurs discours sont une partie légitime et nécessaire du poème. AMI a une signification ambiguë : il prend parti pour la véritable amitié, il a envers l'amour l'attitude réaliste et antisentimentale, mais pas forcément cynique, d'un homme du monde expérimenté qui a perdu ses illusions. LA VIEILLE, à un niveau inférieur, incite, en femme d'expérience, à faire de l'amour une source de gain et de joie sensuelle, tout en présentant un côté sympathique par la conscience aiguë des torts subis par le sexe faible à cause d'amants infidèles.

En marge, mais en relation avec l'histoire, les personnages de FAUX SEMBLANT, CONTRAINTE ABSTINENCE et RICHESSE. Les deux premiers défendent les ruses et les mensonges utilisés par les amants dans la lutte contre la chasteté ; ils représentent le célibat, offense contre la loi naturelle de la génération ; ils symbolisent la vraie et la fausse chasteté. La troisième semble le patron de ceux qui aiment à l'excès les biens au point de déserter l'armée de l'Amour et de refuser d'aider le héros ; elle apparaît aussi comme un allié de Raison qui condamne la folie de ceux qui gaspillent les richesses.

Dans ce débat se heurtent véritablement plusieurs doctrines, dès la première partie, avec l'échange entre Raison et l'amoureux (vers 2981 et suivants), avec le conseil d'Ami d'user de la flatterie pour gagner à sa cause Danger et surtout avec le discours d'Amour. Mais il semble bien que ce soit Jean de Meun qui ait eu l'idée de la disputatio, du débat, et qui ait transformé la signification du discours d'Amour en *l'intégrant dans un ensemble, en en faisant l'affirmation de la doctrine courtoise. Ce débat, où interviennent successivement Raison, Ami, Richesse, de nouveau Amour, Faux Semblant, La Vieille*[1], *est conclu par Nature qui expose une doctrine de l'amour plus complète que celle des conseillers précédents, et c'est cette doctrine, fondée sur une philosophie de la plénitude et de la régénération, que Génius, sous une forme plus brève, transmet aux soldats de l'Amour et qu'il présente comme un enseignement fondé sur la science de Nature, en deux passages (vers 19627-19632; 19877-19905), dont le second, par sa composition, rappelle celui où la Vieille donne licence d'enseigner à Bel Accueil, la jeune fille. Ce qui, en clair, veut dire : ce n'est pas dans le discours de la Vieille, ni dans ceux d'Amour ou d'Ami ou même de Raison, mais dans ce discours que moi, Génius, je délivre sur l'ordre de Nature, que se trouve la vraie et décisive doctrine de l'amour. Afin que la leçon soit plus facilement retenue, il en procure un abrégé :*

Pensez de Nature honorer,
servez la par bien laborer;
et se de l'autrui riens avez,
rendez le se vos le savez;
et se vos randre ne pouez
les biens despanduz ou jouez,
aiez an bone volanté,
quant des biens avrez a planté.
D'occision nus ne s'aprouche,
netes aiez et mains et bouche,
saiez leal, saiez piteus :
lors irez ou champ deliteus
par trace l'aignelet sivant,
en pardurableté vivant,
boivre de la bele fontaine,
qui tant est douce et clere et seine
que ja mes mort ne recevroiz
si tost con de l'eve bevroiz,
ainz irez par joliveté,
chantant en pardurableté,

1. Pour plus de précisions, voir notre article « Le Dessein et la philosophie du *Roman de la Rose* », dans les *Acta Litteraria Academiae Hungaricae*, t. XXIII, 1981, pp. 177-214.

motez, conduiz et chançonnetes,
par l'erbe vert, seur les floretes,
souz l'olivete querolant (vers 20607-20629) [1].

La comparaison entre ce discours et les précédents est explicitement faite par les barons (vers 20653-20656). Contre Amour, Ami et la Vieille, Nature et Génius recommandent l'amour qui a pour fin la reproduction; contre Raison, ils invitent à poursuivre la quête de la rose. Nature insiste sur son hostilité à la chasteté, qui représente bien la pensée de Jean de Meun, puisqu'il ne permet pas aux tenants de la chasteté de soutenir leur point de vue dans ce grand débat, et que celle-ci est attaquée par Amour, Vénus, Génius et la Vieille. Ce qui distingue les discours de Nature et de Génius, c'est leur universalité : ils reprennent la part de vérité que contiennent les autres discours, mettent un terme au débat, prononcent une décision. Raison donnait la reproduction comme fin de l'amour; Amour et Ami encourageaient l'amoureux à continuer la poursuite de la Rose; même les stratagèmes, préconisés par Ami et mis en œuvre par Faux Semblant et Contrainte Abstinence, ont aidé à la réalisation du dessein; la Vieille a accru la science de l'héroïne et son intérêt pour l'amour. Enfin, lorsqu'on passe de la discussion à l'action, Vénus joue un rôle important (vers 20753 et suivants).

Le Roman de la Rose *est donc un débat systématique parmi les divers conseillers de l'amant et de l'aimée, sur un seul sujet, l'amour, chaque position étant avancée, attaquée, défendue par les participants. A ce thème central se rattachent une foule de sujets accessoires, nécessaires à une étude totale du problème : la vertu des femmes, les avantages et les inconvénients du mariage, la sincérité des religieux voués au célibat, l'amour des richesses, la signification des rêves, l'importance pour les amants de la noblesse, de la jeunesse et de la richesse, sans compter qu'ainsi se reflètent la curiosité et la recherche des jeunes sur toutes les questions auxquelles il leur est nécessaire d'avoir pensé pour atteindre à leur maturité.*

1. « Pensez à honorer Nature, servez-la par un grand travail; si vous détenez le bien d'autrui, rendez-le si vous le pouvez; mais si vous ne pouvez le faire pour avoir dépensé ou joué ces biens, ayez-en la ferme intention, dès lors que vous en aurez à profusion. Que personne n'en vienne à tuer; tenez propres vos mains et votre bouche, soyez loyaux et compatissants : alors vous irez dans le pré délicieux, en suivant à la trace l'agnelet qui vit éternellement, boire à la belle fontaine, si douce, si claire et si saine, que vous ne subirez plus la mort dès que vous boirez de son eau, mais, pleins d'allégresse, vous chanterez éternellement des motets, des chœurs et des chansonnettes dans l'herbe verte, sur les fleurettes, en dansant sous l'olivette. »

LA SIGNIFICATION DU DÉBAT

Maints critiques ont parlé de l'opposition entre Guillaume de Lorris, le poète raffiné de l'amour courtois, et Jean de Meun, le bourgeois érudit qui fait la satire de la courtoisie. En fait, il n'y a pas de contraste aussi tranché, puisque Jean de Meun a fait du discours d'Amour une partie de son œuvre et que, doué d'une grande faculté d'accueil aux théories les plus diverses, il a manifesté une sympathie certaine pour l'idéal chevaleresque, assez proche de son prédécesseur pour en reprendre sans difficulté les formes poétiques et les thèmes. Il demeure toutefois des différences que l'on peut expliquer pour une part, avec Ernest Langlois, par le milieu et le tempérament, mais surtout par l'âge : Guillaume exprime l'esprit de la jeunesse dans sa fraîcheur et son ardeur, avec sa délicatesse, son sens de l'honneur et son exaltation amoureuse ; Jean reflète celui de la maturité : moins d'illusions, une passion plus sensuelle ; il exalte la valeur de l'expérience, critique les superstitions, fait preuve d'une franchise assez crue, voire de cynisme, manifeste de la sagesse et du bon sens.

Si ce ton caractérise, dès le début, l'œuvre de Jean de Meun, qui se distingue ainsi de Guillaume de Lorris, s'il est vrai que, comme l'a remarqué Pierre-Yves Badel, celui-ci, plus fidèle à l'idéal néoplatonicien transmis par Macrobe, écrit un livre où la vérité se voile pour se dire et, se disant, se complique, se raffine, et qu'au contraire Jean démasque, distingue, veut tout dire, dans une glose sans fin qui fait de l'œuvre un « déniaisement des intelligences », le continuateur a été assez habile pour maintenir, quand c'était nécessaire, l'esprit de son prédécesseur, et pas seulement dans le souvenir, en sorte qu'il n'y a pas de rupture.

Guillaume a commencé l'histoire d'un jeune homme, croissant en science et en expérience, s'éveillant aux joies et aux peines de l'amour ; Jean a poursuivi le récit de cet éveil et de cette maturation. Le Roman de la Rose *est donc bien l'histoire de l'évolution d'un amoureux, sans solution de continuité, que Jean de Meun a reprise et menée à son terme, capable, malgré sa maturité sans illusion, de comprendre le charme et la fraîcheur de la jeunesse autant que la sérénité de Raison et l'amertume de la Vieille : l'imagination et la générosité de Jean lui permettent de pénétrer dans le domaine de Guillaume, dans ce royaume de la courtoisie et de la jeunesse, et de l'annexer à son propre univers.*

S'il est citoyen du monde de Guillaume autant que du sien propre, celui-ci en comporte en vérité six, voire huit qu'il a tous créés à l'exception de celui d'Amour. Cet esprit, souple et puissant, se meut facilement dans chacun d'eux, même dans celui de la courtoisie, sans jamais tomber dans la confusion, car il domine et ordonne l'ensemble.

Le monde de l'amour *est une création de Guillaume, mais Jean a su goûter et reproduire le charme de la première passion, la délicatesse des sentiments, l'esprit et les valeurs de la courtoisie. Le héros, jusqu'à la fin, reste un amoureux courtois, bien qu'il devienne plus avisé, un jeune homme modeste et chevaleresque, qui repousse Raison par fidélité au code de la* fin'amor, *rejetant les conseils d'Ami qu'il juge déshonorants et marquant son mépris pour la doctrine de la Vieille. La sympathie de Jean de Meun pour l'amour courtois se marque par le retour d'Amour qui appelle son armée à l'aide des amoureux (vers 10277 et suivants), par la reprise des commandements de l'amour (vers 10373-10382), par le tribut payé aux poètes latins Gallus, Catulle et Ovide, par les références émues à Guillaume de Lorris, par la distinction qu'il souligne entre Amour et Vénus, par l'épisode de Pygmalion, modèle de loyauté et de fidélité. Jean de Meun prise la vraie noblesse qu'il ne réduit pas à une classe sociale (vers 18681 et suivants). Dans ce monde, l'amour devient une véritable règle de vie, il n'est en rien une école de facilité : la conquête de la rose justifie tous les sacrifices. C'est un monde fermé où n'intervient aucune autre considération, religieuse ou pécuniaire, un monde étranger à l'amour de la raison de Socrate et à l'amour du gain de la Vieille, plein de répugnance pour la duplicité d'Ami et de Faux Semblant, un monde où le désir sexuel est dominé, sans grand rapport avec le souci de regarnir la terre.*

Très différent est le monde de la raison *dont les sujets méprisent les faveurs et les coups de la Fortune, les récompenses et les peines de la passion terrestre, se souciant sans doute de la reproduction de l'espèce, mais surtout de la sagesse qui procure le bonheur parfait. Admirateur de Boèce dont il a traduit le* De Consolatione Philosophiae, *Jean de Meun a de profondes affinités avec cet univers où il se meut avec aisance. Cette double capacité de comprendre les mondes antithétiques de Raison et d'Amour n'a d'ailleurs rien d'étrange au* XIIIᵉ *siècle.*

Ami enseigne comment obtenir l'amour et comment jouir d'une longue vie harmonieuse avec la femme aimée (vers 8293-8306), il enseigne l'art de courtiser et l'art du mariage, à la manière d'un maître et d'un docteur pleinement qualifiés. Il s'oppose à Raison aussi bien qu'à Amour dont il rejette certains commandements : ne recommande-t-il pas la fausseté et l'hypocrisie ? N'admet-il pas la violence dans la lutte contre la chasteté ? Ne médit-il pas des femmes (et des moines mendiants) ? Ne refuse-t-il pas la soumission totale à une femme ? Il démontre, par les exemples antithétiques du Mari jaloux et de l'Age d'or, qu'amour et seigneurie (de l'homme ou de la femme) ne peuvent cohabiter. S'il admet le principe de la générosité, il connaît d'expérience les horreurs de la pauvreté et sait que les femmes ne donnent leurs faveurs qu'en échange de cadeaux. De même pour la fidélité : il est convaincu qu'elle est rare et que l'homme doit fermer les yeux sur les infidélités. Il cherche, comme Amour, à établir la constance dont il reconnaît qu'elle est difficile.

Hostile à Richesse, Jean de Meun, s'il est aux antipodes de Faux Semblant, n'est pas sans éprouver de l'admiration pour son effronterie et pour sa force. Il ne manque pas de sympathie pour la Vieille qui se fait le défenseur de son sexe et qui, contre Amour, montre l'avantage d'avoir beaucoup d'amoureux, se donnant en exemple pour recommander de ne pas être prodigue de son argent. Jean n'a rien d'un misogyne à la Juvénal, il a plutôt la tendresse d'un Euripide pour les femmes trompées et souffrantes et la complicité d'un Rabelais pour les joies de la chair.

Le monde de Vénus *est celui où triomphe le désir physique. Sans doute l'union charnelle est-elle l'objectif d'Amour, d'Ami, de la Vieille, de Nature, voire de Raison ; mais ce n'est qu'un moyen pour atteindre d'autres objectifs, la perpétuation de la race (Nature, Raison), le gain et la jouissance sensuelle (la Vieille), l'achèvement de l'amour (Amour, Ami). Du point de vue de Vénus, tous les moyens sont bons pour parvenir à l'acte physique, sans considération des conséquences.*

Nature et Génius n'ont en vue que la nécessité de régénérer constamment le genre humain, la vie étant la valeur suprême et la plus grande beauté de l'univers créé ; aussi n'admettent-ils les autres idéaux que dans la mesure où ils aident à ce dessein, où ils ne le contrarient pas : ainsi les raffinements de l'amour courtois, la supériorité de la Raison sur la Fortune, la rouerie d'Ami, la cupidité de la Vieille. Nature est la source d'une incomparable beauté que ne cesse d'exalter Jean de Meun dont l'enthousiasme coule à flots dans son œuvre.

Bref, Jean de Meun ne se contente pas de pénétrer dans chacun des mondes qu'il engage dans le conflit ; il devient, pour le temps nécessaire, l'ardent propagandiste de chaque système de valeurs.

Ce débat reflète les diverses influences qui ont joué en sens contraires sur les auteurs du XIIIe siècle, celles qu'ont exercées les ouvrages fondamentaux, au double point de vue philosophique et amoureux, *d'Ovide et de Boèce, d'André Le Chapelain*[1], *qui a codifié l'amour courtois, et d'Alain de Lille*[2], *autant qu'une foule nombreuse d'auteurs anciens et médiévaux. C'étaient des maîtres que l'on admirait et respectait également, même s'ils offraient des systèmes contradictoires dont les oppositions, d'abord peu ressenties, furent signalées et soulignées par des penseurs comme Abélard et Jean de Meun. Ainsi* Le Roman de la Rose *est-il le point culminant de la littérature érotique et de la philosophie du passé, sans pour autant que Jean soit un simple compilateur : plus subtil, plus protéen qu'aucun de ses prédécesseurs, il joue de tous les matériaux accumulés, ajoutant ici, retranchant là, transformant en fonction de son dessein de faire éclater les contradictions.*

Ces forces en présence peuvent être considérées comme des forces « objectives » : Raison représenterait l'idéalisme médiéval de la tradition de Boèce, Amour le code éthique de la société courtoise, Ami et la Vieille les leçons de l'expérience humaine des deux sexes, Nature et Génius les forces de création et de régénération de l'ordre naturel.

Mais elles peuvent apparaître aussi comme les éléments de la vie intérieure de l'individu. Monde d'abord sans conflit, en proie à un vague désir de la beauté et du plaisir, sans objectif précis, que va bientôt lui fournir la rose. Presque aussitôt, l'individu ressent les difficultés à surmonter, tiraillé entre le désir et la crainte de l'expérience de l'amour. Il connaît alors les valeurs du monde courtois, idéalisant l'être aimé et, du coup, éprouvant sa propre infériorité et son indignité ; mais il espère, par sa conduite, acquérir de la valeur et, grâce à celle-ci, être récompensé par la faveur de sa dame. Sa timidité, son inexpérience, son besoin de sécurité l'amènent à rechercher les conseils des autres et de sa bien-aimée sur ce qu'il doit faire ou ne pas faire. L'apparition de Raison indique le passage à un autre état d'esprit. Découragé par l'insuccès, l'amant doute de son amour, il se rend compte qu'il existe d'autres valeurs. État normal de désenchantement après l'échec, qui le pousse à remettre en question son premier système de valeurs. Les discours des personnages marquent différents états psychologiques : l'amour romanesque et l'idéalisme (Amour), le calme et la réflexion (Raison), la désillusion de l'expérience (Ami), une désillusion plus cynique et une attitude plus matérialiste (la

1. Voir André Le Chapelain, *Traité de l'Amour courtois,* introduction, traduction et notes par Claude Buridant, Paris, Klincksieck, 1974 (*Bibliothèque française et romane*).
2. Guy Raynaud de Lage, *Alain de Lille, poète du XIIe siècle,* Paris-Montréal, 1951.

Vieille), la reconnaissance de la valeur cosmique de l'expérience amoureuse (Nature, Génius), le désir physique qui submerge tout (Vénus).

Mais si l'amoureux passe par des états très différents, le progrès n'est pas uni et continu comme celui d'une plante : les valeurs sont en conflit constant[1].

Enfin, si ce débat manifeste la capacité de Jean de Meun à comprendre et à représenter chacun des états d'un homme en marche vers sa maturité, il atteste aussi les conflits qui opposaient au Moyen Age les éléments chevaleresques et les autres, l'esprit laïc et l'esprit religieux, en particulier à propos du célibat, les valeurs de ce monde et celles de l'au-delà, la raison et la foi.

Une philosophie de la plénitude et de la régénération

L'on est amené à se demander si Jean de Meun a une préférence pour l'une des doctrines, ou si son œuvre demeure ambiguë. Dans le discours de Raison, il examine les différentes formes de l'amour, dont celle qui naît de l'instinct de génération. Sans doute Raison préfère-t-elle un amour supranaturel, mais elle engage avec l'amant un débat sur la référence assez crue aux organes sexuels. Par la suite, Nature, dans la seconde partie de son discours, insiste sur cet aspect de l'amour. Cette exaltation de la procréation et des rapports sexuels n'est d'ailleurs pas propre à Jean de Meun, mais fait partie d'une solide tradition philosophique en Occident qu'A. O. Lovejoy a étudiée dans The Great Chain of Being *(Cambridge, 1936). Issue du* Timée *de Platon, de la* Physique *et de la* Métaphysique *d'Aristote, amplifiée par Plotin, Proclus, le Pseudo-Denis et saint Augustin, cette pensée identifie la bonté de Dieu à sa fécondité ; elle insiste sur les idées de la plénitude d'un monde sans lacune et d'une chaîne continue des êtres, des plus humbles aux plus élevés, d'où il découle une double nécessité : la réalisation et le maintien de toutes les possibilités par l'exercice constant du pouvoir reproducteur des créatures, afin qu'il n'y ait pas de manque dans l'univers.*

En accomplissant cette fonction de reproduction, les créatures

1. Alan M. Gunn, *op. cit.*, p. 454 : « The arguments of the doctors of love in the *Roman de la Rose* are, therefore, in large part the reflections of the strenuous conflict of desire, prudence, sentiment and conscience within youth himself. »

participeront et coopéreront à l'activité créatrice du Dieu éternel ; en accomplissant les actes nécessaires à la reproduction, elles atteindront en quelque sorte à la puissance, à la bonté du Dieu créateur et prendront part à sa vie éternelle.

Pour la réalisation de cette philosophie de la plénitude, issue à la fois des philosophes anciens, de l'Écriture Sainte, de l'instinct et de la pesanteur sociologique, il était nécessaire d'y adjoindre le principe du « remplissage », de la réfection, et c'est Jean de Meun qui insistera le plus sur ce point : aussi, si l'idéal est celui de la fécondité, les plus précieux organes sont-ils ceux de la génération, en sorte qu'Alan M. Gunn a pu parler d'un « phallicisme chrétien ». Jean de Meun, sensible à la beauté des corps et des volumes, réhabilite la sexualité et, particulièrement, la sexualité féminine.

Cet ensemble d'idées (principes de la plénitude et de la continuité, de la régénération et de l'importance des organes génitaux, doctrine des émanations : de Dieu découle l'Esprit, de celui-ci l'âme etc.) se retrouve dans une longue tradition philosophique et littéraire dont Jean est l'héritier[1]*. Bernard Silvestre, dans son* De Mundi Universitate, *s'intéresse surtout à la création originelle de l'univers et de l'homme, comparable au reflet d'images dans des miroirs ; il insiste moins sur les moyens d'une réfection continue, même s'il ne minimise pas l'importance des organes génitaux. Mais l'ouvrage qui a mis au point la doctrine est le* De Planctu Naturae *d'Alain de Lille, qui condamne les déviations sexuelles parce qu'elles empêchent la perpétuation de l'espèce et glorifie les organes génitaux par l'entremise des images du marteau qui frappe sur l'enclume et de la plume qui écrit.*

Jean de Meun a repris les idées de ses prédécesseurs : continuité, délégation par Dieu de son pouvoir créateur à des puissances inférieures ; régénération avec ses deux corollaires : la chasteté et les déviations sexuelles sont des offenses contre Dieu et la nature ; les organes sexuels, qui en sont les instruments, ont un caractère sacré. Raison, dans son discours, fait allusion au Timée *(vers 7074), exalte la puissance créatrice des parties génitales :*

> car volentiers, non pas enviz,
> mist Dex en coillons et en viz
> force de generacion

1. Voir Knowlton, « The Goddess Nature in Early Periods », dans le *Journal of English and Germanic Philology,* t. XIX, 1920, pp. 224-253.

par merveilleuse entencion,
por l'espiece avoir tourjorz vive
par renouvelance naïve (vers 6935-6940) [1].

C'est surtout vers la fin de son œuvre que Jean de Meun expose les différents aspects et les corollaires de cette philosophie de la plénitude. Dieu, étant la bonté même, dénué de toute envie, ne pouvait refuser l'existence aux formes qu'il porte en lui, à toutes les formes :

car de neant fist tout saillir
cil en cui riens ne peut faillir,
n'onc riens ne l'esmut a ce fere
fors sa volanté debonere,
large, courtaise, sanz envie,
qui fontaine est de toute vie (vers 16711-16716) [2].

Il est même responsable de la matière sans forme qui, dans le Timée, *existait, en revanche, avant l'intervention du Démiurge. Le monde est d'autant meilleur qu'il contient plus d'êtres. Jean exulte devant la beauté et la bonté de l'univers visible, sans tomber dans un naturalisme grossier insensible aux valeurs spirituelles : cet amour s'exprime en termes religieux. Dieu doit être loué à cause de son incessante générosité qui a doté l'univers de richesses immenses et variées et qui a fait de la nature une fontaine intarissable et sans fond :*

Car Dex, li biaus outre mesure,
quant il biauté mist en Nature,
il an i fist une fontaine
tourjorz courant et tourjorz plaine,
de cui toute biauté desrive,
mes nus n'an set ne fonz ne rive (vers 16203-16208) [3].

1. « ... Car c'est de son plein gré et non à contrecœur que Dieu mit dans les parties génitales, par une intention admirable, la force de la génération, pour maintenir toujours l'espèce en vie par un renouvellement naturel. »

2. « ... Car celui à qui rien ne saurait manquer, fit tout surgir du néant, sans que rien le poussât à le faire, sinon sa volonté généreuse, large, courtoise, dénuée d'envie, source de toute vie. »

3. « Car Dieu, qui est beau au-delà de toute mesure, quand il mit la beauté dans Nature, en fit une fontaine toujours courante et toujours pleine, d'où découle toute beauté, sans que personne en connaisse le fond ni la rive. »

Partout se retrouve cet amour de la multiplicité et de la plénitude de la vie : dans les multiples figures de rhétorique, dans l'exubérance de son esprit et de son savoir, dans son goût de tout ce qui vit et bouge, dans son apothéose de l'amour humain, en sorte que « le plaisir d'écrire l'emporte heureusement sur la volonté pourtant impérieuse de prouver. Il y a chez Jean de Meun une intense jubilation à écrire » (Pierre-Yves Badel). Le travail de l'écrivain devient même métaphore de l'acte sexuel : « Grefes avez, pensez d'escrire[1] *» (vers 19764), tout comme le travail du laboureur : « Arez, por Dieu, baron, arez, et voz lignages reparez » (19671-19672)*[2]*.*

De là un véritable hymne à la beauté du monde (vers 20282-20310) :

s'i trouveroit toute la terre
o ses richeces ancienes,
et toutes choses terrienes;
et verroit proprement la mer
et touz poissons qui ont amer,
et tretoutes choses marines,
eves douces, troubles et fines,
et les choses granz et menues
es aigues douces contenues;
et l'air et touz ses oiseillons,
et mouchetes et papeillons,
et tout quan que par l'air resone;
et le feu qui touz avirone
les meubles et les tenemanz
de touz les autres elemanz;
si verroit toutes les esteles
cleres et reluisanz et beles,
saient erranz saient fichiees,
en leur esperes estachiees[3].

1. « Vous avez des stylets, pensez à écrire. »
2. « Labourez, par Dieu, barons, labourez, et restaurez vos lignages. »
3. « ... Il y trouverait toute la terre avec ses anciennes richesses, et toutes les choses terrestres; et il verrait exactement la mer et tous les poissons au goût amer et toutes les choses marines, les eaux douces, troubles et pures, et les êtres de toutes tailles que contiennent les eaux douces; et l'air avec tous ses oiseaux, ses mouches et ses papillons, et tout ce qui bourdonne dans l'air; et le feu qui entoure les parties constitutives de tous les autres éléments; et il verrait toutes les étoiles claires, brillantes et belles, errantes ou fixes, attachées à leurs sphères. »

Il est vrai que Jean parle peu de la continuité, dans une œuvre qui est plus poétique que philosophique. Peut-être la retrouve-t-on dans la figure de la chaîne d'or, empruntée à Macrobe, par laquelle Nature retient les choses de ce monde (16755 et suivants). Nature a pour rôle et pour devoir de faire qu'aucun trou n'apparaisse dans la chaîne des êtres vivants, Jean insistant plus sur le renouvellement ou la réparation de l'univers que sur la création originelle. Dieu a délégué ses pouvoirs à Nature qui les a elle-même délégués à Génius, à Amour, à Vénus :

Nature, qui pansoit des choses
qui sunt desouz le ciel ancloses,
dedanz sa forge antree etoit,
ou toute s'atante metoit
an forgier singulieres pieces
por continuer les espieces ;
car les pieces les font tant vivre
que Mort ne les peut aconsivre,
ja tant ne savra corre aprés (vers 15863-15873) [1].

Nature toujours martèle, toujours renoue la belle chaîne des êtres. Chacun d'eux applique son énergie à manifester la liberté et la générosité de Dieu : ainsi les planètes préservent-elles l'existence des éléments et exercent-elles un contrôle sur les combinaisons respectives dans les êtres (vers 17476 et suivants).

L'originalité de Jean de Meun vient de ce qu'il n'attaque pas l'homosexualité autant qu'Alain de Lille, mais plutôt la violation des lois de la nature par le célibat :

Bien deüssent avoir grant honte
cil delleal don je vos conte,
quant il ne daignent la main metre
en tables por escrivre letre
ne por fere anprainte qui pere.
Mout sunt d'antancion amere,
qu'el devandront toutes moussues,
s'el sunt en oiseuse tenues.

1. « Nature, qui s'occupait de tout ce qui est enclos sous le ciel, était entrée dans sa forge où elle mettait toute son application à forger des individus pour continuer les espèces ; car les individus perpétuent si bien les espèces que la Mort ne peut les atteindre, quelle que soit sa rapidité. »

Quant san cop de martel ferir
lessent les anclumes perir,
or s'i peut la roueille anbatre,
sanz oïr marteler ne batre.
Les jaschieres, qui n'i refiche
le soc, redemourront an friche.
Vis les puisse l'an anfoir
quant les oustiz osent foïr
que Diex de sa main antailla
quant a ma dame les bailla,
qui por ce les li vost baillier
qu'el seüt autex antaillier
por doner estres pardurables
au creatures corumpables (vers 19531-19552)[1].

Il s'ensuit que des récompenses célestes attendent ceux qui accomplissent l'œuvre de génération.

Cette explication permet de rendre compte de passages tenus pour obscurs. Ainsi l'apologue de Deucalion et de Pyrrha n'est-il pas un simple élément décoratif sans lien étroit avec le reste de l'œuvre, mais, comme le mythe du phénix, c'est un mythe de la régénération : Thémis apprend au couple survivant « comment il pourroient ouvrer/por lor lignage recouvrer[2] *» (vers 17585-17586). De même, l'*exemplum *de l'Âge d'or revient à plusieurs reprises pour illustrer le motif de la fertilité (vers 8235 ; 9434 ; 20002...) : c'était l'âge de la plénitude, de la liberté et du bonheur dans l'amour.*

La perte des organes de reproduction est la pire des catastrophes : elle empêche l'homme d'accomplir sa mission, elle lui vaut d'être banni du paradis terrestre et d'être privé des récompenses célestes. Jean de Meun rappelle l'histoire d'Héloïse et Abélard (vers 8729-8802),

1. « Ils devraient être remplis de honte, ces hommes déloyaux dont je vous parle, puisqu'ils ne daignent pas mettre la main sur ces tablettes pour écrire des lettres ni pour faire des empreintes qui se voient. Quel déplorable état d'esprit ! En effet, ces tablettes deviendront toutes moisies, si l'on ne les utilise pas. Puisqu'ils laissent périr les enclumes sans y frapper un seul coup de marteau, la rouille peut maintenant s'y mettre, sans que l'on entende aucun martèlement. Les jachères, si l'on n'y enfonce le soc, de leur côté, resteront en friche. Puisse-t-on les enterrer vivants, puisqu'ils osent abandonner les outils que Dieu façonna de sa main quand il les transmit à ma dame (*Nature*) : il voulut les lui donner afin qu'elle sût en faire de semblables pour donner aux créatures mortelles une existence éternelle. »

2. « ... Comment ils pourraient faire pour recouvrer leur lignage. »

d'Origène (vers 17022-17028), il y revient vers la fin du poème (vers 21347 et suivants). Seuls ceux qui auront accompli ce devoir verront Dieu face à face.

Enfin, certains passages se justifient non pas par un souci encyclopédique, mais par cette doctrine de la génération. Ainsi la prétendue digression sur l'alchimie qui, pour les gens du Moyen Age, avait atteint l'un des secrets de la nature, quelque chose de son pouvoir créateur. En effet, l'alchimie était fondée sur la croyance que la matière était une sorte d'élément neutre sur lequel la Nature imposait les images des idées éternelles. Dès lors, comme elle peut prendre des formes variées sous l'effet de la nature ou de l'art, la transmutation des métaux est possible. Il faut donc retrouver la matière primitive et la transformer en métaux de valeur de plus en plus haute, jusqu'à la forme la plus parfaite, l'or, qui est capable de se reproduire indéfiniment, comme les choses parfaites.

En conclusion, l'idée fondamentale de cette philosophie est que toutes les formes des espèces, les idées éternelles de Dieu, doivent continuer à être manifestées dans l'univers créé, chaque trou dans la chaîne des êtres doit être comblé dès qu'il apparaît. C'est ce qui se fait dans l'univers, mais que l'homme répugne souvent à accomplir.

L'on devine, dès lors, que Le Roman de la Rose *comporte une unité plus grande qu'on ne l'a dit, due, nous l'avons vu, à la cohérence de son histoire qui retrace la maturation d'un esprit, à la volonté de présenter toutes les formes de l'amour dans un débat complet sur ce sujet, à une philosophie de la plénitude et de la régénération qui sous-tend l'œuvre, mais aussi à une composition poétique fondée sur la répétition et l'opposition de symboles — symboles de fécondité : miroir et fontaine, enclume et marteau, bourdon et besace du pèlerin, flèches de Cupidon et de Vénus ; symboles de stérilité et de destruction : Mort, Faim, Faux Semblant, émasculation... — et à une méthode d'amplification qui, par toutes les figures recensées dans les arts poétiques,* figurae sententiae *et* figurae verborum, *développe le thème central du roman.*

L'allégorie de la rose a un rôle fondamental, constituant la ligne structurale de l'œuvre capable d'englober tout ce qui concerne l'art de l'amour, demeurant la branche centrale dont sortent tous les autres rameaux. D'elle dépend chaque élément. De plus, c'est un univers poétique dont certaines pièces apportent peu au récit ou à l'argumentation, mais, par leur aspect sensuel, émouvant, imaginatif, touchent le cœur, l'âme et les sens et contribuent à l'enseignement. C'est Guillaume de Lorris qui a choisi l'image de la rose, poétique en soi et riche d'une longue tradition; mais la richesse symbolique de la fleur[1]*, qui représente l'amour divin et terrestre, et qui contient l'idée de joie, de délice et de beauté, était bien adaptée au grand dessein de Jean de Meun : symbole de la plénitude divine, de l'épanouissement de la jeunesse et en particulier de la jeune fille, symbole de la beauté et de la grâce, symbole divin, christique et marial, symbole de l'achèvement de la recherche spirituelle et de la perfection à atteindre, symbole enfin de la structure rhétorique et narrative de l'œuvre.*

L'on comprend que Le Roman de la Rose *ait été le plus grand succès du Moyen Age. Plus de trois cents manuscrits ont survécu ; de 1481 à 1538, il en a été publié au moins vingt et une éditions. Il a connu un remaniement en 1290 dont l'auteur est un prêtre picard, Gui de Mori ; deux mises en prose au xve siècle, dont celle de Jean Molinet a été imprimée trois fois (1500, 1503 et 1521) ; une contestation en règle dans* Le Pèlerinage de la vie humaine *du moine cistercien Guillaume de Diguleville ; et surtout une controverse qui, au début du xve siècle, a opposé Christine de Pisan et Jean Gerson, contempteurs du roman, à ses laudateurs, Jean de Montreuil, Gontier et Pierre Col*[2] *Jean de Meun (on a oublié Guillaume) est vite apparu comme un auteur didactique qui dénonce les vices moraux et les catégories sociales qui en sont affectées, comme un auteur dont on tire des citations et dont on réunit les œuvres complètes*[3]*, voire comme un héros de légende, victime de la rancune des moines mendiants, génie au corps disgracié, astronome. Lu par les étudiants des écoles, les hommes de procédure, les administrateurs royaux, les médecins et les savants, pour qui poésie, philosophie et rhétorique sont des approches de la vérité et des moyens de la mettre en valeur,* Le Roman de la Rose *a été, pendant près de trois siècles, un trésor d'énoncés dont on dispose à son gré, un texte à*

1. Sur la symbolique de la rose, voir Charles Joret, *La Rose dans l'Antiquité et au Moyen Age,* Paris, Bouillon, 1892 ; Jean Chevalier et Alain Gheerbrant, *Dictionnaire des symboles,* Paris, Laffont, 1982 (*Bouquins*) ; J. E. Cirlot, *A Dictionary of Symbols,* New York, Philosophical Library, 1971, 4 vol. ; P. Coats, *Roses,* New York, Putnam's Sons, 1962 ; R. P. Louvel, *Rose mystique,* Lyon, éd. de L'Abeille, 1943 ; Barbara Seward, *The Symbolic Rose,* New York, Columbia University, 1953 (thèse de doctorat).

2. Sur cette querelle, voir Éric Hicks, *Le Débat sur le Roman de la Rose,* Paris, Champion, 1977.

3. L'on doit à Jean de Meun des traductions de la *Consolation de Philosophie* de Boèce, de *L'Art de chevalerie (De re militari)* de Végèce et des *Epîtres de maître Pierre Abélard et Héloïse,* ainsi qu'un *Testament* et un *Codicile.* Ont disparu deux ouvrages dont il s'attribue la paternité : *Les Merveilles d'Irlande,* traduites de Giraud de Barri, *Le Livre d'Esperituel Amistié,* traduit d'Aelred.

lire et à relire avec dévotion et humilité, un ensemble de signes dont le sens enfoui est à déchiffrer, une œuvre sacralisée qui échappe à son temps historique et à son espace social[1].

Jean DUFOURNET.

1. Voir Pierre-Yves Badel, *op. cit.*

BIBLIOGRAPHIE

I. ÉDITION

Le Roman de la Rose par Guillaume de Lorris et Jean de Meun, éd. par Ernest LANGLOIS, Paris, Firmin Didot, 5 vol., 1914-1924 (*Société des Anciens Textes français*).

Guillaume de Lorris et Jean de Meun, Le Roman de la Rose, éd. par Félix LECOY, Paris, Champion, 3 vol., 1965-1970 (*Classiques français du Moyen Age*, 92, 95 et 98).

Guillaume de Lorris et Jean de Meun, Le Roman de La Rose, éd. par Daniel POIRION, Paris, Garnier-Flammarion, 1974.

II. TRADUCTION

Guillaume de Lorris et Jean de Meun, Le Roman de la Rose, traduit en français moderne par André LANLY, Paris, Champion, 5 vol., 1971-1976.

III. OUVRAGES DE CRITIQUE

Nous nous limitons aux livres, eu égard à leur abondance.

Pierre-Yves BADEL, *Le Roman de la Rose au XIVe siècle. Étude de la réception de l'œuvre*, Genève, Droz, 1980 (*Publications romanes et françaises*, 153).

Jean BATANY, *Approches du Roman de la Rose*, Paris, Bordas, 1973.

M. DUFEIL, *Guillaume de Saint-Amour et la polémique universitaire parisienne (1250-1259)*, Paris, Picard, 1972.

J.V. FLEMING, *The Roman de la Rose. A Study in Allegory and Iconography*, Princeton, 1969.

Alan M. GUNN, *The Mirror of Love. A Reinterpretation of the Romance of the Rose*, Lubboch, Texas, 1952.

Éric HICKS, *Le Débat sur le Roman de la Rose*, éd. critique, introduction, traductions, notes, Paris, Champion, 1977 (*Bibliothèque du XVe siècle*, XLIII).

H.R. Jauss, *La Transformation de la forme allégorique entre 1180 et 1240, d'Alain de Lille à Guillaume de Lorris,* dans *L'Humanisme dans les littératures du* XIe *au* XIVe *siècles,* Paris, Klincksieck, 1964, pp. 107-146.

Marc-René Jung, *Études sur le poème allégorique en France au Moyen Age,* Berne, Franke, 1971 (*Romanica Helvetica,* 82).

G. Kamenetz, *L'Ésotérisme de Guillaume de Lorris,* thèse de 3e cycle, Paris, Université de la Sorbonne Nouvelle, 1980.

Ernest Langlois, *Origines et sources du Roman de la Rose,* Paris, Thorin, 1891.

C.S. Lewis, *The Allegory of Love,* 2e éd., Oxford et New York, Oxford University Press, 1958.

René Louis, *Le Roman de la Rose,* Paris, Champion, 1974 (*Nouvelle Bibliothèque du Moyen Age*).

G. Paré, *Le Roman de la Rose et la scolastique courtoise,* Paris-Ottawa, Vrin, 1941 ; *Les Idées et les lettres au* XIIIe *siècle. Le Roman de la Rose,* Montréal, Université de Montréal, 1947.

Jean-Charles Payen, *La Rose et l'utopie,* Paris, Éditions sociales, 1976.

Daniel Poirion, *Le Roman de la Rose,* Paris, Hatier, 1973 (*Connaissance des lettres,* 64).

Louis Thuasne, *Le Roman de la Rose,* Paris, Malfère, 1929 (*Les grands événements littéraires*).

IV. BIBLIOGRAPHIES

M. Luria, *A Reader's Guide to the Roman de la Rose,* Hamden (Connecticut), Archon Books, 1982.

K.A. Ott, *Der Rosenroman,* Darmstadt, 1980 (*Erträge der Forschung,* 145).

J. D.